서머타임

SUMMERTIME
by J. M. Coetzee

이 도서의 국립중앙도서관 출판예정도서목록(CIP)은
서지정보유통지원시스템 홈페이지(http://seoji.nl.go.kr)와
국가자료공동목록시스템(http://www.nl.go.kr/kolisnet)에서 이용하실 수 있습니다.
(CIP제어번호: CIP2018040950)

서머타임

J. M. 쿳시 장편소설

왕은철 옮김

Summertime

Scenes from Provincial Life III

문학동네

일러두기

1. 주석은 모두 옮긴이주다.
2. 본문 중 고딕체는 원서에서 이탤릭체로 강조한 부분이고, 볼드체는 원서에서 대문자로 강조한 부분이다.
3. 본문 중 아프리칸스어 음독 표기 뒤에 나오는 괄호 속의 번역은 처음 나오는 곳에만 병기했다.
4. 장편소설과 기타 단행본은 『 』, 시와 희곡 등의 작품명은 「 」, 연속간행물, 방송 프로그램명, 곡명 등은 〈 〉로 구분했다.

차례

작가 노트

§

브라질의 포르투갈어와 관련하여 도움을 준 마릴리아 반데이라,
그리고 「고도를 기다리며」를 인용(사실은 왜곡 인용)할 수 있게 허락해준
사뮈엘 베케트 재단에 감사를 표한다.

메모장

1972~75

1972년 8월 22일

어제 〈선데이 타임스〉에 보츠와나*의 프랜시스타운에 관한 기사가 실렸다. 지난주 어느 날 한밤중에, 흰색 미국산 자동차 한 대가 주거지역에 있는 어느 집 앞에 도착했다. 발라클라바**를 쓴 남자들이 차에서 튀어나와 현관문을 발로 차 열더니 총을 쏘기 시작했다. 그들은 총을 다 쏘자 집에 불을 지르고 달아났다. 이웃들은 잿더미에서 새까맣게 탄 일곱 구의 시신을 끌어냈다. 남자 둘에 여자 셋, 그리고 아이 둘.

---

* 아프리카 남부의 공화국.

** 귀까지 덮이는 털모자.

살인자들은 흑인처럼 보였지만, 이웃 중 하나가 그들이 서로 아프리칸스어*로 얘기하는 걸 듣고 흑인으로 변장한 백인들이라고 확신했다. 죽은 사람들은 불과 몇 주 전에 그 집으로 이사온 남아프리카 난민들이었다.

의견을 요구받은 남아프리카 외무부 장관은 대변인을 통해 그 보도는 "증거가 없다"며, 사망자들이 정말로 남아프리카 국민들인지 확인하기 위해 조사에 착수할 예정이라고 한다. 이름을 밝히지 않은 국방부 관계자는 남아프리카 정부군은 그 문제와 아무 관련이 없으며, 어쩌면 그 살인사건은 ANC** 내부 파벌 사이의 "지속적인 갈등"을 반영하는 문제일 것이라고 말한다.

이런 얘기들이 국경 지방에서 매주 흘러나온다. 살인사건과 그것에 대한 지루한 부인이 매주 반복된다. 그는 기사를 읽고 더럽혀진 듯한 느낌을 받는다. 결국 그는 이런 것으로 돌아오고 말았다! 그러나 이 세상 어디에 숨어야 더럽혀진 느낌을 받지 않을 수 있을까? 눈이 많은 스웨덴처럼 먼 곳에 가서 조국의 사람들과 그들의 못된 짓들에 대해 읽으면 좀 깨끗한 느낌을 받을까?

---

* 남아프리카에 정착해 살고 있는 네덜란드계 백인인 아프리카너(보어인)가 쓰는 언어.

** African National Congress, 아프리카민족회의. 1912년에 결성된 남아프리카 흑인 해방 조직이며 현재는 남아프리카공화국 집권여당.

더러운 걸 어떻게 피하느냐는 새로울 게 없는 질문이다. 사람을 가만 놔두지 않으며 고약하고 곪은 상처를 남기는, 낡고 짜증나는 질문. 자책감.

그가 아버지에게 말한다. "국방부가 또 낡은 속임수를 쓰는 게 보이네요. 이번에는 보츠와나에서 그러고 있어요." 그러나 그의 아버지는 그 미끼를 물기에는 너무 신중하다. 그의 아버지는 신문을 집어들면 조심스레 곧장 스포츠면으로 간다. 정치는 건너뛴다. 정치와 살인사건은 건너뛴다.

그의 아버지는 대륙 북쪽을 향해서는 경멸의 감정밖에 가지고 있지 않다. 어릿광대라는 말은 아버지가 아프리카의 국가 지도자들을 가리킬 때 쓰는 말이다. 자기 이름도 쓸 줄 모르고, 롤스로이스를 타고 이 연회, 저 연회 옮겨다니고, 스스로 수여한 메달들로 장식된 루리타니아* 제복을 입은 변변찮은 폭군들. 아프리카: 굶어죽어가는 다수 위에 살인적인 어릿광대들이 군림하는 곳.

"그들이 프랜시스타운에 있는 어떤 집에 쳐들어가서 거기 있던 사람 전부를 죽였대요." 그럼에도 불구하고 그는 계속해서 말한다. "처형한 거죠. 아이들까지요. 보세요. 이 기사 좀 읽어보세

---

* 영국 소설가 앤서니 호프(1863~1933)의 모험소설에 등장하는 가상의 왕국.

요. 1면에 났어요."

그의 아버지는 어깨를 으쓱한다. 아버지는 한편으로는 힘없는 여자들과 아이들을 살육하는 흉악범들에 대한 혐오를, 다른 한편으로는 국경 너머의 피난처에서 전쟁을 벌이고 있는 테러리스트들에 대한 혐오를 동시에 표현할 포괄적인 형태의 단어들을 찾지 못한다. 아버지는 크리켓 경기 결과에 몰두함으로써 그 문제를 해결한다. 도덕적 딜레마에 대한 반응으로 보자면 미약하기 그지없다. 그러나 그의 반응, 즉 분노와 절망감의 폭발은 아버지의 반응보다 더 나은 것일까?

옛날에 그는, 남아프리카 나름의 공공질서를 꿈꾸며 노동예비군과 통행증, 위성도시 같은 거대 체제를 도입했던 사람들의 시각이 역사에 대한 비극적 오독誤讀에 기초한다고 생각했다. 오지에 있는 농장이나 작은 도시에서 태어나 세계의 어느 곳에서도 쓰이지 않는 언어 속에 고립되어 있어서, 1945년 이후 옛 식민지 시대를 일소하고 있던 힘들의 규모를 이해하지 못한 탓에 역사를 오독했다고 생각했다. 그러나 그들이 역사를 오독했다고 말하는 것 자체도 오독일 수 있다. 그들은 역사를 전혀 읽지 않았기 때문이다. 오히려 그들은 역사가 아프리카너들을 경멸하고 마지막 남은 여자와 아이까지 흑인들한테 살육당해도 모른 체할 외국인들이 만들어낸 중상모략이라고 단정하며 등을 돌려버렸다. 그들은 적대적인 대륙 저 먼 끄트머리에 홀로, 친구도 없이 그들의 요새 국가를 세우고 벽 뒤로 숨어버렸다. 그리고 그곳에서 세계가 마침내 정신을 차릴 때까지 서구 기독교 문명의 불길을 계속 지키려 했다.

그들이, 그러니까 국민당*과 경찰국가를 운영한 사람들이 말하는 방식은 다소간 그런 식이었다. 그는 오랫동안 그들이 진심이었다고 생각했다. 그러나 더이상은 아니다. 그는 이제, 문명을 구하고 어쩌고 했던 그들의 말이 허세에 지나지 않았다고 생각한다. 그들은 바로 이 순간, 애국주의의 연막 뒤에 앉아서 계산해보고 있다. 짐을 꾸리고, 자기들한테 불리한 서류는 폐기하고, 최후심판의 날(디스 이라, 디스 일라)에 대한 보험으로 오래전 알그로 트레이딩이나 핸드패스트 시큐리티라는 회사 이름으로 몰래 구입해놓았던 빌라나 아파트가 있는 취리히, 모나코, 혹은 샌디에이고에 갈 때까지, 얼마나 오래 쇼(광산, 공장)가 계속되게 할 수 있을지 계산해보고 있다.

그의 새로운, 수정된 사고방식에 따르면 프랜시스타운에 살인자들을 투입한 사람들은 역사에 대한 비극적인 시각은 고사하고

* 남아프리카공화국의 민족주의 정당. 정권을 잡은 후 독재와 인종차별정책을 펼쳤다.

잘못된 시각조차 갖고 있지 않다. 그들은 여하한 종류의 것이든, 시각을 갖는 어리석은 사람들을 향해 몰래 코웃음을 칠 것이다. 그들은 아프리카에서 기독교 문명이 어떻게 될 것이냐에 대해서는 결코 신경을 쓴 적이 없다. 이런 인간들! 바로 이런 인간들의 더러운 지배 속에서 그는 살고 있다!

확장할 것: 시대에 대한 아버지의 반응과 그의 반응 비교, 그 둘의 차이와 (압도적인) 유사성.

1972년 9월 1일

그가 아버지와 같이 살고 있는 집은 1920년대에 지어졌다. 일부는 구운 벽돌이지만 대부분 진흙과 지푸라기로 지은 벽은 땅에서 올라오는 습기에 너무 삭은 나머지 허물어지기 시작했다. 습기를 차단하기란 불가능한 일이다. 최선의 방법은 집 주위에 빗물이 스며들지 않는 콘크리트를 치고 벽이 서서히 마르기를 바라는 것이다.

그는 주택 보수 지침서 덕분에 콘크리트 1미터당 모래 세 자루, 자갈 다섯 자루, 시멘트 한 자루가 필요하다는 걸 알게 된다. 계산해보니 집 주위에 10센티미터 두께로 콘크리트를 치려면,

모래 서른 자루, 자갈 쉰 자루, 시멘트 열 자루가 필요하다. 건축자재점에 여섯 번을 다녀와야 한다는 말이다. 1톤 트럭에 짐을 가득 싣고서 말이다.

첫날 작업을 하던 도중 그는 자신이 재앙 같은 실수를 저질렀다는 걸 문득 깨닫는다. 그가 지침서를 잘못 읽었거나 계산을 하면서 세제곱미터와 제곱미터를 혼동했던 것 같다. 콘크리트를 96제곱미터만큼 치려면 시멘트가 열 자루보다 훨씬 많이 필요하고 거기에다 모래와 자갈도 훨씬 많이 필요할 것이다. 그것은 건축자재점에 여섯 번보다 훨씬 많이 다녀와야 한다는 말이다. 그의 인생에서 몇 차례 이상의 주말을 포기해야 한다는 말이다.

매주 그는 삽과 손수레를 이용하여 모래, 돌, 시멘트, 물을 섞는다. 그리고 블록마다 액체 상태의 콘크리트를 붓고 판판하게 고른다. 등이 아프다. 팔과 팔목이 너무 굳어 펜을 잡기도 힘들다. 무엇보다 그 일은 그를 지루하게 한다. 그러나 그는 불행하지는 않다. 그가 지금 하고 있는 일은 그와 같은 사람들이 1652년부터 해왔어야 하는 일, 즉 스스로 해야 하는 궂은일이다. 사실, 여기에 소요되는 시간을 생각하지 않으면 일이 그 자체로 흥미롭게 느껴지기 시작한다. 잘 깔린 콘크리트 판은 누가 보더라도 잘 깔렸다. 그가 깔고 있는 콘크리트 판들은 그가 이 집에 있는 시간보다 더 오래 있을 것이다. 어쩌면 그가 지상에 있는 시간보다 더 오래 있을지 모른다. 그럴 경우, 그는 어떤 의미에서는 죽음을 속인 것이 된다. 누군가는 콘크리트 판을 깔며 남은 인생을 보낼지도 모른다. 매일 밤, 정직한 노동에 육신이 쑤시고 피곤해져 깊은 잠을 자면서 말이다.

거리에서 그의 곁을 지나치는 얼마나 많은 남루한 노동자들이 도로, 벽, 철탑처럼 그들보다 오래 남아 있을 것들을 은밀하게 만드는 걸까? 일종의 불멸, 제한적인 불멸이라는 것도 결국 도달하기에 그리 어려운 일만은 아닌 것 같다. 그렇다면 왜 그는 아직 태어나지 않은 사람들이 수고를 아끼지 않고 해독해줄 거라는 어렴풋한 희망을 품으며, 종이 위에 뭘 계속 끄적이고 있는 걸까?

확장할 것: 미숙한 일에 기꺼이 몸을 던지려는 그의 마음, 창조적인 일에서 생각이 필요 없는 일로 물러나는 그의 기민함.

1973년 4월 16일

이날 〈선데이 타임스〉에는 시골 도시에서 있었던 선생들과 여학생들 사이의 열렬한 연애를 폭로하는 기사도 실려 있고, 손바닥만한 비키니를 입고 입술을 도발적으로 내민 신인 여자 배우들의 사진도 실려 있고, 군이 저지른 잔혹 행위에 관한 폭로 기사도 실려 있다. 내무장관이 브레이텐 브레이텐바흐*가 그의 병든 부모를 방문할 수 있도록 그가 태어난 땅으로 돌아오는 걸 허락하는 비자를 발급해줬다는 기사도 실려 있다. 소위 동정 비자라는 것이다. 브레이텐바흐와 그의 아내에게 해당된다고 한다.

브레이텐바흐는 파리에 살기 위해 오래전에 이 나라를 떠났다. 그는 그후 곧 베트남 여자, 즉 백인이 아닌 아시아인과 몰래 결혼해서 성공의 기회를 망쳐버렸다. 그는 그녀와 결혼했을 뿐만 아니라, 그녀가 등장하는 그의 시들을 액면 그대로 믿는다면 그녀를 열렬히 사랑하고 있다. 〈선데이 타임스〉에 따르면, 그럼에도 불구하고 내무장관은 그 부부를 동정하여 삼십 일 동안 방문을 허락할 것이라고 한다. 그 기간 동안 이른바 브레이텐바흐 여사는 백인, 일시적인 백인, 명예백인 대우를 받을 것이라고 한다.

그들이 남아프리카에 도착한 순간부터, 가무잡잡하고 잘생긴 브레이텐과 고상하고 아름다운 욜랑드에게 기자들이 따라붙는다. 그들이 친구들과 소풍을 즐기든, 산속의 하천에서 노를 젓든 줌렌즈가 그들의 친밀한 순간들을 전부 잡아낸다.

---

* 남아프리카공화국 시인이자 소설가(1939~). 아프리칸스어로 작품을 썼고, 아파르트헤이트에 반대하는 게릴라 시위에 참여했다 수감되기도 했다.

브레이텐바흐 부부는 케이프타운에서 열리는 문학 학술대회에 공개적으로 참석한다. 홀을 가득 채운 사람들이 모두 놀라서 입을 다물지 못한다. 브레이텐은 연설에서 아프리카너들을 잡종이라고 부른다. 그에 따르면, 그들이 강제로 인종을 분리하는 터무니없는 계획을 세운 것은 그들이 잡종이고 자신들의 잡종성을 부끄럽게 생각하기 때문이다.

그의 연설에 요란한 박수가 터져나온다. 그와 욜랑드는 그후 곧 파리로 돌아가는 비행기에 오른다. 그리고 일요판 신문들은 그들의 단골메뉴인 외설스러운 여자들, 바람난 배우자들, 국가 주도의 살인으로 돌아간다.

더 생각해볼 것: 세계를 자유롭게 돌아다니며 아름답고 이국적인 섹스 파트너에게 무제한으로 접근할 수 있는 브레이텐바흐에 대한 남아프리카 백인(남자)들의 질투.

1973년 9월 2일

지난밤, 뮈젠버그의 엠파이어 영화관에서 구로사와*의 초기작

---

* 일본 영화감독 구로사와 아키라(1910~98).

〈살다〉를 보았다. 어느 땅딸막한 관료가 자신이 암에 걸려 몇 개월밖에 살지 못한다는 사실을 알게 된다. 그는 너무 놀라서 어떻게 해야 할지, 어디로 가야 할지 모른다.

그는 명랑하지만 생각이 없는 젊은 여자 비서를 데리고 차를 마시러 간다. 그녀가 떠나려고 하자, 그가 그녀의 팔을 잡으며 앉힌다. "나는 당신처럼 되고 싶어." 그가 말한다. "그런데 그 방법을 모르겠어!" 그녀는 그의 노골적인 호소에 혐오감을 느낀다.

질문: 그의 아버지가 그런 식으로 팔을 잡으면, 그는 어떻게 반응할까?

1973년 9월 13일

그가 신상명세서를 제출했던 고용청에서 전화가 걸려온다. 언어 문제로 전문가의 도움이 필요한 의뢰인이 시간당 돈을 지불하겠다는데 관심이 있는지 묻는다. 어떤 성격의 언어 문제인가요? 그가 묻는다. 그러자 고용청에서는 답변을 못한다.

그는 전달받은 번호로 전화를 걸어 시 포인트에 있는 주소지로 가겠다고 약속을 잡는다. 의뢰인은 육십대 과부다. 그녀의 남편은 형제가 관리하는 신탁에 상당한 재산을 남기고 세상을 떠났다. 화가 난 과부는 유언장에 이의를 제기하려 했다. 그러나 그녀가 자문을 구한 두 법률회사는 그러지 말라고 충고했다. 그들이 말하길 유언장은 빈틈이 없다고 한다. 그럼에도 불구하고 그녀는 포기할 생각이 없다. 그녀는 변호사들이 유언장에 있는 말들을 오독했다고 확신한다. 그녀는 변호사들에 대해서는 포기하고, 일종의 언어학 전문가에게 도움을 구하려 한다.

그는 차를 마시며 유언장을 자세히 읽어본다. 그것의 의미는 너무나 명백하다. 시 포인트에 있는 아파트와 약간의 돈은 과부의 것이고, 나머지 재산은 이전의 결혼에서 낳은 아이들을 위해 신탁 관리하도록 되어 있다.

"제가 도움을 드릴 수는 없을 것 같습니다." 그가 말한다. "말이 애매한 곳이 없습니다. 한 가지 의미로밖에 읽을 수 없습니다."

"이건 어때요?" 그녀가 말한다. 그녀가 그의 어깨 위로 몸을 굽히고 문서의 한 곳을 손가락으로 짚는다. 그녀의 손은 작고 피부는 얼룩덜룩하다. 세번째 손가락에 화려하게 세팅된 다이아몬드 반지를 끼고 있다. "앞에서 말한 것에도 불구하고Notwithstanding the aforesaid라는 말이 있잖아요."

"이것은 만약 당신이 재정적으로 어렵다는 걸 증명할 수 있다면 신탁에 도움을 요청할 자격이 있다는 의미입니다."

"그럼에도 불구하고notwithstanding라는 말은 어떻게 되죠?"

"그 말은 이 조항이 앞에서 말한 것에 대한 예외이며 그보다 선행한다는 의미입니다."

"하지만 이건 신탁이 내 청구를 거부할withstand 수 없다는 의미이기도 하잖아요. 그런 의미가 아니라면 거부하다라는 게 무슨 의미죠?"

"이건 거부하다의 의미가 무엇이냐 하는 문제가 아니라, 앞에서 말한 것에도 불구하고의 의미가 무엇이냐 하는 문제입니다. 이 문구는 전체적인 틀에서 봐야 합니다."

그녀가 조급하게 숨을 씨근덕거린다. "나는 변호사가 아니라 영어 전문가인 당신의 서비스에 돈을 지불하는 거예요. 유언장은 영어로, 영어 단어로 작성돼 있어요. 이 단어들의 의미가 뭐죠? 그럼에도 불구하고의 의미가 뭐죠?"

미친 여자군, 그는 생각한다. 여기에서 어떻게 빠져나가지? 그러나 물론 그녀는 미치지 않았다. 그녀는 그저 분노와 탐욕에 사로잡혀 있을 뿐이다. 그녀의 손아귀에서 빠져나간 남편에 대한 분노, 그리고 그의 돈에 대한 탐욕.

"나는 내가 신청을 하면," 그녀가 말한다. "남편의 형제를 포함한 누구도 그걸 거부할 수 없다는 의미로 이 부분을 이해했어요. 그것이 거부할 수 없다의 의미니까요. 그가 내 요구를 거부할 수 없다는 말인 거죠. 그렇지 않다면 그 단어를 사용할 이유가 뭐겠어요? 무슨 말인지 알겠어요?"

"무슨 말인지 알겠습니다." 그가 말한다.

그는 10랜드짜리 수표를 받아 호주머니에 넣고 그 집을 나선다. 그가 전문가로서 보고서를 작성하고, 그를 그럼에도 불구하고를 포함한 영어 단어들의 의미에 대한 전문가로 만들어주는 학위증을 복사하여 공증사무실에서 공증을 받아 보내면, 나머지 보수 30랜드를 받게 될 것이다.

그는 보고서를 보내지 않는다. 그는 받아야 할 돈을 포기한다. 과부가 전화를 해서 무슨 일이냐고 묻자, 그는 조용히 수화기를 내려놓는다.

이 이야기를 통해 드러나는 그의 성격의 특성: (a) 정직함(그는 고용주가 원하는 대로 유언장을 읽는 것을 거부한다), (b) 순진함(그는 몹시 돈이 궁하면서도 돈을 벌 기회를 놓친다).

1975년 5월 31일

남아프리카는 공식적으로 전쟁 상태는 아니지만 그런 거나 마찬가지일지 모른다. 저항이 거세지면서, 법규는 하나씩 유예된 상태다. 경찰과 (개떼를 모는 사냥꾼처럼) 경찰을 움직이는 사람들은 이제 거의 거침이 없다. 라디오와 텔레비전에서는 뉴스를 가장해 공식적인 거짓말을 중계한다. 그러나 한심하고 살인적인 모든 쇼 위에는 썩은 공기가 떠 있다. 백인 기독교 문명을 유지하자! 선조들의 희생을 기리자! 같은 낡은 구호들은 모든 힘을 잃어버렸다. 우리는, 혹은 그들은, 혹은 우리와 그들 양쪽은, 막바지에 들어섰다. 모두가 그걸 안다.

그러나 체스를 두는 사람들이 우위를 점하려고 책략을 쓰는 동안, 인간의 목숨은 여전히 소모되고 있다. 소모되고 소진되고 있다. 전쟁에 파괴되는 것이 어느 세대의 운명인 것처럼, 정치에 시달리는 게 지금 세대의 운명인 듯 보인다.

예수가 자신을 낮춰 정치를 했더라면, 로마시대의 유대 지방에서 핵심 인물이 되었을지 모른다. 그가 죽임을 당한 이유는 정치에 무관심했고 자신이 무관심하다는 걸 분명히 했기 때문이다. 어떻게 정치를 벗어나 살 것인가, 그리고 자신의 죽음. 그것이 예수가 자신의 추종자들에게 보인 모범이었다. 그가 예수를 안내자로 생각하다니 참 이상하다. 그러나 대체 어디에서 더 좋은 안내자를 찾겠는가?

주의할 점: 예수에 대한 그의 관심을 지나치게 확장시켜 이것을 개종의 이야기로 만드는 걸 피할 것.

1975년 6월 2일

길 건너에 새로운 사람들이 이사왔다. 그 또래의 부부인데 BMW를 갖고 있고 아이들은 어리다. 그는 그들에게 전혀 신경 쓰지 않는다. 그런데 어느 날, 문을 두드리는 소리가 들려온다. "안녕하세요, 저는 이웃에 새로 이사온 데이비드 트러스콧이라고 합니다. 열쇠를 안에 두고 문을 잠가서 그러는데, 전화 좀 쓸 수 있을까요?" 그러더니 뒤늦게 생각났는지 이렇게 덧붙였다. "혹시 저와 아는 사이 아닌가요?"

그러고 보니 떠오른다. 그들은 실제로 아는 사이다. 1952년, 데이비드 트러스콧과 그는 세인트조지프 가톨릭 학교 6학년 같은 반이었다. 데이비드가 6학년 때 낙제를 하는 바람에 뒤로 처지지 않았다면 그와 데이비드 트러스콧은 고등학교를 마칠 때까지 나란히 다녔을지도 모른다. 그가 왜 낙제했는지 알아내는 건 어렵지 않았다. 6학년 때 배우는 수학이 문제였다. 데이비드는 처음부터 이해하지 못했다. x, y, z가 사람을 지루한 산수로부터 해방시키기 위해 있다는 걸 이해하지 못했던 것이다. 라틴어도 문제였다, 그는 한 번도 그걸 제대로 이해하지 못했다. 예를 들어, 가정법을 이해하지 못했다. 그렇게 어린 나이였지만 그가 보기에도 데이비드는 학교를 그만두고 라틴어나 수학에서 멀리 떨어진 현실세계로 나가 은행에서 지폐를 세거나 신발 파는 일을 하는 게 더 나을 듯싶었다.

그러나 이해를 잘 못한다고 매질—그는 체념한 채 매질을 받아들였지만, 이따금 안경이 뿌예질 정도로 울었다—을 당했음에도 불구하고, 데이비드 트러스콧은 계속 학교를 다녔다. 틀림없이 그의 부모가 등을 떠밀어서 그랬을 터였다. 여하튼 데이비드는 6학년에서 고전을 하다가 7학년으로 올라갔고 결국 10학년까지 올라갔다. 그리고 이십 년이 흐른 지금, 데이비드는 말쑥하고 밝고 부유한 모습이다. 아침에 사무실로 출근하면서 사업 문제로 골몰하느라 집 열쇠를 안에 놔둔 채 나갔던 모양이다. 그런데 아내가 아이들을 파티에 데려다주러 가고 없어서 집안에 들어갈 수 없는 상황인 것이다.

그가 데이비드에게 묻는다. "무슨 일 하고 있어?" 호기심 이상의 질문이다.

"마케팅. 울워스 그룹에 다니거든. 너는?"

"아, 좀 애매한 상황이야. 미국에서는 대학 강의를 했는데, 지금은 여기서 일자리를 알아보는 중이야."

"그렇군. 언제 한번 만나야지. 우리집에 와서 술 한잔하면서 얘기도 좀 하고 말이야. 그런데 아이들은 있어?"

"내가 아이야. 그러니까 아버지와 같이 살고 있다는 말이야. 아버지가 연로하셔서 돌봐드려야 하거든. 여하튼 들어와. 전화기는 저쪽에 있어."

그래서 x와 y를 이해하지 못했던 데이비드 트러스콧은 잘나가는 마케팅 담당자 혹은 사업가가 되어 있고, x와 y는 물론이고 다른 많은 것들을 이해하는 데 문제가 없었던 그는 실직한 지식인이다. 이 사실은 세상 돌아가는 것에 대해 무엇을 말해주는가? 라틴어와 수학은 물질적인 성공에 이르는 길이 아니라는 것을 가장 명백하게 암시하는 듯하다. 그러나 그 이상을 암시하는지도 모른다. 즉, 사물을 이해하는 건 시간 낭비이고, 현실세계에서 성공해 행복한 가정과 좋은 집과 BMW를 갖고 싶다면, 사물을 이해하려고 노력할 게 아니라 숫자를 더하거나 버튼을 누르거나 마케팅 담당자들에게 후하게 보상을 해주는 무엇이든 하면 된다는 걸 암시하는 듯하다.

결국 데이비드 트러스콧과 그는 약속했던 대로 만나서 술을 마시지도 않고, 약속했던 대로 얘기도 하지 않는다. 그가 데이비드 트러스콧이 직장에서 돌아오는 저녁 시간에 앞뜰에서 갈퀴로 낙엽을 모으고 있으면, 두 사람은 길 건너로 서로를 향해 이웃답게 손을 흔들거나 고개를 끄덕이지만 그 이상은 하지 않는다. 그는 트러스콧의 부인을 더 자주 본다. 아이들을 끝없이 세컨드 차에 태우고 내리는 창백하고 작은 여자. 그런데 그는 그녀에게 소개되지도 않고 말을 걸 기회도 없다. 토카이 로드는 번잡한 도로라서 아이들에게 위험하다. 트러스콧 부부가 그가 사는 쪽으로 건너오거나 그가 그쪽으로 건너갈 마땅한 이유가 없다.

1975년 6월 3일

그와 트러스콧 가족이 살고 있는 곳에서 남쪽으로 1킬로미터쯤 걸어가면 폴스모어가 나온다. 폴스모어—아무도 굳이 폴스모어 교도소라고 부르지 않는다—는 높은 담과 철조망, 감시탑으로 에워싸인 감금 시설이다. 옛날에는 모래가 많은 관목지의 폐허에 그것만 달랑 혼자 서 있었다. 그러나 세월이 흐르면서 교외지역이 처음에는 머뭇머뭇, 나중에는 더 대담하게, 점점 더 가까이 조성되었다. 그리고 지금은 모범적인 시민들이 매일 아침 국가경제에 이바지하러 모습을 드러내는 말끔하게 늘어선 집들로 둘러싸여 있다. 그래서 이제 그 풍경에서 변칙적으로 보이는 건 폴스모어다.

물론, 남아프리카의 굴라크*가 교외의 백인 거주지 쪽으로 그렇게 추하게 불쑥 나와 있고, 그와 트러스콧 가족이 들이마시는

* 소련의 정치범 강제 노동 수용소. '수용소' '교도소'의 관용적 표현으로 쓰이기도 한다.

공기가 악한들과 범죄자들의 폐를 똑같이 통과한다는 건 아이러니가 아닐 수 없다. 그러나 즈비그니에프 헤르베르트*가 지적한 것처럼, 야만인들에게 아이러니는 소금과 같다. 이로 깨물어 순간적인 풍미를 즐길 수도 있지만, 그 풍미가 사라지고 나면 잔인한 사실들은 여전히 우리 앞에 남아 있다. 그렇다면, 아이러니가 소진되고 나면 폴스모어라는 잔인한 사실을 어찌해야 할까?

계속: 법원에서 나와 토카이 로드를 지나가는 교도소 승합차, 언뜻 보이는 얼굴들, 창살문을 움켜쥔 손가락들. 트러스콧 부부는 아이들에게 일부는 반항적이고 일부는 절망적인 저들의 손과 얼굴에 대해 무슨 얘기를 할까.

* 폴란드 시인(1924~98).

줄리아

프랭크 박사님, 제가 보내드린 글들을 읽으셨을 겁니다. 존 쿳시가 1972년부터 1975년까지 쓴 메모장에서 가져온 글입니다. 그 시기는 아마 박사님께서 그와 가깝게 지내던 시기와 거의 일치할 겁니다. 박사님의 이야기를 들어보기 전에, 우선 박사님께서 그 메모를 읽고 어떤 생각을 하셨는지 궁금합니다. 박사님께서 알고 지내던 사람을 알아보시겠던가요? 그가 묘사하는 나라와 시대를 알아보시겠던가요?

그럼요, 남아프리카를 기억해요. 토카이 로드도 기억하고, 죄수들을 가득 싣고 폴스모어로 가던 승합차들도 기억하죠. 그 모든 걸 아주 생생하게 기억하고 있어요.

아시다시피, 넬슨 만델라가 폴스모어에 수감되어 있었습니다. 만델라가 지척에 있다는 걸 쿳시가 언급하지 않은 게 놀랍습니까?

만델라는 나중에야 폴스모어로 옮겨갔어요. 1975년에는 아직 로벤섬*에 있었고요.

물론이죠. 제가 깜빡했네요. 그럼 쿳시와 아버지의 관계는 어땠습니까? 쿳시는 어머니가 사망한 후 한동안 아버지와 같이 살았습니다. 그의 아버지를 만난 적이 있나요?

몇 번 만났죠.

아들한테서 아버지의 모습이 보이던가요?

존이 아버지를 닮았느냐고 묻는 건가요? 겉모습은 안 닮았어요. 그의 아버지는 더 작고 호리호리했어요. 아담한 사람이었죠. 건강이 안 좋아 보이긴 했지만 나름대로 잘생긴 사람이었어요.

* 남아프리카공화국 케이프타운 인근의 섬. 백인 통치에 반대하는 흑인 운동가들을 가두는 전용 교도소가 있었다.

그는 몰래 술을 마시고, 담배를 피우고, 전반적으로 자신을 돌보지 않는 사람이었어요. 그에 반해 존은 술을 전혀 입에 대지 않았죠.

다른 면은 어땠나요? 두 사람이 다른 면에서 비슷한 점이 있었나요?

두 사람 다 혼자 있고 싶어하는 사람들이었죠. 사회성이 부족했어요. 넓은 의미에서 보자면 억눌려 있었던 거죠.

어떻게 존 쿳시를 만나게 되었습니까?

곧 얘기해줄게요. 그런데 당신이 쿳시의 일기에서 뽑아 보내준 글에서 내가 이해 안 되는 게 있어요. 고딕체로 된 구절에 확장할 것 어쩌고 하는 부분이 있던데, 그건 누가 쓴 거죠? 당신이 썼나요?

아뇨, 쿳시가 직접 써놓은 겁니다. 자기 자신을 위해 써놓은 메모죠. 자기 일기를 책으로 낼 생각으로 1999년이나 2000년에 써놓은 메모입니다. 나중에는 그 생각을 버렸지만요.

그렇군요. 내가 존을 어떻게 만났느냐고요. 나는 슈퍼마켓에서 그와 처음 마주쳤어요. 1972년 여름이었죠. 우리가 케이프로 이사간 지 얼마 되지 않았을 때였어요. 우리에게 필요한 것, 그러니까 나와 내 아이에게 필요한 건 아주 간단했지만, 나는 슈퍼마켓에서 상당한 시간을 보내고 있었던 것 같아요. 내가 쇼핑을 한 건 무료한데다 집에서 떨어져 있을 필요가 있어서였지만, 주된 이유는 그곳에서 평화로움과 즐거움을 느꼈기 때문이었어요. 쾌적하고 하얗고 깨끗한데다 음악까지 흐르고 카트가 조용히 굴러가는 게 좋았던 거죠. 게다가 온갖 것들이 다 있었으니까요. 이 스파게티 소스 옆에 저 스파게티 소스, 이 치약 옆에 저 치약 등등 말이죠. 나는 그곳에서 마음의 안정을 찾았어요. 정서적으로 좋았던 거죠. 내가 아는 다른 여자들은 테니스를 치거나 요가를 했지만, 나는 쇼핑을 했어요.

그때는 아파르트헤이트가 기승을 부리던 1970년대였어요. 그래서 슈퍼마켓에는 유색인이 별로 없었죠. 물론 직원들을 제외하고요. 남자들도 많지 않았어요. 그게 즐거움의 일부였죠. 연기할 필요가 없었으니까요. 내가 본모습 그대로 있을 수 있었으니까요.

남자들은 많지 않았지만, 픽 엔 페이 토카이 지점에서 이따금 한 남자를 보게 되었어요. 나는 그를 알아봤지만, 그는 쇼핑에 너무 열중한 나머지 나를 알아보지 못했어요. 나는 괜찮다고 생각했죠. 겉모습으로 보아, 그는 대부분의 사람들이 매력적이라고 생각하는 사람은 아니었어요. 야위고, 수염을 기르고, 뿔테 안경을 쓰고, 샌들을 신고 있었어요. 그는 그곳에 어울리지 않는 사람 같았어요. 새 같았다고나 할까요. 날 줄 모르는 새 말이에요. 아니면 실수로 실험실 밖을 나와 돌아다니는 멍한 표정의 과학자 같았죠. 분위기도 초라했어요. 실패한 분위기라고나 할까요. 여자 없이 살아온 것 같더니, 내 생각이 맞았어요. 그에게 필요한 건 분명 그를 돌봐줄 여자였어요. 장을 봐주고 요리와 청소를 해주고 어쩌면 마약까지도 조달해줄 여자 말이죠. 화장도 안 하고 겨드랑이 털은 시꺼멓고 구슬 목걸이를 하고 있는 노련한 히피 여자 말이에요. 가까이 가서 그의 발을 본 건 아니었지만, 그의 발톱은 손질도 제대로 안 되어 있을 게 뻔했어요.

그 당시 나는 남자가 나를 쳐다보는 걸 상당히 의식했었죠. 나는 팔다리와 젖가슴에 와닿는 압력을 느낄 수 있었어요. 남자들의 때로는 교묘하고 때로는 그다지 교묘하지 않은 눈길이 주는 압력 말이죠. 당신은 내가 무슨 얘기를 하는지 이해할 수 없겠지만, 여자라면 누구나 이해할 거예요. 그런데 이 남자한테서는 아무 압력도 감지할 수 없었어요. 전혀요.

그러던 어느 날, 상황이 변했어요. 나는 문구류 선반 앞에 서 있었어요. 크리스마스가 얼마 남지 않았을 때라 포장지를 고르고 있었죠. 그러니까 촛불, 전나무, 순록 같은 유쾌한 크리스마스 무늬가 들어간 포장지 말이에요. 그러다 내가 실수로 포장지 롤을 떨어뜨렸어요. 그런데 그걸 주우려고 하다가 다른 것까지 떨어뜨렸지 뭐예요. 그때 뒤에서 어떤 남자가 "제가 주워드릴게요"라고 말하는 소리가 들렸어요. 물론 그 사람은 당신이 말하는 존 쿳시였죠. 그는 1미터쯤 되는 꽤 기다란 롤 두개를 주워서 나한테 돌려줬어요. 그런데 의도적이었는지 어땠는지 지금도 알 수 없지만, 그는 포장지 롤을 주면서 내 가슴을 밀었어요. 일 초나 이 초쯤, 그가 정말로 내 가슴을 롤로 쿡 찔렀다고 할 수도 있을 것 같아요.

물론 그건 지나쳤죠. 동시에 중요하지 않았고요. 나는 아무 반응도 보이지 않으려고 했어요. 눈을 내리깔지도 않았고 얼굴을 붉히지도 않았어요. 당연히 미소도 짓지 않았죠. "고마워요." 나는 아무렇지도 않은 목소리로 이렇게 말하고 돌아서서 볼일을 봤어요.

그럼에도 불구하고 그건 사적인 행위였어요. 그렇지 않은 척 해봐야 소용없었죠. 그 일이 점점 희미해져 다른 사적인 순간들 사이로 사라질지 말지는 시간만이 얘기해줄 거였어요. 하지만 은밀하고 예기치 않았던 그 찌르기가 쉽게 잊힐 리는 없었죠. 사실, 나는 집에 가서 브래지어를 걷어올려 가슴을 살펴보기까지 했어요. 물론 아무 흔적도 없었죠. 그저 가슴만, 젊은 여자의 순진한 가슴만 있었어요.

그런데 이틀 후 집으로 차를 몰고 오다가, 토카이 로드를 따라 쇼핑 봉투를 들고 터덜터덜 걸어가는 그를 봤어요. 쿡 찌르기 씨 말이에요. 나는 두 번 생각하지도 않고 차를 세운 후 태워다주겠다고 했죠(당신은 너무 젊어서 모르겠지만, 그때는 아직도 사람들이 차를 태워주겠다고 하던 시절이었어요).

1970년대의 토카이는 떠오르는 신흥 교외였어요. 땅값은 싸지 않았지만 건물들이 많이 들어서고 있었죠. 그러나 존이 살던 집은 오래된 집이었어요. 그 집은 토카이가 아직 농지였을 때 농장 근로자들을 수용했던 오두막 중 하나였어요. 전기도 들어오고 수도시설도 되어 있었지만, 그래도 아주 기본적인 것만 갖춘 집이었죠. 나는 그를 대문 앞에 내려줬어요. 그런데 그는 들어오라고 하지도 않더군요.

시간이 흐르고 어느 날, 주요도로인 토카이 로드에 있는 그 집 앞을 우연히 지나다가 그를 봤어요. 그는 픽업트럭 뒤에 서서 삽으로 모래를 퍼 손수레에 담고 있었죠. 반바지를 입고 있었는데 창백하고 그다지 강해 보이지는 않지만 그럭저럭 일을 해내는 것 같았어요.

이상한 것은 당시에는 기술이 필요 없는 막노동을 백인이 하는 게 관례가 아니었다는 점이죠. 그런 건 일반적으로 '카피르*' 라 불리는 사람들의 일이었어요. 그러니까 다른 사람에게 돈을 주고 시키는 일이었던 거죠. 삽으로 모래를 푸는 게 딱히 수치스러운 일은 아니었지만, 실망스러운 일인 건 분명했죠. 무슨 말인지 아시겠죠?

당신은 나한테 존이 당시에 어땠는지 얘기해달라고 했지만, 배경을 설명하지 않고 그의 모습에 대해 얘기할 수는 없네요. 그러지 않으면 당신이 이해하지 못할 것들이 있으니까요.

알고 있습니다. 제 말은, 그렇게 하시라는 겁니다.

앞서 말한 것처럼, 나는 차의 속도도 늦추지 않고 손도 흔들지 않은 채 그냥 지나쳤어요. 모든 이야기와 모든 관계가 그때, 그 자리에서 끝났을 수도 있었겠죠. 그랬다면 당신은 여기서 내 얘기를 듣는 게 아니라, 다른 나라에서 다른 여자들의 두서없는 얘기를 듣고 있겠죠. 그러나 나는 그때 공교롭게도 다시 생각해보고 차를 돌렸어요.

---

* 남아프리카 흑인을 비하하는 비속어. 영어로 'nigger'에 해당한다.

"안녕하세요, 뭐하려는 거예요?" 나는 이렇게 소리쳤죠.

"보시다시피 모래를 푸고 있어요." 그가 말했어요.

"뭘 하려고요?"

"공사 좀 하려고요. 보여드릴까요?" 이렇게 말하며 그는 픽업트럭에서 내려왔어요.

"지금 말고 다른 날 보기로 하죠. 저 픽업트럭은 당신 건가요?" 내가 말했어요.

"예."

"그럼 가게까지 걸어갈 필요 없겠네요. 차를 몰고 가면 되니까요."

"그래요." 그러곤 그가 말했어요. "그런데 이 근처에 사세요?"

"한참 더 가야 돼요." 내가 대답했어요. "콘스탄티아버그 너머에 살아요. 숲속이죠."

그건 농담이었어요. 당시 남아프리카 백인들 사이에 오가는 사소한 농담이었죠. 내가 숲속에 산다는 건 사실이 아니었으니까요. 숲속에, 진짜 숲속에 사는 사람들은 흑인들뿐이었어요. 그는 내가 케이프 반도의 오래된 숲을 새로 개간한 지역에 살고 있다는 의미로 이해했을 거예요.

"아, 더이상 당신을 잡고 있지 않을게요." 내가 말했죠. "무슨 공사를 하세요?"

"공사가 아니라 그냥 콘크리트를 치는 거예요." 그가 말했어요. "저는 공사를 할 정도로 영리하지는 않답니다." 그는 나의 작은 농담에 자기 식의 농담으로 응수한 거예요. 그가 부자도 아니고 잘생기지도 않고 매력적이지도 않고—그는 어느 것에도 해당되지 않았어요—그리고 영리하지도 않다면, 아무것도 남은 게 없었어요. 그러나 물론 그는 영리한 게 분명했어요. 그는 몸을 굽히고 현미경을 들여다보며 평생을 살아온 과학자들이 영리해 보이는 식으로, 영리해 보이기까지 했으니까요. 뿔테안경에 어울리는 협소하고 근시안적인 영리함이랄까요.

이 남자와 시시덕거릴 마음은 조금도, 정말이지 조금도 없었어요. 당신은 날 믿어야 해요. 성적인 끌림이라고는 전혀 없는 모습이었어요. 그는 마치 머리에서 발끝까지 사람을 중성화시키고 거세시키는 스프레이를 뿌려놓은 사람 같았어요. 분명히 그는 크리스마스 포장지 롤로 내 가슴을 찌른 죄가 있었죠. 나는 그걸 잊지 않고 있었어요. 내 가슴이 그 기억을 간직하고 있었으니까요. 그러나 나는 속으로 그것이 십중팔구 서투른 우발사고, 슐레밀*의 행동에 지나지 않았다고 생각했죠.

그렇다면 나는 왜 다시 생각해봤을까요? 나는 왜 차를 돌렸을

* 히브리어 남자 이름으로, '운이 나쁜 사람' '얼간이'를 뜻하는 속어로도 쓰인다.

까요? 대답하기 쉬운 질문은 아니네요. 사람을 좋아하게 되는 것과 관련된 것이라면, 내가 존을 좋아하게 되었는지는 확실하지 않아요. 오랫동안 확실하지 않았어요. 존은 쉽게 좋아할 만한 사람이 아니었으니까요. 세상을 향한 그의 태도는 좋아하기에는 너무 신중하고 방어적이었어요. 내 생각에 그의 어머니는 어렸을 때의 그를 좋아하고 사랑했을 것 같아요. 어머니는 그러게 되어 있으니까요. 그러나 다른 사람이 그러는 건 상상하기 힘들죠.

조금 솔직하게 말해도 되겠죠? 그러면 당시의 상황을 묘사해 볼게요. 나는 그때 스물여섯이었어요. 육체적인 관계를 가진 남자가 두 명뿐일 때였죠. 둘밖에 없었다고요. 첫번째는 열다섯 살 때 만난 남자애였어요. 그가 군대에 갈 때까지, 우리 두 사람은 몇 년 동안 쌍둥이처럼 붙어다녔어요. 그가 떠난 후, 나는 한동안 울적해져 혼자 지내다가 새로운 남자친구를 만났어요. 학교에 다니는 동안에는 새 남자친구와 쌍둥이처럼 붙어다녔어요. 우리는 졸업하자마자 양가의 축복 속에 결혼을 했죠. 나는 매번 전부 아니면 제로였어요. 나의 본성은 늘 그랬어요. 전부 아니면 제로. 그래서 스물여섯 살이 되어서도 나는 많은 면에서 순진했어요. 가령 남자를 어떻게 유혹하는지 전혀 알지 못했죠.

내 말을 오해하지 마세요. 내가 온실 속 화초 같은 삶을 살았다는 말은 아니에요. 온실 속 화초 같은 삶은 내 남편과 내가 움직이는 반경에서는 불가능했어요. 칵테일파티에서 남자가, 보통 내 남편이 사업상 알고 있는 남자가 나를 구석으로 데리고 가 가까이 몸을 굽히며 낮은 목소리로, 마크가 그렇게 오래 자리를 비우는데 교외에서 외롭지는 않은지, 다음주 어느 날 점심을 같이 하는 건 어떤지 물은 적이 몇 번이나 되니까요. 물론 나는 장단을 맞추지 않았지만, 그런 식으로 혼외정사가 시작되는 거라고 짐작했죠. 낯선 남자가 점심식사에 초대하고, 식사가 끝나면 자기가 우연히 열쇠를 갖고 있는 친구의 해변 별장이나 도시에 있는 호텔로 데려가 성적인 부분이 처리되는 거라고 말이에요. 그리고 다음날, 남자는 전화를 해서 어제 즐거웠다며 이렇게 묻겠죠. 다음주 화요일에 다시 만날까요? 그렇게 해서 매주 화요일, 신중하게 점심식사를 하고 침대로 들어가는 에피소드가 이어지겠죠. 남자가 전화를 하지 않거나 여자가 남자의 전화를 받지 않을 때까지 계속될 거예요. 그런 걸 총칭해 외도라고 하는 거겠죠.

사업세계—내 남편과 그의 사업에 대해서는 잠시 후에 더 얘기해줄게요—에서는 남자들한테 남 앞에 내놓을 만한 아내를 가지라는 압력이 있지요. 적어도 그 당시에는 그랬어요. 따라서 아내들에게도 남 앞에 내놓을 만해야 한다는, 그러니까 내놓을 만하면서 어느 한도 내에서는 호의적이어야 한다는 압력이 있었어요. 바로 그게, 내가 남편에게 그의 동료들이 나한테 치근댄다는 말을 하면 화를 내면서도, 남편이 그들과 친밀한 관계를 유지했던 이유예요. 화를 내지도 않고 주먹다짐도 없고 새벽 결투도 없고, 그저 이따금 집안에서 한 번씩 조용히 씩씩거리거나 심통을 부리는 정도였죠.

지금 생각해보니까, 그 작고 닫힌 세계에서 누가 누구와 잤느냐 하는 문제는 사람들이 인정하는 것보다 더 음험했던 것 같아요. 더 음험하고 더 사악했죠. 남자들은 자기 아내를 다른 남자들이 탐내는 걸 좋아하기도 하고 싫어하기도 했어요. 그들은 위협을 느끼면서도 흥분했어요. 여자들도, 그러니까 부인들도 흥분했어요. 나는 그걸 보지 않기 위해 장님이 되어야 했어요. 주변이 온통 흥분으로 넘쳤어요. 그러니까 육욕적인 흥분에 둘러싸여 있었던 거예요. 나는 그것으로부터 의도적으로 나를 단절시켰어요. 파티에 가면 나도 당연히 내놓을 만한 사람이었지만, 결코 호의적으로 굴지는 않았어요.

결과적으로 나는 부인들 사이에서 친구를 사귈 수 없었고, 따라서 그들은 내가 쌀쌀맞고 거만하다고 수군댔죠. 게다가 자기들이 나를 어떻게 생각하는지 내가 확실히 알게끔 만들었어요. 내가 전혀 신경쓰지 않았다고 말할 수 있으면 좋겠지만 그러지 못했어요. 나는 너무 젊고 자신감이 없었거든요.

마크는 내가 다른 남자들과 자는 건 바라지 않았어요. 동시에 그는 자신이 어떤 여자와 결혼했는지 다른 남자들이 보고 그것 때문에 질투하기를 바랐어요. 내 생각에 그건 그의 친구들이나 동료들도 마찬가지였을 거예요. 다른 남자들의 아내는 자신들이 접근하면 넘어오기를 바랐지만 자신들의 아내는 정숙하기를, 그러니까 정숙하면서 유혹적이기를 바랐어요. 논리적으로 말이 안 되죠. 그건 지속할 수 없는 미시적 시스템이었어요. 그러나 그들은 비즈니스맨들이었어요. 프랑스식으로 표현하면, 기민하고 영리한(영리하다는 말의 다른 의미에서 말이죠) 사업가들이었죠. 시스템을 알고, 어떤 시스템은 유지할 수 있고 어떤 시스템은 그럴 수 없는지 아는 사람들이었다고요. 그래서 내가 그들 모두가 참여한 합법적인 불법 시스템이 그들이 인정하는 것 이상으로 음험하다고 말하는 거예요. 내 생각에 그 시스템은 그들이 상당한 심리적 대가를 치를 때만, 그들이 어느 정도 분명히 알고 있는 것을 인정하지 않을 때만 계속 작동될 수 있었어요.

마크와 나는 결혼 초기에는 서로에 대한 믿음이 커서 그 무엇도 우리 사이를 흔들 수 없을 거라고 생각했어요. 그래서 우리는 서로한테 비밀이 없도록 하자고 약속했죠. 내 입장에서 보자면, 그 약속은 내가 지금 당신에게 얘기하고 있는 시기에는 여전히 유효했어요. 나는 마크에게 아무것도 숨기지 않았어요. 숨길 것이 아무것도 없었으니까요. 그런데 마크는 그걸 한 번 어겼어요. 그는 그걸 어기고 자신이 어겼다는 걸 고백했고, 그 결과 우리 사이는 흔들리고 말았죠. 그래서 그 충격이 있은 후, 그는 진실을 얘기하는 것보다는 거짓말을 하는 게 더 편하다고 남몰래 결론을 내렸죠.

마크는 투자 분야에서 일했어요. 그의 회사는 고객들을 위해 투자 기회를 찾아내고 그들을 위해 투자를 했죠. 고객들은 대부분 이 나라가 내부적으로 붕괴하거나(그들이 썼던 말이에요) 폭발하기(내가 선호하는 말이에요) 전에 나라에서 돈을 빼내려고 하는 남아프리카 부유층들이었어요. 그는 나에게는 분명하지 않은 이유로—그 당시에도 전화라는 게 있었는데 말이죠—일주일에 한 번씩 더반 지점으로 갔어요. 자문을 해준다고요. 그가 더반에 있는 시간과 날을 모두 더해보니, 그는 집에 있는 시간만큼 그곳에서 시간을 보내고 있더군요.

마크가 자문을 해주는 지점 동료 중 하나가 이베트라는 여자였어요. 그보다 나이가 많은 아프리칸스 이혼녀였죠. 처음에 그는 그녀에 대해 자유롭게 얘기했죠. 그녀가 비즈니스 문제로 집으로 전화했다는 얘기까지 마크가 했으니까요. 그런데 어느 순간부터 이베트에 관한 얘기를 전혀 하지 않더라고요. "이베트와 무슨 문제 있어?" 내가 묻자 그는 "없어"라고 답했어요. "그 여자 매력적이야?" 이렇게 묻자 그는 "아니, 딱히"라고 답하더군요.

그가 그렇게 애매하게 나오자, 나는 뭔가 심상치 않다고 생각했죠. 나는 이유 없이 그에게 메시지가 전달되지 않거나 비행기를 놓친 일 등, 사소한 일들에 신경을 쓰기 시작했어요.

어느 날 그가 오랫동안 외출하고 돌아왔을 때, 나는 단도직입적으로 물었죠. "지난밤에 호텔로 연락이 안 되던데, 이베트와 같이 있었어?"

"응." 그가 말했어요.

"그 여자랑 잤어?"

"응." 그가 대답했어요.(미안하지만 거짓말은 못하겠네.)

"왜 그랬어?" 내가 물었어요.

그가 어깨를 으쓱하더군요.

"왜 그랬어?" 내가 다시 물었어요.

"왜냐하면." 그가 말했어요.

"야, 이 나쁜 자식아." 나는 이렇게 말하고 그에게서 돌아서서 화장실로 들어가 문을 잠갔어요. 울지는 않았어요. 울고 싶은 생각이 안 들더라고요. 반대로 복수심에 숨이 막힐 것 같았어요. 나는 치약 한 통과 헤어무스 한 통을 세면대에 짜고 뜨거운 물을 틀었어요. 그리고 그걸 머리빗으로 휘저어 아래로 내려버렸어요.

그게 배경이었어요. 그 사건이 있은 후, 그러니까 자신이 고백을 하면 봐줄 거라고 생각했는데 그렇게 안 되자, 그는 거짓말을 하기 시작했어요. 나는 다른 여행에서 돌아온 그에게 물었어요. "아직도 이베트를 만나?"

"나는 이베트를 만나야 해. 내겐 선택의 여지가 없어. 같이 일을 하니까." 그가 대답했어요.

"그래서 아직도 그런 식으로 그 여자랑 만나?"

"당신이 말하는 그런 식의 관계는 끝났어." 그가 말했어요. "단 한 번뿐이었다고."

"한두 번이라는 거네." 내가 말했어요.

"한 번이야." 그가 자기가 한 말을 반복하며 군혔어요.

"사실, 어쩔 수 없는 일이었겠지." 내가 말했어요.

"맞아. 어쩔 수 없는 일이었을 뿐이라고." 그날 밤은 그걸로 마크와 나 사이에 대화가 끝났어요. 대화도 끝나고 모든 게 끝나 버렸죠.

마크는 거짓말을 할 때마다 내 눈을 똑바로 쳐다보려고 노력했어요. 줄리아한테 털어놓는다고 생각했던 게 틀림없어요. 그러나 나는 그렇게 침착한 눈길에서 그가 거짓말을 하고 있다는 걸—확실히—알 수 있었어요. 마크가 거짓말을 얼마나 못하는지 당신은 못 믿을 거예요. 하기야 남자들은 대개 다 그렇죠. 내가 거짓말을 할 게 전혀 없다는 게 참 애석하더군요. 그런 게 있었다면, 마크에게 기술적으로 한두 개를 보여줄 수 있었을 텐데 말이죠.

태어난 순서로 따지자면 마크는 나보다 나이가 많았어요. 그러나 나는 그렇게 생각하지 않았어요. 나는 내가 가족 중 나이가 가장 많다고 생각했죠. 그다음은 열세 살쯤 된 마크이고, 그다음은 다음번 생일이면 두 살이 되는 우리 딸 크리스티나고요. 따라서 성숙도의 측면에서 보면 남편은 나보다는 아이한테 더 가까웠죠.

미스터 쿡 찌르기, 미스터 슬쩍 찌르기, 모래를 삽으로 퍼서 트럭 뒤에 싣고 있는 남자 얘기로 돌아가자면, 나는 그가 몇 살인지 전혀 알 수 없었어요. 내 경험상 그는 또다른 열세 살짜리 아이일지도 모르는 일이었죠. 혹은 실제로, 미라빌레 딕투*, 어른일지도 모르는 일이었고요. 여하튼 기다려봐야 알 일이었죠.

"내가 6의 인수를 틀린 것 같아요." 그가 말했어요(혹은 16이라고 했는지도 몰라요. 건성으로 들었거든요). "모래 1톤이 아니라 6톤(아니면 16톤)이 있어야 하고, 자갈 1.5톤이 아니라 10톤이 있어야 하는데. 내가 정신이 나갔던 게 틀림없어요."

"정신이 나갔다고요?" 나는 무슨 말인지 이해하기 위해 시간을 벌며 말했어요.

* 라틴어로 '이상한 말이지만'이라는 의미.

"그런 실수를 해서 하는 말이에요."

"나는 늘 숫자개념이 없어요. 소수점을 잘못된 곳에 찍곤 하죠."

"네, 그렇지만 6의 인수는 소수점을 잘못 찍는 문제와 달라요. 당신이 수메르인이 아닌 바에야 그럴 수는 없죠. 여하튼 당신의 질문에 대한 답은 이 일이 언제 끝날지 모른다는 거예요."

내가 무슨 질문을 했나 싶었어요. 언제 끝날지 모르는 일이 대체 무엇인지 궁금하더군요.

"나는 가야 해요." 내가 말했어요. "아이한테 점심을 챙겨줘야 하거든요."

"아이들이 있어요?"

"네, 하나 있죠. 있으면 안 되나요? 나는 남편도 있고 식사를 챙겨줘야 하는 아이도 있는 성숙한 여자예요. 왜 놀라세요? 그렇지 않다면 내가 픽 엔 페이에서 그렇게 많은 시간을 보낼 필요가 뭐가 있겠어요?"

"음악 때문인가요?" 그가 물었어요.

"당신은 어때요? 가족이 없나요?"

"같이 사는 아버지가 있어요. 혹은 내가 같이 산다고 해야 할지 모르겠군요. 여하튼 전통적인 의미의 가족은 없어요. 내 가족은 날아갔어요."

"아내도 없어요? 아이들도 없어요?"

"아내도 없고 아이들도 없어요. 나는 아들로 돌아와 있어요."

나는 사람들이 이렇게 주고받는 대화, 마음속에서 오가는 생각과 아무 관련이 없는 말에 늘 흥미가 있었어요. 예를 들어 그와 내가 얘기하고 있을 때, 나는 대단히 혐오스러운 낯선 남자의 모습을 떠올렸어요. 귓구멍에 검은 털이 자라 있고 셔츠 윗단추 위로 털이 삐져나와 있는 남자. 최근에 있었던 바비큐 파티에서 내가 샐러드를 접시에 담고 있을 때 내 엉덩이에 아무렇지도 않게 손을 댄 남자. 쓰다듬거나 꼬집는 게 아니라 커다란 손으로 내 엉덩이를 감싸쥔 남자. 내가 이런 그림을 떠올리고 있을 때, 털이 별로 없는 저 남자는 속으로 무슨 생각을 하고 있을까 싶더군요. 대부분의 사람들이, 거짓말을 하는 데 능숙하지 못한 사람들조차, 적어도 속으로 무슨 생각을 하는지를 밖으로 드러내지 않을 만큼 감추는 데는 능숙하다는 사실이 얼마나 다행인지 몰라요. 목소리도 전혀 떨리지 않고 동공도 확대되지 않고 말이죠!

"그럼, 잘 있어요." 내가 말했어요.

"잘 가세요." 그가 말했어요.

나는 집으로 돌아가 가사도우미에게 돈을 지불하고 크리시한테 점심을 먹이고 낮잠을 재웠어요. 그리고 초콜릿 쿠키 두 판을 구웠어요. 그리고 그것들이 아직 따뜻할 때, 토카이 로드에 있는 집으로 차를 몰았어요. 바람 한 점 없는 아름다운 날씨였어요.

당신이 찾는 남자(그 당시 내가 그의 이름을 몰랐다는 걸 기억하세요)는 뜰에서 나무와 망치와 못을 갖고 뭔가를 하고 있었어요. 그는 웃통을 벗은 채였어요. 어깨가 햇볕에 타 붉어져 있었죠.

"이봐요," 내가 말했어요. "셔츠를 입어야죠. 햇볕을 쬐면 좋지 않아요. 당신과 당신 아버지를 위해 초콜릿 쿠키를 좀 가져왔어요. 픽 엔 페이에서 사는 것보다는 좋을 거예요."

그는 미심쩍은 얼굴로, 사실은 아주 귀찮다는 듯한 얼굴로, 연장을 놓고 꾸러미를 받았어요. "들어오시라고 할 수는 없겠네요. 너무 엉망이어서요." 그가 말했어요. 나를 환영하지 않는 게 분명했어요.

"괜찮아요." 내가 말했어요. "여하튼 나도 여기 있을 수 없거든요. 아이한테 돌아가야 해서요. 이웃으로서 이러는 것뿐이에요. 언제 한번 아버지와 함께 우리집에 와서 저녁식사를 하는 게 어때요? 이웃끼리 식사 한번 하는 거 어때요?"

그가 미소를 지었어요. 나를 향해 처음으로 짓는 미소였어요. 매력적인 미소는 아니었어요. 입술을 너무 꽉 다물고 있었거든요. 그는 고르지 않은 치열을 의식하고 있었어요. "고마워요." 그가 말했어요. "하지만 아버지한테 먼저 물어봐야 해요. 밤늦게까지 깨어 있는 분이 아니라서요."

"늦지 않을 거라고 말씀드리세요." 내가 말했어요. "식사만 하고 가셔도 괜찮아요. 그냥 우리 셋만 먹을 테니까요. 내 남편은 나가고 없어요."

당신은 틀림없이 걱정하고 있을 거예요, 빈센트 씨. 이렇게 생각하고 있겠죠. 내가 어쩌다가 이런 상황에 들어와 있지? 어떻게 이 여자는 삼사십 년 전에 있었던 일상적인 대화를 기억하는 척할 수 있지? 이 여자는 언제 요점을 얘기할까? 그러니 내가 솔직해질게요. 나는 얘기를 하면서 대화의 내용을 만들어가고 있어요. 우리가 작가에 관해 얘기를 하고 있으니까, 내 생각에 그건 허용될 것 같아서요. 내가 당신한테 얘기하는 것이 문자 그대로 사실은 아닐 수 있지만 본질에 있어서는 사실이에요. 그건 확실해요. 얘기 계속할까요?

〔침묵〕

나는 초콜릿 쿠키 상자 위에 내 전화번호를 적어줬어요. "내 이름도 알려줄게요." 내가 말했어요. "당신이 궁금해할 것 같아서요. 내 이름은 줄리아에요."

"줄리아. 액체화된 그녀의 옷이 어쩌나 달콤하게 출렁이는지."*

* 미국 소설가 로버트 헤릭의 시 「줄리아의 옷에 관하여」의 일부.

"그렇군요." 내가 말했어요. 액체화. 무슨 뜻으로 한 말이었을까요?

그는 약속한 대로 다음날 저녁 우리집으로 왔어요. 그런데 아버지는 안 왔더라고요. "아버지는 몸이 좋지 않으셔서요." 그가 말했어요. "아스피린을 드시고 주무시러 들어가셨어요."

우리는, 그러니까 우리 두 사람은 부엌 식탁에 앉아서 식사를 했어요. 크리시는 내 무릎에 앉아 있었고요. "삼촌한테 인사하렴." 내가 크리시에게 말했어요. 그러나 크리시는 낯선 사람을 상대하지 않으려 했어요. 아이는 금방 낌새를 채잖아요. 공기에서 그걸 느끼는 거죠.

사실 크리스티나는 그때도 그랬고 나중에도 존을 좋아한 적이 없어요. 그애는 아빠를 닮아 푸른 눈에 흰 피부였어요. 나와는 아주 달랐죠. 사진을 보여드리죠. 때때로 나는 아이가 나를 닮지 않아서 나를 좋아하지 않는 것 같다는 느낌을 받곤 했어요. 이상하죠. 집안에서 아이를 돌봐주는 건 나였는데, 마크와 비교하면 나는 침입자였어요. 거무스름하고 이상한 침입자 말이에요.

삼촌. 아이 앞에서 나는 존을 그렇게 불렀어요. 나중에는 그걸 후회했어요. 연인을 가족으로 속이는 야비한 짓이었죠.

여하튼 우리는 식사를 하며 얘기를 했어요. 그러나 열정과 흥분이 사라지기 시작하더니 김이 빠지더군요. 내가 잘못 생각했을 수도 있고 아닐 수도 있는 슈퍼마켓에서의 포장지 사건을 제외하고, 접근해서 초대를 한 건 나였어요. 나는 속으로 생각했죠. 됐다, 더이상은 하지 말자. 구멍에 단추를 끼울지 말지는 이제 그에게 달려 있다. 말하자면 이렇게 생각한 거죠.

사실 나는 태생적으로 요부가 아니었어요. 레이스가 달린 속옷이나 프랑스 향수가 연상되는 그 말이 못마땅하기까지 했어요. 내가 그날 저녁을 위해 옷을 잘 차려입지 않았던 건 정확히, 요부 역할에 빠지지 않기 위해서였어요. 그날 아침, 나는 슈퍼마켓에 갈 때 입었던 것과 똑같은 흰 면 블라우스와 녹색 테릴렌*(맞아요, 테릴렌이었어요) 슬랙스를 입고 있었어요. 있는 그대로였죠.

웃지 말아요. 내가 책 속의 인물처럼 행동하고 있다는 건 나도 잘 알아요. 그러니까 헨리 제임스의 소설에 나오는, 그럴 필요가 없음에도 어렵고 근대적인 일을 하기로 작정한 고상한 젊은 여인들처럼 말이죠. 나와 비슷한 사람들이, 그러니까 마크의 회사 동료 부인들이 헨리 제임스나 조지 엘리엇이 아니라 〈보그〉나 〈마리 클레르〉 〈페어 레이디〉를 안내자로 삼는 상황이었으니 특히 그렇죠. 하지만 책이 우리 인생을 바꿔주지 않는다면 책이 왜 중요하겠어요? 책이 중요하다고 생각하지 않았다면 당신이 내가

* 폴리에스터계 합성섬유.

존에 대해 하는 얘기를 들으려고 킹스턴까지 왔겠어요?

아뇨. 물론 안 왔겠죠.

그거예요. 존도 딱히 옷을 잘 입는 사람은 아니었어요. 대공황기에 태어난 아이답게 괜찮은 바지 한 벌, 평범한 흰 셔츠 세 벌, 구두 한 켤레가 전부였죠. 하지만 이제 다시 내 얘기로 돌아가도록 해요.

그날 저녁, 나는 간단히 라자냐를 요리했어요. 완두콩 수프, 라자냐, 아이스크림이 메뉴였어요. 두 살배기 아이한테 알맞은 메뉴였죠. 라자냐는 리코타 치즈 대신 코티지 치즈로 만들어서 원래보다 더 질척했어요. 나는 슈퍼마켓으로 돌아가서 리코타 치즈를 살 수도 있었지만, 원칙에 따라 그렇게 하지 않았어요. 원칙에 따라 의상을 바꾸지 않은 것처럼요.

우리가 저녁을 먹으면서 무슨 얘기를 했을까요? 별로 안 했어요. 나는 크리시를 먹이는 데 집중하고 있었거든요. 아이가 자기를 소홀히 한다는 느낌을 받지 않기를 바랐어요. 당신도 잘 알다시피, 존이 말이 많은 사람은 아니었으니까요.

저는 모릅니다. 그를 직접 만난 적이 없어서요.

그를 만난 적이 없다고요? 놀랍군요.

그를 찾아간 적이 없어요. 서신을 교환한 적도 없고요. 그에 대한 의무감이 없는 게 더 좋을 거라고 생각했어요. 자유롭게 내가 원하는 걸 쓸 수 있으니까요.

그러나 당신은 나를 찾아왔잖아요. 당신 책은 그에 관한 건데, 그를 만나지 않기로 했다는 거로군요. 그리고 나에 관한 책이 아닌데, 나를 만나자고 했고요. 이걸 어떻게 설명할 수 있죠?

당신이 그의 삶에서 중요한 사람이었으니까요. 당신은 그에게 중요한 사람이었어요.

당신이 그걸 어떻게 알죠?

나는 그가 말한 걸 그냥 반복하고 있을 뿐이에요. 내가 아니라 많은 사람들한테 한 말이죠.

내가 그의 인생에서 중요한 인물이었다고 그가 말했다고요? 놀랍군요. 기쁘기도 하고요. 그가 그렇게 생각해서 기쁘다는 말은 아니에요. 나도 내가 그의 삶에 영향을 미쳤다는 건 인정하니까요. 단지 그가 다른 사람들에게 그렇게 말했다는 게 기쁜 거예요.

나도 고백 하나 할게요. 당신이 처음 나한테 연락했을 때, 나는 당신의 제안을 거절하려고, 당신과 얘기하지 않으려고 거의 마음을 굳혔어요. 나는 당신이 남의 일에 참견하기 좋아하는 사람이거나 학구적인 기자라고 생각했어요. 존의 구린 점을 찾아내려고 그의 여자들, 그의 전리품 명단을 생각해내고 명단을 만들어 하나하나 체크해나가는 기자 말이죠.

당신은 학구적인 연구자들을 높게 평가하지 않는군요.

그래요, 높게 생각하지 않아요. 그래서 내가 당신한테, 내가 그의 전리품 중 하나가 아니라는 걸 분명히 하려 한 거예요. 오히려 그가 나의 전리품 중 하나였죠. 여하튼 궁금해서 물어보는 건데, 그가 누구한테 내가 중요했다고 얘기한 거죠?

여러 사람들한테 그랬어요. 편지에서요. 구체적으로 이름을 밝히지는 않지만, 그게 당신이라는 건 쉽게 알 수 있어요. 또한 그는 당신 사진도 갖고 있었어요. 그의 서류에서 그걸 찾아냈죠.

사진이라고요! 볼 수 있어요? 지금 갖고 있어요?

복사해서 보내드릴게요.

그래요, 당연히 나는 그에게 중요했죠. 그는 자기 나름의 방식으로 나와 사랑에 빠져 있었으니까요. 하지만 중요한 존재가 되는 것도 중요한 방식이 있고 중요하지 않은 방식이 있어요. 나는 내가 중요한 사람 중에서도 중요한 사람이었다고는 절대 생각하지 않아요. 이건 그가 나에 대해서 쓴 적이 없다는 의미예요. 나는 그의 책에 나온 적이 한 번도 없어요. 이건 내가 그의 내부에서 꽃을 피우거나 생기를 띠지 못했다는 의미예요.

〔침묵〕

할말 없으세요? 당신은 그가 쓴 책들을 읽었을 텐데, 그의 책 어디에 나의 흔적이 있다는 거죠?

그건 대답할 수 없네요. 그걸 대답할 정도로 당신을 잘 알지는 못하니까요. 그의 등장인물들 중 누구한테도 당신의 흔적이 없나요?

없어요.

어쩌면 당신은 바로 알아볼 수는 없지만, 흩어진 모습으로 그의 책들에 나오는 건지도 모르죠.

그럴지도 모르죠. 하지만 그건 확인해봐야겠죠. 얘기 계속할까요? 내가 어디까지 얘기했죠?

저녁식사요. 라자냐요.

그래요. 라자냐, 전리품 얘기를 했죠. 나는 그에게 라자냐를 먹이고 그에 대한 정복을 완료했어요. 내가 얼마나 노골적으로 말해야 하죠? 그가 죽었으니, 그에게는 아무 상관 없겠죠. 나만 경솔한 거죠? 우리는 안방 침대를 사용했어요. 내 결혼에 먹칠을 할 거라면 철저하게 하자는 생각이었죠. 그리고 침대가 소파나 바닥보다는 편하고요.

그 경험 자체—배반의 경험 말이에요, 나한테는 그게 그런 경험이었으니까요—는 내가 생각했던 것보다 더 낯설었어요. 그런데 그 경험은 내가 그 낯섦에 익숙해지기도 전에 끝나버리더군요. 그러나 그게 처음부터 끝까지 짜릿했던 건 의심의 여지가 없어요. 가슴이 계속 쿵쿵 뛰었어요. 나는 그걸 결코 잊지 못할 거예요. 헨리 제임스 얘기를 다시 하자면, 그의 소설에는 배반에 대한 얘기가 많이 나오잖아요. 그런데 나는 그 행위, 즉 배반 행위를 하는 동안에 느꼈던 짜릿함과 고양된 자의식에 대해서는 아무것도 기억나지 않아요. 그러고 보면 제임스는 자신을 대단한 배반자라고 내세우는 걸 좋아했지만, 나는 속으로 이렇게 물었어요. 그에게 실제로 그런 경험이, 실제로, 육체적인 외도를 저지른 경험이 있을까?

첫인상이 어땠느냐고요? 나의 새 연인은 내 남편보다 더 야위고 가볍더군요. 먹는 것이 충분하지 않은 모양이군. 이렇게 생각했던 게 떠올라요. 토카이 로드의 초라한 작은 오두막에 함께 살며 돼지고기 훈제 소시지와 비스킷에 차를 곁들여 먹는 그와 그의 아버지, 홀아비와 그의 독신 아들, 무능력한 두 사람, 인생에 실패한 두 사람. 그가 자기 아버지를 나한테 데려오지 않으니 내가 영양가 있는 음식을 두 사람한테 갖다줘야 하는 건 아닌가 싶더군요.

지금까지 나한테 남아 있는 그의 이미지는 눈을 감고 나한테 기댄 채 내 몸을 쓰다듬고, 촉감으로 나를 기억하려는 듯 집중하며 얼굴을 찡그리고 있던 모습이에요. 그는 손을 아래위로, 앞뒤로 움직였어요. 나는 당시 몸매에 상당한 자신을 갖고 있었어요. 조깅, 미용체조, 식이요법의 결과였죠. 남자를 위해 옷을 벗을 때가 아니면, 언제 보상을 받겠어요? 나는 미인은 아니었을지 모르지만, 적어도 만지기에는 괜찮은 여자였을 거예요. 날씬하고 멋진, 괜찮은 여자 몸매였으니까요.

이런 얘기가 당황스러우면 그렇다고 얘기해요. 자제해볼 테니까요. 나는 몸과 관련된 직업을 갖고 있어서, 당신만 괜찮다면 이런 솔직한 얘기 괜찮아요. 괜찮다고요? 문제없어요? 그럼 계속할까요?

그게 우리가 처음 함께한 시간이었어요. 흥미롭죠. 흥미로운 경험이지만 인생을 뒤흔드는 건 아니었죠. 하기야 그때는 나도 그게 인생을 뒤흔들 거라고는 결코 기대하지 않았어요. 그와는 아니었죠.

나는 감정적으로 얽히는 걸 피하기로 결심했어요. 가벼운 바람기와 마음을 온통 쏟아붓는 연애는 완전히 다른 문제죠.

나는 상당히 확신하고 있었어요. 아무것도 알지 못하는 남자한테 마음을 빼앗기고 싶지 않았어요. 그러나 그는 어땠을까요? 그가 우리 사이에 있었던 일에 대해 곰곰 생각해보고 실제보다 더 큰 어떤 것으로 만들려는 유형은 아닐까? 나는 조심하자고 속으로 생각했어요.

그러나 며칠이 지나도 그에게서 아무 연락이 없었어요. 토카이 로드에 있는 그 집을 지나칠 때마다 차의 속력을 늦추고 바라봤지만 그는 보이지 않았어요. 그는 슈퍼마켓에도 나타나지 않았어요. 내가 내릴 수 있는 결론은 한 가지밖에 없었어요. 그가 나를 피하고 있다. 어떤 면에서 보면 그건 좋은 징조였어요. 그럼에도 불구하고 그 사실이 나를 짜증나게 만들더군요. 솔직히 상처받았어요. 그래서 나는 구닥다리식 편지를 써서 우표를 붙여 우체통에 넣었어요. "나를 피하는 건가요?" 나는 편지에 이렇게 썼어요. "나는 우리가 좋은 친구로 있기를 바랄 뿐이에요. 내가 어떻게 해야 당신을 안심시킬 수 있을까요?" 그에게선 답장이 없었어요.

내가 편지에 언급하지 않았고 다음번에 그를 만났을 때도 언급하지 않았던 것은 그가 왔다 간 직후의 주말을 내가 어떻게 보냈는가였어요. 마크와 나는 서로를 향해 토끼처럼 달려들어 섹스를 했어요. 침대에서도 하고, 마루에서도 하고, 샤워를 하면서도 하고, 아무 곳에서나 했어요. 심지어 아무것도 모르는 가엾은 크리시가 아기침대에 누워 눈을 동그랗게 뜨고 울면서 나를 찾을 때도 했죠.

마크는 내가 그렇게 열정적인 이유에 대해 나름대로 생각이 있었어요. 마크는 내가 그에게서 더반에 있는 여자친구의 냄새를 맡고 그에게 내가 더 잘한다는 것을—어떻게 말하면 좋을까요?—그러니까 내가 그녀보다 얼마나 더 잘하는지 보여주려 한다고 생각했어요. 그는 문제의 그 주말 다음 월요일에 더반행 비행기를 예약해놓은 상태였어요. 그러나 그는 예약을 취소하고 사무실에 전화를 걸어 아프다고 했어요. 그리고 그와 나는 다시 침대로 들어갔죠.

그는 질리지도 않는 모양이었어요. 그는 부르주아 결혼 제도와 그것이 남자에게 집 안팎에서 발정을 하도록 제공하는 기회들에 몹시 취해 있었어요.

내 감정을 말하자면—나는 지금 신중하게 말을 고르고 있어요—서로 그렇게 가까운 거리에 있는 두 남자를 갖는다는 게 견딜 수 없이 짜릿했어요. 나는 스스로에게 다소 충격적인 말을 했죠. 너는 창녀처럼 행동하고 있어! 원래 본성이 이런 사람이니? 그러나 속으로는 나 자신과 또 내가 야기할 수 있는 효과가 아주 자랑스러웠어요. 그 주말에 나는 처음으로 에로틱한 영역에서 무한히 발전할 수 있는 가능성을 언뜻 엿보았어요. 그전까지 에로틱한 삶을 다소 진부한 것으로 생각했었거든요. 사춘기에 접어들고, 일 년이나 이 년이나 삼 년 정도 물가에서 망설이다가, 결국 뛰어들어 첨벙거리다 자신을 만족시키는 짝을 찾게 되면 그걸로 끝이다. 그걸로 탐색은 끝이다. 이렇게 생각했거든요. 그 주말에 나는 내 에로틱한 삶이 스물여섯에 겨우 시작되었을 뿐이라는 걸 깨달았어요.

그러다 드디어 내 편지에 대한 답이 왔어요. 존이 전화를 한 거예요. 처음에는 조심스럽게 이렇게 묻더군요. 혼자 있나요? 남편은 없나요? 그다음은 초대였어요. 저녁식사를 조금 일찍 하면 어때요? 아이도 데려오고요.

나는 크리시를 유모차에 태우고 그 집으로 갔어요. 존은 정육점에서 쓰는 청색과 백색이 섞인 앞치마를 입고 문에서 기다리고 있다가 이렇게 말했어요. "뒤쪽으로 가요. 브라이(바비큐)를 하고 있어요."

나는 그의 아버지를 거기서 처음으로 만났어요. 그의 아버지는 불가에 몸을 웅크리고 앉아 있었어요. 저녁 날씨가 아직 상당히 따뜻했음에도 그는 추워하는 것 같았어요. 그는 다소 뻣뻣하게 일어나서 나를 맞았어요. 몸이 약해 보였어요. 그런데 나중에 알고 보니 예순 몇 살밖에 안 됐더라고요. "만나서 반갑습니다." 그는 이렇게 말하고 보기 좋은 미소를 지어 보였어요. 그와 나는 처음부터 사이가 좋았어요. "얘가 크리시인가요? 얘야, 안녕! 우리를 보러 왔구나!"

아들과 달리, 그의 말씨는 아프리칸스어 억양이 강했어요. 하지만 그가 구사하는 영어는 아주 괜찮은 편이었어요. 내가 보기에 그는 많은 형제자매들과 함께 카루*에 있는 농장에서 자란 것

* 남아프리카공화국 남부의 고원지대.

같았어요. 그들은 가정교사한테서 영어를 배웠다고 해요. 근처에 학교가 없었으니까요. 영국에서 온 존스 선생, 아니면 스미스 선생이었다고 한 것 같은데, 잘 기억이 안 나네요.

마크와 내가 살고 있는, 담으로 둘러싸인 아파트 단지에는 건물마다 뒤뜰에 붙박이 바비큐 대가 설치돼 있었어요. 그런데 토카이 로드에는 그런 시설이 없었어요. 고작 벽돌 몇 개를 놓고 불을 피운 것에 불과했어요. 아이가 있는데, 특히 아직 제대로 걷지도 못하는 크리시 같은 아이가 있는데, 그렇게 안전장치도 없이 불을 피워놓은 건 믿을 수 없을 만큼 어리석어 보였어요. 나는 석쇠에 손을 대고 아픈 척하며 손을 입에 넣고 빨았어요. 그리고 크리시에게 말했어요. "뜨거워! 조심해! 만지면 안 돼!"

어째서 내가 이렇게 자세히 기억하냐고요? 손가락을 빨았기 때문이에요. 존이 나를 쳐다보는 걸 의식했기 때문이에요. 나는 일부러 한참을 그러고 있었죠. 당시—이렇게 자랑하는 걸 이해해주세요—내 입술은 괜찮았거든요. 키스하기에 좋은 입술이었죠. 내 이름은 키쉬Kiš였어요. 그런데 우스꽝스러운 발음부호에 관해서 제대로 아는 사람이 없는 남아프리카에서는 K-I-S라고 썼어요. 학교에 다닐 때는 아이들이 나를 자극하려고 속삭이듯 키스-키스 하고 소리를 내곤 했어요. 키스-키스 소리를 낸 뒤에 키득거리며 입술로 키스하는 소리를 내곤 했죠. 나는 전혀 신경쓰지 않았어요. 키스하기 좋은 입술이 뭐 어떠냐 싶었던 거죠. 여담은 여기까지만 할게요. 당신이 듣고 싶어하는 건 나와 내 학창시절이 아니라 존이라는 걸 잘 알고 있으니까요.

석쇠에 구운 소시지와 구운 감자, 그게 두 남자가 상상력을 동원해 기껏 차려놓은 메뉴였어요. 소시지에는 병에 든 토마토소스를 바르고, 감자에는 마가린을 발랐더군요. 그런 소시지를 만드는 데 어떤 고기 부스러기가 들어갔는지 누가 알겠어요. 다행히 나는 아이를 위해 하인즈 이유식을 두 통 갖고 갔어요.

나는 숙녀답게 입맛이 별로 없다며 소시지 하나만 접시에 담았어요. 마크가 오랫동안 집을 떠나 있으니, 고기를 점점 덜 먹게 되더라고요. 그런데 두 남자는 고기와 감자를 먹고 다른 건 전혀 먹지 않더군요. 그들은 식사하는 모습이 똑같았어요. 어느 순간 음식을 빼앗기기라도 할 것처럼 아무 말도 없이 음식을 허겁지겁 삼키더라고요. 고독하게 식사를 하더군요.

"콘크리트 치는 건 잘되어가나요?" 내가 물었어요.

"별 탈 없으면 한 달이면 끝날 거예요." 존이 말했어요.

"집이 정말 달라졌어요." 그의 아버지가 말했어요. "그건 의심의 여지가 없어요. 전보다 습기가 훨씬 덜 올라와요. 하지만 큰 공사였어요. 그렇지, 존?"

나는 그 말투를 바로 알아챘어요. 자식 자랑을 하고 싶은 부모의 말투였거든요. 그 가엾은 남자에게 마음이 가더군요. 삼십대가 됐음에도 콘크리트를 치는 것 외에는 자랑할 게 없는 아들이라니요! 아들 입장에서도 얼마나 어렵겠어요. 자랑스러워하고 싶어하는 아버지 때문에 압박을 느꼈을 테니까요. 내가 학교에서 뛰어났던 이유가 하나 있다면, 그것은 이 이상한 나라에서 그토록 외롭게 살고 있는 내 부모에게 뭔가 자랑할 것을 마련해주기 위해서였어요.

그의 영어는, 그러니까 아버지의 영어는, 앞서 말한 것처럼 아주 괜찮았어요. 그런데 영어가 모국어가 아닌 건 분명했어요. 그는 의심의 여지가 없다는 관용구를 발음할 때면, 박수를 기대하듯 약간 과장된 몸짓을 했어요.

나는 그에게 무슨 일을 하느냐고 물었어요. (한다는 말은 대단히 무의미한 말이었지만 그는 그게 무슨 의미인지 알아들었어요.) 그는 나한테 시내에서 부기원으로 일한다고 말하더군요. 내가 물었죠. "여기서 시내까지는 상당히 먼 거리인데, 더 가까운 곳에 사는 게 좋지 않아요?"

그가 뭐라고 우물거렸지만 나는 알아듣지 못했어요. 침묵이 찾아왔어요. 내가 그의 아픈 곳을 건드린 게 분명했어요. 내가 화제를 바꿔봤지만 소용없었죠.

그날 저녁의 만남에서 많은 걸 기대한 건 아니었지만 지루한 대화, 오랜 침묵, 두 사람 사이에 떠도는 무언가, 불협화음이나 언짢음 같은 건 소화하기가 힘들더군요. 음식은 맛이 없었고 숯은 재가 되어가고 있었어요. 나는 한기를 느꼈어요. 어둠이 밀려오기 시작했죠. 크리시는 모기한테 뜯기고 있었고요. 잡초가 무성한 뒤뜰에는 나를 잡아둘 게 아무것도 없었어요. 내가 잘 알지도 못하는 가족 간의 긴장에 끼어 있어야 할 이유도 없었고요. 엄밀히 따져 그들 중 하나가 나의 과거 연인이었거나 현재 연인이라 해도 말이죠. 그래서 나는 크리시를 안아 유모차에 다시 태웠어요.

"아직 가지 말아요. 커피를 끓일게요." 존이 말했어요.

"가야 해요. 아이가 잘 시간이 훨씬 지나서요." 내가 말했어요.

문가에서 그가 나한테 입맞춤을 하려고 했지만 나는 그럴 기분이 아니었어요.

그날 저녁 이후 나는 이런 생각을 하게 되었죠. 내 남편이 외도를 한 게 나를 자극해 그를 벌주고 나의 아무르 프로프르*를 지키려고 나도 잠깐 외도를 해봤잖아요. 그런데 막상 해보니까, 나의 외도는 큰 실수였어요. 적어도 상대를 잘못 선택했던 거죠. 그러자 내 남편의 외도가 다르게 보이더라고요. 어쩌면 실수가

* 프랑스어로 '자존심'.

아닐까, 내가 화를 내고 말고 할 가치가 없는 게 아닐까 싶더라고요.

그다음 주말 남편이 집에 있을 때 어땠는지에 대해서는 적당히 베일을 칠게요. 이미 충분히 얘기했으니까요. 내가 주중에 갖는 존과의 관계에는 주말이라는 배경이 있었다는 것만 말해두도록 하죠. 존이 나한테 어느 정도 흥미를 갖고 반해 있기까지 했다면, 그건 그가 나한테서 성생활—그런데 이 성생활이라는 게 사실, 그와는 거의 상관이 없었거든요—이 왕성한, 여성적인 힘의 정상에 있는 여자를 만났기 때문이었을 거예요.

빈센트 씨, 나는 당신이 듣고 싶어하는 게 내 얘기가 아니라 존에 관한 얘기라는 걸 잘 알아요. 그러나 내가 해줄 수 있는 존과 관련된 유일한 얘기, 혹은 내가 얘기할 준비가 되어 있는 유일한 얘기는 이것뿐이에요. 즉, 내 삶에 관한 얘기, 그가 내 삶에서 했던 역할에 관한 얘기죠. 그것은 그의 삶과 그 속에서의 내 역할에 관한 이야기와는 전적으로 다르고, 또 전적으로 별개의 문제죠. 나의 이야기, 나에 관한 이야기는 존이 등장하기 몇 년 전부터 시작되었고 그가 퇴장한 후에도 몇 년 동안 계속되었어요. 내가 오늘 당신한테 얘기하고 있는 국면에서는, 정확히 말하자면, 마크와 내가 주인공이었어요. 존과 더반 여자는 조연이었고요. 그러니 당신이 선택해야 해요. 당신은 내가 하는 얘기를 받아들일 건가요? 이야기를 계속할까요, 아니면 지금 당장 여기서 그만둘까요?

계속하세요.

확실해요? 한 가지 더 얘기할 게 있어서 그래요. 이거예요. 만약 당신이 속으로 두 이야기, 즉 당신이 듣고 싶어하는 이야기와 내게서 듣고 있는 이야기의 차이가 관점의 문제에 지나지 않는다고 생각한다면, 크게 잘못하는 거예요. 내 관점에서 보면 존에 관한 이야기는 나의 결혼생활에 관한 긴 이야기 속의 많은 사건들 중 하나일 수 있죠. 그럼에도 불구하고 당신이 그걸 홱 틀어서 관점을 조작하고 영리하게 편집해, 존과 그의 인생을 거쳐간 여자들 중 하나에 관한 이야기로 바꿀 수 있다고 생각한다면 크게 잘못하는 거라고요. 그러면 안 되죠. 그러면 안 된다고요. 진지하게 경고하는데, 만약 당신이 텍스트를 가지고 놀면서 여기는 단어를 빼고 저기는 단어를 더하기 시작하면 모든 건 당신 손에서 재가 되고 말 거예요. 내가 진짜 중심인물이에요. 존은 진짜 보조적인 인물이고요. 당신의 전문 영역에 관해 훈계를 하는 것 같아 미안하지만, 당신은 결국 나한테 고맙다고 할 거예요. 아시겠어요?

무슨 말인지 알겠습니다. 전적으로 동의하는 건 아니지만, 무슨 말인지는 알겠어요.

나중에 내가 당신한테 경고를 하지 않았다는 말은 하지 말아요.

앞서 얘기한 것처럼, 그 시절은 나한테 굉장한 날들, 두번째 허니문이었어요. 첫번째 허니문보다 더 달콤하고 더 길었죠. 그렇지 않다면 내가 왜 이렇게 잘 기억하겠어요? 진정으로 나 자신이 되어가고 있구나! 이게 바로 여자가 된다는 거구나, 이게 바로 여자가 할 수 있는 일이로구나! 나는 속으로 이렇게 생각했죠.

내 말이 충격적인가요? 아마 안 그럴 거예요. 당신은 충격을 받지 않는 세대니까요. 그러나 내 어머니가 살아서 내가 당신한테 하는 얘기를 듣는다면 충격을 받으실 거예요. 어머니는 내가 지금 하고 있는 것처럼 낯선 사람한테 얘기를 하는 건 꿈도 꾸지 못하셨을 거예요.

마크는 싱가포르에 다녀오는 길에 비디오카메라 초기 모델을 사 갖고 왔어요. 그러고는 우리 두 사람이 사랑을 나누는 걸 찍으려고 침실에 그걸 설치했죠. 기록도 남기고, 흥분도 되고. 그는 이렇게 말했어요. 나는 신경쓰지 않았어요. 그냥 내버려뒀어요. 그는 아마 지금도 그 필름을 갖고 있을 거예요. 옛날에 대한 향수에 젖을 때면 그걸 볼 수도 있겠죠. 혹은 다락에 있는 상자 속에 잊힌 채로 방치됐다가 그가 죽은 다음에야 발견될지도 모르고요. 우리의 유품이 되겠네요! 젊은 시절의 할아버지가 외국인 아내와 침대에서 법석을 떠는 장면을 눈이 튀어나오게 바라보는 손자들을 상상해보세요.

당신 남편은……

마크와 나는 1988년에 이혼했어요. 그는 곧바로 재혼했고요. 나는 내 후임이 누구인지 한 번도 만나보지 못했어요. 내 생각에 그들은 바하마나 버뮤다에 살고 있을 거예요.

그럼 여기까지 할까요? 많이 얘기했으니까요. 긴 하루였네요.

하지만 분명 그게 이야기의 끝은 아니잖아요.

아니, 그게 그 이야기의 끝이에요. 적어도 중요한 부분의 끝이라고요.

하지만 당신과 쿳시는 계속 만났어요. 몇 년 동안 편지도 주고받았고요. 그러니 당신의 관점에서는 그것이 이야기가 끝나는 지점이라 해도, 아 미안합니다, 그러니까 그것이 당신에게 중요한 이야기의 일부가 끝나는 지점이라 해도, 아직도 따라가야 하는 기다란 꼬리, 기다란 함의가 있잖아요. 그 꼬리의 끝에 대해 조금 알려줄 수 없으세요?

긴 꼬리는 아니고 짧은 꼬리예요. 얘기해주겠지만 오늘은 안 돼요. 오늘은 할일이 있어서요. 다음주에 다시 오세요. 접수원과 약속을 잡으세요.

다음주면 나는 떠난 뒤일 거예요. 내일 다시 만날 수 없나요?

내일은 안 돼요. 목요일은 괜찮아요. 마지막 약속 다음에 반시간 정도 할애할게요.

그래요, 꼬리의 끝. 어디서부터 시작할까요? 존의 아버지 얘기부터 시작하죠. 어느 날 아침이었어요. 따분한 바비큐 파티가 있고 얼마 지나지 않았을 때였죠. 차를 타고 토카이 로드를 지나는데, 누군가 정류장에 혼자 서 있었어요. 쿳시의 아버지였죠. 나는 바빴지만, 그냥 지나가는 건 너무 무례한 것 같아 차를 세우고 태워다주겠다고 했어요.

그는 크리시는 어떻게 지내느냐고 물었어요. 나는 아이가 오래 집을 비우는 아빠를 그리워한다고 말했어요. 그리고 내가 존과 콘크리트 작업에 대해 물었어요. 그는 애매하게 대답했어요.

사실 우리 두 사람 다 얘기할 기분이 아니었어요. 하지만 나는 억지로 시도했어요. 나는 그에게 물었어요. 실례가 아니라면 부인과 사별한 지 얼마나 되었는지 여쭈어도 될까요? 그는 그 질문에 대답하긴 했지만, 그녀와 살 때 행복했는지 어떤지, 그녀가 그리운지 어떤지, 아무것도 자진해서 말하지 않았어요.

"자제분은 존뿐인가요?" 내가 물었어요.

"아니, 아니요. 존한테는 남자 형제가 하나 있어요. 동생이죠." 그는 내가 그걸 모른다는 것이 놀라운 모양이었어요.

"흥미롭군요. 존한테는 형제자매가 없을 것 같은 분위기가 있어서요." 부정적인 의미에서 한 말이었어요. 내 말은 그가 스스로에게 빠져 있어서 주변 사람들한테 여지를 주지 않는 것처럼 보인다는 의미였죠.

그는 아무 말도 하지 않았어요. 예를 들어, 형제자매가 없을 것 같은 분위기가 어떤 거냐고도 묻지 않았어요.

나는 둘째 아들은 어디에 살고 있는지 물었어요. 그러자 C씨는 아들이 영국에 산다고 했어요. 몇 년 전에 남아프리카를 떠난 후로 다시 돌아오지 않았다고 하더군요. "보고 싶으시겠군요."

내가 말하자, 그는 어깨를 으쓱하더군요. 그는 늘 그런 식으로 반응했어요. 말없이 어깨를 으쓱하면서요.

이 말은 꼭 해야겠어요. 나는 처음부터 이 남자에게 참을 수 없을 만큼 슬픈 뭔가가 있는 듯한 느낌을 받았어요. 검정 양복을 입고 내 옆자리에 앉아 싸구려 화장품 냄새를 풍기는 그는 빳빳한 청렴의 화신처럼 보이기도 했지만, 그가 갑자기 울음을 터뜨린다고 해도 나는 전혀 놀라지 않았을 거예요. 매일 아침 영혼을 파괴하는 일을 하러 터벅거리며 출근했다가 밤이면 적막한 집으로 돌아와 쌀쌀맞은 큰아들과 단둘이 외롭게 살아가는 그가 적잖이 가엾게 느껴졌어요.

"많이 보고 싶죠." 그가 마침내 그렇게 말했어요. 나는 그가 전혀 대답을 안 할 것이라고 생각했는데 말이죠. 그는 앞을 똑바로 응시하며 속삭이듯 말했어요.

나는 기차역 근처 베인버그에서 그를 내려줬어요. "태워줘서 고마워요, 줄리아. 아주 친절하군요." 그가 말했어요.

그가 내 이름을 부른 건 그때가 처음이었어요. 곧 만나요. 나는 이렇게 말할 수 있었겠죠. 존과 같이 오셔서 식사라도 하세요. 이렇게 말할 수도 있었을 거예요. 그러나 나는 그렇게 하지 않았어요. 그냥 손을 흔들고 떠났어요.

내가 너무 인색했구나! 너무 무정했구나! 나는 이렇게 자책했어요. 내가 왜 그에게, 두 사람 모두에게 그렇게 가혹했을까요?

그리고 정말이지, 내가 왜 존에게 그렇게 비판적이었고 지금도 그런 걸까요? 적어도 그는 아버지를 돌보고 있었어요. 최소한, 뭔가 잘못되더라도 그의 아버지는 기댈 사람이 있었어요. 나보다 나은 상황이었죠. 내 아버지는요—당신은 아마 관심이 없을 거예요, 그래야 할 이유가 없으니까요, 그래도 얘기해줄게요—그 순간 내 아버지는 포트엘리자베스 외곽의 사설 요양병원에 있었어요. 자기 옷은 압수당하고 밤낮으로 파자마와 가운, 슬리퍼 차림이었죠. 진정제를 맞은 채로요. 왜냐고요? 그를 유순하게 만들어야 간호사들이 편해지니까요. 약을 먹지 않으면 흥분해서 소리를 지르기 시작하니까요.

〔침묵〕

당신은 존이 아버지를 사랑했다고 생각하나요?

아들은 아버지가 아니라 어머니를 사랑하죠. 프로이트 몰라요? 아들은 아버지를 증오하고 어머니의 애정을 대신 차지하고 싶어해요. 당연히 존은 아버지를 사랑하지 않았죠. 그는 아무도 사랑하지 않았어요. 그는 사랑을 하도록 태어난 사람이 아니었어요. 하지만 그는 아버지에 대해 죄책감을 느꼈어요. 죄책감을 느끼고 고분고분하게 굴었어요. 이따금 잘못을 저지르기도 했지만요.

나는 내 아버지 얘기를 하고 있었어요. 내 아버지는 1905년에 태어났어요. 그러니까 우리가 얘기하고 있는 그 시절, 그는 일흔 살에 가까워졌고 정신이 온전하지 못했어요. 자기가 누구인지 잊어버렸고, 남아프리카에 왔을 때 익힌 아주 기본적인 영어도 잊어버렸어요. 그는 간호사들에게 때로는 독일어로, 때로는 마자르어로 말했어요. 간호사들은 한 마디도 알아듣지 못했죠. 그는 자신이 마다가스카르의 포로수용소에 있다고 생각했어요. 그는 나치가 마다가스카르를 점령해 그곳을 유대인 스트라프콜로니(수용소)로 만들었다고 생각했어요. 그는 늘 내가 누구인지 알아보지도 못했어요. 언제 한번 찾아갔을 때, 아버지는 나를 자기 여동생이자 내 고모인 트루디라고 생각했어요. 나는 그 고모를 만난 적이 없는데, 내가 고모를 조금 닮았나봐요. 그는 나에게 수용소 감독관한테 가서 자신을 위해 청원을 넣어달라고 했어요. 이히 빈 데어 에르스트게보레네. 그는 이 말만 되풀이했죠. 자기는 장남이라는 말이었어요. 데어 에르스트게보레네한테 일을 못하게 하면(내 아버지는 보석상이자 다이아몬드 연마공이었어요) 가족이 어떻게 살겠느냐는 거였어요.

그게 내가 여기 있는 이유예요. 그게 내가 치료사인 이유예요. 내가 요양원에서 본 것 때문에 이렇게 된 거죠. 사람들이 내 아버지가 거기서 받은 대우와 같은 대우를 받지 않도록 하기 위해서죠.

아버지의 요양원 생활에 필요한 돈은 내 오빠이자 그의 아들이 댔어요. 아버지가 자기를 어쩌다 한 번씩만 알아보는데도 오빠는 매주 어김없이 그를 찾아갔어요. 정말로 중요한 의미에서, 오빠가 아버지를 돌보는 짐을 떠맡았던 거죠. 그리고 정말로 중요한 의미에서, 나는 아버지를 버렸던 거고요. 그가 그렇게 좋아하던 내가 말이죠. 예쁘고, 영리하고, 다정하다며 그가 그렇게 애지중지하던 줄리스카, 내가 말이죠!

내가 가장 바라는 게 뭔지 알아요? 우리가 사후에, 각자 잘못한 이들에게 사과할 기회를 갖는 거예요. 난 사과할 게 정말 많아요.

아버지 얘기는 그만하고, 줄리아와 그녀의 간통 행각에 관한 이야기로 돌아가죠. 당신은 그걸 들으려고 이렇게 멀리까지 찾아왔을 테니까요.

어느 날, 남편이 회사의 해외 파트너들과의 미팅 때문에 홍콩으로 간다고 했어요.

"얼마나 오래 있을 거야?" 내가 물었어요.

"일주일쯤. 얘기가 잘되면 하루나 이틀 더 있을 수도 있고." 그가 답했어요.

나는 그것에 대해 더이상 생각하지 않았어요. 그런데 그가 떠나기 직전, 그의 동료 부인이 전화를 걸어와 홍콩에 갈 때 야회복도 가져갈 거냐고 묻더군요. 그래서 나는 마크만 홍콩에 가고 나는 따라가지 않는다고 했죠. 그랬더니 그녀가 이렇게 답하더군요. 아, 난 모든 부인들이 초대받은 줄 알았어요.

마크가 집에 오자 나는 그 문제를 끄집어냈어요. "준이 방금 전화했는데, 알리스타이르와 함께 홍콩에 간다고 하더라고. 모든 부인들이 초대를 받았다고 하던데 어떻게 된 거야?"

"부인들이 초대받은 건 맞지만 회사에서 경비를 대주지는 않아." 마크가 말했어요. "당신 정말로 홍콩까지 가서 회사 직원 부인들과 호텔에 앉아 날씨에 대해 불평이나 하며 있고 싶어? 홍콩은 이맘때쯤엔 증기탕 같아. 그리고 크리시는 어떻게 할 거야? 크리시도 데려가고 싶어?"

"홍콩에 가서 울고불고 난리를 치는 아이와 함께 호텔에 앉아 있고 싶은 생각은 조금도 없어." 내가 말했어요. "나는 사실을 알고 싶은 것뿐이야. 당신 친구들이 전화를 했을 때 창피를 당할 필요가 없도록 말이지."

"그래, 이제 뭐가 뭔지 알았으니 됐네." 그가 말했어요.

그는 잘못 짚었어요. 나는 뭐가 뭔지 몰랐어요. 그러나 추측은 할 수 있었죠. 구체적으로 말하자면 더반에 사는 여자친구도 홍콩에 갈 거라고 추측할 수 있었죠. 그 순간부터 나는 마크에게 얼음처럼 차가워졌어요. 개자식, 네놈이 혼외 관계를 맺는 게 나를 흥분시킨다고 생각할지 모르겠지만 내가 그걸 수포로 돌아가게 해주겠어! 나는 속으로 이렇게 생각했죠.

"이 모든 게 홍콩 때문이야?" 그가 마침내 상황을 이해하기 시작한 후 내게 말했어요. "홍콩에 가고 싶으면 소화불량에 걸려 집주변을 어슬렁거리는 호랑이처럼 굴지 말고 제발 그렇다고 말을 해."

"뭐라고 할까?" 내가 말했어요. "애원이라도 할까? 아니, 나는 하고많은 곳들 중에 홍콩으로 당신을 따라가고 싶진 않아. 당신 말처럼, 남자들은 다른 곳에서 세계의 미래를 결정하며 바쁘게 일하는데, 여자들끼리 앉아서 투덜거리고 있으면 지루하기만 하겠지. 당신의 아이를 돌보며 집에 있는 게 더 행복할 거야."

마크가 떠나던 날 우리 상황은 그랬어요.

잠깐만요. 좀 혼란스러워서요. 이게 언제 일이죠? 홍콩 여행은 언제 있었죠?

1973년, 1973년 초반쯤이었을 거예요. 정확한 날짜는 모르겠네요.

그러니까 당신과 존 쿳시가 만나고 있던……

아뇨. 그와 나는 만나고 있지 않았어요. 당신은 처음에 내가 존을 어떻게 만났는지 물었고 나는 당신한테 그걸 얘기해줬죠. 그것이 이야기의 머리였어요. 이제 우리는 이야기의 꼬리, 즉 그와 나의 관계가 어떻게 표류했고 끝나게 되었는가에 다가가고 있어요.

하지만 당신은 묻겠죠. 이야기의 몸통은 어디에 있나요? 몸통은 없어요. 몸통에 대해 얘기해줄 수 없는 건 그것이 없기 때문이에요. 이건 몸통이 없는 이야기예요.

마크가 홍콩으로 떠나던 운명적인 날로 다시 돌아가서 얘기할게요. 그가 떠나자마자 나는 서둘러 차를 타고 토카이 로드로 가서 대문 밑에 메모를 밀어넣었어요. "괜찮으면 오늘 오후 두시쯤 들러요." 이런 메모였죠.

두시가 가까워오자, 내 몸에서 열이 오르는 게 느껴지더라고요. 아이도 그걸 느꼈나봐요. 불안해하고 울면서 나한테 달라붙어서는 자려고 하지 않았어요. 나는 이게 열병이라면 어떤 열병일지 궁금했어요. 광기의 열병? 분노의 열병?

나는 존을 기다렸지만 존은 오지 않았어요. 두시에도 안 오고 세시에도 안 왔어요. 그는 다섯시 삼십분에야 왔어요. 그때 나는 소파에서 잠들어 있었어요. 크리시 역시 뜨겁고 끈적끈적한 몸을 내 어깨에 기댄 채 자고 있었죠. 벨이 울리자 나는 잠에서 깼어요. 나는 그에게 문을 열어줄 때도 여전히 비틀거리며 정신이 없었어요.

“더 일찍 못 와서 미안해요. 오후에는 강의가 있어요.” 그가 말했어요.

물론 이미 너무 늦은 시간이었어요. 크리시는 잠에서 깨어 나름의 방식으로 질투를 하고 있었죠.

존은 약속시간을 잡아 나중에 다시 왔고, 우리는 그날 밤을 같이 보냈어요. 사실은 마크가 홍콩에 있는 동안, 존은 매일 밤 내 침대에서 지냈어요. 그리고 도우미와 마주치는 걸 피하려고 새벽에 빠져나갔죠. 나는 밤에 못 잔 잠을 오후에 낮잠으로 보충했어요. 그가 잠을 못 잔 걸 어떻게 해결했는지는 모르겠어요. 어쩌면 그가 밤에 무리를 한 것 때문에 그의 학생들, 그의 포르투갈 소녀들—이전에 포르투갈 제국이었던 곳에서 온 떠돌이들에 대해 아세요? 모른다고요? 나중에 나한테 꼭 얘기해달라고 하세요—이 고생을 했는지도 모를 일이죠.

마크와 보낸 한여름은 나로 하여금 성을 다시 생각하게 만들었어요. 섹스는 자신의 에로틱한 의지에 상대를 복종시키기 위해 최선을 다하는 경기였어요. 일종의 레슬링이었던 거죠. 몇몇 단점에도 불구하고, 마크는 자신만만한 섹스 레슬러 이상이었어요. 나처럼 섬세하고 강하지는 못했지만 말이죠. 그에 반해 존에 대한 나의 평가—마침내, 마침내 전기작가인 당신이 기다리던 순간이 다가왔네요—는, 그러니까 일곱 밤에 걸친 테스트 이후에 내가 존 쿳시에 대해 내린 평가는 그는 내 수준과 맞지 않는다는 것이었어요.

존에게도 소위 섹스 모드라는 게 있긴 했어요. 옷을 벗으면 그렇게 바뀌었죠. 섹스 모드에 들어가면, 그는 남자 역할을 아주 충분히—충분히, 유능하게—잘할 수 있었지만, 내 취향에는 너무 감정이 없었어요. 나는 그가 나와, 현실 속의 나와 같이 있다는 느낌을 받은 적이 한 번도 없었어요. 오히려 그 자신의 머릿속에 있는 나의 에로틱한 이미지를 상대하고 있는 것 같았어요. 어쩌면 대문자 W가 들어간 여자Woman의 이미지를 상대하고 있었는지도 모르죠.

당시 나는 그저 실망스러울 뿐이었어요. 이제 좀더 깊이 들어가서 얘기할게요. 지금 생각해보니, 그의 섹스에는 자폐적인 면이 있었던 것 같아요. 이것에 관심이 있는지 모르겠지만, 이건 비판이 아니라 진단이에요. 보통 자폐적인 사람들은 다른 사람들을 로봇으로, 신비로운 로봇으로 생각하죠. 그리고 자신도 신비로운 로봇으로 생각해주기를 바라고요. 그래서 당신이 만약 자폐적이라면, 사랑에 빠지는 것은 상대를 당신의 욕망에 불가해한 대상으로 바꾸는 게 되죠. 반대로, 사랑을 받는 건 당신이 타인의 욕망에 불가해한 대상이 되는 거죠. 존과 한 침대에 있는 건 두 개의 불가해한 로봇이 서로의 몸과 불가해한 교섭을 하는 듯한 느낌이었어요. 두 개의 분리된 활동이 진행중이었던 거죠, 그의 것과 내 것이 말이에요. 그의 계획이 무엇이었는지는 모르겠어요. 나한테는 분명하지 않아 보였거든요. 그러나 간단히 말하자면, 그와의 섹스에는 짜릿함이 전혀 없었어요.

나는 내가 임상에서 자폐적이라고 분류할 환자들에 대한 경험이 많지 않아요. 그럼에도 불구하고 추측건대 그들은 섹스보다 자위에서 더 만족감을 느낄 것 같아요.

당신에게 얘기한 것 같은데, 존은 내가 만난 세번째 남자였을 뿐이에요. 나는 성에 관한 한, 그 세 남자를 다 잊었어요. 서글픈 이야기죠. 세 남자를 겪고 나서 나는 남아프리카 백인들, 남아프리카 백인 남자들에 대한 흥미를 잃어버렸어요. 그들이 공통적으로 갖고 있는 특징이 있었어요. 꼭 집어서 말하기는 어려웠지만, 마크의 동료들이 나라의 앞날에 대해 얘기할 때 내가 포착한, 얼버무리는 듯 깜빡거리던 그들의 눈과 관계가 있다는 생각이 들었어요. 그들 모두가 음모에 가담해 있는 것 같았죠. 전에는 미래가 가능하지 않았던 곳에 가짜, 트롱프뢰유* 미래를 만들려는 음모 말이에요. 그런데 순간적으로 카메라 셔터가 열리듯 그들 중심에 있던 허위가 드러난 것 같았어요.

물론 나도 남아프리카인이었고 충분히 백인이었어요. 나는 백인 사이에서 태어나 그들 사이에서 자랐고 그들 사이에서 살았죠. 그러나 나에게는 기댈 제2의 자아가 있었어요. 솜버트헤이** 출신의 줄리아 키쉬 혹은 그보다 더 나은 키쉬 줄리아가 있었어요. 내가 줄리아 키쉬를 저버리지 않는 한, 그리고 줄리아 키쉬가 나를 저버리지 않는 한, 나는 다른 백인들이 보지 못하는 것들을 볼 수 있었죠.

예를 들어, 당시 남아프리카 백인들은 자신들을 아프리카의 유대인, 혹은 적어도 아프리카의 이스라엘인이라고 생각하기를 좋아했어요. 자기들이 교활하고, 파렴치하고, 회복력 강하고, 현실적이며, 그들이 지배하는 부족들한테 미움과 질시를 받는 존재라고 생각한 거죠. 전부 거짓이에요. 말도 안 되죠. 남자를 알

---

* 실물로 착각할 정도로 정밀하고 생생하게 묘사하는 화법. '진짜로 혼동할 정도의 가짜'라는 관용적 의미로도 쓰인다.

** 헝가리 서부의 도시.

려면 여자가 필요하듯, 유대인을 알려면 유대인이 필요하잖아요. 그 사람들은 강하지 않았어요. 그들은 교활하지도, 혹은 충분히 교활하지도 못했어요. 그들은 분명 유대인이 아니었어요. 사실은 숲속의 갓난아이들이었어요. 지금 나는 그들을 그렇게 생각해요. 노예들한테 보살핌을 받는 몹시 큰, 갓난아이 대가족이라고요.

존은 잠을 잘 때 몸을 움찔거리는 습관이 있었어요. 그게 너무 심해서 나는 잠을 제대로 잘 수 없었죠. 더이상 참을 수 없어지면, 나는 그를 깨우며 말했어요. "악몽을 꾸나봐요." "나는 절대 꿈을 안 꿔요." 그는 이렇게 중얼거리고 이내 다시 잠이 들었어요. 곧 그는 다시 몸을 움찔거리고 뒤척이기 시작했어요. 움직임이 너무 심해 나는 마크가 옆에 있으면 좋겠다고 생각하기까지 했어요. 적어도 마크는 통나무처럼 곤히 잤거든요.

그 얘기는 그만하기로 하죠. 이제 그림이 그려질 테니까요. 관능적인 목가는 아니죠. 그것과는 거리가 멀죠. 또 뭐가 있나요? 알고 싶은 게 또 뭐가 있죠?

하나 물어보죠. 당신은 유대인이고 존은 아니었어요. 그것 때문에 두 사람 사이에 긴장이 있었나요?

긴장이라고요? 긴장이 왜 있어야 하죠? 누가 긴장을 느낀다는 거죠? 나는 존과 결혼하려는 게 절대 아니었어요. 아뇨, 존과 나는 그 점에서는 사이가 아주 좋았어요. 그가 사이좋게 지내지 못한 건 북쪽 사람들이었어요. 특히 영국인들하고 그랬죠. 그는 영국인들이 격식을 지키고 속마음을 숨기는 걸 보면 질식할 것 같다고 말했어요. 그는 자기를 더 보여주려고 하는 사람들을 좋아했어요. 그래야 그가 자신에 대해서 조금 더 얘기할 용기가 생길 테니까요.

내가 얘기를 마무리하기 전에 더 물어보고 싶은 게 있나요?

아뇨.

어느 날 아침(여기서 조금 건너뛸게요, 이야기를 마저 끝내고 싶으니까요) 존이 현관문 앞에 나타났어요. "이것만 주고 갈게요. 당신이 좋아할 것 같아 가져왔어요." 그가 이렇게 말하며 책 한 권을 내밀었어요. 표지에 J. M. 쿳시 저, '어둠의 땅'이라고 쓰여 있었어요.

나는 깜짝 놀랐어요. "당신이 이걸 썼단 말이에요?" 그가 글을 쓴다는 건 알고 있었어요. 하지만 글을 쓰는 사람들은 많잖아요. 그가 그렇게 진지하게 쓰고 있는 줄은 전혀 눈치채지 못했어요.

"당신에게 주는 거예요. 교정용 제본이에요. 오늘 우편으로 두 권을 받았거든요."

나는 책장을 넘겨보았어요. 아내에 대해 불평을 하는 사람이 나오고, 우마차로 여행을 하는 사람이 나오더군요. "이게 뭐예요?" 내가 물었어요. "소설인가요?"

"일종의."

일종의. "고마워요." 내가 말했어요. "잘 읽어볼게요. 이걸로 돈을 많이 벌게 되나요? 교사 일을 그만둘 수 있게 되나요?"

그는 그 말이 아주 우스운 모양이었어요. 그는 책 때문에 기분이 좋았어요. 그런 그의 모습을 보는 건 흔한 일이 아니었죠.

"당신 아버지가 역사학자인 건 몰랐네요." 그를 다음에 만났을 때 나는 이렇게 말했어요. 책의 서문을 두고 한 말이었어요. 서문에서 저자, 작가, 내 앞에 있는 이 남자는 자기 아버지, 그러니까 매일 아침 시내로 회계 업무를 보러 가는 자그만 남자가 기록보관소를 들락거리며 낡은 문서들을 뒤지는 역사학자이기도 하다고 했거든요.

"서문 말인가요?" 그가 말했어요. "아, 전부 꾸며낸 거예요."

"당신 아버지는 어떻게 생각하실까요?" 내가 말했어요. "자신에 관해 거짓말을 하고, 자신을 책 속의 인물로 만든 것에 관해 어떻게 생각하실까요?"

존은 거북해 보였어요. 나중에 알았지만, 당시 그는 아버지가 『어둠의 땅』을 본 적이 없다는 얘기를 하고 싶지 않았던 모양이에요.

"야코부스 쿳시는 어떤가요?" 내가 물었어요. "당신의 존경스러운 조상 야코부스 쿳시도 꾸며냈나요?"

"아뇨, 야코부스 쿳시는 실제로 있었던 사람이에요." 그가 말했어요. "자신의 이름을 야코부스 쿳시라고 밝힌 사람의 구술을 기록한 문서가 실제로 있어요. 그 서류의 하단에 X자가 있는데, 그게 그 사람의 서명이에요. 문맹이어서 X라고 서명한 거죠. 그런 의미에서 내가 그를 꾸며낸 건 아니죠."

"문맹이라고 하지만, 당신 책에 나오는 야코부스는 아주 유식한 것 같더군요. 예를 들면 니체를 인용하기도 하잖아요."

"그들은, 그러니까 18세기 개척민들은 놀라운 사람들이었어요. 다음에는 뭘 갖고 나올지 예측할 수 없는 사람들이었죠."

내가 『어둠의 땅』을 좋아한다고 말할 수는 없어요. 내 말이 촌스럽게 들릴 거라는 걸 알지만, 나는 남녀 주인공들, 내가 좋아할 만한 인물들이 나오는 책들이 더 좋아요. 나는 소설을 쓴 적이 없어요. 그쪽으로 야심을 가진 적도 없고요. 하지만 좋은 인물들보다 나쁜 인물들, 신뢰할 수 없는 인물들을 만들어내는 게 훨씬 더 쉬울 것 같아요. 어쨌거나 나는 그렇게 생각해요.

쿳시한테 그렇게 말한 적 있나요?

그가 쉬운 방법으로 가고 있다고 생각한다는 걸 말했느냐고요? 안 했어요. 나는 그저 놀랐을 뿐이에요. 이따금 만나는 연인이자 아마추어 잡역부이자 파트타임 교사가 적당한 길이의 책을 썼고, 게다가 요하네스버그에서만 출판되긴 했지만 출판사를 찾았다는 사실에 놀랐을 따름이에요. 나는 놀랐고, 기뻤어요. 약간 자랑스럽기까지 했어요. 후광반사효과라고나 할까요. 나는 학창시절에 많은 작가 지망생들과 어울려 다녔는데, 그중에 실제로 책을 출판한 사람은 아무도 없었거든요.

당신이 뭘 전공했는지 물어보지 않았군요. 심리학을 전공했나요?

아뇨, 그거랑은 거리가 멀어요. 나는 독일문학을 전공했어요. 주부이자 엄마로서의 삶을 위한 준비로 노발리스*와 고트프리트 벤**을 읽었죠. 나는 문학학위를 받고 졸업한 후 이십 년 동안, 그러니까 크리스티나가 자라서 독립할 때까지, 뭐라고 해야 할까

* 독일 시인, 소설가(1772~1801).

** 독일 시인, 수필가(1886~1956).

요, 지적인 동면 상태였어요. 그러고 나서 대학으로 돌아갔죠. 이번에는 몬트리올에서였어요. 나는 기초과학부터 시작해 의학을 공부하고 치료사 훈련을 받았어요. 긴 여정이었죠.

당신이 문학이 아니라 심리학을 전공했다면 쿳시와의 관계가 달랐을 것 같습니까?

대단히 흥미로운 질문이네요! 내 대답은 '아니요'예요. 만약 내가 1960년대에 남아프리카에서 심리학을 전공했다면, 쥐나 문어의 신경 작용에 몰두해야 했을 거예요. 그런데 존은 쥐나 문어가 아니었죠.

그는 어떤 종류의 동물이었습니까?

별스러운 질문을 하시네요! 그는 어떤 종류의 동물도 아니었어요. 그것도 아주 구체적인 이유에서 그래요. 그의 지적 능력, 그중에서도 특히 관념적 능력은 그의 동물적 자아를 희생할 정도로 과도하게 발달했거든요. 그는 호모사피엔스, 혹은 호모사피엔스사피엔스였어요.

그러고 보니 『어둠의 땅』이 다시 생각나네요. 나는 한 편의 글로서 『어둠의 땅』에 정열이 부족하다고 말하는 건 아니지만, 그 뒤에 있는 정열이 모호하다고 생각해요. 나는 그걸 잔혹성에 관한 책으로, 다양한 형태의 정복에 관한 잔혹성을 폭로한 책으로 읽었어요. 하지만 그 잔혹성의 실제 근원은 무엇이었을까요? 지금 생각해보니, 그것의 중심은 작가 자신의 내면에 있는 것 같아요. 내가 그 책에 대해 내릴 수 있는 최선의 해석은 그것을 쓰는 게 그의 자가 치료 프로젝트였다는 거예요. 돌아보면, 그것과 그와 내가 함께 보냈던 시간, 공동의 시간이 모종의 관련이 있었던 것 같아요.

잘 모르겠군요. 좀더 말해줄 수 있으세요?

뭘 모르겠다는 거죠?

그가 당신에게 잔인한 면을 내보였다고 말하는 건가요?

아뇨, 전혀 그렇지 않아요. 존은 나에게 아주 점잖았어요. 그는 내가 생각하는 점잖은 사람, 신사에 해당했어요. 그런데 그게 문제였죠. 그의 인생 프로젝트는 신사가 되는 거였어요. 다시 말할게요. 당신은 『어둠의 땅』에 얼마나 많은 죽음이 나오는지 틀림없이 기억할 거예요. 인간만이 아니라 동물의 죽음까지 포함해서 말이죠. 그 책이 나올 때쯤, 존은 나한테 채식주의자가 되겠다고 선언했어요. 얼마나 오랫동안 그걸 계속했는지는 모르겠지만, 나는 채식주의자가 되는 게 자기개선을 위한 더 큰 프로젝트의 일부라고 해석했어요. 그는 삶의 모든 영역에서, 사랑을 포함한 모든 영역에서 잔인하고 폭력적인 충동을 억제하고, 그것을 글로 풀어내기로 결정했던 거예요. 그 결과, 그의 글은 일종의 끊임없는 카타르시스적 활동이 되었죠.

당시에 이런 것이 어느 정도까지 당신 눈에 보였고, 나중에 당신이 심리치료사가 되어 볼 수 있게 된 건 어느 정도까지인가요?

나는 모든 걸 보았어요. 표면상으로는 말이죠. 깊이 파고들 필요는 없었으니까요. 하지만 당시에는 내게 그걸 묘사할 언어가 없었어요. 게다가 나는 그 사람과 연애중이었어요. 연애를 하면서 너무 분석적일 수는 없는 거잖아요.

연애라고 하시는군요. 전에는 그런 표현을 사용한 적이 없잖아요.

그렇다면 정정할게요. 에로틱한 관계라고 해두죠. 왜냐하면 당시 젊고 자기중심적이었던 내가 존처럼 철저히 불완전한 사람을 사랑하는 건, 진짜로 사랑하는 건 어려웠을 테니까요. 그래서 나는 두 남자와 에로틱한 관계를 가지고 있었던 거죠. 한 남자한테는 투자를 많이 했죠. 그와 결혼했고 그는 내 아이의 아버지였으니까요. 그리고 다른 남자한테는 전혀 투자하지 않았고요.

지금 생각해보면, 내가 존한테 많은 투자를 하지 않은 건 앞에서 말한 그의 인생 프로젝트와 상당한 관련이 있어요. 말 못하는 동물들에게도, 여자에게도 해를 끼치지 않는 신사가 되겠다는 프로젝트 말이에요. 지금 생각해보니, 내가 그한테 더 분명한 태도를 취했어야 했어요. 무슨 이유인지 몰라도 뭔가를 억제하고 있다면, 그러지 말아요, 그럴 필요 없어요! 이렇게 말해줬다면, 그가 그 말을 마음에 새겼다면, 그가 조금 더 충동적이고 조금 더 오만하고 조금 덜 심사숙고했다면, 나한테는 그 당시 이미 나빴고 나중에는 더 나빴던 결혼생활에서 나를 꺼내줄 수 있었을지 몰라요. 그가 정말로 나를 구해줬을지도, 나중에 보니 허망하게 흘러가버린 내 인생의 전성기를 구해줬을지도 몰라요.

〔침묵〕

내가 흐름을 놓쳤네요. 무슨 얘기를 하고 있었죠?

『어둠의 땅』 얘기였어요.

맞아요, 『어둠의 땅』. 경고 하나 해두죠. 그 책은 실제로 그가 나를 만나기 전에 쓴 거예요. 연대기를 살펴보세요. 그러니 그걸 우리 두 사람에 관한 얘기로 읽으면 안 돼요.

그런 생각은 해본 적 없습니다.

내가 존한테 『어둠의 땅』 다음에 어떤 새로운 프로젝트를 하고 있는지 물었던 기억이 나요. 그의 대답은 모호했어요. "나는 늘 뭔가를 하고 있어요." 그가 말했어요. "뭔가를 하지 않는 유혹에 굴복하면, 나 자신을 어떻게 해야 할까요? 내가 살아야 할 이유가 있을까요? 아마 총으로 자살해야 할 거예요."

그 대답은 나를 놀라게 했어요. 그러니까 내 말은, 글쓰기에 대한 그의 갈망이 놀라웠다는 말이에요. 나는 그의 습관에 대해서도, 그가 어떻게 시간을 보내는가에 관해서도 거의 알지 못했어요. 그러나 그가 강박적으로 일을 할 사람 같지는 않았어요.

"정말이에요?" 내가 물었어요.

"글을 안 쓰고 있으면 우울해져요." 그가 대답했어요.

"그렇다면 왜 끝없이 집을 수리하고 있는 거죠? 다른 사람한테 돈을 주고 수리를 맡기고 당신은 그 시간에 글을 쓰면 되잖아요."

"당신은 이해하지 못해요." 그가 말했어요. "돈이 없긴 하지만, 내게 건축업자에게 일을 시킬 돈이 있다 해도, 나는 정원에서 땅을 파거나 돌을 치우거나 콘크리트를 비비며 하루에 몇 시간씩 보낼 필요를 느낄 거예요." 그리고 그는 육체노동에 대한 금기를 없앨 필요에 대해서 또 한번 연설을 했어요.

그의 말 속에 나에 대한 비판이 들어 있는 건 아닌가 싶더라고요. 그러니까 흑인 가정부한테 돈을 주고 일을 시키고 그사이에 낯선 남자들과 한가롭게 연애나 하는 나를 비판하는 건 아닌가 싶었던 거죠. 그러나 나는 그 말을 신경쓰지 않았어요. 나는 이렇게 말했어요. "당신은 경제를 모르는 게 분명해요. 경제의 첫번째 원칙은 우리가 다른 사람들을 고용하여 일을 시키지 않고 직접 실을 잣고 암소의 젖을 짠다면 영원히 석기시대에 머물 거라는 거예요. 그게 우리가 교환에 기반한 경제를 만들어낸 이유예요. 그렇게 해서 물질적 진보의 유구한 역사가 가능하게 된 거라고요. 돈을 주고 누군가를 고용해 콘크리트를 치게 하고, 당신은 그에 대한 교환으로 당신의 한가로움을 정당화하고 당신의 삶에 의미를 부여하는 책을 쓸 시간을 갖게 되는 거죠. 심지어 그럼으로써 당신을 위해 콘크리트를 치는 인부의 삶에 의미를 부여할 수도 있는 거고요. 그렇게 우리 모두가 번영하는 거죠."

"당신은 정말로 그걸 믿어요?" 그가 말했어요. "책이 우리 삶에 의미를 부여한다고 생각해요?"

"그래요." 내가 말했어요. "책은 우리 안의 얼어붙은 바다를 깨는 도끼여야 해요. 그게 아니라면 어떤 거여야 하죠?"

"시간에 맞서는 거부의 몸짓이죠. 불멸을 위한 노력이요."

"아무도 불멸하지 않아요. 책들도 불멸하지 않아요. 언젠가 우리가 서 있는 지구 전체가 태양 속으로 빨려들어가 재가 될 거예요. 그러고 나면 우주 자체가 폭발해 블랙홀 속으로 사라질 거고요. 아무것도 살아남지 못할 거예요. 나도, 당신도. 18세기 남아프리카에 살았던 상상 속의 개척민들에 관한, 소수만이 관심을 갖는 책들도 마찬가지예요."

"나는 시간 밖에 산다는 의미로 불멸을 얘기한 게 아니었어요. 내 말은 육체적인 죽음을 넘어서 살아남는다는 의미예요."

"당신이 죽은 다음에도 사람들이 당신 책을 읽기를 바라나요?"

"그런 가능성에 매달리면 다소 위안이 되죠."

"당신이 그걸 직접 보지 못할 거라고 해도 말인가요?"

"네, 직접 보지 못해도요."

"하지만 당신 책이 미래의 사람들을 향해 얘기를 하지 않으면, 그러니까 그들이 삶에서 의미를 찾는 데 그것이 도움을 주지 못하면, 당신이 쓴 책을 그들이 왜 굳이 읽으려고 하겠어요?"

"그래도 잘 쓴 책을 읽고 싶어할지 모르는 일이잖아요."

"어리석군요. 그건 내가 충분히 좋은 라디오그램*을 만들면, 25세기에도 사람들이 여전히 그걸 사용할 거라고 말하는 것과 같아요. 하지만 그런 일은 없을 거예요. 아무리 잘 만들어도 라디오그램은 그때쯤 쓸모가 없어질 테니까요. 그건 25세기 사람들에게는 통하지 않을 거예요."

"25세기에도 20세기 후반의 라디오그램이 어떤 소리를 내는지 궁금해하는 소수의 사람들이 있을지도 모르잖아요."

"그건 수집가들이겠죠. 취미활동가들이겠죠. 당신은 그런 식으로 인생을 보낼 작정인가요? 책상에 앉아, 호기심에 따라 보존할 수도 있고 그렇지 않을 수도 있는 물건을 직접 만들면서요?"

그가 어깨를 으쓱했어요. "당신은 더 좋은 생각이 있나요?"

당신은 내가 허풍을 떨고 있다고 생각하는군요. 보면 알아요. 당신은 내가 얼마나 영리한지 보여주려고 대화를 꾸며내고 있다고 생각하죠. 하지만 당시 존과 나 사이의 대화는 그런 식이었어요. 재미있었어요. 나는 그걸 즐겼고요. 그와 헤어진 후로는 그게 그리웠죠. 사실 내가 가장 그리워했던 건 우리의 대화였는지

---

* 라디오 겸 전축.

몰라요. 그는 순수한 논쟁에서 내가 자기를 이기게 놔둔 유일한 남자였어요. 그는 자기가 지고 있다는 걸 알면서도 호통을 치거나 판단을 흐리게 하거나 화를 내고 가버리지 않았어요. 나는 그를 늘, 거의 늘 이겼어요.

이유는 간단했어요. 그는 논쟁을 못했던 게 아니라 원칙에 따라 인생을 살았어요. 그에 반해 나는 실용주의자였어요. 실용주의가 원칙을 이기잖아요. 그게 현실이에요. 우주는 움직이고, 땅은 우리 발밑에서 변해요. 원칙은 늘 한 걸음 늦죠. 원칙은 코미디의 소재예요. 코미디는 원칙과 현실이 충돌할 때 생기죠. 나는 그가 음침하다는 평판을 받고 있다는 걸 알고 있어요. 그러나 존 쿳시는 사실 상당히 재미있는 사람이에요. 코미디에 나옴직한 사람이라고요. 음침한 코미디 말이죠. 그도 그 사실을 모호하게나마 알고 있었고, 또 인정도 했어요. 이게 내가 아직도 애정을 갖고 그를 회고하는 이유예요. 당신이 알고 싶다면 말이죠.

〔침묵〕

나는 늘 논쟁을 잘했어요. 학교에 다닐 때는 내가 주변에 있으면 모두가 긴장했어요. 선생님들까지 그랬어요. 내 어머니는 다소 훈계하듯이 이렇게 말하곤 했어요. 네 혀는 칼 같아. 그런데 여자는 그런 식으로 자기주장을 해서는 안 되는 거야. 더 부드러워지는 걸 배워야 한단다. 그러나 다른 때는 이렇게 말했어요. 너 같은 여자아이는 변호사가 돼야 하는데. 그녀는 나를, 내 기백을, 나의 날카로운 혀를 자랑스러워했어요. 그녀는 딸을 아버지의 집에서 곧장 남편 집이나 시아버지 집으로 시집 보내던 세대에 속한 분이었죠.

여하튼 존은 이렇게 말했어요. "당신은 더 좋은 생각이 있나요? 책을 쓰는 것보다 자기 인생을 더 잘 쓰는 방법이 있나요?"

"없어요. 하지만 당신을 정신 차리게 만들어서 인생의 방향을 정하도록 도와줄 방법은 있어요."

"그게 뭔데요?"

"좋은 여자를 찾아서 결혼하세요."

그가 나를 이상하다는 듯 바라보며 물었어요. "나한테 청혼하는 거예요?"

나는 웃으며 말했죠. "아뇨, 고맙지만 나는 이미 결혼했어요. 당신에게 더 맞고, 당신을 당신 자신에게서 빠져나오게 해줄 여자를 찾으세요."

나는 이미 결혼했다. 따라서 당신과 결혼하는 건 중혼이 될 것이다. 이 말은 하지 않았어요. 그런데 가만히 생각해보니, 법에 저촉되는 것 말고 중혼이 무슨 문제일까 싶었어요. 간통은 고작 죄악이

나 기분전환에 지나지 않는데, 중혼은 왜 범죄가 되는 걸까요? 나는 이미 간통을 한 여자였는데, 왜 중혼자, 혹은 중혼녀는 되면 안 되는 걸까요? 결국 거기는 아프리카잖아요. 아프리카 남자는 두 아내를 뒀다는 이유로 법정에 끌려가지 않는데, 나는 배우자가 둘이면, 공적인 배우자와 사적인 배우자 이렇게 배우자가 둘이면 안 되는 걸까요?

"아니에요, 단연코 청혼은 아니에요." 나는 했던 말을 반복했어요. "그런데 그냥 가정으로 물어보는 건데, 당신은 내가 자유로운 상태라면 나와 결혼할 건가요?"

그냥 물어본 거였어요. 의미 없이 물어본 거였어요. 그럼에도 불구하고 그는 아무 말 없이 나를 꼭 껴안았어요. 너무 꼭 안아서 숨을 쉴 수 없을 정도였죠. 내 기억에 그건 그가 한 행동 중에 진심에서 우러나온 것처럼 보이는 첫번째 행동이었어요. 분명히 나는 그에게서 동물적 욕망이 작동하는 걸 봤어요. 그렇다고 우리가 침대에서 아리스토텔레스를 논하며 시간을 보냈다는 건 아니에요. 여하튼 전에는 그가 감정에 사로잡힌 모습을 본 적이 없었어요. 나는 속으로 궁금했어요. 그렇다면 이 차가운 사람한테도 감정이라는 게 있는 걸까?

"무슨 일이에요?" 내가 그에게서 몸을 떼며 물었어요. "나한테 할말 있어요?"

그는 아무 말이 없었어요. 그가 울고 있을지 모른다는 생각이 들었죠. 나는 침대맡에 있는 램프를 켜고 그의 얼굴을 살펴봤어요. 눈물은 없었지만 슬픔에 젖은 표정이 어려 있었어요. 나는 이렇게 말했죠. "당신이 나한테 무슨 일인지 얘기하지 않으면, 나도 도와줄 수가 없죠."

나중에 그가 진정하자, 우리는 함께 그 순간을 가볍게 넘기려고 했어요. 나는 이렇게 말했어요. "제대로 된 여자만 만나면, 당신은 일등 남편이 될 거예요. 책임감 있고 열심히 일하고 지적인 남편 말이죠. 사실 멋진 사람이잖아요. 침대에서도 훌륭하고요." 그러나 마지막 말은 엄밀히 따지면 사실이 아니었어요. "또 다정하고요." 나는 이 말을 덧붙였지만, 그것도 사실이 아니었죠.

"거기다 예술가이기도 하죠." 그가 말했어요. "당신이 그걸 빼먹었네요."

"예술가이기도 하죠. 언어를 다루는 예술가."

〔침묵〕

그리고 어떻게 됐나요?

그게 전부예요. 우리 두 사람 사이에 어려운 국면이 있었지만 우린 잘 해결해냈어요. 나는 그가 나에게 더 깊은 감정을 갖고 있다는 걸 그때 처음 알았고요.

더 깊은 감정이라고요?

남자가 이웃의 매력적인 부인이나 암소, 당나귀에 대해 품을 수 있는 감정 이상으로 깊었다는 말이죠.

그가 당신을 사랑하고 있었다고 말하는 건가요?

사랑…… 나 혹은 나에 대한 이미지를 사랑했냐고요? 모르겠어요. 내가 아는 건 그가 나한테 감사해야 할 이유가 있었다는 거예요. 그를 위해 내가 일을 쉽게 만들어줬으니까요. 여자에게 구애하는 걸 어렵게 생각하는 남자들이 있어요. 자신들의 욕망을 내보이고 퇴짜 맞을 기회에 노출되는 걸 두려워하는 거죠. 그들의 두려움은 종종 유년 시절과 관련이 있어요. 나는 존에게 자신을 내보이도록 강요하지 않았어요. 구애를 한 건 나였어요. 유혹을 한 건 나였어요. 연애의 조건을 정한 건 나였어요. 심지어 언제 끝날지 정한 것도 나였어요. 그래서 그가 사랑에 빠져 있었느냐는 당신의 질문에 대한 내 대답은 이거예요. 그는 고마워하고 있었어요.

〔침묵〕

나중에 나는 종종 궁금했어요. 내가 만약 그를 피하지 않고, 그의 감정 분출에 내 나름의 감정 분출로 응수했다면 무슨 일이 일어났을까 하고요. 또 십삼 년이나 십사 년을 기다리지 말고, 용기 있게 그때 마크와 이혼하고 존과 결혼했더라면 어땠을까 싶었어요. 인생을 더 의미 있게 살았을까요? 그랬을 수도 있죠. 그렇지 않았을 수도 있고요. 하지만 그랬다면 나는 지금 옛 연인의 입장에서 당신한테 이런 얘기를 하고 있지 않겠죠. 슬픔에 잠긴 미망인이 되어 있겠죠.

크리시가 문제였어요. 걸림돌이었다고요. 크리시가 아빠를 아주 좋아했거든요. 그 아이를 다루기가 점점 더 힘들어지더군요. 그 아이는 더이상 갓난애가 아니었어요. 두 살이 되어가고 있었으니까요. 말이 좀 더뎌서 불안하긴 했지만(나중에 보니 그건 걱정할 필요가 없는 문제였어요. 나중에 한꺼번에 만회했으니까요), 하루가 다르게 기민해지더라고요. 기민하고 두려움을 몰랐어요. 아기 침대에서 빠져나오는 법까지 터득했어요. 나는 인부를 고용해 계단 위에 문을 설치해야 했죠. 아이가 굴러떨어질까

봐서요.

어느 날 밤이었어요. 크리시가 느닷없이 내 침대 옆에 나타나 눈을 비비며 칭얼거렸어요. 나는 정신을 차리고 아이를 방으로 안고 갔어요. 내 옆에 있는 게 자기 아버지가 아니라는 걸 알아채기 전에 말이에요. 하지만 다음번에는 그렇게 운이 좋지 않으면 어쩌나 싶었어요.

나는 나의 이중생활이 아이에게 어떤 숨은 영향을 미칠지 전혀 확신하지 못했어요. 한편으로는 내가 육체적으로 만족하고 마음의 평화를 갖는다면, 크리시한테도 좋은 영향이 있을 거라고 생각했어요. 당신은 이걸 자기중심적이라고 생각할지 모르지만 1970년대의 진보적 견해, 비앵-팡상* 견해는 섹스는 어떤 파트너와 어떤 식으로 하든, 선善을 위한 힘이라는 거였어요. 반면 크리시가 집안에 아빠하고 존 삼촌이 번갈아가며 있는 걸 당황스러워하는 건 분명했어요. 아이가 말을 하기 시작하면 무슨 일이 벌어질까? 아이가 두 사람을 혼동해 아빠를 존 삼촌이라고 부르면 어떻게 하지? 그러면 난리가 나겠죠.

나는 늘 지크문트 프로이트의 주장 대부분이 허풍이라고 생각하는 경향이 있었어요. 오이디푸스콤플렉스에서부터 시작해 가

* 프랑스어로 '보수적인' '관례상의'라는 의미.

정에서, 심지어 그의 중산층 환자들의 가정에서도 아이들이 일상적으로 성적 학대를 받는다는 사실을 그가 인정하길 거부하는 것에 이르기까지 말이죠. 그러나 나는 아이들이, 아주 어린 나이부터 가족 안에서 자기 자리를 알아내기 위해 많은 시간을 보낸다는 건 동의해요. 크리시의 경우 그때까지 가족은 단순한 문제였어요. 우주 중심에 있는 태양인 자신과 거기에 딸린 행성들인 엄마 아빠, 이렇게 말이죠. 나는 아침 여덟시에 왔다가 정오에 떠나는 마리아가 가족 구성원의 일부가 아니라는 걸 분명히 하려고 노력했어요. 나는 마리아가 보는 앞에서 아이에게 이렇게 말했어요. "마리아는 이제 집에 가야 해. 마리아한테 빠이 빠이 해야지. 마리아한테는 먹여주고 돌봐줘야 하는 어린 딸이 있단다." (나는 복잡해지지 않도록 하려고 마리아의 어린 딸만 언급했어요. 나는 마리아한테 먹여주고 입혀줘야 하는 아이들이 일곱이나 있다는 걸 잘 알고 있었죠. 일곱 아이 중 다섯은 자기 아이였고 둘은 폐결핵으로 죽은 언니의 아이라는 것까지요.)

크리시의 다른 가족에 대해 말할 것 같으면, 외할머니는 그애가 태어나기도 전에 돌아가셨고 외할아버지는 내가 앞서 얘기한 것처럼 요양원에 있었어요. 마크의 부모는 2미터 높이의 전기 울타리에 둘러싸인 이스턴 케이프의 농가에 살고 있었고요. 그들은 하룻밤도 집을 떠난 적이 없었어요. 누가 농장을 약탈하고 가축을 훔쳐가지 않을까 하는 두려움 때문이었죠. 그래서 그들은 감옥에 있는 거나 마찬가지였어요. 마크의 누나는 수천 킬로미터 떨어진 시애틀에 살고 있었고, 내 오빠는 케이프에 온 적이 한 번도 없었어요. 그래서 크리시한테는 아주 최소한의 가족밖에 없었던 거죠. 유일한 문제는 한밤중에 뒷문으로 살그머니 들어와 엄마의 침대로 들어가는 삼촌이었어요. 아이는 이렇게 생각했겠죠. 저 삼촌은 어디로 분류해야 할까? 가족의 일원일까, 아니면 가족의 심장을 먹어치우는 벌레일까?

그리고 마리아도 마음에 걸렸어요. 마리아가 얼마나 많이 알고 있을까 싶었어요. 전혀 확신할 수 없었죠. 당시 남아프리카에서는 이주노동이 일반적이었어요. 그래서 마리아는 남편이 아내와 아이들한테 작별인사를 하고 대도시로 일자리를 찾으러 가는 상황에 아주 익숙했을 거예요. 그러나 마리아가 남편이 없는 사이에 아내들이 다른 사람과 놀아나는 걸 인정하느냐는 다른 문제였어요. 마리아가 밤에 찾아오는 손님을 실제로 본 적은 없었어요. 그러나 그녀가 모르고 있었을 것 같지는 않아요. 그런 손님들은 너무 많은 흔적을 남기니까요.

그런데 이게 어떻게 된 거죠? 정말 여섯시예요? 시간이 이렇게 갔는지 모르고 있었네요. 오늘은 여기서 끝내야겠어요. 내일 다시 올 수 있어요?

저는 내일 돌아갑니다. 여기서 토론토로 갔다가 토론토에서 런던으로 가죠. 애석하게도……

좋아요. 좀더 얘기하죠. 오래 걸리지 않아요. 금방 끝낼게요.

어느 날 밤, 존이 평상시와 다르게 흥분한 상태로 도착했어요. 그는 가져온 작은 카세트 플레이어에 테이프를 넣었어요. 슈베르트의 현악오중주였죠. 섹시한 음악은 아니었어요. 나는 그다지 그럴 기분도 아니었고요. 하지만 그는 섹스를 하고 싶어했어요. 구체적으로 얘기하면—노골적인 걸 용서하세요—음악에 맞춰, 그러니까 느린 악장에 맞춰 우리의 행위를 하고자 한 거죠.

문제가 되었던 느린 악장은 아주 아름답긴 했지만 흥분과는 거리가 멀더군요. 게다가 나는 카세트테이프 케이스에 그려진 슈베르트, 음악의 신이라기보다는 코감기로 괴로워하는 빈의 사무원처럼 생긴 프란츠 슈베르트의 모습을 머리에서 떨쳐낼 수 없었어요.

당신이 그 느린 악장을 기억하는지 모르겠지만, 비올라 소리가 배경에 깔리고 바이올린 선율이 길게 이어지는 대목이 있거든요. 나는 존이 그 대목에 시간을 맞추려고 하는 걸 느낄 수 있었어요. 나한테는 그 모든 게 부자연스럽고 우습게만 느껴졌는데. 존은 내가 그렇게 거리를 두고 있는 걸 느꼈던지 나를 질책

했어요. "마음을 비워봐요! 음악을 느껴봐요!"

어떤 걸 느껴보라는 소리를 듣는 것보다 더 짜증나는 일은 없죠. 나는 그에게서 몸을 돌렸고 그의 에로틱한 작은 실험은 거기서 바로 끝나버렸어요.

나중에 그는 설명을 하려고 했어요. 감정의 역사에 대해 나한테 뭔가를 증명해 보이고 싶었다더군요. 감정은 나름 본래의 역사를 갖고 있다. 그것들은 시간 속에서 존재하며 한동안 번성하거나 번성하지 못하다가, 죽거나 사멸한다. 슈베르트가 살았을 때 번성했던 감정은 이제 대부분 죽었다. 그것들을 다시 경험할 수 있도록 우리에게 남겨진 유일한 방법은 그 시대의 음악을 통하는 것뿐이다. 음악은 감정의 흔적이고 비문碑文이다. 이런 식의 말이었죠.

나는 물었어요. 좋아요, 하지만 우리가 왜 음악을 들으면서 섹스를 해야 하죠?

그는 오중주의 느린 악장이 섹스에 관한 것이기 때문이라고 답했어요. 내가 저항하지 않으면 음악이 내 안에 들어와 나에게 힘을 불어넣을 거고, 어렴풋하게나마 아주 특이한 경험을 하게 될 거라고요. 보나파르트* 시대 이후의 오스트리아에서 섹스를

* 프랑스 황제 나폴레옹 보나파르트(1769~1821, 재위 1804~1815).

하는 것이 어떤 느낌이었는지 경험할 거라고요.

"보나파르트 시대 이후의 남자가 받은 느낌 말인가요? 아니면 보나파르트 시대 이후의 여자가 받은 느낌 말인가요?" 내가 말했어요. "슈베르트 씨의 느낌이요? 아니면 슈베르트 부인의 느낌이요?"

그 말에 그는 많이 불쾌해했어요. 자신의 어설픈 이론이 놀림감이 되는 게 싫었던 거죠.

"음악은 섹스에 관한 게 아니에요." 내가 계속 말했어요. "음악은 전희에 관한 거예요. 구애에 관한 거예요. 아가씨와 잠을 자기 전에 그녀에게 노래를 불러주는 거예요. 잠을 자면서 노래를 부르는 게 아니라고요. 구애를 하고 그녀의 마음을 얻기 위해 노래를 불러주는 거죠. 당신이 나와의 잠자리에서 행복하지 않다면, 그건 어쩌면 당신이 내 마음을 얻지 못했기 때문일 거예요."

나는 거기서 멈췄어야 했어요. 그러나 나는 그러지 않고 더 나갔죠. "우리 두 사람이 저지른 실수는 전희를 건너뛰었다는 거예요. 나는 당신을 비난하지 않아요. 당신뿐 아니라 내 잘못이기도 하니까요. 여하튼 그건 잘못이에요. 섹스는 길고 훌륭한 구애가 선행될 때 더 좋아요. 감정적으로 더 만족스러워요. 성적으로도 더 만족스럽고요. 당신이 우리의 성생활을 개선하고 싶다면, 음악에 맞춰 섹스를 하는 걸로는 안 될 거예요."

나는 그가 반격할 줄 알았어요. 음악적인 섹스 어쩌고 할 줄 알았어요. 하지만 그는 미끼를 물지 않았어요. 대신 우울하고 좌절한 표정을 짓더니 돌아누웠어요.

내가 그에 관해 앞서 했던 말을 부정하고 있다는 걸 알아요. 나는 그가 패배를 인정할 줄 아는 괜찮은 패배자라고 했었죠. 하지만 그때는 내가 정말로 아픈 곳을 건드린 것 같았어요.

여하튼 그런 상황이었어요. 나는 계속 공격했어요. 이제 되돌릴 수 없었어요. "집에 가서 구애하는 법을 연습하세요." 내가 말했어요. "가요. 가버려요. 슈베르트도 갖고 가요. 더 잘할 수 있을 때 다시 와요."

잔인했죠. 그러나 그는 반격하지 않았으니 당해도 쌌죠.

"좋아요, 갈게요." 그가 뚱한 목소리로 말했어요. "어차피 할 일도 있고요." 그리고 옷을 입기 시작했어요.

할일이라니! 나는 가장 가까이 있는 물건을 집어들었어요. 공교롭게도 마크와 내가 스와질란드에서 샀던, 가장자리가 노란색으로 칠해진 아주 작고 괜찮은 갈색 토기 접시였어요. 여섯 개짜리 세트 중 하나였죠. 순간, 그 장면이 일면 너무 코믹하다는 생각이 머릿속을 스치더군요. 욕을 하고 물건을 집어던지며 폭풍 같은 중앙유럽적 성격을 폭발시키는, 젖가슴을 드러낸 검은 머리의 정부! 나는 그에게 접시를 던졌어요.

접시는 그의 목에 맞더니 바닥에 떨어졌지만 깨지지 않았어요. 그는 어깨를 움츠리며 당황한 눈길로 나를 바라보았죠. 확신하건대 누가 자기한테 접시를 던진 게 처음이었을 거예요. "나가!" 나는 손을 내저으며 소리쳤어요. 어쩌면 악을 썼는지도 몰라요. 잠에서 깬 크리시가 울기 시작했어요.

이상한 말이지만, 나는 나중에 전혀 후회하지 않았어요. 오히려 흥분하며 스스로를 자랑스럽게 생각했어요. 진심에서 우러나온 행동이다! 나는 이렇게 혼잣말을 했어요. 내가 던진 첫 접시!

〔침묵〕

다른 것들도 있었나요?

접시들을 던진 적이 또 있었느냐는 말인가요? 많았죠.

〔침묵〕

그렇게 해서 당신과 그의 관계가 끝났나요?

완전히는 아니었어요. 마지막 악장이 있었죠. 당신한테 마지막 악장 얘기를 해줄게요. 그리고 그걸로 끝이에요.

진짜로 끝장을 내게 만든 건 콘돔이었어요. 죽은 정자로 가득한, 윗부분이 묶인 콘돔이요. 마크가 그걸 침대 밑에서 끄집어냈어요. 나는 소스라치게 놀랐어요. 내가 어떻게 그걸 놓칠 수 있었나 싶었어요. 마치 내가 그게 발견되기를 바랐고, 내가 외도를 했다는 걸 떠벌리고 싶었던 것만 같았죠.

마크와 나는 콘돔을 사용한 적이 없었어요. 그래서 거짓말을 할 필요도 없었죠. "이 짓을 한 지 얼마나 된 거지?" 그가 따졌어요. "지난 12월부터." 내가 답했죠. "개 같은 년," 그가 말했어요. "더러운 거짓말쟁이 잡년! 나는 너를 믿었어!"

그는 방에서 뛰쳐나가려고 했어요. 그러나 생각을 바꾼 것처럼 돌아서서—미안해요, 다음에 무슨 일이 있었는지는 말하지 않을게요, 또 얘기하려니 너무, 정말이지 너무 창피하네요. 그 일로 내가 놀라고 충격받고 무엇보다도 엄청 화가 났다는 말만 할게요. "마크, 나는 당신을 결코 용서할 수 없어." 정신이 돌아온 내가 말했어요. "넘지 말아야 할 선이 있어. 당신은 막 그걸 넘었어. 이제 나는 나갈 거야. 당신이 크리시를 돌봐."

이제 나는 나갈 거야. 당신이 크리시를 돌봐라고 말했을 때, 그건 맹세코 외출할 테니 오후에 아이를 보라는 의미 이상의 말은 아니었어요. 그러나 다섯 걸음을 떼어 앞문에 도착했을 때, 문득 이것이 해방의 순간일 수도 있겠다, 만족스럽지 못한 결혼생활에서 영원히 벗어나는 순간일 수도 있겠다는 생각이 들더군요. 내 머리 위에 드리운 구름, 내 머릿속의 구름이 점점 열어지더니 이내 사라졌어요. 생각하지 말자, 그냥 저지르자! 나는 이렇게 생각했어요. 나는 돌아서서 곧장 위층으로 올라가 쇼핑백에 속옷 몇 벌을 넣고 다시 아래층으로 급히 내려왔어요.

마크가 앞을 막더라고요. "어디 가는 거야?" 그가 물었어요. "그놈한테 가는 거야?"

"개자식." 나는 이렇게 말하고 그를 밀치고 지나가려 했지만 그가 내 팔을 잡았어요.

"놔!" 내가 말했죠.

비명도 아니고 고함도 아닌, 그저 단순하고 짤막한 명령이었어요. 마치 나에게 하늘에서 왕관과 어의御衣가 내려온 것 같았죠. 그는 아무 말 없이 나를 놓아줬어요. 내가 차를 몰고 떠날 때, 그는 아직 멍한 채로 문간에 서 있었어요.

너무 쉽구나! 나는 의기양양했어요. 너무 쉬워! 내가 왜 진즉에 이렇게 못했지?

그 순간—사실 그 순간이 내 인생의 중요한 순간 중 하나였으니까요—과 관련해 나를 당혹스럽게 하는 건, 당시에도 그랬고 오늘까지도 나를 당혹스럽게 하는 건 이거예요. 내 안에 있는 어떤 힘—나는 고전적인 무의식 개념에 대해 유보적인 입장이긴 하지만, 쉽게 그냥 그걸 무의식이라고 하죠—이 내게 침대 밑을 확인하지 못하게 했다 하더라도, 그러니까 이 결혼의 위기를 증폭시키기 위해 그걸 확인 못하게 했다 하더라도, 어째서 마리아는 유죄의 증거를 거기에 내버려뒀을까? 분명히 마리아는 내 무의식의 일부가 아닌데. 청소를 하고 치우고 물건을 버리는 것이 그녀의 임무임에도 불구하고 왜 그것을 방치했을까? 마리아가 의도적으로 콘돔을 빠뜨렸을까? 그걸 본 그녀는 하던 일을 멈추고 이렇게 생각했을까? 이건 너무 멀리 갔잖아! 나는 결혼의 신성함을 지키든지, 아니면 불법적인 정사에 공모하든지 선택해야 해!

때때로 나는 남아프리카, 새롭고 민주적인 대망의 남아프리카로 돌아가는 상상을 해봐요. 오직 마리아를 찾을 목적으로 말이죠. 그녀가 아직도 살아 있다면요. 그래서 이 짜증나는 질문에 대한 그녀의 답을 들어보고 싶어요.

여하튼 분명한 건 내가 질투에 눈이 먼 마크가 말한 그에게로 달아난 것은 아니었다는 거예요. 하지만 어디로 가야 할지 막막했어요. 나는 케이프타운에는 친구도 없었어요. 아는 사람들이라고는 하나같이 마크를 통해 알게 된 사람들이었죠.

베인버그를 지나는데 볼품없고 낡은 건물이 보이더군요. 캔터베리호텔/숙박/식사 일체 혹은 일부/주별, 월별 요금. 이런 간판이 밖에 붙어 있었어요. 나는 캔터베리호텔에 들어가보기로 했어요.

데스크에 있던 여자가 방이 하나 있다며, 일주일을 원하는지 아니면 더 오랜 기간을 원하는지 물었어요. 그래서 나는 일단 일주일만 묵겠다고 했어요.

그 방—조금만 참으세요, 이게 관련이 없는 게 아니라서 그래요—은 일층에 있었어요. 작고 깔끔한 욕실에 소형 냉장고가 있고, 그늘이 지고 덩굴로 덮인 베란다로 통하는 두짝 유리문이 있는 널찍한 방이었어요. "아주 좋아요," 내가 말했어요. "이 방으로 주세요."

"짐은 없으세요?" 여자가 물었어요.

"짐이 올 거예요." 내가 그렇게 말하자 그녀는 이해하더군요. 나는 내가 집에서 달아나 캔터베리호텔로 온 첫번째 부인은 아니라고 확신했어요. 열받은 배우자 상당수가 호텔에 들락거리는 걸 호텔측이 즐겼을 거라 확신했죠. 일주일분의 요금을 내고는 하룻밤을 보낸 뒤 후회하거나 지치거나 집이 그리워서 다음날 아침 돌아간 사람들 때문에 상여금도 좀 받았을지 모르죠.

그런데 나는 후회하지 않았어요. 집이 그립지도 않았고요. 나는 아이를 돌보는 일에 지친 마크가 평화 협상을 제의해올 때까지 캔터베리호텔에 살 작정이었어요.

그리고 안전과 관련된 길고 복잡한 설명이 있었어요. 방문 열쇠, 문 열쇠, 주차장 규칙, 방문객이 준수해야 할 규칙 같은 것들이요. 그러나 나는 듣는 둥 마는 둥 했어요. 나는 여자에게 나를 찾아오는 손님은 없을 거라고 말했어요.

그날 저녁, 캔터베리호텔의 우울한 살라망제*에서 식사를 하며 투숙객들을 처음 봤어요. 그들은 윌리엄 트레버나 뮤리얼 스파크의 소설에서 튀어나온 듯한 모습이었죠. 그러나 틀림없이 나도 그들에게 똑같이 보였을 거예요. 부부싸움을 하고 홧김에 뛰쳐나온 사람 말이에요. 나는 일찍 잠자리에 들어 푹 잤어요.

나는 내가 새로이 찾은 고독을 즐길 거라고 생각했어요. 시내로 차를 몰고 가서 쇼핑도 좀 하고 국립미술관 전시회도 보고 가든 지역에서 점심도 먹었어요. 그러나 둘째 날 저녁, 눅눅한 샐러드와 베샤멜 소스가 들어간 가자미찜으로 궁상맞은 식사를 한 후 방에 혼자 있으니 갑자기 외로움이 밀려들더라고요. 외로움보다 더 나쁜 건 자기연민이었어요. 나는 로비에 있는 공중전화로 존에게 전화를 걸어 낮은 소리로(접수원이 엿듣고 있었으니까요) 상황을 설명했어요.

"내가 갈까요?" 그가 말했어요. "심야영화를 보러 가도 되고요."

---

* 프랑스어로 '식당'.

"그래요." 나는 말했어요. "그래요, 그래요, 그래요."

거듭 얘기하지만, 나는 존과 같이 있으려고 남편과 아이로부터 달아난 게 아니었어요. 그런 종류의 연애가 아니었으니까요. 사실 그건 연애라고도 할 수 없었어요. 우정에 더 가까웠죠. 성적인 요소가 있는, 불륜의 우정이라고나 할까요. 성적인 요소의 중요성은, 적어도 내 편에서는, 실질적이라기보다는 상징적이었어요. 존과 자는 건 나의 자존심을 지키는 방법이었어요. 당신이 그걸 이해할 수 있길 바라요.

그럼에도 불구하고, 그럼에도 불구하고, 그가 캔터베리호텔에 도착한 지 몇 분도 안 되어 그와 나는 침대에 있었어요. 게다가 우리의 섹스는 이번에는 정말로 특별했어요. 나는 막바지에는 눈물을 흘리기까지 했어요. "내가 왜 우는지 모르겠어요." 나는 흐느꼈어요. "너무 행복해요."

"지난밤에 잠을 못 자서 그래요." 나를 위로할 필요가 있다고 생각한 그가 말했어요. "너무 긴장해 있어서 그래요."

나는 그를 빤히 쳐다봤어요. 너무 긴장해 있어서 그래요. 그는 정말 그렇게 생각하는 것 같았어요. 그가 얼마나 어리석고 둔감한지, 나는 숨이 막힐 지경이었어요. 그러나 번지수를 잘못 짚긴 했지만, 어쩌면 그의 말이 맞을 수도 있겠다 싶더라고요. 내 자유의 날이 자꾸 엄습해오는 기억에 물들어갔으니까요. 마크와 굴욕적인 대결을 했던 기억 말이죠. 그 일은 내가 잘못을 저지른 배우자라기보다는 엉덩이를 맞은 아이처럼 느껴지게 만들었어요. 그게 아니었다면 나는 존한테 전화를 걸지 않았을 거예요. 그리고 그와 잠자리를 같이하지도 않았을 거고요. 맞아요, 나는 화가 나 있었어요. 그래서 그랬던 거죠. 내 세계가 완전히 뒤집힌 상황이었는걸요.

내가 불안했던 다른 이유도 있었어요. 이건 마주하기 더 어려운 이유였죠. 발각을 당했다는 치욕 말이에요. 그 상황을 냉정하게 바라보면, 콘스탄티아버그에서 지저분하고 사소한 보복성 연애를 했던 나는, 더반에서 지저분하고 사소한 간통을 했던 마크보다 나을 게 없었던 셈이니까요.

솔직히 나는 일종의 도덕적 한계에 봉착해 있었어요. 집을 나온 행복감은 사라지고 없었죠. 분노도 서서히 사라지고 있었고요. 독신생활에 대한 유혹도 빠르게 사라지고 있었어요. 그러나 내가 다리 사이로 꼬리를 내린 채 평화를 제안하며 마크한테 돌아가 정숙한 아내와 엄마로서 내 임무를 다시 시작하는 것 외에 그 피해를 복구할 방법이 또 뭐가 있었겠어요? 그리고 이렇게 정신이 혼란스러운 중에도 그렇듯 엄청나게 달콤한 섹스라니! 내 몸이 나한테 무슨 얘기를 하려고 했던 걸까요? 방어가 약해지면 쾌락으로 통하는 통로가 열린다는 말이었을까요? 간통을 저지르기에 안방 침대보다는 호텔이 더 나은 장소라는 걸까요? 나는 존이 어떤 느낌을 받는지 알지 못했어요. 그는 자기 마음을 적극적으로 드러내지 않는 사람이었으니까요. 그러나 내 입장에서 얘기하자면, 나는 내가 경험한 반시간이 나의 에로틱한 삶에서 이정표로 남을 거라는 사실을 분명히 알았어요. 정말 그랬어요. 지금까지도 그렇고요. 그렇지 않다면 내가 왜 그것에 관한 얘기를 아직도 하고 있겠어요?

〔침묵〕

당신한테 이 얘기를 하게 되어 기뻐요. 이제 슈베르트와 관련된 문제에 대해 죄의식이 덜 느껴지네요.

〔침묵〕

여하튼 나는 존한테 안겨 잠이 들었어요. 잠에서 깼을 땐 어두워진 뒤였어요. 내가 어디에 있는지 전혀 감을 못 잡겠더라고요. 크리시, 문득 이런 생각이 들었어요. 내가 크리시 밥 먹이는 걸 완전히 깜빡하고 있었구나! 아직 정신이 들지 않은 나는 스위치를 찾아 엉뚱한 곳을 더듬거렸어요. 나는 혼자 있었어요(존은 흔적도 없었어요). 아침 여섯시였어요.

나는 로비에서 마크에게 전화를 했어요. "나야." 나는 가장 중립적이고 평온한 목소리로 말했어요. "이렇게 일찍 전화해서 미안해. 크리시는 어때?"

그러나 마크는 화해할 기분이 아니었어요. "지금 어디야?" 그가 따지더군요.

"베인버그에서 전화한 거야." 내가 말했어요. "호텔로 들어왔어. 상황이 진정될 때까지 우리가 서로한테서 떨어져 있어야 한다고 생각했어. 크리시는 어때? 이번주 계획은 뭐야? 더반에 갈 거야?"

"내가 뭘 하든 당신이 상관할 일이 아니잖아." 그가 말했어요. "밖에 있고 싶으면 그렇게 해."

전화를 통해서도 그가 아직 화가 나 있다는 걸 느낄 수 있었어요. 마크는 화가 나면 말할 때 파열음을 내는 버릇이 있었어요. 그는 당신이 상관할 일이 아니잖아 none of your business라는 말에서 b자 발음에 분노를 담아 내뱉어서 상대방의 눈알을 오그라들게 만들었으니까요. 내가 싫어하는 그의 모든 것에 대한 기억이 몽땅 몰려오더군요. "어리석게 굴지 마, 마크." 내가 말했어요. "당신은 아이를 어떻게 돌볼지 모르는 사람이잖아."

"당신도 모르긴 마찬가지야, 더러운 년!" 그는 이렇게 말하고 수화기를 쾅 소리가 나게 내려놓았어요.

그날 아침 늦게 가게에 갔는데, 내 은행 계좌가 막혀 있는 게 아니겠어요.

나는 콘스탄티아버그로 차를 몰고 갔죠. 열쇠로 문을 열려고 했어요. 그런데 문이 이중으로 잠겨 있더군요. 나는 계속 문을 두드렸죠. 아무 대답도 없었어요. 마리아도 없는 것 같았어요. 나는 집을 한 바퀴 둘러보았어요. 마크의 차가 없더라고요. 창문은 닫혀 있었고요.

나는 그의 사무실에 전화를 했어요. "더반 사무실에 가셨습니다." 교환원이 말했어요.

"집에 긴급한 일이 생겼어요." 내가 말했어요. "더반에 연락해서 메모 좀 남겨줄래요? 가능한 한 빨리 부인한테 이 번호로 전화해달라고 하세요. 급하다고 전하세요." 그리고 나는 호텔 전화번호를 알려줬어요.

몇 시간 동안 기다렸어요. 전화는 없었어요.

크리시는 어디 있을까? 그게 무엇보다도 내가 알고자 하는 것이었어요. 마크가 아이를 더반에 데리고 갔을 것 같지는 않았어요. 그러나 데리고 가지 않았다면, 아이를 어떻게 했는지 알 수 없었어요.

나는 더반 사무실에 직접 전화를 했어요. 비서는 마크가 더반에 없으며 이번주에는 오지 않는다고 말했어요. 비서는 회사의 케이프타운 사무실에 연락해봤느냐고 묻더군요.

미칠 것 같았어요. 그래서 나는 존한테 전화를 했어요. "남편이 아이를 데리고 도망갔어요. 어디로 사라졌는지 알 수가 없네요." 내가 말했어요. "나한테는 돈도 없는데, 어떻게 해야 할지 모르겠어요. 무슨 방도가 없을까요?"

로비에는 노부부가 있었어요. 투숙객들이었죠. 그들은 노골적으로 내 말을 듣고 있더군요. 하지만 나는 누가 내 문제에 대해 알든 말든 신경쓰지 않았어요. 나는 울고 싶었지만 울기보다는 웃었던 것 같아요. "그가 아이를 데리고 도망쳤어요. 왜 그랬을까요?" 내가 말했어요. "이것—나는 그때 주변을 향해, 즉 (숙박용) 캔터베리호텔의 실내를 몸짓으로 가리키며 말했어요—이, 이것이 나를 벌주는 이유인가요?" 그리고 나는 정말로 울기 시작했어요.

몇 킬로미터 떨어져 있는 존은 나의 몸짓을 볼 수 없었겠죠. 따라서 (나중에 얼핏 든 생각이지만) 이것이라는 말에 아주 다른 의미를 부여한 게 틀림없었어요. 그에게는 그 말이 그와의 연애를 가리키는 걸로 들렸을 거예요. 내가 그걸 그렇게 소란을 떨 가치가 없는 일로 치부하는 것처럼 들렸을 게 틀림없어요.

"경찰에 신고하고 싶어요?" 그가 물었어요.

"말도 안 되는 소리 하지 말아요." 내가 말했어요. "남편한테서 도망쳐놓고 그가 아이를 훔쳤다고 고발할 수는 없잖아요."

"내가 데리러 갈까요?" 나는 그의 목소리가 조심스러워지는 걸 느낄 수 있었어요. 그건 이해할 수 있었어요. 나라도 히스테리를 부리는 여자와 통화하는 상황이라면 신중했을 거예요. 그러나 나는 신중한 걸 원하는 게 아니었어요. 내 아이를 돌려받고 싶은 거였죠. "아뇨, 올 필요 없어요." 내가 딱딱하게 말했어요.

"먹을 건 있나요?" 그가 물었어요.

"나는 먹을 것이 필요한 게 아니에요. 이런 바보 같은 얘기 그만해요. 미안해요, 내가 왜 전화를 했는지 모르겠네요. 잘 있어요." 그리고 나는 전화를 끊었어요.

나는 먹을 것이 필요한 게 아니었어요. 마실 거라면 괜찮았겠지만 말이죠. 예를 들어, 한 잔 들이켜고 죽은 듯 꿈도 꾸지 않는 잠에 빠질 수 있는 독한 위스키라면 괜찮았겠죠.

내가 방에서 구부정한 자세로 누워 베개로 머리를 덮고 있을 때였어요. 유리문 두드리는 소리가 났어요. 존이었죠. 그때 우리 사이에 오간 얘기는 되풀이하지 않을게요. 간단히 얘기하자면, 그는 나를 토카이로 데리고 가 자기 방에 묵게 했어요. 그는 거실 소파에서 잤고요. 나는 그가 밤에 나한테 오기를 조금은 기대하고 있었는데, 오지 않더군요.

나는 소곤거리는 소리에 잠에서 깼어요. 해가 떠 있었죠. 나는 앞문이 닫히는 소리를 들었어요. 그리고 한참 동안 아무 소리도 들리지 않았어요. 그 낯선 집에 나 혼자 있게 된 거죠.

화장실은 원시적이었어요. 변기는 깨끗하지 않았고요. 남자의 불쾌한 땀냄새가 밴 축축한 수건들이 걸려 있었어요. 존이 어디 갔는지, 그리고 그가 언제 돌아올지 나는 전혀 알지 못했어요. 나는 커피를 끓이고 집안을 좀 둘러봤어요. 방마다 천장이 너무 낮아 질식할 것 같았어요. 그 집이 농가라는 건 알고 있었어요. 그러나 어째서 난쟁이들이나 살 수 있게 지어졌는지 알 수 없더군요.

나는 쿳시 아버지의 방을 들여다보았어요. 전등이 켜져 있더군요. 천장 가운데에 희미한 전구가 갓도 없는 상태로 매달려 있었어요. 침대는 헝클어진 상태였어요. 침대맡의 탁자에 십자말풀이가 보이도록 접힌 신문이 있었고요. 회반죽이 칠해진 벽에는 케이프의 네덜란드 농가를 그린 어설픈 그림과 엄한 표정의 여자 사진 액자가 걸려 있었어요. 범포 접의자 두 개와 시든 양치식물들이 심어진 화분들 외에는 아무것도 없는 툇마루 쪽으로 격자 모양의 방범용 쇠창살이 쳐진 작은 창문이 나 있었어요.

내가 잠을 잤던 존의 방은 더 크고 조명도 더 밝았어요. 책장도 하나 있었고요. 사전, 숙어집, 이런저런 자기계발서 등이 꽂혀 있었어요. 베케트와 카프카의 책도 있었어요. 책상 위에는 종이가 어지럽게 널려 있었어요. 서류 캐비닛도 하나 있었고요. 나는 무심코 서랍을 열어봤어요. 맨 아래 서랍에 사진이 담긴 상자가 있었어요. 나는 사진들을 뒤졌어요. 내가 뭘 찾고 있었을까요? 나는 몰랐어요. 그걸 찾고 나서야 알 것 같았어요. 하지만 그건 거기에 없었어요. 대부분의 사진들은 운동부, 학급 단체사진 등 그의 학창시절 사진들이었어요.

현관에서 무슨 소리가 나기에 나는 밖으로 나갔어요. 아름다운 날씨였어요. 하늘이 눈부시게 푸르더군요. 존은 트럭에서 아연도금이 된 철판 지붕을 내리고 있었어요. "혼자 두고 가서 미안해요." 그가 말했어요. "이걸 가져와야 했거든요. 당신을 깨우고 싶지 않기도 했고요."

나는 햇볕이 잘 드는 곳에 접의자를 끌어다놓고 거기에 앉아 눈을 감았어요. 그리고 아주 잠시 백일몽에 빠졌어요. 나는 아이를 버릴 생각이 아니었어요. 결혼생활을 끝낼 생각도 아니었어요. 그럼에도 불구하고, 내가 그렇게 한다면 어떨까? 내가 마크와 크리시를 잊고 이 추하고 작은 집에 눌러앉아 쿳시 가족의 세 번째 일원, 즉 보조자이자 백설공주가 되어 두 난쟁이를 위해 요리, 청소, 빨래를 하고, 지붕 수선하는 일을 돕기까지 한다면 어떨까? 내 상처가 아물려면 얼마나 오래 걸릴까 싶었어요. 나의 진짜 왕자님, 꿈속의 왕자님이 나타나 진정한 나를 알아보고 백마에 태워 해가 지는 곳으로 데려갈 때까지 얼마나 오래 걸릴까 싶었어요.

왜냐하면 존 쿳시는 나의 왕자가 아니었으니까요. 마침내 내가 요점에 도달하네요. 만약 그것이 당신이 킹스턴에 왔을 때 생각하고 있던 질문—이 여자도 존 쿳시를 비밀스러운 왕자로 착각한 여자들 중 하나일까?—이라면, 이제 당신은 답을 알게 되었군요. 존은 나의 왕자가 아니었어요. 그뿐만이 아니에요. 만약 내 말에 주의를 기울였다면, 그가 지구상의 어떤 여자한테도 왕자가, 만족스러운 왕자가 될 가능성이 없었다는 걸 지금쯤 알아차렸을 거예요.

동의하지 않는다고요? 다르게 생각한다고요? 당신은 잘못이, 잘못이자 결점이 그가 아니라 나한테 있었다고 생각하는 건가요? 그럼 그가 쓴 책들을 다시 환기해보세요. 그의 책에 거듭해 나타나는 주제가 뭐죠? 여자는 남자와 사랑에 빠지지 않는다는 거예요. 남자는 여자를 사랑할 수도 있고 그렇지 않을 수도 있어요. 그러나 여자는 남자를 결코 사랑하지 않아요. 당신은 그 주제가 뭘 반영한다고 생각하나요? 내가 추측하기로는, 자세한 정보에 근거해 추측하기로는, 그 주제는 그의 인생 경험을 반영한 거예요. 여자들은 그에게 빠지지 않았어요. 제정신이 박힌 여자들은 그러지 않았어요. 그들은 그를 살펴보고 그의 냄새를 맡아 봤어요. 어쩌면 그를 시험해보기까지 했는지도 몰라요. 그리고 자기 갈 길을 가버렸죠.

그들은 내가 그랬듯이 자기 갈 길을 갔어요. 내가 앞서 얘기한 것처럼, 나는 토카이에서 백설공주 노릇을 하며 머물 수도 있었죠. 생각뿐이긴 했지만 솔깃했어요. 그러나 결국 나는 그렇게 하지 않았어요. 존은 내가 인생의 힘든 시기를 보내는 동안 친구가 되어줬어요. 그는 때로 내가 기대던 버팀목이었어요. 그러나 내 연인은 되지 못했어요. 진정한 의미의 연인 말이죠. 진정한 사랑을 위해서는 완전한 두 사람이 필요해요. 두 사람은 맞아야 해요. 서로 맞아야 하죠. 음양처럼, 전기 플러그와 콘센트처럼, 남자와 여자처럼 말이죠. 그런데 그와 나는 맞지 않았어요.

정말이지 나는 살아오면서 존과 그와 같은 부류에 대해 많은 생각을 해봤어요. 그래서 지금 내가 당신에게 하려고 하는 얘기는 충분히 생각해서, 미움의 감정 없이 하는 말이에요. 앞서 말했던 것처럼, 존이 나한테 중요했기 때문이죠. 그는 나한테 많은 걸 가르쳐줬어요. 나와 헤어진 다음에도 친구로 남아준 사람이었어요. 우울할 때 나는 언제나 그에게 의존했어요. 그는 나와 농담을 주고받으며 내 기분을 풀어줬어요. 한번은 그가 예상하지도 못한 성적 극치로 나를 몰고 갔어요. 애석하게도 한 번뿐이었지만! 그러나 사실, 존은 사랑을 위해 만들어진 사람이 아니었어요. 그런 식으로 구성되지도 않았고요. 거기에 맞추거나 맞춰질 수 없었던 거죠. 구체球體처럼 말이에요. 유리공처럼 말이죠. 그와 연결될 방법은 없었어요. 그게 나의 결론, 나의 신중한 결론이에요.

그것이 당신한테는 놀랍지 않을 수도 있죠. 당신은 어쩌면 예술가들, 남자 예술가들이 전반적으로 다 그렇다고 생각할지도 몰라요. 어쩌면 그들이 내가 사랑이라고 부르는 것에 맞지 않고, 그들의 예술을 위해 보존할 필요가 있는 그들의 비밀스러운 본질이 있다는 단순한 이유로 자신을 완전히 내어줄 수 없거나 내어주지 않을 거라고 생각할지도 모르죠. 내 말이 맞나요? 당신은 그렇게 믿는 건가요?

예술가들은 사랑에 맞지 않는다고 믿느냐고요? 아뇨, 꼭 그런 건 아닙니다. 나는 그 문제에 대해서는 열린 입장을 취하려고 해요.

그런데 당신이 무한정 열린 입장을 취할 수는 없죠. 책을 쓸 작정이라면 그럴 수는 없죠. 생각해보세요. 여기 인간관계의 가장 친밀한 영역에서 이어질 수 없거나 순간적으로만, 간헐적으로만 이어질 수 있는 남자가 있어요. 그런데 그가 어떻게 생계를 유지하죠? 그는 친밀한 인간적 경험에 관한 보고서, 전문적인 보고서를 쓰며 생계를 유지했어요. 왜냐하면 소설이라는 게 원래 그런 거잖아요. 안 그래요? 소설은 친밀한 경험에 관한 거잖아요. 시나 그림과는 반대되는 거죠. 당신한텐 그게 이상하다고 생각되지 않나요?

〔침묵〕

빈센트 씨, 나는 당신한테 아주 솔직하게 얘기했어요. 예를 들어, 슈베르트와 관련된 일이 그래요. 나는 전에는 누구한테도 그 얘기를 한 적이 없어요. 왜 안 했냐고요? 그렇게 하면 존이 너무 우스꽝스럽게 보일 것 같았기 때문이죠. 멍청이가 아닌 바에야 누가 사랑에 빠져 있는 여자한테 죽은 작곡가에게서, 빈의 바가텔렌마이스터*에게서 섹스에 관해 배우라고 주문하겠어요? 남자와 여자는 사랑에 빠지면 자신들의 음악을 만들어내죠. 그건 본능적으로 나오는 거예요, 배울 필요가 없는 거죠. 그러나 우리 친구 존은 어떻죠? 그는 침실로 제3의 존재를 끌고 들어와요. 프란츠 슈베르트가 서열 1위, 사랑의 거장이 되죠. 존은 서열 2위,

* 독일어로 '소곡 작곡가'라는 의미.

거장의 제자이자 실행자가 되죠. 그리고 나는 서열 3위, 섹스-음악을 연주하는 악기가 되죠. 내 생각에, 이것이 존 쿳시에 대해 당신이 알 필요가 있는 모든 걸 얘기해주는 것 같아요. 연인을 바이올린으로 착각한 남자. 어쩌면 그는 살면서, 다른 모든 여자들한테도 똑같이 했을 거예요. 여자를 바이올린, 바순, 팀파니 같은 악기로 착각했을 거라고요. 그는 너무 우둔하고 현실로부터 동떨어져 있어서 여자를 연주하는 것과 여자를 사랑하는 것의 차이를 구분할 수 없었을 사람이에요. 형식에 맞춰 사랑을 했던 거죠. 웃어야 할지 울어야 할지 모르겠군요!

이것이 그가 내게 백마 탄 왕자인 적이 없었던 이유예요. 그래서 내가 그에게 나를 백마에 태워 데려가는 걸 허락하지 않은 거고요. 그는 왕자가 아니라 개구리였거든요. 그가 인간이, 온전한 의미의 인간이 아니었기 때문이에요.

나는 당신한테 솔직하게 얘기하겠다고 했어요. 그리고 그 약속을 지켰어요. 하나만 더 솔직하게 얘기할게요. 딱 하나만 더 하고 그만하죠. 그걸로 끝이에요.

이건 내가 당신한테 얘기하려고 했던 그날 밤에 관한 거예요. 모든 걸 실험해본 다음, 우리 두 사람이 마침내 적절한 화학적 조합에 도달했던 캔터베리호텔에서의 밤에 관한 거라고요. 당신은 만약 존이 왕자가 아니라 개구리였다면 어떻게 우리가 그걸 성취할 수 있었겠느냐고 물을지 모르죠. 나도 사실 그게 궁금하거든요.

내가 그 중요한 밤을 어떻게 생각하는지 지금 당신한테 얘기해줄게요. 앞서 얘기한 것처럼, 나는 상처를 받고 당황해 있었고, 걱정 때문에 제정신이 아니었어요. 존은 내 안에서 무슨 일이 일어나고 있는지 보았거나 짐작했을 거예요. 그러면서 평소에는 갑옷으로 꽁꽁 싸여 있던 그의 마음이 열리게 된 거죠. 그의 마음과 내 마음이 열리면서 우리는 절정에 이르렀어요. 그에게는 처음으로 마음을 연 게 엄청난 변화였을 수 있고 또 그랬어야 해요. 그건 우리 두 사람 모두를 위한 새로운 삶의 시작일 수 있었어요. 하지만 무슨 일이 있었을까요? 존은 한밤중에 잠에서 깨어 옆에서 자고 있는 나를 보았어요. 틀림없이 내 얼굴에는 평화로운 표정이 깃들어 있었을 거예요. 더없이 행복한 표정이었을지도 모르죠. 더없는 행복이란 게 이 세상에서 달성하지 못할 건 아니니까요. 그는 나를 보고, 그 순간 있는 그대로의 나를 보고 놀랐던 거죠. 그래서 갑옷으로 서둘러 가슴을 다시 싸버렸어요. 그리고 이번에는 쇠사슬로 묶고 이중으로 자물쇠를 채웠죠. 그러고 나서 어둠 속으로 슬그머니 빠져나간 거예요.

당신 생각에 내가 그 일을 용서하는 게 쉬울 것 같나요? 그래요?

내 생각을 얘기하자면, 당신은 그에게 좀 가혹한 것 같아요.

아뇨, 아니에요. 나는 진실을 말하고 있을 뿐이에요. 아무리 가혹해도, 진실이 없으면 치유도 있을 수 없어요. 그게 전부예요. 그게 내가 당신 책을 위해 얘기해줄 수 있는 마지막이에요. 어이쿠, 여덟시가 다 되었네요. 이제 떠날 시간이군요. 아침 비행기를 타야 하지 않나요?

딱 하나만 더 물어보겠습니다. 간단한 질문이에요.

안 돼요, 절대 안 돼요, 더이상의 질문은 안 돼요. 당신한테 충분히 시간을 줬어요. 이제 끝이에요. 팽*이요. 가세요.

2008년 5월,
온타리오 킹스턴에서 진행된 인터뷰.

* 프랑스어로 '끝'이라는 의미.

마르곳

욘커르 여사님, 우리가 지난 12월에 만난 후로 제가 뭘 했는지 말씀드리겠습니다. 영국으로 돌아간 후, 나는 우리의 대화 녹음을 풀어 글로 옮겼어요. 남아프리카 출신 동료한테 아프리칸스어 표기가 모두 제대로 되었는지 물어서 확인했고요. 그런 다음 상당히 파격적인 일을 했는데, 여사님의 허락을 구하고 싶습니다. 저의 감탄사와 조언, 질문들을 잘라내고, 당신이 끊기지 않고 얘기하는 형태로 글을 고쳤습니다.

괜찮으시다면, 저는 오늘 당신과 함께 고친 글을 읽어보고 당신의 의견을 듣고 싶습니다. 어떻습니까?

좋아요.

한 가지만 더 말씀드릴게요. 당신 이야기가 생각보다 꽤 길어서 제가 다양성을 위해 이곳저곳을 극적으로 만들었습니다. 사람들이 자기 목소리로 말할 수 있게 한 거죠. 읽다보면 제가 무슨 말을 하는지 아시게 될 거예요.

좋아요.

그럼 시작할게요.

옛날에는 크리스마스 시즌이 되면 가족 농장에서 대규모 모임이 있었다. 게리트와 레니 쿳시의 아들딸들은 도처에서 푸엘폰테인까지 왔다. 그들은 자신의 배우자와 자식들을 데려왔다. 매년 자식들의 수가 불어났다. 그들은 웃고 농담하고 옛날 얘기를 하면서, 특히 음식을 먹으면서 일주일을 보냈다. 남자들에게 그 기간은 새와 영양을 사냥하는 때이기도 했다.

그러나 이제, 1970년대가 되자 슬프게도 그런 가족 모임이 줄어들었다. 게리트 쿳시는 땅에 묻힌 지 오래이고, 레니는 스트란트에 있는 요양원 주변을 발을 질질 끌며 돌아다닌다. 열두 명의 자식 중 첫째는 벌써 광대한 어둠 속으로 들어갔다. 혼자 있을 때면—

광대한 어둠이라고요?

너무 거창하게 들리나요? 바꾸죠. 첫째는 이미 이 세상을 떠났다. 혼자 있을 때면, 남은 사람들은 자신의 죽음을 떠올리곤 몸을 떤다.

그건 마음에 안 드네요.

몸을 떠는 거 말씀이신가요? 어려운 일은 아니죠. 잘라낼게요. 그는 벌써 이 세상을 떠났다. 살아남은 사람들 사이에서 농담은 더 억제되고, 회상은 더 슬퍼지며, 먹는 건 더 절제된다. 사냥을 하던 사람들도 더이상 사냥을 하지 않는다. 늙은 삭신이 노곤해진 탓이다. 하기야, 몇 년 동안 이어진 가뭄 때문에 펠트*에는 사냥할 만한 게 남아 있지 않다.

삼대 중 대부분은, 그러니까 자식들의 자식들 중 대부분은 이제 자기 일에 너무 정신이 팔려 있거나 대가족에 너무 무관심하다. 올해는 그 세대 중 넷만 참석한다. 농장을 물려받은 그녀의 사촌 미키엘, 케이프타운에서 온 그녀의 사촌 존, 그녀의 동

* 남아프리카공화국 남부의 풀이나 낮은 덤불로 덮인 평평한 지대.

생 카롤, 그리고 그녀 자신 마르곳, 이렇게 넷이다. 그녀는 넷 중에서 자신만이 향수 같은 걸 품고 옛 시절을 회고하는 게 아닌가 생각한다.

이해할 수 없군요. 당신은 어째서 나를 그녀라고 하죠?

그녀—마르곳—는 넷 중에서 자신만이 향수 같은 걸 품고 회고하는 게 아닌가 생각한다…… 이게 당신한테는 대단히 어색하게 들리는 모양이군요. 그렇지 않아요. 내가 말하는 그녀는 나와 같지만 나는 아니에요. 당신은 이게 그렇게 싫은가요?

헷갈려서 그래요. 여하튼 계속하세요.

존이 농장에 와 있는 게 분위기를 불편하게 만든다. 그는 몇 년 동안 해외에 있었다. 사람들은 오랫동안 그가 영원히 외국으로 가버렸다고 생각했다. 그런데 그가 어떤 구름을, 어떤 불명예를 안고 갑자기 그들 사이에 나타났다. 떠도는 이야기에 따르면, 그는 미국 감옥에 갔었다고 한다.

가족들은 그를 대하며 어떻게 행동해야 할지 모른다. 그들 중에 범죄자—그가 정말 범죄자라면 말이다—가 있었던 적이 없다. 파산자는 있었다. 그녀의 숙모 마리와 결혼했던 남자가 그랬다. 가족들이 처음부터 못마땅하게 생각했던 허풍선이이자 지독한 술꾼, 자기 빚을 갚지 않으려 파산선고를 하고 그다음부터는 일은 조금도 하지 않은 채 집에서 빈둥거리며 부인이 벌어 오는 것으로 먹고살았던 남자. 그러나 입에 쓴맛이 남긴 해도 파산은 범죄가 아니다. 그에 반해, 감옥에 가는 건 감옥에 가는 것이다.

그녀는 잃어버린 양이 환영받는다는 느낌을 받게 하려면 쿳시 집안 사람들이 더 열심히 노력해야 한다고 생각한다. 그녀는 아직도 존에게 애정이 있다. 어렸을 때, 그들은 나중에 크면 서로와 결혼하겠다고 아주 공개적으로 얘기하곤 했다. 그들은 그게 가능할 거라 생각했다. 안 될 이유가 없다고 생각했다. 그들은 어른들이 웃는 이유를 알 수 없었고, 왜 웃으면서 웃는 이유를 말하지 않는지 알 수 없었다.

내가 정말로 그렇게 말했나요?

네, 그랬어요. 잘라낼까요? 저는 좋은데요. 귀엽잖아요.

아뇨, 그냥 두세요. [웃음] 계속하세요.

그녀의 동생 카롤의 생각은 전혀 다르다. 카롤은 엔지니어인 독일 남자와 결혼했다. 그 독일 남자는 아내와 함께 남아프리카를 벗어나 미국으로 떠나려고 몇 년 동안 노력중이다. 존이 법적으로 범죄자이든 아니든, 카롤은 자신이 미국법에 저촉되는 일을 한 사람과 관계가 있다는 사실이 미국 이민 서류에 나타나는 걸 원치 않는다고 분명히 밝혔다. 그러나 존에 대한 카롤의 적개심은 그것보다 더 깊다. 그녀는 그가 가식적이고 거만하다고 생각한다. 카롤은 존이 엥헬세(영국) 교육을 받았다고 쿳시 집안 사람들 모두를 우습게 본다고 말한다. 그녀는 그가 왜 크리스마스 시즌에 그들한테 몸소 왕림하셨는지 모르겠다고 말한다.

그녀, 즉 마르곳은 동생의 태도 때문에 괴롭다. 그녀는 동생이 결혼해 남편이 속한 집단 속으로, 그러니까 1960년대에 빠르게 돈을 벌기 위해 남아프리카에 왔다가 이제는 나라가 소란스러운 시기에 접어들자 배를 버릴 준비를 하는 독일과 스위스 이주자들 집단 속으로 들어가기 시작하면서 점점 몰인정해졌다고 생각한다.

모르겠네요. 내가 당신에게 그렇게 말하도록 해도 되는지 잘 모르겠어요.

당신이 어떻게 결정하든 당신의 말에 따르겠습니다. 하지만 이게 당신이 나한테 얘기한 거예요. 한 자 한 자 다 맞아요. 당신 동생이 영국의 학술서적 전문 출판사에서 나온 모호한 책을 읽으려고 하는 것과 이것은 다르다는 걸 명심하세요. 지금 당신 동생은 어디에 살고 있나요?

동생과 클라우스는 플로리다에 살고 있어요. 세인트피터즈버그라는 마을이죠. 나는 한 번도 가본 적 없어요. 그녀의 친구 중 하나가 당신 책을 보고 그녀에게 한 권 보내줄 수도 있겠죠. 당신은 그 사실을 결코 모르겠지만요. 하지만 그건 중요하지 않아요. 작년에 내가 당신한테 얘기했을 때, 나는 당신이 우리의 인터뷰를 단순히 글로 옮기기만 할 거라고 생각했어요. 당신이 그걸 완전히 다시 쓸 거라고는 전혀 생각하지 않았어요.

완전히 그렇지는 않아요. 저는 그걸 다시 쓴 게 아니라 단순히 이야기로 바꿨을 뿐이에요. 형식을 바꾼 거죠. 형식을 바꾸는 게 내용에 영향을 미치지는 않아요. 당신이 제가 내용 자체를 갖고 제멋대로 하고 있다고 생각한다면, 그건 다른 문제죠. 너무 제멋대로 하고 있는 것 같은가요?

모르겠어요. 뭔가 잘못된 것 같지만, 아직은 그걸 꼭 집어낼 수는 없네요. 내가 말하고 싶은 건, 당신 식으로 풀어낸 이야기가 내가 당신한테 말한 것과 같지는 않다는 거예요. 하지만 지금은 입을 다물어야겠어요. 끝까지 기다렸다가 결정하려고요. 계속하세요.

좋습니다.

카롤이 너무 딱딱한 데 반해, 그녀는 너무 부드럽다. 그녀도 그건 인정할 것이다. 그녀는 갓 태어난 고양이들이 물에 빠져 죽으면 울고, 도살당할 양이 두려움 때문에 계속 울어대면 귀를 막는 사람이다. 어렸을 때는 마음이 여리다고 조롱을 당하면 신경이 쓰였지만, 삼십대 중반이 된 지금은 그게 부끄러워해야 하는 일인지 잘 모르겠다.

카롤은 존이 왜 가족 모임에 왔는지 이해하지 못하는 척하지만, 그녀는 그 이유를 분명하게 이해한다. 그는 어렸을 때 자주 갔던 곳으로 아버지를 다시 데리고 왔다. 그의 아버지는 예순 살이 조금 넘었지만 노인처럼 보이는데다 곧 죽을 것 같다. 존이 아버지를 다시 데려온 것은 그를 소생시키거나 튼튼해지도록 하기 위해서다. 만약 소생할 수 없다면, 작별인사를 할 수 있도록 하기 위해서다. 그녀가 생각하기에 그것은 자식된 도리다. 그녀는 그게 정말 마음에 든다.

그녀는 창고 뒤에 있는 존을 찾아낸다. 그는 차를 고치거나 그러는 척하고 있다.

"고장났어?" 그녀가 묻는다.

"엔진이 과열돼서." 그가 말한다. "듀 토이츠 클루프*에서 두 번이나 차를 세워 엔진을 식혀야 했거든."

"미키엘한테 한번 봐달라고 해야겠네. 차에 대해서는 뭐든지 아니까."

"미키엘은 손님들 때문에 바쁘잖아. 내가 직접 고칠 거야."

그녀는 미키엘이 손님들한테서 도망치기 위해서라면 어떤 이유든 환영할 거라고 생각하지만, 우기지는 않는다. 그녀는 남자의 고집을 너무 잘 안다. 남자란 다른 남자한테 도와달라고 하는 수치를 겪느니 차라리 문제를 갖고 끝없이 씨름한다는 걸 안다.

"케이프타운에서는 이걸 타고 다녀?" 그녀가 묻는다. 그녀가 이것이라고 하는 건 1톤짜리 닷선 픽업트럭이다. 농부들과 건축업자들을 연상시키는 일종의 경량급 트럭이다. "그런데 트럭이 왜 필요해?"

"쓸모가 있거든." 그가 짤막하게 대답한다. 어디에 쓸모가 있는지는 설명하지 않는다.

---

* 남아프리카의 깊은 협곡.

그가 그 차의 운전대를 잡고 농장에 도착했을 때 그녀는 웃지 않을 수 없었다. 그는 텁수룩한 머리에 턱수염을 기른 채 둥그런 안경을 쓰고 있었고, 그의 아버지는 뻣뻣하고 당황한 모습으로 미라처럼 그의 옆에 앉아 있었다. 그녀는 사진을 찍어뒀더라면 좋았겠다 싶다. 또한 존에게 사적으로 그의 헤어스타일에 관해 얘기를 할 수 있으면 싶다. 하지만 아직 서먹함이 가시지 않은 상태다. 친밀한 얘기는 기다렸다 해야 할 것이다.

"여하튼," 그녀가 말한다. "차 마시러 오래. 조이 숙모가 구운 멜크테르트*가 차에 곁들여 나올 거야."

"금방 갈게." 그가 말한다.

그들은 같이 있으면 아프리칸스어로 말한다. 그는 아프리칸스어를 말할 때 더듬거린다. 그녀는 시골 벽지, 즉 플라트란트에 살아서 영어를 쓸 기회가 거의 없지만, 자신의 영어가 그의 아프리칸스어보다는 나을 것 같다. 그러나 그들은 어렸을 때부터 같이 있을 때는 아프리칸스어를 사용했다. 그녀는 영어를 써서 그를 부끄럽게 하고 싶지는 않다.

그녀는 그가 케이프타운으로 가서 '영어' 학교를 다니고 '영어' 대학을 다니고, 아프리칸스어를 한 마디도 들을 수 없는 해

---

* 남아프리카식 밀크 타르트.

외로 나갔기 때문에 몇 년 전부터 그의 아프리칸스어가 나빠졌다고 생각한다. 그는 '어서'라는 말을 인 엔 미누트라고 한다. 무례한 표현이다. 카롤이라면 바로 그걸 알아차리고 흉내를 낼 것이다. "인 엔 미누트 살 메니어르 시 티 콤 제니트." 카롤은 이렇게 말할 것이다. "지체 높으신 분께서는 후딱 오셔서 차를 드세요." 그녀는 카롤로부터 그를 보호하든지, 적어도 카롤에게 요 며칠 동안만 그를 너그럽게 봐달라고 부탁해야 한다.

그날 저녁, 식사 시간에 그녀는 일부러 그의 옆자리에 앉는다. 농장에서는 저녁식사로 하루의 주된 식사인 점심식사에서 남은 걸 먹는다. 식은 양고기, 데운 쌀밥, 식초를 곁들인 껍질콩 등이 그것이다.

그녀는 그가 고기 접시에서 아무것도 덜지 않고 그대로 넘기는 걸 알아챈다.

"존, 양고기는 안 먹어요?" 카롤이 식탁의 반대편 끝에서 다정하게 신경써주는 듯한 목소리로 말한다.

"오늘은 안 먹으려고, 고마워." 존이 대답한다. "에크 헤트 메이 판미드다크 디크 게브리어트." 오늘 오후에 돼지처럼 배를 채웠거든.

"그럼 채식주의자는 아니네요. 외국에 있을 때 채식주의자가 된 건 아닌 모양이네요."

"엄격한 채식주의자는 아니야. 디스 니 엔 부르트 바르판 에크 호우 니. 아스 엔 멘스 페르키스 옴 니 소 피얼 플레이스 테 이어트 니……" 채식주의자가 좋아하는 말은 아니지만. 그렇게 많은 고기를 먹지 않기로 한다면……

"야?" 카롤이 말한다. "아스 엔 멘스 페르키스, 단……?" 그게 원하는 거라면, 그다음엔 뭔데요?

이제 모든 사람이 그를 쳐다보고 있다. 그의 얼굴이 붉어지기 시작했다. 그는 사람들의 온화한 호기심을 어떻게 비켜가야 할지 전혀 모르는 게 분명했다. 만약 그가 정상적인 남아프리카인보다 더 창백하고 야위었다면, 그건 그가 북아메리카의 눈 속에 너무 오래 머물렀기 때문이 아니라 카루의 좋은 양고기를 너무 오래 못 먹어서 그런 게 아닐까? 아스 엔 멘스 페르키스…… 그는 그다음에는 무슨 말을 하려는 걸까?

그의 붉어진 얼굴은 필사적이다. 성인 남자임에도 그는 소녀처럼 얼굴을 붉힌다! 그녀가 개입할 시간이다. 그녀는 그의 팔에 손을 얹는다. "야이 빌 세케르 세, 존, 온스 헤트 알말 온스 푸르커르." 우리 모두한테는 선호가 있잖아.

"온스 푸르커르, 온스 피미스." 그가 말한다. 우리의 선호, 우리의 우스꽝스러운 작은 변덕. 그는 껍질콩을 집어 입에 넣는다.

12월이다. 12월에는 밤 아홉시가 한참 넘을 때까지 어두워지지 않는다. 어두워져도 고지대의 공기가 너무 깨끗해서 달과 별이 발걸음을 비출 정도로 밝다. 그래서 그녀와 그는 저녁을 먹고 산책을 나가, 농장 일꾼들이 묵는 오두막들을 피해 가려고 멀리 우회해서 걷는다.

"저녁식사 때 도와줘서 고마워." 그가 말한다.

"카롤 잘 알잖아." 그녀가 말한다. "그애의 눈은 늘 날카롭잖아. 눈도 날카롭고 말도 날카롭지. 아버지는 어떠셔?"

"우울해하셔. 너도 잘 알겠지만, 아버지와 어머니의 결혼생활이 그다지 행복하지는 않았잖아. 그럼에도 어머니가 돌아가시고 나니 아버지가 쇠약해지셨어. 침울해하시고, 어떻게 해야 할지 모르시는 것 같아. 아버지 세대의 남자들은 다소 무력하게 길러졌으니까. 요리를 해주고 돌봐줄 여자가 없으면 그냥 시들시들해지는 거지. 만약 내가 아버지한테 같이 살자고 하지 않았더라면 굶어죽으셨을 거야."

"아직도 일을 하셔?"

"응, 아직 자동차 부품상에서 일하셔. 그런데 그들이 아버지에게 은퇴할 때가 됐다는 눈치를 주는 것 같아. 그런데도 스포츠에 대한 열정은 여전하셔."

"크리켓 심판이시잖아?"

"그랬지, 하지만 더이상은 아니야. 시력이 너무 나빠졌거든."

"너는 어때? 너도 크리켓을 했잖아?"

"그랬지. 사실 아직도 선데이 리그에 참여하고 있어. 거의 아마추어 수준인데 나한테는 맞아. 재밌지, 아프리카너인 아버지와 내가 별로 잘하지도 못하는 영국식 경기에 빠져 있다니 말이야."

두 아프리카너. 그는 정말로 자신을 아프리카너로 생각할까? 그녀가 아는 진짜[에그터] 아프리카너 중에 그를 부족의 일원으로 받아들일 사람은 거의 없다. 그의 아버지도 그 깐깐한 기준을 통과하지 못할 것이다. 요즘에는 아프리카너로 통하려면 적어도 민족당에 투표를 하고 일요일에는 교회에 나가야 한다. 그녀는 자신의 사촌이 양복을 입고 넥타이를 매고 교회에 가는 걸 상상할 수 없다. 그건 그의 아버지도 마찬가지다.

그들은 둑에 도착한다. 전에는 풍력 펌프로 둑에 물을 채웠지만, 경기가 좋을 당시 미키엘이 디젤로 돌아가는 펌프를 설치하고 낡은 풍력 펌프는 녹슬게 방치했다. 모두가 그렇게 했기 때문이다. 그런데 지금 기름값이 천정부지로 치솟고 있어 미키엘은 생각을 달리해야 할지도 모른다. 결국 하느님의 바람으로 다시 돌아가야 할지도 모른다.

"기억나?" 그녀가 말한다. "우리 어렸을 때 이곳에 와서……"

"체로 올챙이를 잡았잖아," 그가 이야기의 실타래를 집어든다. "양동이에 담아 집으로 가져갔었지. 아침이 되면 다 죽어 있었고 말이야. 우리는 왜 죽었는지 이유를 알지 못했고."

"메뚜기도. 메뚜기도 잡았잖아."

그녀는 메뚜기 얘기는 하지 말걸 하고 생각한다. 메뚜기들이, 아니 그중 하나가 어떤 운명을 맞았는지 떠올랐기 때문이다. 존이 메뚜기가 담긴 병에서 한 마리를 꺼내더니, 그녀가 지켜보는 가운데 몸에서 피 혹은 메뚜기에게 피에 해당하는 것이 나오지 않고 기다란 뒷다리가 건조하게 분리될 때까지 잡아당겼다. 그리고 그는 그것을 놓아줬고, 그들은 그것을 바라보았다. 그것은 날아오르려고 할 때마다 한쪽으로 푹 쓰러져 먼지 속에서 날개를 버둥거리며 남은 뒷다리를 허망하게 버둥거렸다. 그냥 죽여! 그녀가 그를 향해 소리를 질렀다. 그러나 그는 그걸 죽이지 않고 혐오스러운 표정을 지으며 자리를 떴다.

"기억나?" 그녀가 말한다. "한번은 네가 메뚜기 다리를 떼버리고 그걸 죽이는 일은 나한테 맡겨버렸던 거? 나는 너한테 너무 화가 났었지."

"나는 매일 그걸 떠올려." 그가 말한다. "매일매일, 그 가엾은 것이 나를 용서해주기를 빌어. 나는 이렇게 말하지. 난 그저 어린애였어. 뭘 모르는 무지한 아이였어. 그러니 카겐*, 나를 용서

---

* 아프리카 남부에 거주하는 산(San)족의 창조주. 이 신은 자신의 모습을 바꿀

해줘."

"카겐?"

"카겐. 사마귀, 사마귀 신 이름이야. 그러나 메뚜기는 이해할 거야. 사후세계에는 언어 문제가 없을 테니까 말이야. 다시 에덴동산으로 돌아가는 거지."

사마귀의 신. 그녀는 그게 무슨 말인지 이해할 수 없다.

못 쓰게 된 풍력 펌프의 날개가 바람에 스치는 소리가 난다. 그녀는 몸을 떤다. "돌아가야겠어." 그녀가 말한다.

"조금 있다가. 그런데 유진 머래이스**가 워터버그에서 개코원숭이들을 관찰하고 쓴 책 읽어봤어? 개코원숭이들이 저녁이 되어 먹이를 찾아다니는 걸 멈추고 해가 지는 걸 바라볼 때, 그것들의 눈에, 적어도 나이가 많은 개코원숭이들의 눈에는 우울함이, 그러니까 자신들의 죽음이 가까워지는 것에 대한 최초의 의식이 탄생하는 걸 볼 수 있다고 썼지."

"너도 해가 지는 걸 보면 죽음을 생각하는 거야?"

"아니. 하지만 너와 내가 처음으로 의미 있는 대화를 했던 게 생각나. 그때 우리는 여섯 살이었을 거야. 구체적으로 무슨 말을

수 있는 능력이 있는데 사마귀로 변신하는 일이 잦다. '카근'이라 불리기도 한다.

** 남아프리카 시인, 소설가(1871~1936).

했는지는 기억나지 않지만, 내가 너한테 나의 속마음을 털어놓고 있었다는 건 알아. 너한테 나 자신과 내 희망과 내 바람에 관해 모든 걸 털어놓았지. 사랑에 빠졌다는 게 이런 거구나! 나는 내내 이렇게 생각하고 있었어. 지금 고백하지만, 나는 너를 사랑하고 있었으니까. 그날 이후로, 여자를 사랑한다는 건 내 마음속에 있는 모든 걸 자유롭게 얘기한다는 의미였어."

"네 마음속에 있는 모든 것이라…… 그런데 그게 유진 머래이스와 무슨 상관인데?"

"그건 단순히, 내가 머래이스와 가장 가까웠던 개코원숭이, 그러니까 무리의 우두머리인 늙은 수컷 개코원숭이가 해 지는 걸 보면서 무슨 생각을 했는지 이해한다는 의미일 뿐이야. 다시는 못 보겠지. 한 번만 살고 다시는 못 사는 거다. 결코, 결코, 결코. 그 개코원숭이는 이렇게 생각했을 거야. 카루는 내게 그런 느낌을 받게 만들어. 나를 우울함으로 채우지. 나는 계속 그런 느낌을 받아."

그녀는 아직도 개코원숭이들이 카루나 그들의 유년 시절과 무슨 관련이 있는지 이해하지 못하지만, 그걸 입 밖에 내진 않는다.

"이곳은 내 가슴을 후벼파." 그가 말한다. "어렸을 때, 이곳이 내 가슴을 후벼팠어. 그리고 그 이후로 나는 정상적이었던 적이 한 번도 없었어."

가슴을 후벼판단다. 그녀는 그걸 전혀 눈치채지 못했다. 다른 사람들의 마음에 무슨 일이 일어나는지 얘기를 듣지 않고도 알았던 적이 있었다. 그녀에게는 특별한 재능이 있었다. 미어게푸엘, 즉 공감 능력이 있었다. 그러나 더이상은 아니다, 더이상은 아니다! 그녀는 커갔다. 커가면서 굳어갔다. 아무도 춤을 청해오지 않아 교회 홀에 있는 벤치에 앉아 토요일 저녁을 헛된 기다림 속에 보내다가, 어떤 남자가 예의상 그래줘야겠다고 생각해 춤을 청해올 때쯤에는 모든 흥미를 잃은 채 집에 가기만을 바라는 여자처럼 굳어갔다. 충격이다! 생각지도 못한 일이다! 그녀의 사촌이 어린 시절 그녀를 사랑했던 기억들을 간직하고 있었다니! 그 오랜 세월 동안 간직하고 있었다니!

〔신음〕 내가 정말로 그런 얘기를 했나요?

〔웃음〕 그럼요.

내가 무척 경솔했군요! 〔웃음〕 신경쓰지 말고 계속하세요.

"카롤한테는 얘기하지 마." 그—그녀의 사촌 존—가 말한다. "카롤은 빈정대기를 좋아하니까, 내가 카루에 대해 어떻게 생각하는지 얘기하지 마. 얘기하면, 끝없이 그 얘기를 나한테 해댈 거야."

"너와 개코원숭이에 관한 얘기 말이지." 그녀가 말한다. "그런데 네가 믿든 안 믿든, 카롤도 마음이 따뜻한 사람이야. 그래도 네 비밀은 얘기하지 않을게. 이제 추워진다. 돌아갈까?"

그들은 적당한 거리를 유지하며 농장 일꾼들의 숙소를 빙 둘러 지나간다. 요리용 석탄불이 어둠 속에서 강렬하게 빛난다.

"얼마나 오래 있을 거야?" 그녀가 묻는다. "새해 첫날에도 여기에 있을 거야?" 누베야르는 포크, 즉 사람들에게 크리스마스보다 중요한 축일이다.

"아니, 오래 있을 수는 없어. 케이프타운에서 해야 할 일이 있어서."

"그러면 아버지는 여기 계시라고 하고 나중에 모시러 오면 어때? 편히 쉬시면서 기력을 회복하실 수 있게. 안 좋아 보이셔서 하는 말이야."

"여기 있으려고 하지 않으실 거야. 아버지는 불안해하는 성격이라서 어디에 있든 다른 곳에 있기를 바라시는 분이야. 나이가 들수록 그게 더 심해지네. 가려움증 같은 거야. 가만히 있을 수가 없는 거지. 그리고 출근도 하셔야 하고. 자기 일을 아주 진지하게 생각하시는 분이니까."

농가는 조용하다. 그들은 뒷문을 통해 들어간다. "잘 자," 그녀가 말한다. "푹 자."

방에 들어간 그녀는 바로 침대에 눕는다. 동생과 동생 남편이 들어올 때쯤에는 자신이 잠들어 있었으면 싶다. 혹은 적어도 잠자는 척할 수 있었으면 싶다. 존과 산책을 하면서 무슨 얘기를 했는지 추궁당하고 싶지는 않다. 기회가 보이면 카롤은 그녀에게서 무슨 얘기든 끌어내고 말 것이다. 나는 여섯 살 때 너를 사랑했어. 너는 내가 다른 여자들을 사랑하는 방식의 원형이 되었어. 대단한 말이다! 사실, 대단한 찬사다! 그러나 그의 마음속에서 그녀 자신은 어떠한가? 그 모든 조숙한 정열이 그의 마음속에 일고 있을 때, 여섯 살이었던 그녀의 마음속에는 무엇이 일고 있었을까? 그녀는 분명히 그와 결혼하겠다고 했다. 그러나 그들이 사랑하고 있다는 것에 그녀가 동의했을까? 그랬다 하더라도 기억에 없다. 그리고 지금은 어떤가? 그에 대한 그녀의 감정은 뭔가? 그의 고백이 그녀의 가슴을 타오르게 한 건 분명하다. 이 사촌이라는 작자는 참 이상한 사람이다! 그의 이상함은 쿳시 가문에서 물려받은 것이 아니다. 그 점은 확실하다. 그녀도 반은 쿳시니까 말이다. 그러니 그것은 성이 메이어르인가 뭔가이던 그의 어머니에게서 물려받은 것이다. 이스턴 케이프의 메이어르 가문 말이다. 메이어르인가 미어르인가 메이어링인가 하는 가문.

그러다가 그녀는 잠이 든다.

"그는 거만해." 카롤이 말한다. "자기를 너무 많이 생각한다니까. 자신을 낮추고 평범한 사람들한테 얘기하는 걸 참을 수 없어하지. 자기 차를 만지작거리지 않을 때는 책을 들고 구석에 앉아만 있어. 왜 이발도 안 하는 거지? 그를 볼 때마다, 푸딩 그릇을 머리에 씌운 뒤에 기름이 철철 흐르는 끔찍한 머리를 싹둑 잘라버리고 싶어."

"머리에 기름이 낀 게 아니야." 그녀가 이의를 제기한다. "그냥 너무 길어서 그래. 내 생각에 그는 비누로 머리를 감는 것 같아. 그래서 그렇게 엉망인 거야. 그리고 거만한 게 아니라 수줍어하는 거야. 그래서 계속 혼자 있는 거라고. 그에게 기회를 줘. 재미있는 사람이야."

"그는 언니에게 집적거리는 거야. 누가 봐도 알 수 있어. 언니도 같이 집적거리고 있고 말이야. 언니랑 그는 사촌이야! 수치스러운 줄 알아야 해. 그가 왜 결혼을 안 했지? 언니 생각엔 그가 동성애자일 것 같아? 그가 모피라고 생각해?"

그녀는 카롤이 진심으로 하는 말인지, 아니면 그녀를 자극하려고 하는 말인지 알 수 없다. 카롤은 이곳 농장에 와서도 최신 유행의 하얀 슬랙스와 목이 깊게 파인 블라우스를 입고, 하이힐

샌들을 신고, 묵직한 팔찌를 차고 있다. 카롤의 말에 따르면, 그녀는 남편이 프랑크푸르트로 출장을 갈 때 같이 가서 옷을 산다. 그녀가 다른 사촌들을 아주 볼품없고 고리타분하고 촌스러운 사람들로 보이게 만드는 건 확실하다. 그녀와 클라우스는 샌턴에 있는 저택에 산다. 영국계 미국인 소유의 방 열두 개짜리 저택이다. 그들은 집세를 한푼도 내지 않는다. 그 집에는 마구간과 폴로 경기에 쓰는 말들, 그리고 말구종까지 있다. 그런데 그들 중 아무도 말을 탈 줄 모른다. 그들에게는 아직 아이가 없다. 카롤의 말에 따르면, 제대로 정착하면 아이를 낳을 것이라고 한다. 제대로 정착한다는 것은 미국에 정착하는 걸 의미한다.

카롤이 자신과 클라우스가 이사간 샌턴에는 상당히 진보적인 일들이 벌어지고 있다고 말한다. 진보적인 일들이 무엇인지 구체적으로 얘기하지는 않는다. 그녀, 즉 마르곳은 묻고 싶지 않다. 그러나 그 일은 섹스와 관련된 것인 듯하다.

그렇게 쓰는 건 허락하지 못하겠어요. 카롤에 대해서 그렇게 쓸 수는 없어요.

당신이 저한테 그렇게 얘기한 겁니다.

그렇지만 내가 말한 모든 걸 글로 옮겨서 세상에 퍼뜨릴 수는 없어요. 나는 그것에 동의한 적이 없다고요. 카롤이 다시는 나한테 얘기하려고 하지 않을 거예요.

좋아요, 그 부분을 없애든지 조정하겠습니다, 약속드립니다. 다만 끝까지 들어주세요. 계속할까요?

계속하세요.

카롤은 자신의 뿌리와 완전히 단절했다. 그녀는 전에 플라트란트세 메이시, 즉 시골 소녀였던 모습과 전혀 닮지 않았다. 구릿빛 피부, 손질한 금발머리, 진한 아이라인의 그녀는 독일인처럼 보인다. 당당하고, 풍만한 가슴에, 나이는 서른 살도 채 안 된 여자. 뮐러 박사의 사모님. 만약 뮐러 박사의 사모님이 샌턴식으로 사촌인 존과 연애를 하기로 결심한다면, 존은 얼마나 버틸까? 존에 따르면, 사랑이란 좋아하는 사람한테 마음을 열 수 있는 것을 의미한다. 카롤은 그것에 대해 뭐라고 말할까? 카롤은 분명 자신의 사촌한테 사랑에 관해 한두 가지쯤 가르쳐줄 수 있을 것이다. 적어도 진보적인 형태의 사랑에 관해서는 말이다.

존은 모피가 아니다. 그녀는 그런 걸 알 정도로는 남자에 대해 안다. 하지만 그에게는 냉정하거나 냉담한 뭔가가, 중성이 아니라면 적어도 중성적인 뭔가가 있다. 어린아이가 섹스 문제에서 중성적인 것처럼 말이다. 그가 그것에 관해 한마디도 언급하지 않지만, 남아프리카가 아니라면 미국에서라도 그에게 여자들이 있었을 게 틀림없다. 그의 미국 여자들이 그의 마음을 보았을까? 그가 그것을, 그러니까 그의 마음을 여는 일에 익숙하다면, 특이하다. 그녀의 경험에 비춰보면, 남자들한테는 그것보다 어려운 일이 없다.

그녀는 결혼생활을 한 지 십 년이 되었다. 십 년 전, 그녀는 변호사 사무실에서 비서로 일하던 카나본을 떠나 로게펠트의 미델포스 동쪽에 있는, 신랑의 농장으로 이사했다. 운이 좋다면, 그리고 하느님이 그녀에게 미소를 지어준다면, 그녀는 그곳에서 남은 일생을 살게 될 것이다.

농장은 그들 두 사람에게는 집이다. 집이자 하임*이다. 그러나 그녀는 자신이 원하는 만큼 집에 있을 수가 없다. 양을 키워봤자 더이상 돈이 되지 않는다. 척박하고 가뭄에 시달리는 로게펠트에서는 그렇다. 먹고살기 위해 그녀는 다시 일을 해야 했다. 이

* 독일어로 '집'이라는 의미인데, 자신의 뿌리와 연결된 고향이라는 부대적 의미가 함축되어 있다.

번에는 칼비니아에 있는 호텔에서 경리로 일한다. 그녀는 월요일부터 목요일까지, 일주일에 나흘 밤을 호텔에서 근무한다. 금요일이 되면 그녀의 남편이 농장에서 나와 그녀를 데리러 오고, 다음주 월요일 새벽에 칼비니아로 데려다준다.

이렇게 주중에 떨어져 있음—가슴이 몹시 아프고 황량한 호텔방이 싫은 그녀는 때때로 눈물을 참지 못하고 팔에 얼굴을 묻고 흐느낀다—에도 불구하고, 그녀가 보기에 그녀와 루커스는 행복한 결혼생활을 하고 있는 듯하다. 행복한 것 이상이다. 복되고 축복받은 관계다. 좋은 남편, 행복한 결혼. 그러나 아이는 없다. 일부러 그런 게 아니라 그냥 그렇게 됐다. 그녀의 운명, 그녀의 잘못. 두 자매 중 하나는 불임이고 다른 하나는 아직 정착을 못했다.

좋은 남편이지만 감정은 닫아놓고 사는 사람. 닫힌 마음은 일반적인 남자들의 병일까? 아니면 남아프리카 남자들만의 병일까? 독일인들—예를 들어, 카롤의 남편—은 좀 나을까? 이 순간, 클라우스는 결혼으로 맺어진 쿳시가 친척들과 함께 툇마루에 앉아 궐련을 피우고 있다(그는 주변 사람들에게 궐련을 아낌없이 준다. 그러나 그의 루크구트〔흡연 용품〕는 쿳시 집안 사람들한테는 너무 낯설고 이질적이다). 그는 자신과 카롤이 체어마트*

* 스위스 남부의 마을.

에서 스키를 탔던 얘기를 크고 어설픈 아프리칸스어로 얘기해 그들을 즐겁게 한다. 그는 자신의 아프리칸스어 발음에 대해 조금도 부끄러워하지 않는다. 클라우스는 그들이 샌턴의 집에 둘이서만 있을 때, 미끈하고 편하고 자신만만한 유럽식 매너로 자신의 마음을 카롤에게 열어 보일까? 그녀의 생각에는 그럴 것 같지 않다. 그녀가 보기에 클라우스에게는 열어 보일 마음이 별로 없는 것 같다. 그게 있다는 증거를 거의 보지 못했다. 그에 반해, 쿳시 집안 사람들은 적어도 남자나 여자에게 열어 보일 마음은 있다. 사실, 그들 중 일부는 때때로 보여줄 마음이 너무 많다.

"아냐, 그는 모피가 아니야." 그녀가 말한다. "직접 얘기해보면 알 수 있을 거야."

"오늘 오후에 드라이브하러 갈까?" 존이 제안한다. "너와 나, 둘이서만 농장 한 바퀴 돌고 오자."

"뭘 타고?" 그녀가 말한다. "네 닷선으로?"

"그럼, 내 닷선을 타고. 고쳤거든."

"허허벌판 한가운데에서 불쑥 고장나지 않도록 고쳤단 말이야?"

물론 그건 농담이다. 푸엘폰테인은 이미 허허벌판의 한가운데에 있다. 하지만 농담만은 아니다. 그녀는 제곱킬로미터로 따져서 농장이 얼마나 큰지는 모르지만, 단단히 마음먹지 않으면, 하루에 농장 한쪽 끝에서 다른 쪽 끝까지 걸어갈 수 없다는 건 알고 있다.

"고장 안 날 거야." 그가 말한다. "하지만 만일의 경우를 대비해 여분의 물을 갖고 갈게."

푸엘폰테인은 코우프 지역에 있다. 코우프 지역에는 지난 이 년 동안 비가 한 방울도 오지 않았다. 도대체 쿳시의 할아버지가 이 땅을, 모든 농부들이 자기 가축을 살아 있게 하기 위해 몸부림쳐야 하는 이 땅을 산 계기는 무엇이었을까?

"코우프Koup가 어디 말이지?" 그녀가 말한다. "영어인가? 아무도 대항할cope 수 없는 곳이라는 의미일까?"

"코이족* 말이야." 그가 말한다. "호텐토트어지. 코우프는 메마른 땅이라는 뜻이야. 동사가 아니라 명사야. p로 끝나는 걸 보면 알 수 있지."

"그걸 어디에서 배웠어?"

"책에서. 옛날에 선교사들이 모아놓은 문법에서. 코이족 언어를 쓰는 사람은 이제 남아 있지 않아. 남아프리카에는 없어. 현

---

* 남아프리카 원주민 부족 코이코이족. 호텐토트는 네덜란드 이주민들이 코이코이족을 비하하는 뜻으로 부르던 말이다. 현재까지 남아 있는 코이코이족의 분파는 나마족이다.

실적인 의미에서 보면 죽은 언어지. 남서아프리카에는 아직도 나마어를 쓰는 노인들이 조금 있긴 해. 그게 전부야. 남아 있는 전부."

"코사어는 어때? 코사어 할 줄 알아?"

그는 고개를 젓는다. "나는 우리가 간직하고 있는 것들이 아니라 우리가 잃어버린 것들에 관심이 있어. 내가 왜 코사어를 해야 하지? 이미 그걸 할 수 있는 수백만의 사람들이 있잖아. 그들은 나를 필요로 하지 않아."

"우리가 서로 의사소통을 할 수 있도록 하기 위해 언어가 있는 거라고 생각했어. 아무도 쓰지 않는다면, 호텐토트어를 써봐야 무슨 소용이지?"

그가 그녀를 향해 살짝 은밀한 미소를 지어 보인다. 그는 그녀의 질문에 대한 답을 갖고 있는 것 같다. 그러나 그녀가 너무 우둔해서 그걸 이해하지 못할 테니 굳이 에너지를 낭비할 필요가 없다고 생각하는 듯하다. 카롤을 화나게 만드는 것은 무엇보다도, 모든 걸 아는 듯한 저 미소일 것이다.

"옛 문법서에서 호텐토트어를 배우면 누구와 얘기할 수 있지?" 그녀가 또다시 묻는다.

"내가 얘기해주길 바라?" 그가 말한다. 그의 은밀한 미소는 뭔가 다른 것으로, 딱딱하고 그리 좋지 않은 무언가로 바뀌어 있다.

"그래, 얘기해줘. 내 질문에 대답해줘."

"죽은 사람들하고. 죽은 사람들하고 얘기할 수 있지. 그러지 않으면," 그는 여기서 머뭇거린다. 그녀에게, 심지어 그 자신에게도, 말이라는 것이 너무 과분하기라도 한 듯이. "그러지 않으면 영원한 침묵 속으로 내던져질 사람들과 말이야."

그녀는 답을 원했다. 그리고 그녀에게 답이 주어졌다. 그것은 그녀의 입을 다물게 하고도 남는다.

그들은 삼십 분 정도 차를 몰아 농장 서쪽 끝에 다다른다. 거기에서 놀랍게도 그가 농장 문을 열고, 차를 몰고 나가서, 다시 문을 닫고 차로 온다. 그리고 아무 말 없이 거친 흙길을 달린다. 그들은 네시 반쯤, 그녀가 몇 년 동안 발을 들여놓은 적이 없는 메르베빌에 도착한다.

그는 아폴로 카페 앞에 차를 세운다. "커피 한잔할까?" 그가 묻는다.

그들은 카페에 들어간다. 맨발인 아이들 대여섯 명이 그들 뒤를 쫓아다닌다. 그중 가장 어린 아이는 겨우 걸음마를 뗐다. 메프로우, 즉 여자 주인은 라디오를 틀어놓았다. 아프리칸스어로 된 대중가요가 흘러나오고 있다. 그들은 자리에 앉아 파리를 쫓는다. 아이들이 주변에 모여 전혀 부끄러워하지 않는 호기심어린 눈으로 그들을 빤히 쳐다본다. 존이 말한다. "머다크, 용엔스

(얘들아, 안녕)." 그러자 나이가 가장 많은 아이가 대답한다. "머다크, 메니어(안녕하세요, 아저씨)."

그들은 커피를 주문하고, 장기보존용 우유를 섞은 묽은 네스카페 커피를 받는다. 그녀는 한 모금을 마시고서 옆으로 밀어놓는다. 그는 멍한 표정으로 마신다.

조그마한 손이 올라와 그녀의 접시에서 각설탕을 훔쳐간다. 그녀가 말한다. "투, 루어프!" 저리 가! 아이가 그녀를 향해 환하게 미소를 짓더니 설탕 껍질을 벗겨 핥아먹는다.

이 일이 그녀에게 백인과 유색인* 사이의 장벽이 얼마만큼 무너졌는지를 보여주는 첫번째 신호는 결코 아니다. 신호는 칼비니아에서보다 이곳에서 더 명백하다. 메르베빌은 더 작은 도시고 점점 쇠퇴하고 있다. 너무 쇠퇴해서 이제 지도에서조차 사라질 위험에 처해 있는 게 분명하다. 남아 있는 사람들은 몇백 명뿐이다. 그들이 차로 지나쳤던 집들 중 반은 비어 있는 듯 보였다. 문 위로 회반죽에 흰 조약돌들이 박혀 있는 건물에는 전설적인 폴크스커스(민중 은행)가 아니라 용접공장이 입주해 있다. 오후의 한창 더운 시간이 지났음에도, 중심가에는 남자 둘에 여자

* 처음에는 남아프리카공화국 원주민과 네덜란드계 백인 사이에서 태어난 사람들을 지칭했지만, 나중에는 백인이 아닌 유색인들을 총칭하는 말이 되었다.

하나뿐이다. 그들은 꽃이 핀 자카란다나무 그늘 아래 비쩍 마른 개와 함께 누워 있다.

내가 그런 걸 다 얘기했단 말인가요? 기억이 안 나요.

제가 그 장면을 생생하게 하려고 한두 가지 사소한 걸 첨가했는지도 모르죠. 당신한테 얘기하진 않았지만, 당신의 이야기에 메르베빌이 아주 많이 나오길래 그곳이 어떤 곳인지 직접 가봤어요.

메르베빌에 갔었다는 말인가요? 당신한테는 그곳이 어떻게 보이던가요?

당신이 묘사한 것과 흡사하더군요. 그런데 아폴로 카페는 더 이상 없었어요. 카페가 전혀 없었어요. 계속할까요?

존이 말한다. "우리 할아버지가 메르베빌의 시장이었다는 건 알고 있어? 다른 업적들도 있지만 말이야."

"응, 알지." 그들의 할아버지는 너무 많은 일들에 관여했다. 그는 수완가—그녀에게 이 단어가 떠오른다—가 거의 없는 땅에서 수완가였고 투지—이 단어도 떠오른다—가 넘치는 사람이었다. 어쩌면 자식들의 투지를 다 합한 것보다 더 많았는지도 모른다. 그러나 어쩌면 그것은 강한 아버지를 둔 모든 자식들의 운명인지 모른다. 충분한 투지를 갖지 못한 존재로 남는 것 말이다. 아들들이 그런 것처럼, 딸들도 그렇다. 쿳시 집안 여자들은 절대 자기를 드러내지 않으려 하고, 여성적인 투지가 무엇이든 그게 너무 부족하다.

그녀가 아직 어렸을 때 돌아가신 할아버지에 대한 기억은 희미하다. 수염 때문에 거칠거칠한 턱에 구부정하고 시무룩한 노인의 모습만이 떠오를 뿐이다. 점심식사를 마친 뒤 온 집안이 침묵으로 얼어붙었던 기억이 난다. 할아버지가 낮잠을 자고 있었던 것이다. 그녀는 그 나이에도, 노인에 대한 두려움이 어떻게 어른들을 생쥐처럼 돌아다니게 만들 수 있는지 보고 놀랐다. 그러나 그 노인이 없었다면 그녀는 여기에 없을 것이다. 존도 없을 것이다. 이 세상뿐 아니라 이곳 카루에, 푸엘폰테인이나 메르베빌에도 없을 것이다. 만약 그녀의 삶이 요람에서 무덤까지 양털과 양고기 값의 등락에 의해 결정되었고 아직도 그렇다면, 그것은 할아버지의 소행이다. 처음에는 시골 사람들에게 날염된 천이나 그릇, 냄비, 특허 약품을 팔던 스모우스(행상)에서 시작하여, 돈이 모이자 호텔을 사고, 다시 호텔을 팔고, 땅을 산 뒤 많은 것들 중 젠틀맨 말* 사육자이자 목양업자로 정착했던 사람.

"우리가 이곳 메르베빌에서 뭘 할 건지 묻지 않는구나." 존이 말한다.

"그래, 좋아. 우리가 메르베빌에서 뭘 하는 거야?"

"너한테 보여주고 싶은 게 있어. 이곳에 집을 살 생각이야."

그녀는 자신의 귀를 믿을 수 없다. "집을 산다고? 메르베빌에서 살고 싶다는 말이야? 메르베빌에서? 너도 시장이 되고 싶어?"

"아니, 여기 사는 게 아니라 여기서 시간을 보내고 싶을 뿐이야. 살기는 케이프타운에 살고 주말과 휴일에 여기로 오는 거지. 불가능한 건 아니잖아. 케이프타운에서 쉬지 않고 달리면 메르베빌까지 일곱 시간이면 오잖아. 1천 랜드면 집을 살 수 있어. 방이 네 칸 있는 집에 복숭아나무, 살구나무, 오렌지나무가 있는 4천 제곱미터짜리 땅을 살 수 있지. 세상 어디에서 그렇게 싸게 살 수 있겠어?"

"네 아버지는? 아버지는 네 계획에 대해 어떻게 생각하시는데?"

"요양원보다는 좋잖아."

"나는 모르겠어. 요양원보다 뭐가 좋다는 거야?"

"메르베빌에 사는 게 말이야. 아버지는 여기에 있을 수 있지. 여기 살 수 있다고. 나는 케이프타운에 살면서 이따금 와서 아버

---

* 아르헨티나의 말 품종.

지가 잘 있는지 보고 말이야."

"네 아버지가 여기서 살게 되면 혼자 뭘 하시지? 포치에 앉아서 하루에 한 대밖에 지나가지 않는 차를 기다릴까? 네가 메르베빌에서 헐값으로 집을 살 수 있는 이유는 단순해. 아무도 이곳에 사는 걸 원치 않기 때문이지. 나는 너를 이해할 수 없어. 왜 이렇게 갑자기 메르베빌에 열광하는 거지?"

"이곳이 카루에 있으니까."

디 카루 이스 퍼르 스카퍼 케스카퍼! 카루는 양을 위한 곳이야! 그녀는 목구멍에서 올라오는 말을 참아야 한다. 그는 진심이다! 카루가 낙원이라도 되는 것처럼 얘기하고 있다! 갑자기 예전 크리스마스에 대한 모든 기억들이 물밀듯이 몰려온다. 어렸을 때 그들은 야생동물처럼 자유롭게 펠트를 돌아다녔다. "너는 어디에 묻히고 싶니?" 그는 어느 날 그녀에게 이렇게 묻더니 그녀의 대답을 기다리지도 않고 속삭였다. "나는 여기에 묻히고 싶어." "영원히?" 그녀가, 어린 그녀가 물었다. "영원히 묻히고 싶어?" 그가 대답했다. "내가 다시 나올 때까지만."

내가 다시 나올 때까지. 그녀는 그걸 전부 기억한다. 낱말 하나하나까지 전부 기억한다.

어렸을 때는 설명이 없어도 괜찮다. 모든 게 타당해야 한다고 요구하지도 않는다. 그러나 그때 그의 말이 그녀를 당황시키지 않았다면, 그리고 그후로도 그녀가 마음속으로 내내 당황스러워하지 않았다면, 그녀가 그 말들을 기억했을까? 다시 나온다니. 사람이 무덤에서 돌아온다는 걸 그녀의 사촌은 정말로 믿었고, 지금도 정말로 믿는 걸까? 그는 자신이 누구라고 생각하는 걸까? 예수? 그는 이곳이, 이 카루가 뭐라고 생각하는 걸까? 성지聖地?

"메르베빌에 살고 싶으면, 너는 이발부터 해야 할 거야." 그녀가 말한다. "이곳의 상당수 사람들은 야만적인 사람이 자신들 사이에 정착해 자기들의 아들딸을 타락시키도록 하지는 않을 테니까."

계산대 뒤에 있는 메프로우가 가게 문을 닫고 싶다는 신호를 분명히 보낸다. 그는 돈을 지불하고, 그들은 차를 타고 떠난다. 마을을 빠져나오다가 그는 문에 테 쿠어프(매매)라고 쓰인 집 앞에서 속도를 줄인다. "저게 내가 생각했던 집이야." 그가 말한다. "1천 랜드에 등기비용만 있으면 된대. 믿어지니?"

집은 별 특징이 없는 정육면체 모양이다. 함석지붕에 앞면엔 차일을 친 베란다가 있고 측면에는 다락으로 통하는 가파른 목조 계단이 있다. 페인트칠은 한심한 상태다. 집 앞에 있는 지저분한 암석 정원에는 알로에 두 그루가 살아남으려고 안간힘을 쓰고 있다. 그는 정말로 그의 아버지를 이곳에, 쇠락한 마을의 이 칙칙한 집에 버리려고 하는 걸까? 노인이 몸을 부들부들 떨면서 통조림을 먹고 더러운 시트 속에서 자도록 하려는 걸까?

"한번 볼래?" 그가 말한다. "문은 잠겨 있지만 뒤로 한 바퀴 돌아볼 수 있어."

그녀가 몸을 떤다. "다음에," 그녀가 말한다. "오늘은 그럴 기분이 아니어서."

그녀는 자신이 오늘 무엇을 할 기분인지 모른다. 그러나 그녀의 기분은 메르베빌에서 20킬로미터쯤 떨어진 곳에 이르러, 엔진이 캑캑거리기 시작하고 존이 얼굴을 찡그리며 시동을 끄고 차를 세우면서 중요하지 않은 게 된다. 고무 타는 냄새가 차 안으로 밀려든다. "또 과열이 됐나봐." 그가 말한다. "잠깐만 나갔다 올게."

그는 뒤로 가서 물통을 가져온다. 그는 라디에이터 뚜껑을 열고 쉭 하고 나오는 증기를 피하면서 물을 다시 채운다. "이렇게 하면 집까지 가는 데 충분할 거야." 그가 말한다. 그러고는 시동을 걸어본다. 시동은 걸리지 않고 엔진만 건조하게 돌아갈 뿐이다.

그녀는 기계에 대한 남자들의 자신감에 이의를 제기하지 않을 정도로는 남자들을 안다. 그녀는 아무 충고도 하지 않고, 조급하게 보이지 않으려 애쓴다. 한숨도 쉬지 않으려고 한다. 그가 한 시간 동안, 호스와 꺾쇠를 만지작거리고 옷을 더럽히며 시동을 걸기 위해 거듭 노력하는 동안, 그녀는 절대적이고 자비로운 침묵을 지킨다.

해가 지평선 아래로 떨어지기 시작한다. 어두컴컴한 가운데 그는 계속 애를 쓰는 중이다.

"손전등 있어?" 그녀가 묻는다. "내가 잡고 있어도 될 것 같아."

그러나 없다. 그는 손전등을 가져오지 않았다. 게다가 그는 담배를 피우지 않아서 성냥조차 없다. 보이스카우트 단원도 아닌, 그저 도시 아이, 준비가 안 된 도시 아이.

"다시 메르베빌로 돌아가서 도움을 청할게." 마침내 그가 말한다. "아니면 우리 둘이 같이 가도 되고."

그녀는 가벼운 샌들을 신고 있다. 이 샌들을 신고 어둠 속에서 펠트를 가로지르며 20킬로미터를 비틀비틀 걸어갈 생각은 없다.

"메르베빌에 도착할 때쯤이면 한밤중일 거야." 그녀가 말한다. "너는 아는 사람도 없잖아. 정비소도 없고 말이지. 누구한테 네 트럭을 고쳐달라고 할 건데?"

"그럼 우리가 어떻게 해야 할 것 같아?"

"그냥 여기서 기다려. 운이 좋으면 차가 지나가겠지. 아니면 미키엘이 아침에 우리를 찾으러 나설 거야."

"미키엘은 우리가 메르베빌로 갔다는 걸 몰라. 그에게 말하지 않았거든."

그는 마지막으로 다시 한번 시동을 걸어본다. 그가 키를 돌리자 둔하게 딸깍 하는 소리가 난다. 배터리가 나간 것이다.

그녀가 밖으로 나가 적당히 떨어진 곳에서 방광을 비운다. 약한 바람이 불어온다. 날씨가 춥다. 점점 더 추워진다. 트럭 안에는 덮을 만한 게 아무것도 없다. 방수포조차 없다. 여기서 밤을 보내려면 차 안에 웅크리고 있어야 할 참이다. 그러고 나서 농장으로 돌아가면, 어떻게 된 일인지 설명을 해야 할 것이다.

그녀는 아직 비참하지 않다. 아직은 잔인하지만 재미있다고 생각할 정도로 이 상황으로부터 거리를 지키고 있다. 하지만 그것도 곧 바뀔 것이다. 먹을 것도 없고, 휘발유 냄새가 나는 물통에 든 물을 제외하고는 마실 것조차 없다. 추위와 배고픔이 그녀의 연약한 쾌활함을 갉아먹으려고 한다. 때가 되었는데 잠을 못 이루는 것도 마찬가지다.

그녀는 손잡이를 돌려 창문을 올린다. "서로의 몸에 온기를 주는 것에 너무 당황하지 않도록 우리가 남자와 여자라는 사실을 잊어보면 어떨까?" 그녀가 말한다. "안 그러면 얼어죽을 테니까."

그들은 삼십여 년 동안 서로를 알고 지냈다. 이따금 입맞춤도 했다. 사촌들이 그러듯이, 그러니까 볼에 말이다. 그리고 껴안기도 했다. 그러나 오늘밤은 전혀 다른 차원의 친밀함이 걸려 있다. 여하튼 그들은 가운데에 불편하게 변속장치가 있는 상황에서 이 딱딱한 의자에 눕거나 구부정한 자세를 취해 서로에게 온기를 전해야 한다. 만약 신이 친절을 베풀어 그들이 잠들게 되면, 그들은 자신이 코를 골거나 상대가 코를 고는 굴욕까지 당해야 할 판이다. 이 무슨 시험인가! 이 무슨 시련인가!

"그리고 내일 말이야." 그녀는 언짢은 말을 한마디하기로 한다. "우리가 다시 문명으로 돌아가면, 이 트럭을 제대로 고치는 게 좋겠어. 리어우 감카에 괜찮은 정비사가 있어. 미키엘도 그에게 일을 맡겨. 도움이 되라고 얘기하는 것뿐이야."

"미안해. 내 잘못이야. 나는 더 유능한 사람한테 맡겨야 하는 일이라면 스스로 해결하려고 해. 우리가 살고 있는 나라 때문이지."

"우리가 살고 있는 나라 때문이라고? 네 트럭이 자꾸 고장나는 게 어째서 나라의 잘못이야?"

"우리가 해야 할 일을 다른 사람들한테 시키면서 우리는 그늘에 앉아 지켜본 오랜 역사 때문이지."

그러니까 그게 그들이 추위와 어둠 속에서 그들을 구해줄 행인을 기다리는 이유란다. 주장을 입증하려고, 즉 백인들이 자신들의 차를 스스로 고쳐야 한다는 걸 입증하려고 말이다. 이 얼마나 우스운가.

"리어우 감카에 있는 정비사는 백인이야." 그녀가 말한다. "네 차를 원주민한테 갖고 가라는 말이 아니야." 그녀는 이 말까지 덧붙이고 싶다. 네가 직접 차를 고치고 싶으면, 제발 자동차 정비법부터 배워. 그러나 그녀는 입을 다문다. 대신 이렇게 말한다. "차를 고치는 것 말고 뭘 또 스스로 하려는 거지?" 그러니까 차를 고치는 것과 시를 쓰는 것을 제외하고.

"정원 일을 하지.'집도 고치고. 요즘은 하수도를 다시 놓는 중이야. 너한테는 우습게 보일지 몰라도, 나한테는 농담이 아니야. 나는 시도해보고 있는 거야. 육체노동에 대한 금기를 깨보려고 말이지."

"금기라고?"

"그래. 인도에서 상류계급 사람들이—가만있자 이걸 뭐라고 할까?—사람의 분뇨를 치우는 것이 금기이듯이, 이 나라에서는 백인이 곡괭이나 삽에 손을 대면 바로 불결해진다고 생각하잖아."

"말도 안 되는 소리! 그건 사실이 아니야! 그건 백인에 대한 편견일 뿐이라고!"

그녀는 그 말을 하자마자 후회한다. 그녀는 너무 멀리 나갔다. 그를 너무 몰아붙였다. 이제 지루함과 추위 속에서, 이 남자의 분노까지 감당해야 한다.

"하지만 네 요점은 알겠어." 그가 스스로 궁지에서 빠져나올 수 없는 듯 보이자, 그녀는 그를 도와주기 위해 이렇게 말을 잇는다. "어떤 면에서는 네 말이 맞아. 우리 백인들은 하얀 손을 깨끗하게 지키는 데 너무 익숙해 있어. 우리의 손을 더럽힐 준비를 더 해야겠지. 전적으로 동의해. 이 정도만 할게. 벌써 졸려? 나는 안 졸리네. 이렇게 하면 어떨까. 서로한테 이야기를 해주며 시간을 보내는 거야."

"네가 얘기해줘." 그가 딱딱하게 말한다. "나는 아무 얘기도 몰라."

"미국에 관한 얘기를 해줘." 그녀가 말한다. "꾸며낼 수 있잖아. 사실일 필요 없어. 아무 얘기라도 좋아."

"흰 수염을 기르시고 까까까까 확장 없이 시간 밖에 존재하시며 저 위의 지고한 아파시아에서 예외 없이 까까까까 우리를 깊이 사랑하시는 인격신이 존재한다는 걸 전제로.*" 그가 말한다.

그가 멈춘다. 그녀는 그가 무슨 말을 하는지 전혀 알아듣지 못한다.

"까까까까." 그가 말한다.

"무슨 얘긴지 모르겠어." 그녀가 말한다. 그는 침묵한다. "내 차례야." 그녀가 말한다. "공주와 완두콩에 관한 이야기야. 옛날 아주 예민한 공주가 있었어. 공주는 깃털 매트리스를 열 겹으로 쌓아놓고 자면서도 밑바닥에 있는 딱딱하고 작은 마른 완두콩을 확실히 느낄 정도였지. 누가 거기에 콩을 놓았지? 왜 그랬지? 공주

* 사뮈엘 베케트의 희곡 「고도를 기다리며」에서 럭키가 횡설수설하는 대목.

는 밤새도록 이렇게 안달하다가 한숨도 못 잤어. 그녀는 수척해진 얼굴로 아침을 먹으러 내려왔어. 공주는 부모인 왕과 왕비에게 불평했어. '빌어먹을 완두콩 때문에 잠을 못 잤어요!' 왕은 시녀를 보내 완두콩을 치우라고 했어. 시녀는 찾고 또 찾아봤지만 아무것도 찾을 수 없었어.

왕이 딸에게 말했어. '이제 콩 얘기는 그만해라. 콩은 없다. 콩은 네 상상 속에나 있는 거야.'

그날 밤, 공주는 겹겹으로 쌓인 깃털 매트리스 위로 다시 올라갔어. 그런데 자려고 했지만 콩 때문에 잠을 잘 수가 없었어. 맨 아래의 매트리스 밑에 있거나 그녀의 상상 속에 있는 콩 때문에 말이지. 어디에 있든 상관이 없었어. 결과는 아무래도 마찬가지니까. 날이 밝자 공주는 너무 기진맥진해서 아침도 먹지 못했어. '이게 다 콩 때문이야!' 공주가 한탄했어.

진노한 왕은 시녀들을 모두 보내 콩을 찾으라고 했어. 그리고 그들이 돌아와서 콩이 없다고 하자, 그들의 머리를 모두 베어버렸지. '이제 만족하느냐? 이제 잘 수 있겠느냐?' 그는 딸을 향해 고함을 쳤어."

그녀는 잠시 멈추고 숨을 고른다. 그녀는 이 옛날이야기가 다음에 어떻게 이어지는지 전혀 모른다. 공주가 결국 잠이 드는지 어떤지 알지 못한다. 그러나 이상하게도 그녀는 자신이 입을 열면 제대로 된 말이 나올 거라고 확신한다.

그러나 더 얘기할 필요가 없다. 그는 잠들어 있다. 어린아이처럼, 이 과민하고 고집스럽고 무능하고 우스꽝스러운 사촌은 그녀의 어깨에 머리를 기댄 채 잠들어 있다. 몸을 움찔거리는 걸 보니 곤히 잠든 게 확실하다. 그의 몸 아래에 콩은 없다.

그녀는 어떠한가? 누가 이야기를 들려줘서 꿈나라로 보내줄까? 지금보다 더 정신이 멀쩡한 적이 없었다. 이렇게 밤을 보내야 하는 걸까? 잠든 남자의 무게를 견디면서 무료하고 초조한 상태로?

그는 백인들이 육체노동을 하는 것에 대한 금기가 있다고 주장하지만, 서로 다른 성별의 사촌이 밤을 함께 보내는 것에 대한 금기는 어떤가? 농장에 있는 쿳시 집안 사람들이 뭐라고 할까? 존을 향해 육체적 감정이라고 할 만한 게 없는 건 확실하다. 여자로서 눈곱만큼의 떨림도 없다. 그것만으로 그녀는 책임을 면할 수 있을까? 그에게는 어째서 남자의 분위기가 없는 걸까? 그한테 문제가 있는 걸까? 아니면 그를 남자로 생각해서는 안 된다는 금기를 완전히 받아들인 그녀에게 문제가 있는 걸까? 그에게 여자가 없는 건 그가 여자들에게 아무 느낌도 받지 못했고, 따라서 그녀를 포함한 여자들도 그에게 아무런 느낌도 받지 못했기 때문일까? 그녀의 사촌은 모피가 아니라면 고자일까?

차 안의 공기가 퀴퀴해지고 있다. 그녀는 그를 깨우지 않으려 조심하며 창문을 살짝 연다. 그녀는 그들을 둘러싼 것들—수풀이나 나무나 동물들까지—을 눈으로 보기보다는 오히려 피부로 느낀다. 어딘가에서 귀뚜라미 한 마리가 우는 소리가 들린다. 오늘밤은 나와 함께 있어주렴. 그녀는 귀뚜라미를 향해 나직하게 말한다.

하지만 이런 남자한테 매력을 느끼는 여자가 있을지 모른다. 그가 자기 생각을 얘기하면 명백하게 어리석은 것까지도 군소리 없이 들어주고, 그것을 자기 것으로 받아들이는 여자가 있을지 모른다. 남자의 어리석음에 무관심하고 심지어 섹스에도 무관심하고, 그저 그를 사랑해주고 보호해주고 세상으로부터 지켜줄 여자. 중요한 건 창문이 잘 닫히고 자물쇠가 잘 잠기느냐가 아니라 남자가 스스로에 대해 생각한 바를 생활화하는 공간을 갖는 것이기에 집 주변에서 허드렛일을 묵묵히 할 여자. 그리고 나중에 조용히 손재간이 좋은 일꾼을 불러들여 곤란한 것들을 고치게 할 여자.

그런 여자들한테는 열정 없는 결혼이 당연한 것일 수 있지만, 그렇다고 아이까지 없어야 하는 건 아닐 것이다. 그녀가 가족에게 아이를 낳아줄 수도 있을 것이다. 그러면 모두가 저녁 식탁에 둘러앉을 수 있을 것이다. 주인이자 가장인 그가 상석에 앉고,

그의 내조자는 말석에 앉고, 건강하고 예의바른 아이들은 양쪽에 앉고, 가장은 수프를 먹으면서 노동의 신성함에 대해 일장 연설을 할 수 있을 것이다. 부인은 속으로 이렇게 생각할 것이다. 나의 남편은 참으로 대단한 남자야! 어쩜 저렇게 진보적인 생각을 갖고 있을까!

그녀는 왜 이렇게 존에게 모질고, 자신이 그 때문에 상상한 이 부인에게는 더 모진 걸까? 대답은 간단하다. 그의 자만심과 서투름 때문에 그녀가 메르베빌 도로에서 꼼짝 못하고 있기 때문이다. 그러나 밤은 길다. 더 거창하게 가정해보고 그것이 가치가 있는지 점검할 시간은 많다. 더 거창한 대답은 이렇다. 사촌에게 많은 걸 기대했는데 그가 그 기대를 저버렸기 때문에 그녀는 그렇게 모진 것이다.

그녀가 그에게 바란 건 무엇이었을까?

그가 쿳시 집안의 남자들을 구원해주기를 바랐다.

그녀는 어째서 쿳시 집안 남자들의 구원을 바랐는가?

쿳시 집안의 남자들이 너무 슬라프가트이기 때문이다.

그녀는 어째서 존에게 특별히 희망을 품었을까?

쿳시 집안의 남자들 중 그가 최고의 기회를 가진 축복받은 존재였기 때문이다. 그에게 기회가 주어졌지만 그는 그걸 활용하지 못했다.

슬라프가트는 그녀와 동생이 다소 쉽게 사용하는 말이다. 아마 그들이 어렸을 때 쉽게 듣던 말이기 때문일 것이다. 그녀는 집을 떠난 후에야, 그 말을 듣고 사람들이 놀란 표정을 짓는다는 걸 알아채고 그것을 더 조심스럽게 사용하기 시작했다. 슬라프 가트, 절대 완전히 통제할 수 없는 직장 혹은 항문. 따라서 게으르고 무기력하다는 의미의 형용사 슬라프가트.

그녀의 삼촌들은 그들의 부모, 즉 그녀의 조부모가 그런 식으로 길렀기 때문에 슬라프가트가 되었다. 그들의 아버지가 발을 쿵쿵 구르며 호통을 치고 소리를 지르면 그들의 어머니는 생쥐처럼 살금살금 돌아다녔다. 그 결과, 세상에 나간 그들은 근성도 없고 기백도 없고 자신에 대한 믿음도 없고 용기도 없는 사람이었다. 그들이 선택한 인생행로는 예외 없이 쉬운 길이었다. 저항이 가장 적은 길이었다. 그들은 신중히 조류를 시험해본 뒤 조류에 몸을 맡겼다.

쿳시 집안의 사람들이 그렇게 안이하고, 따라서 그렇게 게셀리크, 즉 사교적인 사람들이 된 것은 그들이 가장 쉬운 길을 선호했기 때문이었다. 크리스마스 때 모이면 그렇게 재미있어하는 건 그들의 게셀리크헤이트(사교성) 때문이었다. 그들은 결코 싸우지 않았고 말다툼도 하지 않았다. 그들은 서로 잘 지내는 걸로 평판이 나 있었다. 그러한 안이함 때문에 손해를 본 건 다음 세대, 그녀의 세대였다. 그들의 아이들은 세상이 그저 또하나의 슬라프(안이한), 게셀리케(사교적인) 장소, 그러니까 더 큰 규모의 푸엘폰테인이라 생각하고 나갔다. 그런데 알고 보니 그게 아니었다!

그녀는 아이가 없다. 그녀는 임신을 못한다. 그러나 축복을 받아 아이가 생긴다 해도, 그녀는 그들에게서 쿳시 집안의 피를 빼는 걸 자신의 첫 임무로 여길 것이다. 어떻게 자신이 잘 알지 못하는 사람에게서 곧바로 슬라프 피를 빼낼 수 있을까. 그들을 병원으로 데려가 그들의 피를 빼내고 기운찬 기증자의 피로 대체할 수도 없고 말이다. 그러나 최대한 이른 나이부터 자기주장에 대한 엄격한 훈련을 거치면 될지도 모른다. 미래의 아이가 성장해야 할 세계에 대해 그녀가 아는 게 하나 있다면, 그것은 슬라프 사람을 위한 자리는 없을 것이라는 거다.

푸엘폰테인과 카루는 더이상 예전의 푸엘폰테인과 카루가 아니다. 아폴로 카페에 있던 아이들을 보라. 사촌 미키엘의 일꾼들을 보라. 그들은 분명히 옛날의 플라스포크(농장 사람들)가 아니다. 일반적으로 백인들을 대하는 유색인들의 태도에는 새롭고 불안한 냉담함이 있다. 젊은 유색인들은 차가운 눈으로 백인들을 바라보며, 바스(주인님)나 미시스(마님)라고 부르지도 않는다. 낯선 사람들이 나라를 가로질러 이곳에서 저곳으로, 이 로카시(마을)에서 저 로카시로 옮겨 다닌다. 아무도 예전처럼 그들에 대해 보고하지 않는다. 경찰은 믿을 만한 정보를 제공할 사람을 찾기가 점점 더 어려워진다. 사람들이 더이상 경찰과 얘기하는 모습을 보이고 싶어하지 않기 때문이다. 정보원이 고갈된 것이다. 농부들에게는 의용군 의무 소집이 더 잦아지고 시간도 더 길어진다. 루커스는 늘 그것에 관해 불평한다. 만약 로게펠트에서 상황이 그렇다면, 이곳 코우프에서도 그럴 게 틀림없다.

사업의 성격도 변하고 있다. 모두와 친해져 도움을 주고 도움을 받는 것만으로는 더이상 사업을 하기 힘들다. 이제는 못처럼 단단하고 또 모질어야 한다. 그런 세계에서 슬라프가트 남자들이 살아남을 확률은 얼마인가? 쿳시 집안 삼촌들이 성공하지 못한 것도 놀랄 일은 아니다. 쇠락해가는 플라터란트(시골) 마을에서 빈둥거리며 세월을 보내는 은행 매니저들, 승진을 못하고 있는 공무원들, 궁핍한 농부들이 그들이다. 존의 아버지의 경우에는 변호사 자격을 불명예스럽게 박탈당한 변호사이고.

그녀에게 아이가 있다면, 그들에게서 쿳시 집안의 유산을 제거하는 데 전력할 뿐 아니라 지금 카롤이 하고 있는 걸 진지하게 고려할 것이다. 즉, 아이들을 나라 밖으로 훽 데리고 나가, 괜찮은 미래를 기대할 수 있는 미국이나 오스트레일리아나 뉴질랜드에서 새로운 출발을 하게 해줄 것이다. 그러나 아이가 없으니 그녀는 결정을 내릴 수고를 할 필요가 없다. 그녀에게는 그녀를 위해 준비된 다른 역할이 있다. 남편과 농장에 헌신하는 것, 시간이 허락하는 대로 좋은 인생을 사는 것, 좋고 정직하고 바른 삶을 사는 것.

루커스와 그녀 앞에 입을 벌리고 있는 불모의 미래, 이것이 새로운 고통의 원인은 아니다. 그것은 치통처럼 거듭해 돌아온다. 그녀는 이제 그것이 지루해지기 시작할 지경에 이르렀다. 그녀는 그것을 떨쳐버리고 잠을 좀 잘 수 있으면 싶다. 몸이 앙상하면서도 부드러운 그녀의 사촌은 추위를 느끼지 않는데, 가장 날씬했을 때보다 몇 킬로그램은 더 나갈 게 틀림없는 그녀는 왜 추위에 몸을 떠는 걸까? 추운 밤이면 그녀와 그녀의 남편은 꼭 붙어 서로에게서 온기를 얻는다. 어째서 사촌의 몸은 그녀를 따뜻하게 해주지 못하는 걸까? 그녀를 따뜻하게 해주지 못할 뿐만 아니라 그녀 몸의 온기를 빨아들이는 것 같다. 그는 무성적인 것처럼 선천적으로 열기가 없는 걸까?

진정한 분노의 물결이 그녀를 훑고 지나간다. 그걸 느끼기라도 한 듯, 그녀의 옆에 있는 이 남자의 몸이 움직인다. "미안해." 그가 중얼거리며 일어난다.

"뭐가 미안해?"

"길을 잃어버려서."

그녀는 그가 무슨 말을 하는지 알 수 없다. 물어보고 싶은 마음도 없다. 그는 몸을 푹 떨구고 금세 다시 잠이 든다.

이 모든 일에서 하느님은 어디 있을까? 그녀는 하느님 아버지와 상대하는 게 점점 더 어렵다고 느낀다. 한때는 하느님과 그의 섭리를 믿었지만, 이제는 다 잃어버렸다. 신의 존재를 믿지 않는 것, 이것은 그녀가 믿음이 없는 쿳시 집안 사람들에게서 물려받은 유산이 틀림없다. 하느님을 생각하면 떠오르는 것은 조바심을 치고 부지런히 돌아다니면서 그를 위해 일하는 하인들과 함께 언덕 위 대저택에 사는, 목소리가 우렁우렁하고 위엄 있는 태도에 수염을 기른 남자다. 착한 쿳시 집안 사람들처럼, 그녀도 그런 사람들과 가까이하고 싶지 않다. 쿳시 집안 사람들은 젠체하는 사람들을 의심의 눈초리로 쳐다보며 그들에 관해 소토 보체* 농담을 주고받는다. 그녀는 다른 가족들만큼 농담을 잘하지는 못하지만, 하느님을 약간 귀찮은 존재, 약간 따분한 존재쯤으로 생각한다.

이건 아니에요. 당신은 정말 너무 멀리 가고 있어요. 나는 그런 식의 말을 한 적이 없어요. 당신의 말을 내가 한 말이라고 집어넣고 있군요.

---

* 이탈리아어로 '낮은 소리로'라는 의미.

미안합니다. 제가 흥분했었나봐요. 고치겠습니다. 어조를 부드럽게 할게요.

소토 보체 하는 농담. 그러나 무한한 지혜를 가진 하느님에겐 그녀와 루커스를 위한 계획이 있을까? 로게펠트를 위해서는? 남아프리카를 위해서는? 오늘은 혼란스럽게만 보이는, 그러니까 혼란스럽고 무의미하게만 보이는 것들이 언젠가 미래에는 거대하고 은혜로운 계획의 일부로 드러날까? 예를 들어, 인생의 절정기에 있는 여자가 일주일에 나흘을 칼비니아에 있는 그랜드호텔의 황량한 이층 방에서 혼자, 그것도 매달, 매년, 끝도 없이 자야 하는 이유에 대한 더 거창한 설명이 있을까? 그리고 농부로 태어난 남편이 파를과 마이틀란트에 있는 도살장에 다른 사람들의 가축들을 실어 나르며 대부분의 시간을 보내야 하는 이유에 대한 더 거창한 설명이 있을까? 지겹도록 단조로운 일을 하면서 벌어들이는 수입이 없다면 농장이 파산할 거라는 설명보다 더 거창한 설명이 있을까? 그리고 두 사람이 노예처럼 일해서 지키려 하는 농장이 때가 되면, 은행에 먼저 넘어가지 않는다면, 그들의 살에서 나온 아들이 아니라 남편의 무식한 조카한테 넘어갈 것이라는 사실에 대한 더 거창한 설명이 있을까? 만약 하느님의 거대하고 은혜로운 계획에 이곳이, 그러니까 로게펠트가, 혹은 카루가 수익이 나는 농지로 예정된 게 아니라면, 이곳에 대한 하느님의 의도는 정확히 뭘까? 아주 오랜 옛날에 그랬던 것처럼 풀을 찾아 지친 가축을 몰고 이 지역, 저 지역으로 옮겨다니며 울타리를 짓밟아 납작하게 만들어버리는 포크(사람들)의 손에 다시 넘어가게 하는 걸까? 그리고 그녀와 그녀의 남편 같은 사람들은 상속권을 박탈당한 채 이름 모를 구석에서 소멸하게 되는 걸까?

쿳시 집안 사람들에게 그런 질문을 하는 것은 부질없는 짓이다. 디 부어 사이, 고트 마이, 마르 와르 스커일 디 파페가이(농부는 심고, 하느님은 거둔다. 그런데 앵무새는 어디에 숨기지)? 쿳시 집안 사람들은 이렇게 말하고 깔깔거린다. 말이 안 되는 말들. 말이 안 되는, 실체가 없는 무책임한 가족. 광대들. 엔 한트 폴 페러, 즉 한 줌의 깃털에 불과하다. 그녀가 조금이나마 희망을 품었던 사람, 그녀의 옆에서 곧장 꿈속으로 들어가버린 사람마저 결국 시시한 사람이었음이 드러난다. 큰 세계로 달아났다가 수치스럽게도 다리 사이에 꼬리를 감춘 채 작은 세계로 다시 기어들어온 사람. 실패한 탈주자, 거기다가 실패한 자동차 수리공. 그의 실패 때문에 그녀가 지금 고통을 당하고 있다. 실패한 아들. 메르베빌에 있는 낡고 우울한 먼지투성이 집에 앉아 햇볕이 내리쬐는 텅 빈 도로를 바라보며 연필을 입에 물고 질겅거리며 시구를 떠올리려는 사람. 오 드루 란트, 오 바러 크란저…… 오 그을은 땅, 오 메마른 벼랑들…… 그다음은? 베어무트, 즉 멜랑콜리에 관한 어떤 것일 게 틀림없다.

그녀는 하늘이 연보라색을 띠자마자 잠에서 깬다. 오렌지색이 하늘에 번지기 시작한다. 그녀는 잠을 자다가 몸을 뒤틀어 시트 깊숙이 몸을 기댔다. 그래서 여전히 잠들어 있던 그녀의 사촌은 그녀의 어깨가 아니라 그녀의 엉덩이에 몸을 기댄 자세가 되었다. 그녀가 짜증스럽게 몸을 떼어낸다. 눈은 부어 있고 뼈에서는 소리가 나고 몹시 목이 탄다. 그녀는 문을 열고 밖으로 나온다.

대기는 쌀쌀하고 고요하다. 그녀는 가시나무들과 덤불들이 첫 햇살을 받아 모습을 드러내는 걸 지켜본다. 마치 창조의 첫째 날을 보는 것 같다. 메이 고트(오, 하느님), 그녀가 중얼거린다. 그녀는 무릎을 꿇고 싶은 충동을 느낀다.

옆에서 바스락거리는 소리가 난다. 그녀는 영양의 검은 눈과 똑바로 마주친다. 스무 걸음도 떨어지지 않은 곳에 스틴복, 즉 작은 영양이 있다. 영양도 그녀를 쳐다보고 있다. 경계는 하되 무서워하지는 않는 눈초리다. 아직은 그렇다. 메이 클레인키! 귀여워라! 그녀가 말한다. 무엇보다 그녀는 영양을 안고 이 갑작스러운 사랑의 감정을 그것의 이마에 쏟아내고 싶다. 그러나 그녀가 첫걸음을 떼기도 전에 작은 영양은 방향을 바꿔 발굽소리를 내며 달아나버린다. 영양은 90미터쯤 떨어진 곳에서 걸음을 멈추고 돌아서더니 다시 그녀를 쳐다본다. 그리고 덜 다급한 걸음으로 평원을 가로질러 메마른 강바닥으로 향한다.

"저게 뭐야?" 사촌의 목소리다. 그가 마침내 잠에서 깼다. 그는 트럭에서 나와 하품을 하고 기지개를 켠다.

"스틴복이었어." 그녀가 퉁명스럽게 말한다. "우리, 이제 뭘 하지?"

"나는 메르베빌로 돌아갈 테니," 그가 말한다. "너는 여기서 기다려. 열시면 돌아올 거야. 늦어도 열한시까지는 올게."

"지나가는 차가 태워준다고 하면 타고 갈게." 그녀가 말한다. "어느 방향이든 탈 거야."

그는 몰골이 엉망이다. 텁수룩한 머리와 수염이 사방팔방으로 뻗쳐 있다. 매일 아침 저 사람과 함께 침대에서 일어날 필요가 없다는 게 얼마나 다행인지. 그녀는 생각한다. 제대로 남자도 되지 못한 사람이다. 진짜 남자라면 이보다는 나았겠지, 소와르(정말)!

해가 지평선 위로 서서히 모습을 드러낸다. 그녀는 벌써 피부에 온기를 느낄 수 있다. 이 세계는 하느님의 것일지 몰라도, 카루는 무엇보다 태양에 속한다. "너는 이제 떠나는 게 좋겠어." 그녀가 말한다. "날씨가 더워질 거야." 그녀는 그가 터벅거리며 걸어가는 모습을 바라본다. 그의 어깨에 빈 물통이 걸려 있다.

모험. 어쩌면 그렇게 생각하는 게 최선일 수 있다. 이 오지에서 그녀와 존은 모험을 하고 있다. 이후 오랜 세월 동안 쿳시 집안 사람들은 이렇게 말하며 그 모험에 관한 추억에 잠길 것이다. 마르곳과 존이 타고 가던 차가 외딴 메르베빌 도로에서 고장났던 거, 기억하지? 그사이, 그녀가 모험이 끝나기를 기다리며 기분전환 삼아 할 만한 게 있을까? 너덜너덜 떨어진 닷선 설명서 말고는 아무것도 없다. 시도 없다. 타이어 교체. 배터리 유지. 연료 절약을 위한 유익한 정보뿐이다.

떠오르는 해를 마주보고 있으니 트럭 안이 숨이 막힐 정도로 더워진다. 그녀는 그늘로 피신한다.

길 꼭대기 위로 환영이 나타난다. 더위로 피어오른 아지랑이 사이로 남자의 몸통이 모습을 드러내고, 그다음에는 조금씩 당나귀와 수레가 모습을 드러낸다. 당나귀의 발굽이 경쾌하게 딸가닥거리는 소리가 바람에 실려온다.

모습이 점점 분명하게 보인다. 푸엘폰테인에 사는 헨드릭이다. 그의 뒤로 그녀의 사촌이 수레 위에 앉아 있는 모습이 보인다.

웃음소리와 인사. "헨드릭이 메르베빌에 있는 딸한테 간다네." 존이 설명한다. "우리를 농장까지 태워다주겠대. 당나귀가 괜찮다면 말이지. 닷선을 수레에 묶으면 끌어다주겠대."

헨드릭이 놀란다. "니, 메니어르(안 됩니다, 나으리)!" 그가 말한다.

"에크 조크 마르 네트." 그녀의 사촌이 말한다. 그냥 농담으로

한 말이야.

헨드릭은 중년의 사내다. 엉터리 백내장 수술 때문에 한쪽 눈의 시력을 잃었다. 폐에도 문제가 있는 것 같다. 조금만 움직여도 숨쉴 때 씩씩거리는 소리가 난다. 농장 일꾼으로서는 별 쓸모가 없는 사람이다. 그러나 그녀의 사촌 미키엘은 그를 계속 잡아두고 있다. 그것이 이곳의 관행이기 때문이다.

헨드릭의 딸은 메르베빌 외곽에서 남편 그리고 아이들과 함께 살고 있다. 딸의 남편은 전에는 소도시에 있는 직장에 다녔는데 지금은 그만둔 듯하다. 딸은 가정부로 일하고 있다. 헨드릭은 해가 뜨기 전에 출발한 게 틀림없다. 그의 주변에선 희미하게 달콤한 와인 냄새가 난다. 그녀는 그가 수레에서 내려올 때 비틀거리는 걸 알아챘다. 아이고! 오전인데 벌써 취해 있다!

그녀의 사촌이 그녀의 생각을 읽는다. "여기 물이 있어." 그러고는 물이 가득찬 통을 건넨다. "깨끗해. 풍력 펌프에서 떠온 거야."

그렇게 그들은 농장을 향해 출발한다. 존은 헨드릭 옆에 앉고, 그녀는 햇빛을 가리기 위해 머리 위로 낡은 마대를 든 채 뒤에 앉아 있다. 차 한 대가 먼지구름을 일으키며 그들을 지나쳐 메르베빌 쪽으로 달려간다. 그녀가 차를 제때 봤더라면 불러 세워서 메르베빌까지 얻어타고 가 미키엘한테 데리러 오라고 전화를 했을 텐데. 그런데 길이 울퉁불퉁하고 타고 가는 게 편치 않긴 해도, 헨드릭의 당나귀 수레를 타고 농장에 도착하는 걸 상상하니 그녀는 기분이 좋아진다. 점점 더 좋아진다. 쿳시 집안 사람들은 베란다에 모여 차를 마시고 있을 테고, 헨드릭은 모자를 벗고 그들에게 인사하며 더럽고 햇볕에 그을고 기가 죽은, 책의 못난 아들을 데려다줄 것이다. 그들은 악당을 이렇게 혼낼 것이다. "온스 와스 소 베콤메르트! 와르 와스 율레 단? 미키엘 워우 셀프스 디 폴리시 벨!" 그는 중얼거리는 것 말고는 아무 말도 못할 것이다. "디 아르메 마기! 엔 와트 헤트 반 디 바키 게워르트?" 우리가 얼마나 걱정했는지 아니! 어디들 있었니? 미키엘이 경찰에 전화를 하려고까지 했다! 가엾은 마기! 그런데 트럭은 어디 있니?

수레에서 내려서 걸어가야 할 정도로 가파른 길도 있다. 나머지는 작은 당나귀가 자기 일을 해낸다. 이따금 주인이 누구인지 일깨워주기 위해 엉덩이를 때려주기만 하면 된다. 몸집도 아주 작고 발굽도 가냘픈데 저렇게 튼튼하고 인내심이 많다니! 예수가 당나귀를 좋아한 것도 놀랄 일은 아니다.

그들은 푸엘폰테인 경계선 안에 있는 둑에서 멈춘다. 당나귀가 물을 마시는 동안 그녀는 헨드릭과 얘기를 나눈다. 처음엔 메르베빌에 사는 그의 딸에 관해, 그다음에는 뷰포트 웨스트에 있는 요양원 주방에서 일하는 다른 딸에 관해 얘기한다. 신중한 그녀는 헨드릭의 마지막 아내에 관해서는 묻지 않는다. 그는 아내가 아직 어린아이일 때 결혼했다. 그런데 그 여자는 리어우 감카의 철도 막사에서 온 남자와 눈이 맞아 금세 달아나버렸다.

헨드릭은 그녀의 사촌보다는 그녀와 얘기하는 걸 더 편해하는 것 같다. 그녀와 그는 같은 언어를 쓰지만, 존이 말하는 아프리칸스어는 뻣뻣하고 문어적이다. 어쩌면 헨드릭은 존이 하는 말의 거의 반은 알아듣지 못하는 것 같다. 헨드릭, 어느 것이 더 시적이라고 생각해요? 떠오르는 해인가요, 지는 해인가요? 염소인가요, 양인가요?

"헤트 카트린 단 니 퍼르 파드코스 게소르크 니?" 그녀는 헨드릭에게 장난을 친다. 딸이 우리 점심도 같이 싸주지 않았어요?

헨드릭은 당황한 몸짓을 하며 눈길을 돌리고 얼버무린다. "야-니, 미스(그럼요, 마님)." 그가 숨을 쌕쌕거리며 말한다. 옛날의 플라쇼트노트(농장의 유색인), 농장의 호텐토트족.

알고 보니 헨드릭은 실제로 딸이 준 파드코스(도시락)를 갖고 있다. 그가 웃옷 주머니에서 갈색 종이로 싼 닭다리 하나와 버터를 바른 흰 빵 두 조각을 꺼낸다. 그는 부끄러워서 그걸 나눌 수도 없고 그렇다고 그들 앞에서 허겁지겁 먹을 수도 없다.

그녀가 말한다. "인 고드스남 이어트, 만! 온스 이스 글라드 니 홍에르 니, 온스 이스 오어크 비네코르트 투이스." 우리는 배고프지 않아요, 여하튼 곧 집에 도착할 거고요. 이렇게 말한 그녀는 헨드릭이 그들에게 등을 돌리고 허겁지겁 식사를 할 수 있도록 존을 데리고 둑을 한 바퀴 돈다.

온스 이스 글라드 니 홍에르 니. 물론 이건 거짓말이다. 그녀는 배가 고파 죽을 지경이다. 식은 닭고기 냄새를 맡으니 침이 나온다.

"의기양양한 귀환을 위해 우리가 마부 옆에 앉으면 어떨까." 존이 제안한다. 그녀는 그 말에 따른다. 그녀가 예상한 대로 포치에 모여 있는 쿳시 집안 사람들에게 다가갈 때, 그들은 왕족 흉내를 내며 미소를 짓고 손을 흔들기까지 한다. 그러자 사람들이 가볍게 박수를 친다. 그녀는 내려서 말한다. "단키, 헨드릭, 이 어리크 단키." 정말로 고마워요. 헨드릭이 말한다. "미스(마님)." 그날 저녁 그녀는 그의 집에 들러 약간의 돈을 줄 것이다. 그녀는 그 돈이 술을 사는 데 쓰일 거라는 사실을 알지만, 카트린에게는 아이들 옷이나 사주라고 말할 것이다.

"엔 투(그래서)?" 카롤이 모든 사람들 앞에서 말한다. "세 퍼르 온스, 와르 와스 율레?" 어디 있었던 거야?

잠시 침묵이 깃든다. 그 순간, 그녀는 그 질문이 표면적으로는 가볍고 장난스러운 대답으로 응수하라는 말이지만 사실은 뼈 있는 질문이라는 사실을 깨닫는다. 쿳시 집안 사람들은 정말로 그녀와 존이 어디 있었는지 알고 싶은 것이다. 그들은 수치스러운 일이 없었다는 다짐을 받고 싶어한다. 그것이, 그 뻔뻔스러움이 그녀를 숨막히게 한다. 그녀를 평생 알고 사랑했던 사람들이 그녀가 나쁜 행동을 할 수 있을 거라고 생각하다니! "프라 퍼르존." 존에게 물어봐. 그녀는 퉁명스럽게 말하고 안으로 들어가버린다.

반시간 후 그녀가 그들과 합류했을 때도 여전히 분위기는 편치 않다.

"존은 어디 갔어요?" 그녀가 묻는다.

알고 보니 존은 미키엘과 함께 조금 전에 미키엘의 픽업트럭을 타고 닷선을 찾으러 갔다고 한다. 그들은 그걸 리어우 감카로 견인해 가서 수리공한테 맡겨 제대로 고칠 거라고 한다.

"다들 지난밤 늦게까지 못 잤단다." 그녀의 숙모 베스가 말한다. "많이 기다렸어. 그러다가 너와 존이 뷰포트에 가서 밤을 보내고 있다고 생각했지. 이맘때쯤 내셔널 로드는 아주 위험하니까 말이다. 그런데 전화도 없어서 우리가 걱정을 많이 했어. 오늘 아침, 미키엘이 뷰포트호텔에 전화를 했더니 너희들을 본 적이 없다지 뭐냐. 미키엘이 프레이저버그에도 전화를 했었어. 너희들이 메르베빌에 갔을 거라고는 짐작도 못했다. 그런데 너희들, 메르베빌에서 뭘 한 거니?"

정말이지, 그들이 메르베빌에서 뭘 했을까? 그녀는 존의 아버지를 향해 말한다. "잭 삼촌, 존 말로는 메르베빌에 집을 산다고 하던데 그게 사실인가요?"

충격으로 인한 침묵이 깃든다.

"잭 삼촌, 그게 사실이에요?" 그녀가 그를 압박한다. "케이프에서 메르베빌로 이사하려는 게 사실이에요?"

"네가 그런 식으로 물어본다면 말이다," 잭이 말한다. 쿳시 집안의 장난스러운 모습은 사라지고 아주 신중하다. "그건 아니야. 메르베빌로 이사하려는 건 아니야. 나는 그게 얼마나 현실적인지 모르겠다만, 존은 버려진 집을 한 채 사서 별장으로 고치려는 생각을 갖고 있지. 우리가 얘기한 건 거기까지다."

메르베빌에 별장이라니! 그런 걸 누가 들어나 봤을까! 많고 많은 곳 중에서 하필 메르베빌이라니. 기웃거리는 이웃들, 문을 두드리며 교회에 나오라고 괴롭히는 디아켄(교회 집사)! 어떻게 잭이, 한창때는 그들 모두 중 가장 활기차고 가장 불경했던 잭이 메르베빌로 이사할 계획을 세울 수 있을까?

"잭, 쿠게나프부터 시도해봐야죠." 그의 동생 앨란이 말한다. "아니면 포파데르로 가든가요. 포파데르에서는 일 년 중 가장 중요한 날이 어핑턴에서 치과의사가 이를 뽑아주러 오는 날이에요. 그들은 그날을 흐루트 트렉, 그레이트 트렉*이라고 부르죠."

---

* 1830~40년대에 보어인들이 영국의 남아프리카 케이프 식민지에서 북방 내륙

그들의 편안함이 위협을 받자마자, 쿳시 집안 사람들은 농담을 던진다. 세상과 세상의 위협이 접근하지 못하도록 촘촘하고 작은 라게르(방어지)를 구축하는 가족들. 그러나 농담이 얼마나 오랫동안 효력을 발휘할까? 조만간 거대한 적이 모습을 드러내고 문을 두드릴 것이다. 죽음의 신이 거대한 낫의 날을 갈며 그들을 한 명씩 불러낼 것이다. 그때가 되면 그들의 농담이 무슨 힘이 있을까?

"존의 말에 따르면, 삼촌은 메르베빌로 이사가고 존은 케이프타운에 있을 거라고 하던데요." 그녀가 계속 말을 잇는다. "잭 삼촌, 혼자서 차도 없이 살 수 있겠어요?"

심각한 질문. 쿳시 집안 사람들은 심각한 질문을 좋아하지 않는다. 자기들끼리 있을 때 그들은 이렇게 말할 것이다. "마기 워르트 엔 비케 그림." 마기가 다소 모진 것 같네. 아들이 당신을 카루로 보내버리려고 하는 건가요? 그렇다면 어째서 목소리를 높여 항의하지 않는 거죠? 그녀는 이렇게 묻고 있는 것이다.

"아니, 아니야." 잭이 대답한다. "네가 말하는 것 같지는 않을 거야. 메르베빌은 그저 쉬러 오는 곳에 불과할 거란다. 그렇게 된다면 말이지. 그저 생각일 뿐이야. 존의 생각일 뿐이라고. 확

으로 대거 이주한 일.

실한 건 아무것도 없어."

"그는 아버지를 버릴 속셈이야." 그녀의 동생 카롤이 말한다. "카루 한복판에 아버지를 버리고 손을 털고 싶은 거야. 그렇게 되면 미키엘이 그를 돌보게 되겠지. 미키엘이 가장 가까이 있게 될 테니까 말이야."

"가엾은 존!" 그녀가 대답한다. "너는 늘 존을 나쁘게만 생각하지. 그가 진실을 말하는 거라면 어쩔 거니? 주말마다 메르베빌로 아버지를 보러 오고 방학 때도 그곳에 있을 거라고 했어. 그의 말을 믿어줄 순 없는 거야?"

"그가 하는 말을 한마디도 믿지 못하겠어서 그래. 그 모든 계획이 수상해. 존은 자기 아버지와 잘 지낸 적도 없잖아."

"그는 케이프타운에서 아버지를 돌보며 살아."

"아버지와 같이 사는 거지. 돈이 없어서 그럴 뿐이라고. 그는 서른 몇 살을 먹고도 미래가 없는 사람이야. 입대를 피하려고 남아프리카에서 도망쳤어. 그리고 법을 위반해서 미국에서 쫓겨났지. 지금은 제대로 된 직장도 못 잡고 있어. 너무 오만해서 그런 거야. 그의 아버지가 폐품처리장 같은 곳에서 받는 형편없는 월급으로 두 사람이 살고 있지."

"그건 사실이 아니야!" 그녀가 항의한다. 카롤은 그보다 나이가 어리다. 전에는 카롤이 뒤따르는 자였고 그녀, 즉 마르곳은 앞서는 자였다. 이제 앞에서 으스대며 걷는 건 카롤이고, 뒤에서 조바심치며 따르는 건 그녀다. 이게 어떻게 된 일이지? "존은 고등학교에서 아이들을 가르치고 있어." 그녀가 말한다. "돈을 벌고 있다고."

"내가 들은 얘기하고는 다르네. 내가 듣기로 그는 시간당 돈을 받고 낙제생들 입학시험 준비를 시켜준다고 했어. 그건 학생들이 푼돈 벌려고 하는 시간제 아르바이트 같은 거잖아. 그에게 직접 물어봐. 어느 학교에서 가르치는지 물어봐. 얼마나 버는지 물어보라고."

"돈을 많이 받는 게 전부는 아니야."

"이건 단순히 돈의 문제가 아니야. 진실을 얘기하느냐의 문제지. 메르베빌에 있는 집을 왜 사려고 하는지 사실대로 말해보라고 해. 누가 돈을 대는지 말해보라 하라고. 그인지, 아니면 그의 아버지인지 말이야. 미래 계획은 어떤지 말해보라고 해." 그리고 그녀가 멍한 표정을 짓자 이렇게 말한다. "아직 얘기 안 했다는 거야? 미래에 대해 얘기하지 않았다는 말이야?"

"그에게는 계획이 없어. 그는 쿳시 집안 사람이야. 쿳시 집안 사람들한테는 계획이 없어. 그들에게는 야심이 없어. 한가로운 동경 외에는 가진 게 없지. 그는 카루에서 한가롭게 살고 싶은 거야."

"그의 야심은 시인이 되는 거야, 전업 시인 말이지. 이 얘기는 들어본 적 없어? 메르베빌 계획은 그의 아버지의 안녕과는 아무 상관이 없어. 그는 자기가 오고 싶을 때 올 수 있는 곳이 카루에 필요한 거야. 턱을 괴고 앉아서 석양을 바라보며 시를 쓸 수 있는 곳 말이지."

존과 시에 대한 얘기가 또 나온다! 그녀는 코웃음이 터져나오는 걸 참을 수 없다. 그 볼륨 없는 작은 집 포치에 앉아 시를 쓰는 존! 틀림없이 머리에는 베레모를 쓰고 팔꿈치 옆에는 와인 한 잔이 놓여 있을 것이다. 유색인 아이들이 그의 주변에 몰려들어 질문을 쏟아낼 것이다. 와트 마크 움? 니어, 움 마크 게디그테. 옵 세이 오우 람키키 마크 움 게디그테. 디 베어럴트 이스 온스 보닝 니…… 아저씨는 뭐하세요? 시를 쓰고 계시는구나. 낡은 밴조에 맞춰 시를 쓰고 계시는구나. 이건 우리가 사는 곳이 아닌데……

"그에게 얘기해볼게." 그녀가 말한다. 여전히 웃고 있다. "시를 보여달라고 해볼게."

다음날 아침, 그녀는 존이 산책을 하러 나가려고 할 때 그를 붙잡는다. "나도 같이 갈래." 그녀가 말한다. "조금만 기다려. 신발 좀 제대로 된 걸로 신게."

그들은 풀이 무성하게 자란 강바닥의 제방을 따라 농장 동쪽으로 나 있는 길을 걷는다. 그들은 1943년의 홍수에 벽이 터지고 이후로 보수한 적이 없는 둑 쪽으로 향한다. 흰 거위 세 마리가 둑의 얕은 물 위를 한가롭게 떠다닌다. 아직도 서늘하고 안개도 없다. 멀리 있는 니우베펠트산까지 눈에 보일 정도다.

"고트," 그녀가 말한다. "디스 다렘 무이. 디트 라크 요우 시엘 안, 네, 디 오우 베어럴트." 정말 아름답네. 정말이지 심금을 울리는 풍경이야.

그들은, 그들 두 사람은 이 거대하고 황량한 공간에 마음이 움직인 사람들 중 소수, 아주 작은 소수일 뿐이다. 그들을 오랜 세월에 걸쳐 함께 묶어준 것이 있다면, 바로 이것이다. 이 풍경, 이 콘트리(전원)가 그녀의 마음을 사로잡았다. 그녀는 죽어서 묻히게 된다면 아주 자연스럽게, 마치 인간의 삶을 살지 않았던 것처럼, 이 땅속으로 사라질 것이다.

"카롤 말이, 네가 아직도 시를 쓴다고 하던데." 그녀가 말한다. "그게 사실이야? 나한테 보여줄래?"

"카롤을 실망시켜 안됐네." 그가 무뚝뚝하게 대답한다. "십대 이후로 한 편도 쓰지 않았어."

그녀는 할말을 잃는다. 그녀는 잊고 있었다. 남자에게 시를 보여달라고 해서는 안 된다. 남아프리카에서는 안 된다. 미리 그에게 조롱하지 않을 테니 괜찮다고 거듭 다짐하지 않고는 안 될 일이다. 시가 아이들과 오우용누인스(노처녀)—그러니까 남녀를 불문한 오우용누인스—의 취미지 남자가 할일이 아닌 나라라니! 토티어스*나 루이스 라이폴트**는 어떻게 했는지 모르겠다. 다른 사람들의 약점에 대한 직감이 뛰어난 카롤이 존이 시를 쓰는 걸 갖고 그를 공격하는 것도 놀랄 일은 아니다.

"그렇게 오래전에 그만뒀는데, 카롤은 어째서 네가 아직도 쓰고 있다고 생각하지?"

"모르겠어. 아마 내가 아이들의 에세이를 채점하는 걸 보고 잘못 생각했나보지."

그녀는 그의 말을 믿지 않는다. 그러나 더이상 그를 몰아붙이지 않으려 한다. 그가 그녀를 피하려고 한다면, 그냥 놔두자. 만약 시가 그의 삶의 일부라면 그는 너무 수줍거나 너무 부끄러워 그것에 대해 얘기할 수 없는 거다. 그렇다면 그냥 놔두자.

그녀는 존을 모피라고 생각하지 않는다. 그러나 그에게 여자가 없다는 사실이 그녀를 계속 헷갈리게 만든다. 남자가 혼자 산다는 건, 특히 쿳시 집안의 남자들이 그렇지만, 그녀에게는 노나

* 야코프 다니엘 토티어스(1877~1953), 남아프리카 시인.

** 남아프리카 시인(1880~1947).

키나 돛이 없는 배처럼 보인다. 그리고 지금 그들 중 두 사람이, 쿳시 집안의 두 남자가 부부처럼 살고 있다! 무서운 베라가 아직 뒤에 버티고 있던 시절 잭은 다소간 반듯한 길을 갔다. 그러나 그녀가 죽자 그는 방향을 아예 잃어버린 듯하다. 잭과 베라의 아들인 존은 분별 있는 안내자만 있으면 틀림없이 잘살 수 있을 것이다. 그러나 지각이 있는 여자라면 대체 누가 불행한 존에게 자신을 헌신할까?

카롤은 존이 가망 없는 사람이라고 확신한다. 인정이 많은 다른 친척들도 아마 그 생각에 동의할 것이다. 그녀, 즉 마르곳을 친척들과 분리해주는 것은, 아슬아슬하게 떠도는 존에게 믿음을 갖게 하는 것은, 이상하게도 그와 그의 아버지가 서로에게 행동하는 방식이다. 애정이 담겼다고 말하면 너무 지나치고, 적어도 존중을 담아 서로를 대하는 방식이다.

두 사람은 원수 같은 사이였다. 많은 이들이 잭과 그의 큰아들 사이의 불화를 못마땅하게 생각했다. 그 아들이 해외로 사라졌을 때, 부모는 최대한 침착한 척했다. 그의 어머니는 그가 과학 분야 이력을 쌓으러 갔다고 했다. 그녀는 몇 년 동안, 존이 영국에서 과학자로 일하고 있다는 이야기를 되풀이했다. 그가 어디에서 무슨 일을 하는지 전혀 알지 못하는 게 분명해졌을 때조차 그랬다. 존이 얼마나 독립적인지 알잖아요. 그의 아버지는 그렇게 말했다. 독립적이라니, 그게 무슨 말이지? 쿳시 집안 사람들은 그것을 그가 조국과 가족과 부모까지 버렸다는 의미로 받아들였다. 전혀 근거가 없는 건 아니었다.

그러다가 잭과 베라는 새로운 얘기를 하기 시작했다. 존이 영국에 있지 않고 더 높은 학위를 이수하러 미국에 갔다는 얘기였다. 시간이 흐르고 특별한 소식이 없어지자, 존과 그가 하는 일에 대한 관심도 시들해졌다. 그와 그의 동생은 군복무를 피하기 위해 달아나 가족들을 당혹스럽게 만든 수천 명의 백인 청년들 중 두 사람일 뿐이었다. 그가 미국에서 추방당했다는 스캔들이 터졌을 때, 그는 이미 그들의 집단기억에서 거의 사라진 뒤였다.

끔찍한 전쟁 때문이에요. 그의 아버지가 말했다. 전혀 고마워하지 않는 듯한 아시아인들을 위해 미국의 젊은이들이 자신들의 삶을 희생하고 있는 전쟁 탓이라는 것이었다. 평범한 미국인들이 저항하는 것도 놀랄 일은 아니었다. 그들이 가두시위에 나선 것도 놀랄 일은 아니었다. 들리는 얘기로는, 존은 어쩔 수 없이 가두시위에 끼어들었고, 이후에 상당한 오해가 있었다고 했다.

잭이 나이보다 늙어 보이고 허약한 노인이 된 게 아들의 치욕과 그것으로 인해 그가 거짓을 얘기해야 했기 때문일까? 어떻게 그녀가 그런 걸 물어볼 수 있을까?

"카루를 다시 보니 좋지?" 그녀가 존에게 묻는다. "미국에 있지 않기로 결정하니까 마음이 편하지 않아?"

"모르겠어." 그가 대답한다. "물론 이런 것들 속에 있으니까," 그는 아무 몸짓도 하지 않지만 그녀는 그가 이 하늘, 이 공간, 그들을 둘러싼 거대한 침묵을 가리키고 있다는 걸 안다. "축복받은 느낌이야. 운좋은 몇 안 되는 사람 중 하나가 된 기분이랄까. 하지만 현실적으로 얘기해서, 나와 잘 맞은 적이 없었던 이 나라에서 무슨 미래가 있겠어? 어쩌면 깨끗하게 단절해버리는 게 더 좋았을 거야. 사랑하는 것으로부터 해방되어 상처가 아물기를 바라는 게 더 좋았을지 몰라."

솔직한 답변이다. 다행이다.

"어제 너와 미키엘이 자리를 비웠을 때, 네 아버지와 얘기했어. 솔직히 내 생각에 네 아버지는 네가 뭘 하려고 하는지 잘 모르시는 것 같아. 메르베빌 말이야. 네 아버지는 더이상 젊지 않으셔. 건강이 좋지도 않으시고. 아버지를 낯선 곳에 버리고 알아서 사시라고 하면 안 돼. 뭔가 잘못됐을 때 가족들이 나서서 아버지를 돌봐주는 걸 기대하면 안 되지. 이게 전부야. 이게 내가 말하고 싶었던 거야."

그는 아무 반응이 없다. 그의 손에는 그가 주운 낡은 울타리 철사 한 가닥이 들려 있다. 그가 심술궂게 철사를 이쪽저쪽으로 흔들어대는 바람에 흔들리는 풀의 윗부분이 잘린다. 그가 부식

된 두 벽의 비탈을 내려간다.

"이러지 마!" 그녀가 그의 뒤를 따라 종종걸음을 치며 소리친다. "제발 나한테 얘기 좀 해! 내가 틀렸다고 얘기하라고! 내가 실수하고 있다고 얘기하란 말이야!"

그가 걸음을 멈추고 차가운 적의를 띤 채 그녀를 돌아본다. "내 아버지의 상황에 대해 얘기해줄게." 그가 말한다. "아버지는 저금해놓은 게 없으셔. 단 한 푼도 없어. 보험도 없어. 바랄 건 국가에서 주는 연금밖에 없지. 지난번에 확인해보니 한 달에 43랜드씩 들어오더라. 그러니 나이도 먹고 건강이 안 좋은데도 계속 일을 할 수밖에. 우리 두 사람이 합해서 한 달에 벌어들이는 돈은 자동차 판매원이 일주일에 벌어들이는 돈 정도밖에 안 돼. 아버지가 일을 그만두려면 생활비가 도시보다 싼 곳으로 이사하는 길밖에 없어."

"하지만 꼭 이사를 해야 할까? 그것도 낡고 황폐한 메르베빌까지 말이야."

"마기, 아버지와 내가 무한정 같이 살 수는 없잖아. 그건 우리 두 사람을 너무 비참하게 해. 정상적이지도 못하고 말이야. 아버지와 아들은 같은 집에 살면 안 되는 거야."

"네 아버지가 같이 살기에 어려운 사람 같아 보이지는 않는데."

"그럴지도 모르지. 하지만 나는 같이 살기 어려운 사람이야. 내 문제는 다른 사람과 공간을 공유하는 걸 원치 않는다는 데 있어."

"그러니까 메르베빌 문제는 네가 혼자 살고 싶어 그러는 거야?"

"그래. 그렇기도 하고 아니기도 해. 내가 원할 때 혼자 있을 수 있으면 싶은 거야."

그들은 포치에 모여 있다. 쿳시 집안 사람들 모두가 아침 차를 마시며 잡담을 나누고 미키엘의 세 아들이 베르프(뜰)에서 크리켓을 하는 모습을 지켜본다.

멀리서 먼지구름이 일어나 대기에 머문다.

"루커스가 틀림없어." 눈썰미가 가장 좋은 미키엘이 말한다. "마기, 루커스야!"

알고 보니 루커스는 새벽부터 운전을 했다. 그는 피곤하지만 기분이 좋고 활기가 넘친다. 아내와 가족들에게 인사를 하자마자 그는 아이들한테 끌려가 게임을 한다. 크리켓은 잘 못해도 그는 아이들과 같이 있는 걸 좋아하고 아이들도 그를 좋아한다. 그는 최고의 아빠가 될 것이다. 그에게 아이가 생길 수 없다는 걸 떠올리자 그녀는 가슴이 미어진다.

존도 게임에 합류한다. 그는 루커스보다 크리켓을 더 잘하고 경험도 더 많다. 그건 한눈에 봐도 알 수 있다. 그러나 아이들은 그에게 친근하게 굴지 않는다. 그녀는 개들마저도 그에게 그러지 않는 걸 보았다. 루커스와 달리 그는 천성이 아버지가 아니다. 일부 동물 수컷들이 그렇듯 알리언로페르, 즉 외톨이다. 어쩌면 이것 역시 그가 결혼하지 않은 이유일 것이다.

루커스와는 다르다. 그런데 그녀가 루커스와는 결코 공유할 수 없지만 존과는 공유하는 것들이 있다. 왜 그럴까? 가장 소중한 시간인 유년 시절을 같이 보냈기 때문이다. 그들은 나중에는 결코 열지 못할 마음을, 세상에 있는 모든 보물보다 더 사랑하는 남편에게조차 열지 못할 마음을 서로에게 열었다.

사랑하는 것으로부터 해방되는 게 최선이었을지 몰라. 그는 산책 중에 그렇게 말했다. 사랑하는 것으로부터 해방되어 상처가 낫기를 바라는 것. 그녀는 그를 정확하게 이해한다. 특히 그 점이 그들이 공유하는 부분이다. 이 농장, 이 콘트리, 이 카루에 대한 사랑뿐 아니라 사랑에 수반되는 이해, 사랑이 지나칠 수 있다는 이해 말이다. 그와 그녀는 유년 시절의 여름을 신성한 곳에서 보낼 수 있었다. 그 영광은 결코 되찾을 수 없다. 예전의 그 장소들을 종종 찾는 것보다는 멀리서, 영원히 떠나버린 것을 애도하는 게 최선이다.

지나친 사랑을 경계하다니, 루커스는 절대 이해 못할 것이다. 루커스에게 사랑이란 단순하고 마음을 다하는 것이다. 루커스는 그녀에게 자신의 진심을 바친다. 그리고 그녀도 그에게 자신의 모든 걸 준다. 이 몸으로 그대를 경배합니다.* 그녀의 남편은 사랑을 통해 그녀에게서 최선의 것을 끌어낸다. 여기에 앉아 차를 마시며 그가 게임하는 걸 쳐다보는 지금도, 그녀는 자신의 몸이 그를 향해 달아오르는 걸 느낄 수 있다. 그녀는 루커스에게서 사랑이 어떤 것일 수 있는지 배웠다. 그런데 그녀의 사촌은…… 그녀는 그녀의 사촌이 마음을 다해 다른 사람에게 자신을 바치는 걸 상상할 수 없다. 언제나 조금씩 남겨두고 보류할 것이다. 개가 아니어도 그건 알 수 있다.

루커스가 휴가를 내서 그녀와 단둘이 하루나 이틀 밤을 이곳 푸엘폰테인에서 보낼 수 있으면 좋을 것 같다. 그러나 안 된다. 내일은 월요일이다. 그들은 해질녘까지 미델포스로 돌아가야 한다. 그래서 그들은 점심을 먹고 나서 숙모들과 숙부들에게 작별인사를 한다. 존의 차례가 되자, 그녀는 그를 꼭 껴안는다. 그의 몸이 그녀의 몸에 저항하고 긴장하는 것이 느껴진다. "토트신스." 안녕. 그녀가 말한다. "편지할 테니 너도 답장해줘." "안녕, 조심해서 운전해." 그가 말한다.

그녀는 그날 밤 가운을 걸치고 슬리퍼를 신은 채 부엌 식탁에 앉아 약속한 편지를 쓰기 시작한다. 그 부엌은 그녀가 결혼할 때부터 사용해오며 사랑하게 된 곳이다. 오래된 큼지막한 벽난로

---

* 결혼 서약의 일부.

가 있고, 창문은 없지만 늘 서늘한 식료품실이 있다. 식료품실 선반에는 그녀가 지난가을에 넣어둔 잼과 병조림이 가득하다.

존에게, 그녀는 이렇게 쓴다. 메르베빌 도로에서 차가 고장났을 때, 너한테 너무 화가 났었어. 그게 너무 드러나지 않았기를 바라. 네가 나를 용서했으면 좋겠어. 이제 화를 냈던 건 다 사라지고 그 흔적도 남지 않았어. 누군가와 하룻밤을 지내보지 않으면 그 사람을 모른다는 말이 있어. 나는 너와 함께 밤을 지낼 기회가 있었다는 게 기뻐. 잠을 자면서 가면이 벗겨지고 우리의 진짜 모습이 나오게 되잖아.

성서에는 사자가 양과 함께 눕고, 우리가 더이상 두려워할 이유가 없기 때문에 더이상 경계를 할 필요도 없는 날을 기다리지. (네가 사자고, 내가 양이라는 말은 아니니 안심해.)

나는 마지막으로 한 번만 더 메르베빌 얘기를 하고 싶어.

우리도 언젠가 늙을 거야. 우리가 부모한테 한 것처럼 취급당하게 되겠지. 세상은 돌고 도는 거라는 말이 있잖아. 혼자 사는 데 익숙한 네가 아버지와 같이 사는 게 어려울 거라는 건 알아. 하지만 메르베빌은 옳은 해결책이 아니야.

존, 너만 그런 어려움을 겪는 게 아니야. 카롤과 나도 어머니 때문에 같은 문제를 겪고 있어. 클라우스와 카롤이 미국으로 가면, 짐은 온전히 루커스와 내 몫이 될 거야.

네가 신자가 아니라는 건 알아. 그러니 길을 알려달라고 기도하라 하지는 않을게. 나도 그다지 독실한 신자가 아니긴 마찬가지야. 그러나 기도는 좋은 거야. 위에 들어줄 분이 없다고 해도, 적어도 우리가 말로 표현은 하잖아. 속을 끓이고 있는 것보다는 나을 거야.

우리가 얘기할 시간이 있었더라면 싶어. 어렸을 때 우리가 어떻게 얘기했는지 기억나? 나한테는 그 시절에 대한 기억이 너무 소중해. 우리가 죽게 되면 우리의 이야기, 너와 나의 이야기도 죽게 될 거라는 게 너무 슬퍼.

지금 이 순간, 내가 너에게 얼마나 따뜻한 마음을 갖고 있는지 너는 모를 거야. 너는 늘 내가 좋아하는 사촌이었지만 지금은 그 이상이야. 어쩌면 너는 필요로 하지 않겠지만(내 생각엔 그래), 나는 너를 세상으로부터 보호해주고 싶어. 이런 감정을 어찌해야 할지 잘 모르겠어. 이런 건 너무 시대에 뒤떨어진 관계겠지, 이런 사촌 관계 말이야. 누가 누구와 결혼할 수 있느냐에 관해서, 사촌, 육촌, 칠촌 등에 관해서 우리가 기억해야 했던 모든 규칙들은 머지않아 인류학에 불과하게 되겠지.

그래도 나는 우리가 어렸을 때 했던 맹세(기억해?)를 실행에 옮겨 서로와 결혼하지 않았다는 게 좋아. 아마 너도 그럴 거야.

우리는 끔찍한 부부가 되었을 테니까 말이야.

존, 너는 인생에 누군가를 들여야 해. 너에겐 돌봐줄 사람이 필요해. 꼭 평생의 사랑이 아니라 해도 네가 누군가를 만나 결혼하는 게 아버지와 너 둘이서 사는 지금보다는 나을 거야. 매일 밤을 혼자 보내는 건 좋지 않아. 이런 말을 해서 미안하지만 쓰라린 경험에서 하는 말이야.

너무 부끄러워 이 편지를 찢어버리고 싶지만 그러지 않으려고 해. 내심 나는 우리가 서로를 오랫동안 알았으니, 내가 건드리지 말아야 하는 것을 건드려도 네가 틀림없이 나를 용서할 거라고 생각해.

루커스와 나는 가능한 모든 면에서 행복해. 나는 매일 밤 무릎을 꿇고(말하자면 그렇지) 그와 내가 만났다는 것에 감사하지. 너도 그랬으면 얼마나 좋을까!

마치 누가 부르기라도 한 것처럼, 루커스가 부엌으로 오더니 몸을 굽혀 그녀의 머리에 입을 맞추고 잠옷 밑으로 손을 넣어 그녀의 가슴을 만진다. "메이 스카트." 그가 말한다. 나의 보석.

그렇게 쓰면 안 되죠. 안 돼요. 당신은 꾸며내고 있는 거예요.

마지막 부분은 없앨게요. 그녀의 머리에 입을 맞춘다. "메이 스카트." 그가 말한다. "언제 자러 올 거야?" "지금." 그녀가 말하고 펜을 놓는다. "지금."

스카트. 그의 입에서 그 애칭을 듣기 전까지 그녀는 그 말을 싫어했다. 그런데 지금은 그가 그 말을 속삭이면 그녀는 녹아내린다. 언제라도 내키면 안으로 들어갈 수 있는, 이 남자의 보물.

그들은 서로의 품에 안긴다. 침대가 삐걱거린다. 하지만 그녀는 상관하지 않는다. 그들은 집에 있다. 그들은 마음대로 침대를 삐걱거리게 할 수 있다.

또 그러네요!

약속할게요. 끝나고 나면 원고를, 원고 전체를 당신에게 넘길 테니 마음대로 삭제하세요.

"존한테 편지를 쓰고 있었어?" 루커스가 묻는다.

"응, 존이 너무 불행하거든."

"아마 그게 그의 천성일지 몰라. 우울한 유형이지."

"하지만 전에는 안 그랬어. 그는 옛날에는 아주 행복했어. 그를 스스로에게서 끌어내줄 누군가를 찾으면 얼마나 좋을까!"

그러나 루커스는 잠이 들었다. 그것이 그의 천성이다. 그런 유형. 그는 천진난만한 아이처럼 금방 잠이 든다.

그녀도 그를 따라 잘 수 있으면 싶지만, 잠이 얼른 오지 않는다. 사촌의 유령이 아직도 어른거리며 편지를 마저 쓰라며 컴컴한 부엌으로 그녀를 다시 부르는 것만 같다. 그녀가 속삭인다. 나를 믿어. 꼭 돌아갈게.

그러나 깨어보니 월요일이다. 쓸 시간이 없다. 친밀함을 표현할 시간이 없다. 그들은 칼비니아를 향해 바로 출발해야 한다. 그녀는 호텔로 가고, 루커스는 정류장으로 가고. 그녀는 프런트 뒤에 있는, 창문이 없는 작은 사무실에서 쌓인 송장送狀을 바쁘게 처리한다. 저녁때가 되자 너무 지쳐버린 그녀는 도저히 편지를 마저 쓸 수 없다. 여하튼 그녀는 감정의 고리를 잃어버렸다. 너를 생각하며. 그녀는 편지지 하단에 이렇게 쓴다. 그런데 그것마저도 사실이 아니다. 그녀는 하루종일 존에 대해 조금도 생각하지 않았다. 그럴 시간이 없었다. 사랑을 듬뿍 담아, 마기. 그녀는 이렇게 쓴다. 그리고 주소를 쓰고 봉투에 넣어 봉한다. 그렇게. 끝났다.

사랑을 듬뿍 담아, 정확히 얼마나 듬뿍? 곤경에 처한 존을 구할 만큼? 그를 그 자신으로부터, 타고난 우울증으로부터 벗어나게 할 만큼? 그런 것 같지는 않다. 그리고 그가 빠져나오고 싶어하지 않으면 어쩐단 말인가? 만약 메르베빌에 있는 집의 포치에서 양

철지붕에 내리쬐는 태양과 뒷방에서 콜록거리는 그의 아버지와 더불어 시를 쓰면서 주말을 보내는 게 그의 원대한 계획이라면, 그는 불러일으킬 수 있는 모든 우울증을 필요로 할지 모른다.

그것이 그녀의 첫번째 걱정이다. 그다음 걱정은 그녀가 편지를 부치려 할 때, 편지봉투가 우체통 입구에서 떨릴 때 찾아온다. 그녀가 쓴 것이, 그녀가 놓아버리면 그녀의 사촌이 읽게 될 이 편지가, 정말로 그녀가 그에게 해줄 수 있는 최선일까? 너는 인생에 누군가를 들여야 해. 사랑을 듬뿍 담아. 이런 얘기를 듣는다고 무슨 도움이 될까?

그러나 그녀는 생각한다. 그는 성인이다, 내가 왜 그를 구해줘야 하지? 그리고 그녀는 봉투를 밀어넣는다.

다음주 금요일, 열흘이 지나서야 답장이 온다.

마르곳에게

편지 고마워. 푸엘폰테인에서 돌아오니 편지가 와 있었어. 결혼에 관한, 비현실적이긴 하지만 좋은 충고 고마워.

푸엘폰테인에서 돌아올 때는 사고가 없었어. 미키엘의 정비공 친구가 멋지게 차를 고쳐준 덕택에 말이야. 지난번에 밖에서 밤을 보내게 한 것에 대해 다시 한번 사과할게.

네가 메르베빌에 대해 한 말은 나도 동의해. 우리는 제대로 계획을 세운 게 아니었어. 케이프타운으로 돌아오고 나니까 그 계획이 약간 정신 나간 것처럼 보이기 시작해. 해변 주말 별장을 사는 것은 괜찮겠지만, 제정신이라면 어느 누가 뜨거운 카루 마을에서 여름휴가를 보내고 싶어하겠어?

농장의 모든 일이 잘되어가길 바랄게. 아버지가 너와 루커스에게 사랑한다고 전해달래. 나도 마찬가지고.

존

이게 전부야? 그의 차갑고 형식적인 답장이 그녀를 놀라게 한다. 화가 나서 얼굴이 붉어질 정도다.

"왜 그래?" 루커스가 묻는다.

그녀가 어깨를 으쓱한다. "아무것도 아니야." 그녀는 이렇게 말하고서 편지를 건넨다. "존에게서 온 편지야."

그가 그걸 빠르게 읽는다. "그러니까 메르베빌로 가겠다는 계획은 포기하겠다는 거로군." 그가 말한다. "다행이네. 그런데 왜 그렇게 화가 나 있어?"

"아무것도 아니야." 그녀가 말한다. "어조가 좀 그래서."

그들, 그들 두 사람은 우체국 앞에 차를 세우고 있다. 금요일 오후면 그들은 그렇게 한다. 그들이 스스로 만들어낸 일상 중 하나다. 쇼핑을 끝내고 농장으로 가기 전에 마지막으로 하는 일이다. 그들은 픽업트럭에 나란히 앉아 한 주 동안 온 우편물을 점검한다. 그녀가 주중 아무때나 우편물을 직접 가져올 수 있지만, 그렇게 하지 않는다. 그녀와 루커스는 같이 할 수 있는 것이면 무엇이든 같이 한다.

잠시 루커스가 랜드은행에서 온 편지를 읽느라 정신이 없다. 기다란 첨부물이 있다. 종이 몇 장에 숫자가 빼곡하다. 단순한 가족 관련 일들보다 훨씬 더 중요한 것이다. "서둘지 마. 나는 산책 좀 할 테니까." 그녀는 이렇게 말하고 나가서 길을 건넌다.

우체국은 새로 지은 땅딸막하고 묵직해 보이는 건물이다. 창문 대신에 통유리로 되어 있고 문 위로는 묵직한 쇠창살이 있다. 그녀는 그게 보기 싫다. 그것이 그녀의 눈에는 마치 경찰서처럼 보인다. 그녀는 새 건물에 자리를 내주기 위해 철거된 옛 우체국이 그립다. 그 건물은 옛날에는 트루터 가문의 집이었다.

아직 인생의 반도 안 살았는데 벌써 과거를 동경하다니!

그것은 메르베빌에 관한 문제만도 아니고, 존과 그의 아버지에 관한 문제만도 아니고, 누가 어디에서 사느냐에 관한 문제만도 아니고, 도시냐 시골이냐에 관한 문제만도 아니었다. 우리는 여기서 뭘 하고 있는 건가! 말은 하지 않았지만, 바로 이것이 내내 문제였다. 그도 알고 그녀도 알고 있었다. 비겁한 수준이지만 그녀의 편지는 적어도 그 문제를 암시하기는 했다. 우리는 이 불모의 지대에서 뭘 하고 있을까? 만약 이곳이 사람이 살 수 없는 땅이고, 이곳을 인간화하려는 계획 자체가 처음부터 잘못된 거라면, 우리는 어째서 따분한 일을 하면서 인생을 흘려보내고 있는 걸까?

불모의 지대. 그녀가 가리키는 지대란 메르베빌이나 칼비니아가 아니라 카루 전체, 나라 전체다. 도로와 철도를 놓고, 도시를 세우고, 사람들을 끌어들여 이곳에 붙잡아두고, 그들이 떠나지 못하도록 그들의 가슴에 대못을 박아 그들을 붙잡아놓은 건 누구의 생각이었을까? 스스로를 해방시켜 언젠가 상처가 아물기를 바라는 게 더 나았을 거야. 그는 펠트에서 산책을 할 때 그렇게 말했다. 그러나 그와 같은 대못들을 어떻게 뽑아내지?

마감시간이 훌쩍 넘었다. 우체국도 닫고, 가게들도 닫고, 거리는 텅 비어 있다. 메이어로비츠 보석상. 숲속의 아기들 유아용품점—할부 가능. 코스모스 카페. 포시니 모데스 옷가게.

메이어로비츠('다이아몬드는 영원히')는 그녀가 기억하기 전부터 여기에 있었다. 숲속의 아기들 유아용품점은 원래 얀 하름세 정육점이었다. 코스모스 카페는 원래 코스모스 밀크 바였다. 포시니 모데스 옷가게는 원래 빈터버그 잡화상이었다. 모든 게 변했다. 가게들이 모두 변했다. 오 드루비헤 란트! 아, 슬픈 땅! 포시니 모데스 옷가게는 칼비니아에 새로운 지점을 낼 정도로 자신만만하다. 실패한 이민자이자 우울한 시인인 그녀의 사촌이 포시니도 모르는 이 땅의 미래에 대해 뭘 안다고 주장할 수 있을까? 개코원숭이조차도 펠트를 바라보며 위에무트(우울함)에 압도당한다고 생각하는 그녀의 사촌이 말이다.

루커스는 정치적 조정이 있을 것이라고 확신한다. 존은 자신이 자유주의자라고 주장할지 모르지만 루커스는 존보다 더 현실적인 자유주의자다. 더 용기 있는 자유주의자이기도 하다. 그들이 선택하기만 한다면 루커스와 그녀는, 그러니까 보어와 보어프로우, 즉 남자와 부인은 힘을 합해 농장에서 삶을 일궈나갈 수 있을 것이다. 허리끈을 한 번, 두 번, 세 번 조여야 할지도 모르지만, 결국 살아남을 것이다. 그러지 않고 만약 루커스가 코우프로 트럭을 모는 걸 택한다면, 만약 그녀가 호텔에서 계속 경리로 일한다면, 그것은 농장이 실패할 사업이기 때문이 아니라 그녀와 루커스가 오래전에 마음의 결정을 내렸기 때문일 것이다. 농장 일꾼들에게 제대로 된 집을 주고 그들에게 적당한 급료를 주고 그들의 아이들이 학교에 다니도록 보장하고, 또 그 일꾼들이 나중에 나이가 들어 쇠약해지면 그들을 도와주리라는 결정 말이다. 그러한 관대함과 지원에는 돈이, 농장이 벌어들이거나 가까운 미래에 벌어들일 것 이상의 돈이 필요할 것이기 때문이다.

농장은 사업이 아니다. 이것이 그녀와 루커스가 오래전에 동의한 전제였다. 미델포스 농장은 그들 두 사람과 그들의 태어나지 않은 아이들의 유령들에게만 집이 아니라 다른 열세 명에게도 집이다. 작은 공동체를 유지할 돈을 가져오기 위해 루커스는 한번 나가면 며칠씩 길에서 시간을 보내고 그녀는 칼비니아에서 혼자 밤을 보낸다. 그녀가 루커스를 자유주의자라고 한 것은 이런 의미에서다. 그는 너그러운 마음, 자유주의적인 마음을 가졌다. 그를 통해서 그녀도 자유주의적인 마음을 갖게 되었다.

그렇게 사는 게 뭐가 문제지? 그녀는 이 질문을 처음에는 남아프리카에서 달아나더니 지금은 자유로워지는 것에 대해 얘기하는 영리한 사촌한테 하고 싶다. 그는 무엇으로부터 자유로워지고 싶다는 걸까? 사랑으로부터? 의무로부터? 아버지가 사랑한다고 전해달래. 나도 마찬가지고. 이건 어떤 종류의 미온적인 사랑일까? 아니다. 그녀와 존은 같은 피를 물려받았을지 몰라도, 그가 그녀를 향해 느끼는 것이 무엇이든, 그것은 사랑이 아니다. 그는 자기 아버지도 진심으로 사랑하지 않는다. 그는 자신조차 사랑하지 않는다. 여하튼 모든 사람, 모든 것으로부터 자유로워져서 어쩌겠다는 것일까? 그 자유를 갖고 어쩌겠다는 것일까? 사랑은 집에서 시작된다는 영국 속담이 있지 않던가? 그는 끝없이 달아나려고만 하지 말고, 괜찮은 여자를 만나 그녀의 눈을 똑바로 쳐다보며 이렇게 말해야 한다. 나하고 결혼해줄래요? 나와 결혼해서 나의 늙은 아버지를 우리집으로 맞아들여 그가 죽을 때까지 충실하게 보살펴줄래요? 당신이 그 짐을 맡아준다면, 나는 당신을 사랑하고 당신에게 충실하며 괜찮은 직장을 잡아 열심히 일해서 돈을 벌어오고 쾌활해지고 드루비헤 플라크터스, 서글픈 평원을 바라보며 투덜거리는 걸 그만둘게요. 그녀는 그가 바로 이 순간 여기에, 칼비니아의 케르크스트라트에 있었으면 싶다. 그에게 라스, 즉 꾸중을 할 수 있도록 말이다. 그녀는 그런 감정 상태다.

휘파람소리가 들려온다. 그녀가 몸을 돌린다. 루커스가 차창 밖으로 몸을 내밀고 있다. 그가 큰 소리로 말하며 웃는다. 스카티, 후 몸펠 예이 단 노우? 혼잣말을 하다니 무슨 일이야?

그녀와 그녀의 사촌 사이에는 더이상 편지가 오가지 않는다. 머지않아 그와 그의 문제들은 그녀의 생각 속에서 설 자리를 잃어버렸다. 더 시급한 일들이 생겼기 때문이다. 클라우스와 카롤에게 기다리던 비자, 약속의 땅에 대한 비자가 나왔다. 그들은 빠르고 효율적으로 이사갈 준비를 하고 있다. 그들이 첫번째로 한 일은 그들과 같이 살던 그녀의 어머니를 데려온 것이다. 클라우스도 그녀를 마(엄마)라고 부른다. 뒤셀도르프에 있는 농장에 자기 어머니가 멀쩡히 있음에도 불구하고.

그들은 BMW를 번갈아 운전하며 요하네스버그에서 열두 시간에 걸쳐 1600킬로미터를 달려왔다. 클라우스는 그 솜씨에 대만족이다. 그와 카롤은 고급 운전 과정을 마쳤고 수료 증서도 있다. 그들은 남아프리카보다 도로가 훨씬 더 좋은 미국에서 운전할 것을 고대하고 있다. 물론 독일의 아우토반처럼 좋지는 않겠지만.

어머니의 건강이 안 좋아 보인다. 그녀, 즉 마르곳은 어머니가 뒷자리에서 내리자마자 그걸 알아챘다. 얼굴은 부석부석하고 숨도 편하게 쉬지 못한다. 그녀는 다리가 아프다고 불평한다. 결국 카롤이 설명을 해준다. 요하네스버그에 있는 전문의한테 갔었는데 심장에 문제가 있다고, 그래서 반드시 하루에 세 번씩 약을 먹어야 한다고 말이다.

클라우스와 카롤이 농장에서 밤을 보낸 뒤 도시를 향해 출발한다. "어머니의 건강이 좋아지면, 루커스와 같이 어머니를 모시고 미국에 와." 카롤이 말한다. "항공요금은 우리가 도와줄게." 클라우스가 그녀를 껴안고 양쪽 볼에 입맞춤을 한다("이게 더 따뜻한 표현이죠"). 그리고 루커스하고는 악수를 한다.

루커스는 그의 동서를 싫어한다. 루커스가 그들을 보러 미국에 갈 가능성은 조금도 없다. 클라우스는 남아프리카에 대한 자신의 생각을 얘기하는 걸 주저한 적이 없다. "아름다운 나라죠." 그는 이렇게 말한다. "아름다운 경치, 풍요로운 자원, 그러나 수많은 문제들. 당신들이 그런 것들을 어떻게 해결할지 모르겠네요. 내 생각에 그 문제들은 좋아지기보다는 더 나빠질 거예요. 그러나 그건 내 생각일 뿐이죠."

그녀는 그의 얼굴에 침을 뱉고 싶지만 그렇게 하진 않는다.

그녀와 루커스가 집에 없을 때 그녀의 어머니만 농장에 혼자 둘 수는 없다. 그건 말이 안 되는 일이다. 그래서 그녀는 호텔에 있는 그녀의 방에 침대를 하나 더 들여놓는다. 불편하긴 하다. 이제 그녀에게 사생활이 없어진다는 의미니까. 그러나 다른 대안이 없다. 그녀의 어머니는 새처럼 조금밖에 먹지 않지만, 그녀는 어머니 몫으로 식대 전액을 다 내야 한다.

이 새로운 체제가 둘째 주로 접어들었을 때 문제가 생긴다. 청소부 중 하나가 텅 빈 호텔 라운지의 소파에서 의식을 잃고 얼굴이 창백해진 그녀의 어머니를 발견한다. 어머니는 지역 병원으로 후송되고 의식을 되찾는다. 당직 의사가 고개를 젓는다. 의사는 그녀의 심장박동이 아주 약하다며, 칼비니아에서 받을 수 있는 것보다 더 전문적인 치료를 시급히 받아야 한다고 말한다. 괜찮은 병원이 있는 어핑턴도 좋지만 케이프타운으로 가는 게 더 좋겠다고 말한다.

한 시간도 안 되어 그녀, 즉 마르곳은 사무실을 닫고 케이프타운으로 향하는 구급차의 비좁은 뒤칸에 앉아 어머니의 손을 잡고 있다. 젊은 유색인 간호사도 함께 타고 있다. 간호사의 이름은 알레타다. 간호사의 풀을 먹인 빳빳한 유니폼과 쾌활한 분위기가 곧 마르곳을 편안하게 만든다.

알고 보니 알레타는 멀지 않은 시데르버그의 부페르탈에서 태어났다. 그녀의 부모는 아직도 그곳에 산다. 그녀는 셀 수 없을 만큼 자주 케이프타운에 갔다고 한다. 지난주만 해도 루리스폰테인에서 흐루터 쉬르 병원까지 한 남자를 급히 호송해 가야 했다고 한다. 얼음을 채운 보냉 박스에 톱에 잘려나간 손가락 세 개를 넣어서 말이다.

"당신 어머니는 괜찮으실 거예요." 알레타가 말한다. "흐루터 쉬르는 최고니까요."

그들은 클랜윌리엄에서 기름을 넣기 위해 차를 세운다. 알레타보다도 어린 구급차 운전사는 보온병에 커피를 넣어 갖고 다닌다. 그가 그녀, 즉 마르곳에게 컵을 내밀지만 그녀는 거절한다. "커피를 줄이는 중이에요." 그녀가 말한다(거짓말이다). "잠을 못 자서요."

그녀는 그들 두 사람에게 카페에서 커피를 사주고 싶다. 그들과 정상적이고 다정하게 앉아 있고 싶다. 그러나 물론 그러면 분명 난리가 날 것이다. 그녀는 속으로 기도한다. 오, 하느님, 모든 아파르트헤이트의 어리석음이 묻히고 잊힐 그날이 빨리 오게 하소서.

그들은 다시 구급차의 자기 자리로 돌아간다. 그녀의 어머니는 자고 있다. 안색이 좋아지고, 산소호흡기를 쓴 덕분에 숨도 고르게 쉬고 있다.

"당신과 요하네스가 이렇게 우리를 위해 애써주니 얼마나 고마운지 몰라요." 그녀가 알레타에게 말한다. 알레타가 아무런 아이러니의 기색도 없이 친절한 미소로 답한다. 그녀는 자신의 말이 넓은 의미에서, 그녀가 수치심 때문에 말로 표현할 수 없는 모든 의미가 더해져 받아들여지기를 바란다. 나는 당신과 당신의 동료가 늙은 백인 여자와 그녀의 딸을 위해 일해주는 것이 얼마나 감사한지 몰라요. 당신들을 위해서 아무것도 해준 것이 없고 오히려 당신들의 땅에서 허구한 날 모욕을 주는 데 동참했던 두 이방인을 위해서 말이죠. 나는 당신들이 인간적인 친절함에서 우러나오는 행동을 통해, 그리고 특히 아름다운 미소를 통해 내게 가르쳐준 교훈에 감사해요.

그들은 오후의 러시아워가 절정에 이르렀을 때 케이프타운에 도착한다. 엄밀히 말해 응급사태는 아니었음에도 불구하고, 요하네스는 사이렌을 울리며 차들 사이를 능숙하게 빠져나간다. 병원에 도착하자 그녀는 응급실로 실려가는 어머니 뒤를 따라간다. 그녀가 알레타와 요하네스에게 고맙다고 하려고 돌아가자, 그들은 이미 노던 케이프로 돌아가는 먼길을 떠난 뒤였다.

돌아가면! 그녀는 속으로 다짐한다. 그녀의 말은 이런 의미다.

칼비니아로 돌아가면 그들에게 개인적으로 고맙다는 인사를 해야겠다! 그러나 그것은 이런 의미도 된다. 돌아가면 나는 더 좋은 사람이 될 것이다, 맹세코! 또한 그녀는 생각한다. 손가락 세 개가 잘린 루리스폰테인의 남자는 누구일까? 구급차에 태워서, 잘 훈련된 의사들이 손가락을 다시 붙이거나 필요한 상황이면 새 심장을 주는, 그것도 아무 비용 없이 해주는 병원으로, 최고의 병원으로 데려다주는 것도 오직 우리가 백인이기 때문일까? 오 하느님, 그렇지 않게 해주소서, 그렇지 않게 해주소서!

다시 어머니에게 돌아가자, 어머니는 병실에 혼자 있다. 어머니는 깨끗한 흰 침대에 그녀, 즉 마르곳이 어머니를 위해 챙겨온 잠옷을 입고 깨어 있다. 얼굴에는 홍조가 사라졌다. 호흡기를 옆으로 밀치고 몇 마디를 중얼거릴 수도 있는 상태다. "공연한 소란이구나!"

그녀는 어머니의 가냘픈, 사실 다소 아이 같은 손에 입을 맞춘다. "아니에요." 그녀가 말한다. "이제 엄마도 쉬셔야죠. 제가 옆에 있을게요."

그녀는 어머니의 침대 옆에서 밤을 보낼 생각이다. 그러나 담당 의사가 만류한다. 그녀의 어머니가 위험한 상태는 아니라는 것이다. 간호사가 어머니의 상태를 지켜볼 것이고, 그녀는 수면제를 먹고 아침까지 잘 것이라고 한다. 그녀, 즉 마르곳, 효성스러운 딸은 할일을 충분히 했으니 푹 자두는 게 좋겠다는 것이다. 그는 그녀에게 묵을 곳은 있느냐고 묻는다.

그녀는 케이프타운에 사촌이 있어서 거기 묵으면 된다고 대답한다.

의사는 그녀보다 나이가 많아 보인다. 면도를 하지 않은 얼굴에 검은 눈을 반쯤 감고 있다. 그가 자신의 이름을 말했지만, 그녀는 알아듣지 못했다. 그는 유대인일지도 모른다. 그러나 다른 많은 것들일 수도 있다. 그에게서는 담배 냄새가 난다. 그의 가슴주머니에 든 청색 담뱃갑이 보인다. 그녀는 어머니가 위험하지 않다는 그의 말을 믿는가? 그렇다, 믿는다. 하지만 그녀는 늘 의사들을 신뢰하는 경향이 있다. 그들이 그저 추측으로 말하는 거라는 걸 알 때도 그들의 말을 믿는 경향이 있다. 따라서 그녀는 자신의 신뢰를 불신한다.

"의사 선생님, 위험하지 않다는 게 정말 확실한가요?" 그녀가 묻는다.

그가 그녀를 향해 피곤한 듯 고개를 끄덕인다. 그럼요, 정말이죠! 인간사에서 정말인 것은 무엇인가? "어머니를 보살피려면, 자신부터 보살펴야 해요." 그가 말한다.

그녀는 눈물이 솟는 걸 느낀다. 자기연민의 눈물이다. 우리 두 사람을 보살피는 거예요! 그녀는 이렇게 하소연하고 싶다. 그녀는 이 낯선 사람의 품에 안겨 위로를 받고 싶다. "고맙습니다, 의사 선생님." 그녀가 말한다.

루커스는 노던 케이프의 어딘가를 돌아다니고 있어 연락이 닿지 않는다. 그녀는 공중전화로 사촌 존에게 전화를 건다. "바로 데리러 갈게." 존이 말한다. "얼마든지 우리와 같이 있어도 돼."

그녀가 마지막으로 케이프타운에 온 후로 몇 년이 흘렀다. 그녀는 그와 그의 아버지가 살고 있는 교외인 토카이에는 가본 적이 없다. 그들의 집은 축축하고 썩는 냄새와 엔진오일 냄새가 심하게 나는 높다란 나무 울타리 뒤에 있다. 컴컴한 밤이지만 대문에서부터 안까지 이어진 통로에는 불이 없다. 그는 그녀의 팔을 잡아 길을 안내한다. "조심해." 그가 말한다. "모든 게 조금씩 엉망이야."

현관에 그녀의 삼촌이 기다린다. 그는 마음이 산란한 상태로 그녀를 맞는다. 그는 동요하고 있다. 그녀는 쿳시 집안 사람들의 이런 동요에 익숙하다. 그가 손가락으로 머리를 쓸어넘기며 빠르게 말한다. 그녀는 그를 안심시킨다. "엄마는 괜찮으세요. 그냥 잠깐의 소동일 뿐이에요." 그러나 그는 안심하고 싶지 않은 모양이다. 극적인 것을 바라는 느낌이다.

존은 그녀에게 집을 구경시켜준다. 집은 작고, 조명은 침침하고, 답답하다. 젖은 신문 냄새와 베이컨 구운 냄새가 난다. 그녀에게 권한이 있다면, 음산한 커튼을 뜯어내고 더 가볍고 밝은 걸로 바꿔놓고 싶다. 그러나 물론 이 남자들의 세계에서 그녀는 권한이 없다.

그는 그녀가 쓰게 될 방을 보여준다. 그녀의 가슴이 내려앉는다. 카펫은 기름때 같은 걸로 얼룩덜룩하다. 벽 쪽에 낮은 일인용 침대가 붙어 있다. 그 옆에는 책과 종이가 뒤죽박죽 쌓인 책상이 있다. 천장에는 호텔 사무실에 있었지만 그녀가 없애버린 네온등과 같은 등이 달려 아래를 비추고 있다.

이곳의 모든 것은 똑같은 색조를 띠고 있는 것 같다. 원래 갈색이었을 것이 한쪽으로는 우중충한 노란색으로, 다른 쪽으로는 거무스름한 회색으로 변해가고 있다. 집 청소를 한 적이라도 있는지, 몇 년 동안 제대로 청소를 한 적이 있는지 몹시 의심스럽다.

존이 말하길 이 방은 보통 자기가 쓴다고 한다. 그는 시트를 새것으로 바꿔놓았고, 그녀를 위해 서랍 두 개를 비워놓겠다고 말한다. 필수 시설은 통로 맞은편에 있다고 한다.

그녀는 필수 시설의 상태를 살펴본다. 화장실은 더럽다. 때가 낀 변기에선 묵은 지린내가 난다.

칼비니아를 떠난 이래, 그녀는 초콜릿 바 외에는 아무것도 먹은 게 없다. 굶어죽을 지경이다. 존은 그녀에게 그가 프렌치토스트라 일컫는 걸 준다. 흰 빵을 달걀에 적셔 구운 것이다. 그녀는 세 조각을 먹는다. 그가 우유를 섞은 차도 준다. 그런데 마시고 보니 시큼한 맛이 난다(그래도 그녀는 마신다).

그녀의 삼촌이 부엌으로 살금살금 들어온다. 외출용 바지에 파자마 상의를 걸치고 있다. "마기, 잘 자라는 인사를 해야겠구나. 잘 자거라. 벼룩한테 물리지 말고." 그는 아들에게는 잘 자라는 인사를 하지 않는다. 아들 옆에서 주저주저하는 게 분명히 보인다. 싸운 걸까?

"안정이 안 돼." 그녀가 존에게 말한다. "우리 산책할까? 하루 종일 구급차 뒤에 갇혀 있었거든."

그는 그녀를 데리고 산책을 나가 토카이 교외의 불이 환하게 밝혀진 거리를 걷는다. 그들이 지나치는 집들은 모두 그의 집보다 크고 좋다. "이곳은 얼마 전만 해도 농지였어." 그가 설명한다. "그러다가 분할되어 부지로 팔렸지. 우리집은 원래 농장 일꾼의 오두막이었어. 그래서 그렇게 조악하게 지어진 거야. 사방에서 물이 새. 지붕에서도 벽에서도. 집수리하는 데 내 여유 시간을 몽땅 쓰고 있어. 둑을 손가락으로 막고 있는 아이가 된 것 같아."

"그래, 나도 이제 메르베빌의 매력이 뭔지 알겠어. 적어도 메르베빌에는 비가 오지 않잖아. 하지만 이곳 케이프에 더 좋은 집을 사는 게 어때? 책을 써. 베스트셀러를 써. 그래서 돈을 많이 벌어."

농담으로 한 말인데, 그는 그걸 심각하게 받아들인다. "나는 베스트셀러를 어떻게 쓰는지 몰라." 그가 말한다. "나는 사람들과 그들의 환상 속 삶에 대해 충분히 알지 못해. 여하튼 나는 그럴 운명이 아니야."

"무슨 운명?"

"부유하고 성공적인 작가가 될 운명."

"그럼 넌 어떤 운명인데?"

"정확히 지금과 같은 운명이지. 백인 지역에 있는, 지붕에서 비가 새는 집에서 늙어가는 아버지와 같이 사는 운명."

"그건 어리석고 슬라프 소리일 뿐이야. 그건 네 안에 있는 쿳시 집안 사람이 하는 말이지. 너는 마음만 먹으면 내일이라도 네 운명을 바꿀 수 있어."

이웃의 개들은 밤에 자기들이 사는 거리를 돌아다니며 말씨름을 하는 낯선 사람들을 좋게 생각하지 않는다. 개들이 짖는 소리가 점점 요란해진다.

"존, 네가 무슨 말을 하는지 알았으면 싶어." 그녀가 계속 몰아세운다. "너는 너무 허튼 생각으로 가득차 있어! 정신 차리지 않으면, 너는 혼자 있기만을 바라는 심술궂은 얼간이 노인이 될 거야. 이제 돌아가자. 아침 일찍 일어나야 해."

그녀는 불편하고 딱딱한 매트리스 위에서 자려니 잠을 설친다. 그녀는 동이 트기 전에 일어나 그들 세 사람이 먹을 커피와 토스트를 만든다. 일곱시가 되자 그들은 닷선 안에 붙어 앉아 흐루터 쉬르 병원으로 간다.

그녀는 잭과 그의 아들을 대기실에 있게 한다. 그런데 어머니가 어디 있는지 찾을 수가 없다. 간호사실에 가니 밤사이 소동이 있었다고 말해준다. 그리고 어머니는 지금 중환자실에 있다고 한다. 그녀, 즉 마르곳은 대기실로 돌아가야 한다. 의사가 그녀에게 상황을 설명해줄 것이다.

그녀는 잭과 존이 있는 곳으로 간다. 대기실은 벌써 가득차 있다. 어떤 낯선 여자가 그들 앞에 놓인 의자에 구부정한 자세로 앉아 있다. 그녀의 한쪽 눈과 머리는 피로 엉긴 모직 스웨터로 감긴 상태다. 작은 스커트를 입고 고무 샌들을 신은 그녀에게선 곰팡이 슨 리넨과 달콤한 와인 냄새가 난다. 그녀가 나직하게 끙끙거린다.

그녀는 쳐다보지 않으려고 최선을 다하지만, 여자는 싸움을 걸고 싶어 어쩔 줄 모른다. 그 여자가 그녀를 노려본다. "바르나 루어르 야이? 요우 무어르!" 뭘 쳐다보는 거야? 이 머저리야!

그녀는 눈을 내리깔고 침묵 속으로 물러난다.

어머니는 내년에 예순여덟 살이 될 것이다. 그때까지 살아 있다면 말이다. 떳떳한, 떳떳하고 만족스러운 육십팔 년의 세월. 대체적으로 좋은 여자. 좋은 아내. 산만하고 안절부절못하는 성격의 좋은 아내. 보호해줄 필요가 너무 분명해서 남자들이 사랑하기 쉬운 유형의 여자. 그런데 지금은 이런 지옥 속에 들어와 있다! "요우 무어르!"—더러운 말. 가능한 한 빨리 어머니를 이곳에서 빼내, 비용이 얼마가 들든, 개인병원으로 옮겨야 한다.

나의 작은 새. 그녀의 아버지는 아내를 그렇게 불렀다. 메이 토르텔디어피, 나의 작은 비둘기. 둥지를 떠나지 않으려 하는 작은 새. 그녀, 즉 마르곳은 커가면서 어머니 옆에 있으면 자신이 크고 볼품없다는 느낌을 받았다. 그녀는 자문하곤 했다. 누가 나를 사랑해줄까? 누가 나를 작은 비둘기라고 불러줄까?

누군가가 그녀의 어깨를 두드린다. "욘커르 부인?" 젊은 신입 간호사다. "어머니가 깨어나서 찾으십니다."

"이리 와요." 그녀가 말한다. 잭과 존이 그녀의 뒤를 따른다.

그녀의 어머니는 의식이 있다. 그리고 차분하다. 약간 거리감이 느껴질 정도로 차분하다. 산소호흡기는 그녀의 코와 연결된 튜브로 바뀌어 있다. 그녀의 눈은 색채를 잃어 밋밋한 회색 조약돌 같다. "마기?" 그녀가 속삭인다.

그녀가 어머니의 이마에 입술을 갖다대며 말한다. "저 여기 있어요, 엄마."

의사가 들어온다. 눈 주변이 검은 그 의사다. 그의 가운에 달린 배지를 보니 키리스타니라고 쓰여 있다. 그는 어제 오후에도 근무하더니 오늘 아침에도 근무중이다.

키리스타니 박사가 말하길, 어머니 심장에 문제가 있었으나 이제는 안정적이라고 한다. 지금은 몸이 아주 약해진 상태이며, 심장을 전기로 자극하고 있다고 한다.

"어머니를 개인병원으로 옮기고 싶어요." 그녀가 그에게 말한다. "여기보다 조용한 곳으로요."

그가 고개를 저으며 그건 불가능하다고 말한다. 허락할 수 없다고 한다. 그녀가 회복하고 며칠이 지나면 허락해줄 수 있을지도 모르겠다고 한다.

그녀가 뒤로 물러선다. 잭이 누이의 몸 위로 몸을 굽히고서 그녀가 알아들을 수 없는 말을 중얼거린다. 그녀의 어머니가 눈을 뜨고 입술을 움직인다. 답변을 하는 듯하다. 옛날에 태어난 두 노인, 요란한 분노의 땅이 되어버린 이 나라와는 어울리지 않는 순진한 두 노인.

"존?" 그녀가 말한다. "어머니와 얘기하고 싶어?"

그가 고개를 젓는다. "나를 못 알아보실 거야." 그가 말한다.

〔침묵〕

그다음은요?

이게 끝이에요.

끝이라고요? 왜 거기서 멈추죠?

그게 적절할 것 같아서요. 나를 못 알아보실 거야. 이렇게 끝나면 좋잖아요.

〔침묵〕

어떻게 생각하세요?

어떻게 생각하느냐고요? 이것이 존에 관한 책이라면 당신이 어째서 나에 대해 그렇게 많은 걸 집어넣었는지 아직도 이해가 안 가요. 누가 나에 관해, 나와 루커스와 내 어머니와 카롤과 클라우스에 관해 읽으려고 하겠어요?

당신은 당신 사촌의 일부였어요. 그는 당신의 일부였고요. 그건 확실하잖아요. 내가 묻고 싶은 건 이대로 괜찮겠느냐는 거예요.

이대로는 안 되죠. 당신이 약속했던 것처럼, 내가 다시 검토해 봐야겠어요.

2007년 12월과 2008년 6월,

남아프리카의 서머싯웨스트에서 진행된 인터뷰.

아드리아나

세뇨라* 나시멘투, 당신은 브라질에서 태어났지만 남아프리카에서 오랫동안 살았습니다. 어떻게 해서 그렇게 된 거죠?

우리는 앙골라에서 남아프리카로 갔어요. 내 남편과 나 그리고 두 딸이 말이죠. 앙골라에서 내 남편은 신문사에서 일했고 나는 국립발레단에서 일했어요. 그런데 1973년, 정부가 계엄령을 선포하고 그가 만들던 신문을 폐간해버렸어요. 또한 그들은 그를 징집하려고 했어요. 마흔다섯 살 이하의 모든 남자들을 징집하고 있었어요. 시민권자가 아닌 사람들까지 말이죠. 브라질로

* 스페인어, 포르투갈어에서 '~씨' '~여사' 등을 의미하는 경칭.

돌아갈 수도 없었어요. 거긴 여전히 너무 위험했거든요. 우리는 앙골라에는 미래가 없다는 걸 알고 떠났죠. 우리는 배를 타고 남아프리카에 왔어요. 우리가 처음으로 그렇게 한 사람들도 아니고 마지막도 아니었죠.

그런데 왜 케이프타운으로 왔죠?

왜 케이프타운으로 왔냐고요? 친척이 거기에 있었다는 것 말고 특별한 이유는 없었어요. 남편의 사촌이 거기에 살고 있었는데, 청과물가게를 하고 있었죠. 우리는 그곳에 도착한 후 그의 가족과 함께 지냈어요. 모두에게 어려운 일이었죠. 방 세 칸에 사람 아홉 명이 살았으니까요. 그러면서 우리는 거주허가서가 나오기를 기다렸어요. 그리고 남편이 경비원으로 취직하게 되면서 우리는 아파트로 이사할 수 있었죠. 아파트는 에핑이라는 곳에 있었어요. 그리고 몇 달 후, 모든 걸 파멸시켜버린 참사 직전에 우리는 다시 베인버그로 이사했어요. 아이가 다니는 학교와 더 가까운 곳이었죠.

무슨 참사를 말하는 거죠?

남편은 부두 근처의 창고에서 야간 경비로 일하고 있었어요. 혼자서 말이죠. 그런데 어느 날 강도가 들었어요. 남자 무리가 쳐들어왔어요. 그들이 그를 공격하고 도끼로 내리쳤어요. 마체티 칼이었을지도 모르지만 도끼였을 가능성이 더 커요. 그는 얼굴 한쪽이 박살났어요. 나는 아직도 그 얘기를 하는 게 쉽지 않아요. 도끼. 자기가 맡은 일을 한다는 이유로 도끼로 얼굴을 내리치다니. 나는 이해할 수 없어요.

그는 어떻게 됐죠?

뇌를 다쳤어요. 죽었죠. 오래 걸렸어요. 거의 일 년 정도요. 하지만 결국 죽었죠. 끔찍했어요.

안됐군요.

그래요. 그의 회사에서는 한동안 그의 급료를 계속 지불했어요. 그러더니 돈이 더이상 들어오지 않더군요. 그들은 그가 더이상 자신들의 책임이 아니라고 하더군요. 복지부의 책임이라는 거죠. 복지부! 복지부에서는 우리한테 한푼도 안 줬어요. 큰딸은 학교를 그만둬야 했어요. 그 아이는 슈퍼마켓에서 포장 담당 직원으로 일하게 됐죠. 그걸로 한 주에 120랜드를 벌었어요. 나도 일자리를 찾아봤죠. 하지만 발레와 관련된 자리는 찾을 수 없었어요. 그들은 내가 하는 발레엔 관심이 없었어요. 그래서 무용학원에서 라틴아메리카 춤을 가르치기 시작했죠. 라틴아메리카 춤이 당시에 남아프리카에서 유행이었거든요. 마리아 헤지나는 계속 학교를 다녔어요. 대학입학시험을 보려면 남은 그해와 다음 해까지 학교에 다녀야 했어요. 마리아 헤지나는 둘째 딸이에요. 나는 그애가 자격증을 따기를 바랐어요. 언니처럼 슈퍼마켓에서 선반에 통조림을 쌓으며 평생을 살지 않도록 말이죠. 그 아이는 영리했거든요. 책을 좋아했고요.

루안다*에 있을 때, 남편과 나는 저녁식사를 할 때면 영어와 프랑스어를 조금씩 사용하려고 했어요. 아이들에게 앙골라가 세계의 전부가 아니라는 걸 환기시키기 위해서였죠. 그러나 아이들이 정말 그걸 알아들은 건 아니었어요. 케이프타운에서, 마리아 헤지나한테는 영어가 가장 어려운 과목이었어요. 그래서 나는 그 아이를 방과후 영어 수업에 등록시켰어요. 학교에서는 그 아이처럼 새로 온 아이들을 위해 오후에 방과후 수업을 운영했거든요. 당신이 묻고 있는 쿳시 선생에 관해 듣기 시작한 건 그

* 앙골라의 수도.

때부터였죠. 그런데 알고 보니, 그는 정규 교사가 아니더라고요. 네, 전혀 아니었어요. 방과후 수업을 위해 학교에서 채용한 사람이었어요.

나는 마리아 헤지나에게 이렇게 말했죠. 이름을 들어보니 쿳시 선생은 아프리카너 같구나. 너희 학교는 제대로 된 영어 선생을 배당할 수 없다니? 네가 영국인한테서 제대로 된 영어를 배웠으면 좋겠어.

나는 아프리카너들을 좋아한 적이 없어요. 앙골라에서 아프리카너들을 많이 봤는데, 광산에서 일하는 사람들이거나 용병들이었죠. 그들은 흑인들을 쓰레기 취급했어요. 나는 그게 싫었고요. 남아프리카에서 내 남편은 아프리칸스어를 몇 마디 배웠어요. 별수없었어요. 경비회사는 모두 아프리카너들이 운영했으니까요. 하지만 나는 그들의 언어는 듣는 것조차 싫었어요. 학교에서 아이들에게 아프리칸스어를 배우라고 하지 않은 게 얼마나 다행인지 몰라요. 그랬다면 너무 힘들었을 거예요.

마리아 헤지나는 쿳시 선생님이 아프리카너가 아니라고 했어요. 수염을 기르고, 시를 쓴다고요.

나는 딸에게 이런 식으로 말했어요. 아프리카너들도 수염을 기른다. 수염을 길러야 시를 쓰는 건 아니다. 쿳시 선생이라는 사람을 직접 만나보고 싶다. 나는 그 이름의 어감이 싫다. 우리

아파트로 오라고 해라. 와서 차 한잔하면서 자기가 제대로 된 선생인지 보여달라고 해라. 무슨 시를 쓴다니?

마리아 헤지나는 안절부절못하기 시작했어요. 학교생활을 간섭당하는 걸 좋아하지 않는 나이였거든요. 그러나 나는 아이한테 내가 방과후 수업의 수업료를 내니까 원하는 만큼 간섭하겠다고 말했어요. 그 남자는 어떤 종류의 시를 쓴다니?

아이가 말했어요. 모르겠어요, 그는 우리한테 시를 낭송하게 해요. 우리한테 그걸 외우게 해요.

내가 말했어요. 뭘 외우라고 하는데? 얘기해보렴.

키츠*요. 아이가 말했어요.

내가 말했어요. 키츠가 뭔데? (나는 키츠에 대해 들어본 적이 없었거든요. 옛날 영국 시인들은 아무도 몰랐어요. 내가 학교에 다니던 시절에는 그들에 관해 배우지 않았으니까요.)

마리아 헤지나가 암송을 했어요. 나른한 마비가 나의 감각을 덮치네, 마치 헴록에 취한 것처럼.** 여기에서 헴록은 독약이에요. 신경을 공격하는 독약이라고요.

그게 쿳시 선생이 너한테 암송하라고 한 거니? 내가 물었어요.

---

* 영국 시인 존 키츠(1795~1821).

** 키츠의 시 「나이팅게일에게 부치는 노래」 중 일부를 약간 변형해 암송하고 있다.

책에 나오는 거예요, 아이가 말했어요. 우리가 시험을 위해 배워야 하는 시 중 하나라고요.

딸들은 내가 자기들한테 너무 엄격하다고 항상 불평했죠. 그러나 나는 결코 양보하지 않았어요. 나는 아이들이 편안하게 살지 못하는 이 낯선 나라에서, 우리가 오지 말았어야 하는 이 대륙에서, 문제가 생기지 않도록 하려면 아이들을 매처럼 지켜보아야 했죠. 조아나는 더 쉽고 착하고 조용한 아이였어요. 마리아 헤지나는 더 무모하고 반항적인 아이였고요. 나는 항상 마리아 헤지나의 고삐를 단단히 쥘 필요가 있었어요. 시와 낭만적인 꿈 어쩌고 하는 것에 말이죠.

초대를 어떻게 하느냐가 문제였어요. 딸의 선생에게 집에 와서 차를 마시라고 초대할 때 적합한 문구가 있을 테니까요. 마리오의 사촌에게 물어봤지만 도움이 안 되더라고요. 그래서 결국 나는 무용학원의 접수원한테 편지를 써달라고 부탁해야 했어요. 그녀는 이렇게 써줬죠. "쿳시 선생님께, 저는 선생님이 가르치는 영어반에 있는 마리아 헤지나 나시멘투의 엄마입니다. 모일 모시에 저희 집에"—나는 주소를 불러줬죠—"오셔서 차를 한잔 하시기를 청하는 바입니다. 학교에서 저희 집으로 오시는 교통편은 준비해놓겠습니다. 회신 바랍니다. 아드리아나 테이셰이라 나시멘투."

내가 교통편이라고 한 건 마리오 사촌의 큰아들, 마누엘을 가리키는 거였어요. 그는 오후에 밴으로 배달을 하고 나면 마리아 헤지나를 집까지 태워다주곤 했거든요. 그가 선생도 태우고 오면 편할 것 같았죠.

마리오는 당신 남편이었죠.

마리오. 죽은 내 남편이에요.

계속하세요. 그저 확인을 하고 싶었을 뿐입니다.

쿳시 선생은 우리 아파트에 처음으로 온 손님이었어요. 마리오의 가족을 제외하면 첫 손님이었죠. 유일한 학교 선생이었고요. 루안다에서는 선생들을 많이 만났어요. 루안다 이전에 살았던 상파울루에서도 그랬고요. 나는 그들을 특별히 존경하지는 않았어요. 그러나 마리아 헤지나에게는, 심지어 조아나에게도, 학교 선생들은 신이나 여신이었어요. 나는 굳이 그 환상을 깨야 하는 이유를 알 수 없었고요. 그가 오기 전날 저녁, 내 딸들은 케이크를 만들고 크림으로 장식했어요. 심지어 글씨까지 써넣었다니까요(아이들은 "쿳시 선생님, 환영합니다"라고 쓰고 싶어했지만 내가 "세인트보나벤투라, 1974"라고 쓰게 했어요). 거기다 딸들은 우리가 브라질에서 브레비다디스라고 부르는 작은 비스킷을 만들어 접시에 가득 담아놓았죠.

마리아 헤지나는 아주 흥분해 있었어요. 나는 그 아이가 언니한테 하는 소리를 들었어요. 제발 부탁이니 집에 일찍 와. 관리자한테 몸이 안 좋다고 해! 그러나 조아나는 그럴 생각이 없어 보였어요. 조아나가 그러더군요. 시간을 빼는 게 그리 쉬운 일이 아니야. 시간을 다 채우지 않으면 그만큼 급료에서 빼거든.

그래서 마누엘이 쿳시 선생을 우리 아파트로 데려왔어요. 나는 즉시 그가 신이 아니라는 걸 알 수 있었죠. 그는 어림잡아 삼십대 초반으로 보였어요. 형편없는 옷차림에 이발 상태도 형편없었어요. 게다가 기르지 말았어야 할 수염까지 기르고 있더군요. 수염 숱이 너무 없었어요. 또 이유는 알 수 없지만, 나는 대번에 그가 셀리바테르*라는 인상을 받았어요. 그러니까 내 말은 단순히 미혼이라는 게 아니라, 결혼에 맞지 않는 사람 같았어요. 평생을 성직에 있는 바람에 남성성을 잃어버려 여자들한테 무능하게 된 남자 같았죠. 그리고 그의 태도도 좋지 않았어요(내가 받은 첫인상에 대해 얘기하고 있는 거예요). 그는 불편하고 빨리

* 프랑스어로 '독신자'.

가고 싶어 좀이 쑤시는 것 같았어요. 자신의 감정을 숨기는 법을 배우지 못한 듯했어요. 그게 바로 문명화된 매너를 향한 첫걸음인데 말이죠.

"쿳시 선생님, 교직에 얼마나 오래 계셨나요?" 내가 물었어요.

그는 자리에서 머뭇거리며, 잘 기억은 안 나지만 미국에 관해 무슨 말을 했어요. 미국에서 가르친 적이 있다고 했던 것 같아요. 질문을 몇 개 더 하니까, 이 학교 이전에는 학교에서 가르친 적이 없다는 게 드러나더라고요. 심지어 교사 자격증도 없더군요. 당연히 나는 놀라 물었죠. "자격증이 없는데, 어떻게 마리아 헤지나의 선생이 될 수 있었던 거죠? 이해할 수 없군요."

그에게서 답을 쥐어짜내는 데 다시 한번 오랜 시간이 걸렸어요. 답변인즉 음악이나 발레나 외국어 과목과 관련해서는 교사 자격이 없거나 관련 자격증조차 없는 사람들도 학교에서 채용할 수 있다는 것이었어요. 자격증이 없는 선생들은 정규 교사처럼 월급을 받지 않고 나와 같은 학부모들한테서 걷은 돈을 급료로 받는다는 거였어요.

"그런데 당신은 영국인이 아니잖아요." 내가 말했어요. 이번에는 질문이 아니라 비난이었어요. 영어를 가르치도록 고용되어 내 돈과 조아나의 돈으로 급료를 받는데 교사가 아니라니. 게다가 그는 영국인이 아니라 아프리카너였어요.

"제가 영국 혈통이 아니라는 건 인정합니다." 그가 말했어요. "그러나 저는 어렸을 때부터 영어를 썼고 대학시험도 영어로 치렀습니다. 따라서 영어를 가르칠 수 있다고 생각합니다. 영어에 특별한 건 없습니다. 많은 언어들 중 하나일 뿐입니다."

그는 그렇게 말했어요. 영어는 많은 언어 중 하나일 뿐이다. "쿳시 선생님, 내 딸은 이런저런 언어를 섞어 쓰는 앵무새가 되려는 게 아니에요." 내가 말했어요. "나는 그 아이가 영어를 제대로, 제대로 된 영국 악센트를 넣어 말하기를 원해요."

그에게는 다행스럽게도, 그때 조아나가 집에 왔어요. 조아나는 벌써 스무 살이었지만 남자 앞에서는 여전히 수줍어했죠. 동생하고 비교하면 미인은 아니었지만요. 여기 스냅사진이 있어요. 그 아이가 자기 남편과 어린 아들들하고 같이 찍은 사진이죠. 우리가 브라질로 가고 나서 얼마 후에 찍은 거예요. 보시다시피 미인은 아니잖아요. 아름다움은 모두 동생한테 간 거죠. 하지만 그 아이는 착했어요. 나는 늘 그 아이가 착한 아내가 될 거라는 걸 알고 있었어요.

우리가 있는 방에 조아나가 들어왔어요. 여전히 레인코트를 걸친 채로요(그러고 보니, 그 기다란 레인코트가 생각나네요). "제 언니예요." 마리아 헤지나가 마치 언니를 소개하는 게 아니라 새로 온 사람이 누구인지 설명하는 것처럼 말했어요. 조아나는 아무 말도 하지 않고 수줍어하기만 했죠. 쿳시 선생은 일어서려다가 커피 테이블을 쓰러뜨릴 뻔했어요.

마리아 헤지나가 이 바보 같은 남자한테 정신을 못 차리는 이유가 뭘까? 그에게서 뭘 보는 거지? 나는 속으로 이런 생각을 했어요. 외로운 셀리바테르가 내 딸에게서 뭘 보는지 짐작하는 건 쉬운 일이었죠. 내 딸은 아직 어린애에 불과했지만, 까만 눈동자를 가진 진짜 미인이 되어가고 있었거든요. 그런데 무엇이 내 딸한테 이 남자를 위해 시를 외우게 만들었는지는 알 수 없었어요. 그 아이가 다른 선생들한테는 그런 적이 없었거든요. 무슨 말을 속삭여서 그 아이의 머리를 돌아버리게 만든 걸까? 그게 이유일까? 아이가 나한테는 비밀로 하고 있지만, 두 사람 사이에 무슨 일이 있었던 건 아닐까?

나는 만약 이 남자가 조아나한테 관심을 보인다면, 그건 다른 문제라고 생각했어요. 조아나는 시에 대한 머리는 없을지 모르지만, 적어도 현실감각이 있는 아이거든요.

"조아나는 올해 클릭스에서 일한답니다." 내가 말했어요. "경험을 쌓기 위해서죠. 내년에는 경영 과정을 밟을 거예요. 관리자가 되려고요."

쿳시 선생은 멍하니 고개를 끄덕였어요. 조아나는 아무 말도 없었고요.

"얘야, 코트 벗으렴." 내가 말했어요. "그리고 차 좀 마셔." 보통 때 우리는 차가 아니라 커피를 마셨어요. 조아나가 우리집에 올 손님을 위해 전날 집에 차를 가져왔었거든요. 얼그레이라는 차였어요. 아주 영국적인 차지만 썩 좋지는 않더군요. 나는 남은 차를 어떻게 해야 하나 싶었어요.

"쿳시 선생님은 학교에서 오셨어." 나는 조아나가 알지 못하는 것처럼 이미 한 말을 되풀이했어요. "어떻게 영국인이 아니면서 영어를 가르치고 있는지 우리한테 설명하고 계시던 중이란다."

"저는 엄밀히 말해서 영어 선생은 아닙니다." 쿳시 선생이 불쑥 끼어들어 조아나에게 말했어요. "저는 방과후 영어를 지도하는 선생이에요. 영어에 어려움을 겪는 학생들을 도와주도록 학교에서 저를 채용한 거죠. 저는 학생들이 시험을 통과하도록 도와주려고 합니다. 그러니 저는 일종의 시험 코치라고 할 수 있죠. 이 말이 제가 하는 일을 제대로 묘사하는 말이네요. 저한테 더 맞는 명칭이고요."

"우리가 학교 얘기를 꼭 해야 하나요?" 마리아 헤지나가 말했어요. "너무 따분해요."

그러나 우리가 하는 얘기는 전혀 따분하지 않았어요. 어쩌면 쿳시 선생한테는 고통스러웠을지도 모르죠. 하지만 따분한 건 아니었다고요. "계속해보세요." 나는 아이를 무시하고 그에게 말했어요.

“평생 시험 코치를 할 생각은 없습니다. 우연히 자격을 갖추고 있어 지금 그 일을 하고 있을 뿐이에요. 먹고살기 위해서요. 하지만 그게 제 천직은 아닙니다. 그런 일을 하려고 제가 이 세상에 불려온 건 아닙니다.”

세상에 불려오다니. 점점 더 이상했죠.

“저한테 가르침에 관한 철학이 뭐냐고 물으시면 설명해드릴 수 있습니다.” 그가 말했어요. “아주 간단합니다. 간단하고 또 단순하죠.”

“계속하세요.” 내가 말했어요. “그 간단한 철학이라는 게 뭔지 들어봅시다.”

“가르침에 관한 저의 철학은 사실 배움에 관한 철학이에요. 플라톤의 생각을 약간 바꾼 거죠. 저는 어떤 걸 진짜로 배우기 전에 학생의 마음속에 진실에 대한 열망이, 일종의 불길이 있어야 한다고 생각해요. 진정한 학생은 앎에 대한 불길을 품고 있습니다. 학생은 선생이 자기보다 진실에 더 가까이 간 사람임을 알아보거나 감지합니다. 학생은 선생한테 구현된 진실을 너무 갈망한 나머지, 자신의 옛 자아를 불살라 그것을 얻으려고 합니다. 선생은 학생 안에 있는 그 불길을 알아보고 격려하고, 더 강렬한 빛으로 타오르게 함으로써 그것에 응수합니다. 이렇게 해서 두 사람은 함께 더 높은 영역으로 올라가는 것이죠. 말하자면 그렇습니다."

그가 잠시 말을 멈추고 미소를 지었어요. 할말을 다 해서 긴장이 풀린 것 같았어요. 참 이상하고도 허세 넘치는 사람이네! 나는 생각했어요. 스스로를 불사르다니! 무슨 헛소리를 하는 거야! 위험하기까지 한 헛소리! 플라톤이라니! 우리를 조롱하고 있는 걸까? 그런데 마리아 헤지나를 보니 앞으로 몸을 기울이고 그의 얼굴을 잡아먹을 듯이 바라보고 있더라고요. 마리아 헤지나는 그가 농담을 하고 있다고 생각하지 않았어요. 이거 안 좋은데! 나는 속으로 생각했어요.

"쿳시 선생님, 나한테는 그게 철학으로 들리지 않는군요." 내가 말했어요. "당신이 우리 손님이기 때문에 뭐라고 말은 하지 않겠지만, 뭔가 다른 얘기처럼 들려요. 마리아, 이제 케이크를 가져오렴. 조아나, 가서 도와주고 레인코트 좀 벗어라. 내 딸이 지난밤에 선생님이 온다고 케이크를 만들었답니다."

딸들이 방에서 나가는 순간, 나는 문제의 핵심으로 들어가 딸들 귀에 안 들리도록 나직하게 말했어요. "쿳시 선생님, 마리아는 아직 어린애예요. 나는 그 아이가 영어를 배우고 제대로 된 수료증을 받으라고 돈을 내고 있어요. 당신이 그 아이의 감정을 갖고 장난을 치라고 돈을 내는 게 아니라고요. 알겠어요?" 딸들이 케이크를 들고 돌아왔어요. "알겠어요?" 나는 이 말을 반복했어요.

"우리는 우리가 가장 깊이 알고자 하는 걸 배우지요." 그가 대답했어요. "마리아는 배우기를 원하고 있어요—마리아, 그렇지 않니?"

마리아가 얼굴을 붉히며 앉았어요.

"마리아는 배우기를 원합니다." 그가 반복했어요. "상당한 진척이 있고요. 마리아는 언어 감각이 있어요. 언젠가 작가가 될지도 모르겠어요. 와, 멋진 케이크네요!"

"딸이 케이크를 만들 수 있다는 건 좋은 거죠. 그러나 훌륭한 영어를 구사하고 영어 시험에서 훌륭한 점수를 받을 수 있는 게 훨씬 더 좋은 거죠."

"훌륭한 말솜씨, 훌륭한 점수." 그가 말했어요. "당신이 원하는 걸 충분히 알겠어요."

그가 떠나고 딸들이 잠자리에 들었을 때, 나는 앉아서 형편없는 영어로 그에게 편지를 썼어요. 어쩔 수 없었어요. 무용학원에 있는 친구가 보면 안 되는 그런 편지였으니까요. 나는 이렇게 썼어요.

존경하는 쿳시 선생님에게, 선생님이 오셨을 때 했던 얘기를 다시 해드리겠습니다. 당신은 내 딸에게 영어를 가르치라고 고용된 사람입니다. 딸아이의 감정을 갖고 장난을 치라고 고용된 것이 아니란 말입니다. 내 딸은 어린아이고, 당신은 성인 남자입니다. 당신의 감정을 표출하고 싶다면, 교실 밖에서 하세요. 안녕히 계세요. ATN.

나는 그렇게 말했어요. 영어로는 그렇게 말하지 않을지 모르겠지만, 포르투갈어로는 그렇게 말해요. 당신의 통역자는 그걸 이해할 거예요. 교실 밖에서 감정을 표출하라는 말은 나를 따라다니라고 부추긴 말이 아니라, 내 딸을 따라다니지 말라는 경고였어요.

나는 편지를 봉투에 넣어 봉한 후 그 위에 쿳시 선생님 / 세인트 보나벤투라라고 쓰고, 월요일 아침에 마리아 헤지나의 가방에 넣어주며 말했어요. "쿳시 선생님한테 갖다드려라. 선생님 손에 쥐여드려."

"이게 뭔데요?" 마리아 헤지나가 물었어요.

"부모가 딸의 선생님한테 보내는 쪽지야. 네가 볼 것은 아니다. 어서 가, 버스 놓치겠다."

물론 내가 실수를 했던 거죠. 네가 볼 것은 아니다라는 말을 하지 말았어야 했어요. 마리아는 엄마가 무슨 말을 하면 고분고분

복종하는 나이를 지나 있었어요. 아이는 그 나이를 지나 있었는데, 나는 미처 그걸 모르고 있었어요. 나는 과거에 살고 있었던 거죠.

“쿳시 선생님한테 편지 전해드렸니?” 아이가 집에 왔을 때 나는 물었죠.

“네.” 아이는 그렇게만 말했어요. 너, 선생님한테 그걸 드리기 전에 몰래 읽어본 건 아니지? 나는 이렇게 물어야 한다고는 생각도 하지 않았거든요.

다음날, 놀랍게도 마리아 헤지나가 선생이 보낸 쪽지를 들고 왔어요. 내 편지에 대한 답장이 아니라 초대였어요. 우리 모두가 그와 그의 아버지와 함께 소풍을 가는 게 어떻겠느냐는 거였어요. 처음에 나는 거절하려고 했어요. 마리아 헤지나에게 말했죠. “생각해보렴. 너, 정말로 학교에서 친구들에게 선생님이 너를 편애한다는 인상을 주고 싶니? 정말로 친구들이 네 등뒤에서 수군거리기를 바라는 거야?” 그러나 그것은 그애에게 전혀 중요하지 않았어요. 아이는 선생님이 편애해주기를 원했어요. 그리고 초대를 받아들이라며 나를 압박했어요. 조아나도 그 아이 편을 들었어요. 그래서 결국 나는 승낙하고 말았죠.

집안은 흥분으로 가득했어요. 또 많은 걸 구웠죠. 조아나도 가게에서 뭔가를 가져왔어요. 그래서 쿳시 선생이 일요일 아침에 우리를 데리러 왔을 때, 바구니에는 케이크와 비스킷과 사탕이 군부대 하나가 먹어도 될 만큼 가득 담겨 있었어요.

그는 승용차로 우리를 데리러 온 게 아니었어요. 그에게는 승용차가 없었거든요. 아니 글쎄, 트럭이 뭐예요. 짐칸이 열려 있는 트럭 말이에요. 브라질에서는 그런 트럭을 카미뉴네치라고 하죠. 근사한 옷을 입은 내 딸들이 장작과 함께 짐칸에 앉아 있어야 했어요. 나는 그와 그의 아버지와 함께 앞좌석에 앉았죠.

내가 그의 아버지를 만난 건 그때 한 번뿐이었어요. 그의 아버지는 아주 늙은 노인이었고 불안정하게 손을 떨었어요. 나는 그가 낯선 여자 옆에 앉아 있어서 그렇게 손을 떠는 줄 알았어요. 그러나 나중에 보니까 계속 손을 떨더군요. 우리한테 소개될 때만 아주 상냥하고 예의바르게 "안녕하세요!"라고 말하고는 입을 닫아버렸죠. 차를 타고 가는 동안, 그는 나한테도 그렇고 자기 아들한테도 전혀 말을 하지 않았어요. 아주 조용하고 겸손한 사람이었어요. 어쩌면 모든 것에 겁을 먹고 있어서 그랬는지도 모르고요.

우리는 산에 있는 공원으로 갔어요. 가는 길에 날씨가 추워져 딸들이 코트를 입도록 차를 멈춰야 했어요. 공원 이름은 기억이 안 나요. 소나무들이 있고 사람들이 소풍을 즐길 수 있는 구역들이 있더라고요. 당연히 백인들만 갈 수 있는 곳들이었죠. 괜찮은 곳이었어요. 겨울이어서 거의 텅 비어 있었어요. 우리가 자리를 잡자마자, 쿳시 선생이 부지런히 트럭에서 짐을 내려 불을 피웠어요. 나는 마리아 헤지나가 그를 도와줄 거라고 생각했는데, 그 아이는 빠져나갔어요. 근처를 돌아보고 싶다면서 말이죠. 그건 좋은 징조가 아니었어요. 만약 그들의 관계가, 그러니까 선생과 학생의 관계가 콤 일 포*하다면, 일을 거드는 걸 부끄럽게 생각하지 않았을 테니까요. 도와주겠다고 나선 건 조아나였어요. 조아나는 그런 점에서 아주 착하거든요. 아주 현실적이고 능률적이기도 하죠.

그래서 나는 그의 아버지와 뒤에 남았어요. 우리가 늙은 할머니, 할아버지라도 되는 것처럼 말이죠! 앞서 말한 것처럼, 나는 그와 얘기하는 게 어려웠어요. 그는 내 영어를 알아듣지 못했고 여자와 같이 있으니 수줍어하기까지 했어요. 혹은 내가 누구인지를 이해하지 못해서 그랬는지도 모르죠.

그런데 불이 제대로 붙기도 전에 구름이 몰려오더니 날이 어두워지고 비가 내리기 시작했어요. 쿳시 선생이 말했어요. "소나기라 곧 지나갈 거예요. 세 분은 트럭에 들어가 계세요." 그래서 딸들과 나는 트럭 안으로 들어갔고, 그와 그의 아버지는 나무 아

* 프랑스어로 '훌륭한' '품위 있는'이라는 의미.

래에 웅크리고 있었어요. 우리는 비가 그치기를 기다렸어요. 그러나 물론 비는 그치지 않고 계속 내렸어요. 딸들이 점차 활기를 잃어갔어요. 마리아 헤지나가 아기처럼 투덜댔어요. "하필이면 왜 오늘 비가 오는 거죠?" 내가 답했죠. "겨울이니까. 겨울이라서 그래. 생각이 있는 사람들이라면, 그러니까 땅에 발을 딛고 있는 사람들이라면 한겨울에 소풍을 오지는 않지."

쿳시 선생과 조아나가 피운 불은 꺼졌어요. 장작은 모두 젖어버렸고요. 그래서 우리는 고기를 구워 먹을 수 없게 되었죠. "네가 구운 비스킷을 갖다드리지 그러니?" 내가 마리아 헤지나에게 말했어요. 두 네덜란드인, 그러니까 아버지와 아들이 춥지도 젖지도 않은 척하면서 나무 밑에 나란히 앉아 있는 모습이 너무 비참해 보여서 그렇게 말한 거죠. 비참해 보이기도 하고 우스워 보이기도 한 광경이었어요. "비스킷을 갖다드리고 다음에는 우리가 뭘 할지 물어보렴. 수영을 하러 바닷가로 데려갈 건지 물어보렴."

마리아 헤지나를 웃게 하려고 한 말이었는데, 그 아이는 내 말을 듣고 더 화를 냈어요. 그래서 결국 비를 맞으며 가서 그들에게 얘기하고, 비가 그치는 대로 그들의 집으로 가서 우리한테 차를 대접하겠다는 전갈을 갖고 돌아온 건 조아나였어요. "안 돼." 나는 조아나에게 말했어요. "다시 가서 쿳시 선생한테 안 된다고 해라. 차 마시러 갈 수는 없다고 전해. 아파트로 바로 우리를 데려다달라고 하렴. 내일이 월요일인데 마리아 헤지나가 아직 숙제를 시작도 안 했다고 말이야."

당연히 쿳시 선생에게는 불행한 날이었죠. 나한테 좋은 인상을 주고 싶어했는데 말이에요. 어쩌면 그는 아버지한테 자신의 친구들인 매력적인 브라질 여자 세 명을 보여주며 으스대고 싶었는지도 모르죠. 그런데 결국 그가 얻은 거라곤 비에 젖은 사람들로 가득한, 빗속을 가로지르는 트럭뿐이었지만요. 하지만 나는 마리아 헤지나가 자신의 숭배 대상이 실제 삶에서 어떤지, 불도 못 피우는 시인이라는 작자의 실상을 보게 되어 좋다고 생각했어요.

이게 쿳시 선생과 함께 우리가 산으로 소풍을 갔던 이야기예요. 마침내 우리가 베인버그에 도착했을 때 나는 그의 아버지 앞에서, 그리고 내 딸들 앞에서 내가 하루종일 말하려고 기다렸던 얘기를 꺼냈어요. "쿳시 선생님, 아주 신사답게 우리를 초대해주셔서 감사합니다. 그러나 학생이 예쁘다는 이유만으로 선생님이 다른 학생들보다 그 학생을 편애하는 건 좋은 생각이 아닌 것 같아요. 나는 책망을 하는 게 아니에요. 생각을 좀 해보시라는 거예요."

나는 학생이 예쁘다는 이유만으로라는 표현을 사용했어요. 마리아 헤지나는 그런 말을 했다고 나한테 엄청 화를 냈지만, 나는 상대가 내 말뜻을 알아듣는 한 개의치 않았어요.

그날 밤, 마리아 헤지나가 잠이 들었을 때 조아나가 내 방에 왔어요. "마망이*, 마리아를 그렇게 힘들게 해야겠어요?" 그녀가 말했어요. "진짜 나쁜 일이 있는 것도 아닌데 말이죠."

"나쁜 일이 없다고?" 내가 말했어요. "네가 세상에 대해 뭘 아니? 네가 나쁜 것에 대해 뭘 아니? 네가 남자들이 무슨 짓을 할지 어떻게 아니?"

"그분은 나쁜 남자가 아니에요, 마망이." 조아나가 말했어요. "보셔서 아시잖아요."

"그는 약한 남자야." 내가 말했어요. "약한 남자는 나쁜 남자보다 더 나빠. 약한 남자는 어디서 그만둘지를 모르거든. 약한 남자는 본능 앞에 속수무책이어서 이끄는 대로 따라가거든."

"마망이, 우리는 모두 약해요." 조아나가 말했어요.

"아니, 틀렸어. 나는 약하지 않단다." 내가 말했어요. "내가 약해지면 우리, 그러니까 너와 마리아 헤지나와 내가 어디 있겠니? 이제 자렴. 이런 얘기는 마리아 헤지나한테 하지 마. 한마디도 하지 마. 그 아이는 이해 못할 거야."

---

* 포르투갈어로 '엄마'.

나는 그것이 쿳시 선생에 관한 끝이기를 바랐어요. 그러나 아니었어요. 하루인가 이틀 후, 그에게서 편지가 왔어요. 이번에는 마리아 헤지나를 통해서가 아니라 우편을 통한 정식 편지였어요. 편지는 물론 봉투까지 타이핑이 되어 있었어요. 그는 편지에서 먼저 엉망이 된 소풍에 대해 사과했어요. 나와 개인적으로 얘기하고 싶었지만 기회가 없었다고 하더군요. 그러고는 나를 보러 와도 되겠느냐고 물었어요. 아파트로 찾아와도 되는지, 아니면 다른 곳에서 만나는 게 편할지, 자기하고 점심을 같이하는 건 어떤지 물었어요. 그는 마음에 담고 있는 사람이 마리아 헤지나가 아니라는 걸 분명히 하려 했어요. 마리아는 마음씨 착하고 영리한 여자아이이고, 그 아이를 가르치는 건 특권이라고 했어요. 그러고는 자신에 대한 나의 신뢰를 결코, 결코 저버리지 않겠다고 거듭 다짐하더군요. 그 아이는 영리하고 또 아름답기도 하다면서, 자기가 그런 말을 해도 내가 개의치 않기를 바랐어요. 아름다움이란, 진정한 아름다움이란 피상적인 것 이상의 것이라며, 육체를 통해 영혼이 드러난다고 하더군요. 마리아 헤지나가 그런 아름다움을 내가 아니면 누구에게서 물려받을 수 있었겠느냐는 거였어요.

〔침묵〕

그래서요?

그게 전부예요. 그게 편지 내용이라고요. 나와 단둘이 만날 수 있느냐는 거였어요.

물론 내가 자기를 만나고 싶어하고, 또 자기 편지를 받고 싶어할 거라는 생각을 그가 어떻게 하게 됐을지 궁금했어요. 나는 그를 부추기는 말은 한마디도 한 적이 없었거든요.

그래서 어떻게 하셨어요? 그를 만났나요?

어떻게 했냐고요? 아무것도 안 하고 그가 나를 혼자 놔두기만을 바랐어요. 남편이 아직 죽은 건 아니었지만, 나는 애도중인 여자였어요. 다른 남자들이 내게 관심을 갖는 걸 원치 않았어요. 내 딸의 선생인 남자의 관심은 특히 원치 않았죠.

아직도 그 편지를 갖고 있습니까?

그의 편지 중 어느 것도 갖고 있지 않아요. 보관하지 않았으니까요. 우리가 남아프리카를 떠날 때, 나는 아파트를 말끔히 정리하고 오래된 편지들과 고지서들을 다 버렸어요.

그래서 당신은 답장을 하지 않았나요?

네.

당신은 답장하지 않았고, 그래서 당신과 쿳시의 관계가 더이상 진전되지 않게 했다는 말인가요?

왜 그러죠? 어째서 이런 질문을 하는 거죠? 당신은 나와 얘기를 하려고 영국에서 여기까지 왔어요. 오래전에 내 딸의 영어 선생이었던 남자에 관한 전기를 쓰고 있다고 하더니, 이제는 갑자기 나와의 '관계'에 대해서 물어봐도 된다고 생각하는 건가요? 당신은 어떤 전기를 쓰고 있는 거죠? 할리우드 가십 같은 건가요? 부유하고 유명한 인사들에 관한 비밀 같은 거예요? 내가 이 남자와 나의, 소위 관계에 대해 얘기하기를 거부하면, 당신은 내가 비밀이 있어서 그런다고 말할 건가요? 아뇨, 나는 당신 말마따나 쿳시 선생과 관계가 없었어요. 한마디 더 하죠. 나한테는 그런 남자, 그렇게 부드러운 남자에게 감정을 느끼는 게 자연스럽지 않았어요. 그래요, 부드러웠죠.

그가 동성애자였다고 암시하는 건가요?

난 뭘 암시하는 게 아니에요. 그런데 그에게는 여자가 남자에게서 찾는 특성이 결여돼 있었어요. 강인한 특성, 남자다운 특성 말이죠. 내 남편한테는 그런 특성이 있었어요. 그에게는 그게 늘 있었지만, 이곳 밀리타리스* 정권하의 브라질에서 감옥에 있다보니 그게 더 분명히 드러난 거였어요. 비록 감옥에 오래는 아니고 육 개월밖에 안 있었지만 말이죠. 육 개월을 복역하고 난 후, 그는 인간이 다른 인간에게 하는 어떤 행동도 놀랍지 않다고 말하곤 했죠. 쿳시에게는 스스로의 남성성을 시험하고 삶에 대해 배울 그런 경험이 전혀 없었어요. 그래서 내가 그를 부드럽다고 한 거예요. 그는 남자가 아니었어요. 아직 애였어요.

〔침묵〕

동성애자에 관해서는, 아뇨, 그가 동성애자였다는 말이 아니에요. 다만 앞서 얘기한 것처럼, 그는 셀리바테르였어요. 나는 그걸 뜻하는 영어 단어를 몰라요.

독신자 타입? 섹스리스? 무성無性?

---

* 포르투갈어로 '군대의' '군사의'라는 의미.

아니, 섹스리스는 아니에요. 혼자 있기를 좋아하는 사람. 결혼생활에는 맞지 않는 사람. 여자들과 어울리는 게 맞지 않는 사람.

〔침묵〕

당신은 편지가 더 있다고 했어요.

그래요, 내가 답장을 하지 않자 그는 다시 편지를 보냈어요. 여러 번 보냈어요. 어쩌면 그는 자기가 편지를 충분히 쓰면, 그가 쓴 말에 내가 결국 무너질 거라 생각했는지도 모르죠. 파도가 바위를 닳게 하듯이 말이에요. 나는 그의 편지들을 책상 서랍 속에 넣어버렸어요. 어떤 것은 읽지도 않았어요. 그러나 나는 속으로 생각했죠. 이 남자에게 결여된 많은 것들 중 하나, 수많은 것들 중 하나는 그에게 사랑에 관해 가르쳐줄 가정교사다. 여자와 사랑에 빠지면 앉아서 몇 번씩이나 여러 페이지에 달하는 긴 편지를 타자기로 치고 매번 "안녕히 계세요"라는 문구로 끝내는 게 능사가 아니니까요. 손으로 편지를 써야죠. 제대로 된 연애편지를 말이에요. 그리고 그것을 빨간 장미꽃 다발과 함께 여자에게 전달해야죠. 네덜란드 개신교도들은 사랑에 빠지면 그런 식으로 행동하는지도 모르겠다는 생각도 해봤죠. 신중하고 장황하게, 열정도 없고 우아하지도 않게 말이죠. 그에게 기회가 주어진다면, 틀림없이 그는 섹스를 할 때도 그럴 것 같았어요.

나는 그의 편지들을 치우고 아이들에게는 아무 말도 하지 않았어요. 그게 실수였어요. 나는 마리아 헤지나한테 편하게 이렇게 말할 수도 있었을 거예요. 그 쿳시 선생님이 일요일에 있었던 일에 대해 나한테 사과하는 편지를 보냈단다. 선생님이 네 영어가 나아지고 있다고 좋아하시더구나. 그러나 나는 아무 말도 하지 않았어요. 결국 그게 문제가 되었죠. 지금도 마리아 헤지나는 그걸 잊지도, 용서하지도 않았을 거예요.

빈센트 씨, 그런 것들을 이해하시나요? 결혼하셨어요? 자녀가 있나요?

예, 결혼했습니다. 사내아이가 하나 있죠. 다음달이면 네 살이 됩니다.

사내아이들은 다르죠. 나는 사내아이들에 대해서는 몰라요. 그러나 앙트르 누*, 내가 한 가지 얘기해줄게요. 그런데 당신 책에는 쓰면 안 돼요. 나는 두 딸을 다 사랑하지만 조아나를 사랑하

* 프랑스어로 '우리끼리니 하는 얘긴데'라는 의미.

는 것과 마리아를 사랑하는 건 달랐어요. 나는 마리아를 사랑했지만 그 아이가 클 때는 아주 매섭게 대했죠. 조아나에게는 그런 적이 없어요. 조아나는 늘 아주 단순하고 솔직했으니까요. 그런데 마리아는 요망한 아이였어요. 그 아이는 손가락만으로도 남자를 조종할 수 있었어요. 당신도 이런 표현을 사용하나요? 그 아이를 보면 내가 무슨 말을 하는지 알 거예요.

그 아이는 어떻게 됐죠?

지금은 두번째 결혼생활을 하고 있어요. 미국인 남편과 시카고에 살고 있죠. 남편은 법률회사에서 근무하는 변호사예요. 내 생각에 그 아이는 남편과 잘 지내고 있는 것 같아요. 그리고 세상과 화해한 것 같아요. 그전에는 문제가 좀 있었거든요. 그 얘기는 하지 않겠어요.

마리아의 사진이 있나요? 책에 사용할 수 있을지 몰라서 그래요.

모르겠어요. 찾아볼게요. 확인해보죠. 그런데 시간이 많이 늦었네요. 당신 동료는 기진맥진해 있을 게 틀림없어요. 그래요, 통역이라는 게 어떤 것인지 내가 잘 알지요. 밖에서 보면 쉬워 보이지만 사실은 내내 주의를 기울이고 있어야 해요. 긴장을 풀 수 없으니 뇌가 녹초가 되는 거죠. 그러니 이쯤에서 그만합시다. 녹음기는 끄세요.

내일 다시 얘기할 수 있습니까?

내일은 안 돼요. 수요일은 괜찮아요. 나와 쿳시 선생의 이야기는 그렇게 길지 않아요. 그 점이 당신한테 실망이라면 미안하네요. 이렇게 멀리까지 왔는데 말이죠. 이제 당신은 무용수와의 거창한 연애는 없었다는 걸 알게 되었군요. 그저 잠깐의 열병일 뿐이었어요. 그게 내 표현이에요. 무언가로 발전하지 않은, 잠깐 동안의 일방적인 열병이었다고나 할까요. 수요일 똑같은 시간에 다시 오세요. 차를 대접할게요.

지난번에 당신이 사진에 관해 물어 찾아봤더니 생각했던 대로네요. 케이프타운에 살던 때 찍은 건 없어요. 그래도 이걸 보여줄게요. 우리가 상파울루로 돌아왔던 날, 공항에서 찍은 사진이에요. 우리를 마중나온 내 여동생이 찍은 거죠. 보세요, 우리 세 사람이에요. 이게 마리아 헤지나예요. 이때가 1977년이죠. 그 아이가 열여덟 살에서 열아홉 살로 넘어갈 때였죠. 보시다시피, 근사한 몸매에 아주 예쁜 아이잖아요. 이게 조아나고, 이게 나예요.

따님들이 키가 아주 크네요. 아버지도 키가 컸나요?

네, 마리오는 아주 큰 사람이었죠. 아이들은 그렇게 크지 않아요. 내 옆에 서 있어서 그렇게 보일 뿐이에요.

여하튼 보여주셔서 감사합니다. 제가 가져가서 복사해도 되겠습니까?

당신 책에 넣으려고요? 안 돼요, 그건 허락할 수 없어요. 마리아 헤지나의 사진을 넣고 싶으면, 그애에게 직접 물어보세요. 나는 딸의 대변인이 아니니까요.

세 사람을 찍은 사진을 넣고 싶어서요.

안 돼요. 딸들의 사진을 넣고 싶으면 직접 물어보세요. 나는 안 돼요. 나는 안 된다고 결정했어요. 사람들이 이상하게 생각할 거예요. 나를 그가 사귀었던 여자들 중 하나라고 생각할 거예요. 결코 그렇지 않았어요.

하지만 당신은 그에게 중요한 사람이었어요. 그는 당신을 사랑했으니까요.

그건 당신 생각이고요. 그러나 사실, 그가 사랑을 했다면, 나를 사랑한 게 아니라 머릿속으로 상상하고 내 이름을 붙인 환상을 사랑했을 거예요. 당신이 나를 그의 연인으로 책 속에 넣고자 하면 내가 우쭐해야 한다고 생각하나요? 틀렸어요. 이 남자는 나에게 유명 작가가 아니었어요. 단지 학교 선생이었어요. 자격증도 없는 학교 선생이었다고요. 그러니 안 돼요. 사진은 안 돼요. 또 뭐죠? 나한테서 듣고 싶은 얘기가 또 뭐가 있어요?

지난번에 그가 당신한테 썼던 편지들에 대해서 얘기하셨습니다. 당신은 그 편지들을 늘 읽은 건 아니라고 말했죠. 그래도 혹시 그가 편지에 뭐라고 썼는지 더 기억나는 건 없나요?

어떤 편지는 프란츠 슈베르트에 관한 내용이었어요. 음악가 슈베르트 말이에요. 그는 슈베르트를 들으며 사랑에 관한 커다란 비밀 중 하나를 배웠다고 말했어요. 옛날에 화학자들이 염기 물질을 승화시켰던 것처럼 사랑을 어떻게 승화시킬 수 있는지 배웠다는 거죠. 내가 그 편지를 기억하는 건 승화라는 표현 때문이에요. 염기 물질을 승화하다니, 무슨 말인지 모르겠더라고요. 그래서 딸들에게 사준 큼직한 영어사전에서 승화라는 말을 찾아 봤죠. 승화란 어떤 것에 열을 가해서 그것의 진수를 추출하는 것이라고 돼 있더군요. 포르투갈어에도 같은 말이 있어요. 수블리마르라고요. 흔한 말은 아니지만요. 그런데 그 모든 게 무슨 말이었을까요? 그는 눈을 감고 앉아서 슈베르트의 음악을 들으며, 마음 속에서 나를 향한 사랑에, 그러니까 그의 염기 물질에 불을 지펴 더 높은 것, 더 영적인 것으로 만들고 있었던 걸까요? 헛소리였죠. 아니, 헛소리 이상이었어요. 그 편지는 나로 하여금 그를 사랑하게 만든 게 아니라 오히려 나를 뒷걸음치게 만들었어요.

그는 사랑을 승화하는 걸 슈베르트한테서 배웠다고 했어요. 그런데 그는 나를 만나기 전까지는 음악에서 악장movement이 악장이라 불리는 이유를 알지 못했던 사람이에요. 정적 속의 움직임movement, 움직임 속의 정적. 나를 헛갈리게 만든 또다른 구절은 바로 이것이었죠. 이게 무슨 말일까, 왜 이런 말들을 나한테 쓸까 궁금했어요.

기억력이 좋으시군요.

맞아요. 내 기억에는 문제가 없죠. 내 몸은 얘기가 다르네요.

엉덩이에 관절염이 있어요. 그래서 지팡이를 사용하는 거고요. 이걸 무용수의 저주라고들 하죠. 고통스러워요. 당신은 이 고통을 이해하지 못할 거예요! 여하튼 나는 남아프리카에 관한 것들은 아주 잘 기억해요. 우리가 살았던 베인버그의 아파트, 그러니까 쿳시 선생이 차를 마시러 왔던 곳을 기억하고 있죠. 산도 기억해요. 테이블산 말이죠. 아파트가 그 산 바로 밑에 있었거든요. 그래서 오후에는 해를 볼 수 없었고요. 나는 베인버그가 싫었어요. 우리가 그곳에서 보낸 모든 시간이 싫었어요. 처음에는 내 남편이 입원해 있었고 그다음에는 죽었어요. 나는 아주 외로웠어요. 얼마나 외로웠는지 말로 다할 수가 없어요. 외로움 때문에 루안다보다 그곳이 더 나쁘게 느껴졌어요. 만약 당신의 쿳시 선생이 우리한테 우정을 제안했다면, 나는 그를 그렇게 딱딱하고 차갑게 대하지는 않았을 거예요. 그러나 나는 사랑에 관심이 없었어요. 여전히 남편과 너무 가까웠어요. 여전히 그로 인해 슬퍼하고 있었죠. 그는, 그러니까 쿳시 선생은 어린애에 지나지 않았어요. 나는 여자였고 그는 아이였어요. 어느 날 갑자기 노인이 될 때까지 사제는 늘 아이인 것처럼, 그는 아이였어요. 사랑의 승화라니! 그는 나한테 사랑에 관해 가르쳐주겠다고 했어요. 하지만 그와 같은 아이가, 인생에 대해 아무것도 모르는 아이가, 나에게 뭘 가르칠 수 있었겠어요? 내가 그를 가르칠 수는 있었겠죠. 그러나 나는 그에게 관심이 없었어요. 그저 그가 마리아 헤지나에게서 손을 떼기만을 바랐어요.

그가 당신에게 우정을 제안했다면 달랐을 거라고 얘기하셨습니다. 어떤 우정을 염두에 뒀던 거죠?

어떤 우정이냐고요? 얘기해주죠. 우리에게 닥친 재앙 후에, 그러니까 내가 당신에게 얘기했던 재앙이 닥친 후에 오랫동안 나는 공무원들과 싸워야 했어요. 처음에는 보상 문제로, 다음에는 조아나의 서류 문제로 그랬죠. 조아나는 우리가 결혼하기 전에 태어나 법적으로 남편의 딸이 아니었거든요. 그의 의붓딸조차 아니었어요. 자질구레한 이야기들로 당신을 지루하게 하지는 않을게요. 어느 나라나 관료제는 미로 같잖아요. 남아프리카가 세계에서 최악이라고 말하는 건 아니에요. 하지만 나는 고무 직인을 받으려고 몇 날 며칠 동안이나 줄을 서서 기다려야 했어요. 이 서류에 찍고, 저 서류에 찍고 하면서 말이죠. 늘 사무실을 잘못 찾거나 부서를 잘못 찾거나 줄을 잘못 서기 일쑤였죠. 늘 그랬어요.

우리가 포르투갈인이었다면 상황이 달랐을 거예요. 당시에 많은 포르투갈인들이 모잠비크와 앙골라, 심지어 마데이라에서 남아프리카로 왔어요. 포르투갈인들을 도와주는 단체들도 있었고요. 그러나 우리는 브라질에서 온 사람들이었어요. 브라질인들에 대한 규정도 없고 전례도 없었어요. 그래서 공무원들에게는 우리가 화성에서 그들의 나라로 온 사람들 같았죠.

그리고 남편에 관한 문제도 있었어요. 그들은 나한테 당신이 여기에 서명할 수는 없고, 당신 남편이 와서 서명해야 한다고 말하더군요. 나는 남편이 병원에 있어서 서명할 수가 없는 상황이라고 얘기했죠. 그러자 그들은 그럼 이걸 병원으로 갖고 가서 서명을 받아 다시 가져오라고 하더군요. 그래서 나는 남편이 스티클란트에 있어서 아무것도 서명할 수 없다며, 스티클란트가 어딘지 모르냐고 물었어요. 그러자 그들은 그에게 표시만 하게 하라고 했어요. 나는 그가 표시도 못하고 때로는 숨도 못 쉰다고 얘기했죠. 그러자 그들은 못 도와주겠으니 어디어디 사무실로 가서 얘기를 해보라며 그들이 당신을 도와줄 수 있을지도 모른다고 했어요.

그 모든 탄원과 청원을 나 혼자서, 아무 도움 없이 해야 했어요. 학교에서 책으로 배운 서툰 영어를 써가면서 말이죠. 브라질이었다면 쉬웠을 거예요. 브라질에는 우리가 디스파샨치스라고 부르는 사람들이 있어요. 조력자들이죠. 그들은 관공서에 연줄이 있어서 서류를 미로 속으로 어떻게 밀어넣을 수 있는지 알아요. 비용만 지불하면 유쾌하지 못한 모든 일들을 착착 해주죠. 케이프타운에서 나는 바로 그런 조력자가 필요했던 거예요. 나를 위해 일을 쉽게 해줄 누군가 말이죠. 쿳시 선생이 나한테 조력자가 되어주겠다고 할 수도 있었겠죠. 나를 위해서는 조력자, 내 딸을 위해서는 보호자 말이에요. 그러다 보면 잠깐, 하루 정도, 내가 약해질 수 있었겠죠. 평범하고 약한 여자가 될 수도 있었을 거예요. 그러나 안 될 일이죠. 감히 마음을 놓을 수는 없었어요. 그러면 나와 내 딸들이 어떻게 되었겠어요?

때때로 나는 추하고 바람 많은 그 도시의 거리를 터벅터벅 걸으며 관공서 사무실들을 돌아다녔어요. 내 목구멍에서는 이-이-이 하는 작은 소리가 났어요. 너무 낮아서 내 주변에 있는 아무에게도 들리지 않는 소리였죠. 나는 고통스러웠어요. 괴로워서 울부짖는 동물 같았어요.

나의 가엾은 남편에 대해서 얘기해주죠. 그들은 그 공격이 있은 다음날 아침에 창고를 열고 피투성이가 되어 누워 있는 그를 보고서 죽었다고 생각했어요. 그들은 그를 바로 시체보관소로 데려가려고 했어요. 그런데 그는 죽지 않은 상태였어요. 그는 강한 사람이었어요. 죽음이 접근하지 못하게 싸우고 또 싸운 거죠. 이름은 생각나지 않지만 유명한 도시 병원에서 여러 차례에 걸쳐 뇌수술을 받았어요. 그러고 나서 그는 내가 말한 그 병원, 시

외곽에 있어서 기차로 한 시간이 걸리는, 사람들이 스티클란트라고 부르는 그곳으로 옮겨졌어요. 나는 일요일에만 스티클란트를 방문할 수 있었어요. 그래서 매주 일요일 아침, 케이프타운에서 기차를 타고 갔다가 오후에 기차를 타고 돌아왔죠. 그것이 내가 어제 일처럼 생생하게 기억하는 또다른 일이네요. 서글프게 왔다갔다했던 일들 말이죠.

남편은 좋아지지도 않고 변화도 없었어요. 매주 내가 도착해서 보면 그는 전과 정확하게 똑같은 자세로 누워 있었어요. 눈을 감고 팔은 옆으로 붙인 자세로요. 머리는 빡빡 깎여서 두피에 꿰맨 자국이 보였어요. 얼굴에는 오랫동안 와이어 마스크가 씌워져 있었어요. 피부이식을 했거든요.

스티클란트에 있는 내내 남편은 눈을 뜨지도, 나를 보지도, 내 말을 듣지도 못했어요. 그는 살아 있었어요. 숨을 쉬고 있었어요. 비록 그렇게 깊은 혼수상태에 빠져 죽은 거나 다름없었지만 말이죠. 공식적으로 과부는 아닐지 몰라도, 나는 이미 애도를 하고 있었어요. 이 잔인한 땅에서 무기력하게 오도 가도 못하고 있는 그와 우리 모두를 위해서 말이죠.

나는 그를 베인버그에 있는 아파트로 데려다달라고 했어요. 내가 직접 그를 돌볼 수 있도록 말이죠. 그러나 그들은 그를 놓아주려 하지 않았어요. 아직 그를 포기하지 않았다고 하더군요.

그들은 그의 뇌에 흘려보낸 전자파가 갑자기 효과가 있기를(이건 그들이 사용한 말이에요) 바라고 있었어요.

그래서 그들은 그를 스티클란트에 잡아뒀어요. 거기 의사들이 말이에요. 그에게 효과가 있기를 바라면서 말이죠. 그들은 그것 말고는 그에게, 낯선 사람에게, 죽었어야 하지만 아직 죽지 않은 화성에서 온 남자에게, 전혀 신경쓰지 않았어요.

나는 그들이 전자파 치료를 포기하면 그를 집으로 데려가겠다고 다짐했어요. 그러면 그가 제대로 죽을 수 있을 것 같았어요. 그게 그가 원하는 거라면 말이죠. 그는 의식이 없었지만, 마음 속 깊은 곳에서 자기한테 일어나는 일에 굴욕감을 느끼고 있다는 걸 나는 알고 있었어요. 그리고 만약 그를 제대로, 평화롭게 죽게 놔둔다면 우리, 그러니까 나와 내 딸들도 풀려날 것 같았어요. 그러고 나면 이 포악한 남아프리카 땅에 침을 뱉고 떠날 수 있을 것 같았죠. 그러나 그들은 그를 놓아주지 않았어요. 끝까지 말이에요.

그래서 나는 일요일마다 그의 침대 옆에 앉아 있었어요. 나는 속으로 생각했어요. 앞으로 어떤 여자도 이 망가진 얼굴을 사랑하는 눈빛으로 바라보지 않겠지. 그러니 움찔하지 말고 최소한 쳐다보기만이라도 하자.

옆 침대에는 노인이 있었던 걸로 기억해요(침대 여섯 개가 있어야 할 병실에 적어도 침대 열두어 개가 빽빽하게 들어차 있었죠). 팔목뼈와 코끝 뼈가 살을 뚫고 나오기라도 할 것처럼 야위고 송장 같은 노인이었어요. 그는 찾아오는 사람이 아무도 없었지만, 내가 가면 늘 깨어 있었어요. 그는 축축한 푸른 눈을 내게로 향했어요. 날 도와줘요. 내가 죽게 도와줘요! 이렇게 말하는 것 같았어요. 그러나 나는 도와줄 수 없었어요.

다행히 마리아 헤지나는 그곳에 간 적이 없었어요. 정신병원은 아이들이 갈 곳은 못 되죠. 첫 일요일에 나는 조아나한테 같이 가자고 했어요. 기차를 타는 데 익숙하지 않아 도움을 받으려고 그랬죠. 조아나조차 돌아올 때 마음이 심란해져 있었어요. 아버지의 모습만이 아니라 병원에서 보았던 것들, 여자아이가 보아서는 안 되는 것들 때문이었어요.

왜 그이가 여기 있어야 하죠? 나는 의사에게 물어봤어요. 효과가 어쩌고 했던 그 의사한테 말이죠. 미치지 않았는데 왜 미친 사람들 사이에 있어야 하느냐고 물었어요. 그랬더니 그 의사가 그와 같은 경우를 위한 시설이 여기에 있기 때문이라고 했어요. 그를 위한 장비가 있다고요. 나는 무슨 장비를 말하는 거냐고 물어야 했지만 그러기에는 너무 화가 나 있었어요. 나중에 알고 보니 전기충격기를 두고 한 말이더군요. 효과가 있을 거라는 희망으로, 그가 다시 살아날 거라는 희망으로, 남편의 몸을 경련하게 만드는 그 장비 말이죠.

만약 그 혼잡한 병실에서 일요일을 통째로 보내야 했다면 나도 미쳐버렸을 거예요. 나는 병원 주변을 돌아다니며 쉬곤 했어요. 내가 좋아하는 벤치가 있었어요. 한적한 모퉁이의 나무 밑에 있는 벤치였죠. 어느 날 벤치에 가보니 어떤 여자가 아이를 옆에 두고 앉아 있었어요. 대부분의 장소에는, 그러니까 공원이나 기차역 플랫폼 등등 말이죠, 벤치에 백인 전용 혹은 비백인 전용이라고 표시되어 있었어요. 그런데 그 벤치에는 그런 표시가 없었어요. 아이가 참 예쁘네요, 나는 여자에게 이런 비슷한 말을 했어요. 친절하게 대하고 싶어서였죠. 그런데 여자의 얼굴에 겁먹은 표정이 어리더군요. 단키, 미스. 그녀가 이렇게 속삭였어요. 고맙습니다, 부인. 이런 의미의 말이었죠. 그러더니 그 여자는 아이를 안고 살금살금 가버렸어요.

나는 그런 사람 아니에요. 나는 그녀에게 이렇게 소리치고 싶었어요. 그러나 물론 그렇게 하지는 않았죠.

나는 시간이 가기를 원하면서도, 동시에 시간이 가기를 원치 않았어요. 나는 마리오 옆에 있고 싶기도 했고, 그를 벗어나고 싶기도 했어요. 처음에 나는 책을 가져가 그의 옆에 앉아 읽으려고 했어요. 그러나 그곳에서는 도저히 읽을 수 없었죠. 집중할 수가 없었어요. 나는 이렇게 생각했어요. 뜨개질을 하는 게 낫겠어. 이 칙칙하고 무거운 시간이 가기를 기다리는 동안 침대보를 몇 개나 다 뜰 수 있겠어.

어려서 브라질에 살 때는 내가 하고 싶은 것을 할 시간이 충분치 않았어요. 그런데 이제는 시간이 최악의 적이었어요. 가지 않으려고 하는 시간이 말이죠. 그 모든 것이, 이 삶이, 이 죽음이, 이 삶 속의 죽음이 끝나기를 얼마나 바랐는지 몰라요! 우리가 남아프리카로 오는 배를 탄 게 얼마나 치명적인 실수였는지 몰라요!

그래요. 이게 마리오에 관한 얘기예요.

그는 병원에서 죽었나요?

거기서 죽었어요. 더 오래 살 수 있었죠. 강한 체질이었으니까요. 그는 황소 같았어요. 그러나 그들은 효과가 없다는 걸 알고 그에게 신경을 쓰지 않기 시작했어요. 어쩌면 먹을 것도 주지 않았는지 모르죠. 그건 확실하지 않아요. 나한테는 늘 똑같아 보였거든요. 더 마르지도 않았고요. 그러나 솔직히 말하면, 나는 개의치 않았어요. 우리는 풀려나고 싶었어요. 우리 모두가요. 그와 나, 그리고 의사들까지 말이죠.

우리는 병원에서 멀지 않은 묘지에 그를 묻었어요. 그곳 이름은 기억이 안 나네요. 그래서 그의 무덤은 아프리카에 있어요.

거기 다시 가본 적은 없지만, 때때로 그곳에 혼자 누워 있을 그를 생각하곤 해요.

지금 몇시죠? 너무 피곤하고 너무 울적하네요. 그 시절을 생각하면 늘 우울해져요.

이제 그만할까요?

아뇨, 계속해도 돼요. 얘기할 게 그리 많지는 않지만요. 내가 가르친 춤 수업에 대해 얘기해드릴게요. 당신의 쿳시 선생이 그곳으로 나를 찾아왔으니까요. 그러고 나면 당신이 나를 위해 한 가지 의문점을 풀어줄 수 있을지도 모르겠네요. 그러면 우리 일은 끝나겠죠.

그 당시 나는 변변한 직장을 잡을 수 없었어요. 폴클로리코 발레단 출신의 나 같은 사람을 위한 전문 직장은 없었어요. 남아프리카의 발레단에서는 〈백조의 호수〉나 〈지젤〉 외의 다른 춤은 추지 않았어요. 자기들이 얼마나 유럽적인지를 보여주려고 했던 거죠. 그래서 나는 앞서 당신한테 얘기한 직장을 잡았어요. 무용학원에서 라틴아메리카 춤을 가르치게 된 거죠. 대부분의 학생들은 흔히 말하는 유색인이었어요. 그들은 낮에는 가게나 사무실에서 일하고, 저녁이면 학원으로 와서 최신 라틴아메리카 춤

스텝을 배웠어요. 나는 그들이 좋았어요. 좋은 사람들이었어요. 친절하고 상냥했죠. 그들은 라틴아메리카에 대한 낭만적인 환상을 갖고 있었어요. 특히 브라질에 대해 그랬죠. 야자수도 많고 해변도 많은 나라라면서요. 그들은 브라질에서는 자기들과 같은 사람들이 마음 편할 거라고 생각했어요. 나는 그들을 실망시키는 말은 하지 않았어요.

매월 새로운 수강생들이 들어왔어요. 학원 시스템이 그랬어요. 안 받아주는 사람은 없었어요. 그들이 돈을 내기만 하면 나는 가르쳐야 했어요. 어느 날 새로운 반에 들어갔더니 수강생들 중에 그가 있었어요. 그의 이름이 출석부에 있었어요. 쿳시, 존.

내가 얼마나 당황했는지 말로 표현할 수가 없네요. 대중 앞에서 공연하는 무용수라면, 팬들이 따라다니는 것은 예사죠. 나는 그런 것에 익숙해 있었어요. 하지만 그때는 경우가 달랐어요. 나는 더이상 공개 공연을 하는 게 아니었어요. 이제 그저 강사일 따름이었어요. 나한테는 곤란을 피할 권리가 있었어요.

나는 그를 알은체하지 않았어요. 그가 환영받지 못한다는 걸 즉시 알게 하고 싶었어요. 그가 무슨 생각을 하나 싶었어요. 자기가 내 앞에서 춤을 추면 내 가슴속의 얼음이 녹을 거라고 생각하나 싶었어요. 미쳤죠! 춤에 대한 감정도 없고 소질도 없는 사람이었으니 더 미친 거죠. 나는 처음부터, 그의 걸음걸이에서부터 알 수 있었어요. 그는 자기 몸이 편안한 사람이 아니었어요. 몸이 자기가 타고 다니는 말이라도 되는 것처럼, 위에 탄 사람을 싫어하고 저항하는 말이라도 되는 것처럼 움직였어요. 나는 남아프리카에서만 그런 남자들을 만났어요. 뻣뻣하고 고집스럽고 말도 안 듣는 그런 남자들 말이죠. 그들이 어째서 아프리카로, 춤의 발원지인 아프리카로 왔는지 궁금하더군요. 그들은 홀란드* 에 남아 둑 뒤에 있는 회계사무소에 앉아 차가운 손가락으로 돈을 세는 게 나았을 거예요.

나는 돈을 받는 만큼 가르쳤어요. 그리고 정해진 시간이 끝나자마자 뒷문으로 건물을 빠져나왔어요. 쿳시 선생과 얘기하고 싶지 않았거든요. 나는 그가 다시 오지 않기를 바랐어요.

그러나 다음날 저녁, 학생 중에 여전히 그가 있었어요. 지시사항을 끈덕지게 따르고, 아무런 느낌도 없는 춤 스텝을 밟으면서 말이죠. 나는 그가 다른 수강생들한테 인기가 없다는 걸 알아챌 수 있었어요. 수강생들은 그와 파트너를 하지 않으려 했어요. 그가 있으니 내 모든 즐거움이 사라지고 말았죠. 나는 그를 무시하려고 했지만, 그는 무시당하지도 않은 채, 나를 쳐다보며 내 삶을 집어삼키고 있었어요.

---

* 네덜란드.

수업이 끝날 때, 나는 그에게 남으라고 했어요. 내가 그에게 말했어요. "제발 이러지 말아요." 그는 아무런 반박도 하지 않은 채 말없이 나를 바라봤어요. 나는 그의 몸에서 나오는 식은땀 냄새를 맡을 수 있었어요. 그를 후려치고 뺨을 때리고 싶은 충동을 느꼈어요. "그만해요!" 내가 말했어요. "더이상 나를 따라다니지 마요. 다시는 여기서 당신을 보지 않았으면 좋겠어요. 그런 식으로 쳐다보지 말아요. 내가 당신을 모욕하도록 몰아세우지 말아요."

나는 더 얘기할 수 있었지만, 내가 자제력을 잃고 소리를 지르기 시작할까봐 두려웠어요.

나중에 나는 학원 원장에게 말했어요. 그의 이름은 앤더슨 씨였어요. 수업 분위기를 망치는 학생이 하나 있는데, 돈을 돌려주고 나가라고 하라고 말했어요. 그러나 앤더슨 씨는 그렇게 하지 않으려 했어요. 수업을 방해하는 학생이 있다면 그걸 제지하는 것은 당신 문제라는 거였어요. 나는 그 사람이 나쁜 짓을 하는 게 아니라, 그가 있는 것 자체가 좋지 않다고 말했어요. 앤더슨 씨는 있는 게 좋지 않다는 이유만으로 수강생을 내쫓을 수는 없다고 했어요. 그러고는 다른 해법을 찾으라더군요.

다음날 저녁, 나는 그를 다시 불렀어요. 단둘이 얘기를 할 만한 곳이 없었어요. 그래서 사람들이 계속 지나다니는 복도에서 그와 얘기를 해야 했어요. "이곳은 내 직장이에요. 당신은 내 일을 방해하고 있어요." 내가 말했어요. "여기서 나가줘요. 나를 가만 내버려두세요."

그는 대답하지 않고 손을 뻗어 내 볼을 만졌어요. 그가 내 몸에 손을 댄 건 그때가 유일했어요. 나는 속이 부글부글 끓었어요. 나는 그의 손을 쳐냈어요. "이건 사랑놀이가 아니에요!" 나는 씩씩거렸어요. "내가 당신을 싫어하는 게 안 보이나요? 나를 내버려둬요. 내 아이도 내버려두고요. 안 그러면 학교에 알리겠어요!"

그건 사실이었어요. 그가 내 딸의 머리를 위험한 헛소리로 채우지 않았더라면, 그를 우리 아파트에 불러들이지도 않았을 것이고, 그가 나를 따라다니는 한심한 일도 없었을 거예요. 성인 남자가 수녀들의 학교인 세인트보나벤투라 여학교에서 뭘 하고 있나 싶었어요. 거기에 수녀는 전혀 없었지만 말이죠.

내가 그를 싫어하는 것도 사실이었어요. 나는 그렇게 말하는 게 두렵지 않았어요. 그는 내가 자기를 싫어하게 만들었어요.

그런데 내가 싫어한다는 말을 하자, 그는 당황해서 나를 쳐다봤어요. 자기 귀를 믿을 수 없는 것처럼 말이죠. 자기가 푹 빠져 있는 여자가 실은 자기를 거절하고 있다는 걸 믿을 수 없다는 듯 말이죠. 그는 뭘 해야 할지 몰랐어요. 춤을 추면서 자신을 어찌

해야 할지 모르던 것과 마찬가지로요.

그렇게 당황스러워하고 무기력해진 모습을 보는 건 나에게도 즐거운 일은 아니었어요. 그는 어떻게 춤을 출지도 모르면서 내 앞에서 벌거벗은 채 춤을 추는 남자 같았어요. 나는 그를 향해 소리를 지르고 싶었어요. 그를 두들겨패고 싶었어요. 나는 울고 싶었어요.

〔침묵〕

이건 당신이 듣고 싶었던 얘기가 아니죠? 당신은 당신 책을 위해 다른 종류의 이야기를 듣고 싶었을 거예요. 당신의 주인공과 아름답고 이국적인 발레리나 사이의 로맨스에 대해 듣고 싶었겠죠. 나는 당신에게 진실을 얘기하는 거예요. 로맨스를 얘기하는 게 아니라요. 어쩌면 너무 많은 진실인지도 모르죠. 어쩌면 당신의 책에는 들어갈 수 없는 너무 많은 진실인지도 몰라요. 나는 모르겠어요. 상관없어요.

계속하세요. 당신의 이야기를 통해 나타나는 쿳시의 이미지가 그리 품위 있는 건 아니라는 사실을 인정할 수밖에 없네요. 그러나 아무것도 바꾸지 않겠습니다. 약속하겠습니다.

품위가 없다고 말하는군요. 그게 사랑에 빠질 때 감수하는 위험일지도 모르겠네요. 품위를 잃을 위험을 감수하는 거죠.

〔침묵〕

여하튼, 나는 앤더슨 씨한테 다시 가서, 이 사람을 내 수업에서 빼주든지, 아니면 내가 사표를 쓰겠다고 했어요. 앤더슨 씨가 말했어요. 내가 뭘 할 수 있는지 알아볼게요. 모두가 어려운 학생들을 상대해야 해요. 당신만 그러는 게 아니라고요. 그래서 나는 그가 어려운 게 아니라 미쳤다고 말했죠.

그는 미쳤던 걸까요? 나는 모르겠어요. 하지만 분명한 건 그가 나에 관해 이데 픽스*를 갖고 있었다는 거예요.

다음날, 그에게 경고했듯이 나는 딸의 학교로 가서 교장 선생을 만나러 왔다고 했어요. 교장 선생은 바쁘다고 하더군요. 나는 기다리겠다고 했어요. 그리고 한 시간 동안 비서실에서 기다렸어요. 친절한 말은 한마디도 없더군요. 나시멘투 부인, 차 한잔하시겠습니까? 이런 말 한마디도 없었어요. 그리고 마침내 내가 물러가지 않을 거라는 게 확실해지자, 그들은 단념하고 교장 선생

* 프랑스어로 '강박관념'. 심리학 용어로 쓰인다.

을 만나게 해줬어요.

나는 교장 선생에게 말했죠. "제 딸의 영어 수업에 관해 말씀드리려고 왔습니다. 저는 제 딸이 수업을 계속 받았으면 합니다. 그러나 제대로 된 자격을 갖춘, 제대로 된 영어 선생한테 수업을 받았으면 합니다. 돈을 더 내야 한다면 더 내겠습니다."

교장 선생이 서류 캐비닛에서 폴더를 가져오더니 말했어요. "쿳시 선생에 따르면, 마리아 헤지나는 영어가 상당히 향상되고 있습니다. 다른 선생들도 같은 의견입니다. 그렇다면 정확히 뭐가 문제인가요?"

"문제가 무엇인지는 말씀드릴 수 없습니다." 내가 말했어요. "다른 선생님으로 바꿔주시기를 바랄 뿐입니다."

이 교장이라는 사람은 바보가 아니었어요. 내가 문제가 무엇인지 말할 수 없다고 하자, 그녀는 문제가 무엇인지 즉시 알아차렸어요. "나시멘투 여사님." 그녀가 말했어요. "내가 당신의 말을 제대로 이해하고 있는 거라면, 당신은 아주 심각한 고발을 하고 있는 겁니다. 그러나 당신이 더 구체적으로 말할 준비가 되어 있지 않는 한, 나는 그러한 고발에 입각한 조치를 취할 수 없습니다. 따님에 대한 쿳시 선생의 행동을 고발하는 겁니까? 그의 행동에 온당치 못한 부분이 있다고 말하는 건가요?"

그녀는 바보가 아니었지만, 나도 바보는 아니죠. 온당치 못하다는 말이 무슨 의미지? 나는 쿳시 선생을 고발하고 서명을 한 뒤 법정에 가서 판사한테 심문을 받고 싶었던 걸까? 아니죠. "저는 쿳시 선생을 고발하는 게 아닙니다." 내가 말했어요. "저는 단지 제대로 된 영어 선생이 있다면 마리아 헤지나가 그 선생에게 배울 수 있게 되기를 바랄 뿐입니다."

교장은 좋아하지 않았어요. 그녀는 고개를 저었어요. "그건 불가능해요." 그녀가 말했어요. "쿳시 선생이 유일한 선생입니다. 우리 교사진 중에 방과후에 영어를 가르치는 유일한 선생입니다. 마리아 헤지나가 옮겨갈 수 있는 다른 수업은 없습니다. 나시멘투 여사님, 우리 학생들에게 여러 선생님들 중 한 명을 선택할 수 있게 하는 사치는 없습니다. 게다가 죄송합니다만, 만약 우리가 오늘 얘기하는 것이 쿳시 선생의 교육의 질에 관한 문제라면, 여사님께서 그것을 판단할 최선의 위치에 있는지 잘 생각해보셨으면 좋겠습니다."

빈센트 씨, 나는 당신이 영국인이라는 걸 알아요. 그러니 이걸 개인적으로 받아들이지 마세요. 그런데 말이죠, 나를 몹시 화나게 하는, 아니 많은 사람들을 몹시 화나게 하는 영국식 매너가 있죠. 그러니까 알약에 설탕을 바르는 것처럼, 모욕을 괜찮은 말로 포장하는 매너 말이에요. 빈센트 씨, 내가 데이고*라는 말을 모를 것 같아요? 이 포르투갈 데이고! 감히 네가 어떻게 여기에 와서 내 학교를 비판하느냐! 네가 속한 빈민가로 돌아가! 그녀는 이렇게 말하고 있었던 거죠.

"저는 마리아 헤지나의 엄마예요." 내가 말했어요. "제 딸한테 뭐가 좋고 뭐가 안 좋은지 얘기할 수 있는 건 저뿐입니다. 저는 교장 선생님이나 쿳시 선생님이나 다른 사람한테 문제를 일으키려고 온 게 아닙니다. 그러나 지금 말씀드리는데, 마리아 헤지나가 더이상 그 사람의 수업을 받지 않도록 하겠습니다. 이게 제 말이고 최종적인 결론입니다. 저는 제 딸이 좋은 학교, 좋은 여학교에 다니라고 돈을 내고 있습니다. 제 딸이 제대로 된 선생이 가르치지 않는 수업을 받는 건 원치 않습니다. 그는 자격도 없습니다. 그리고 영국인도 아니고 보어인입니다."

어쩌면 그 말을 사용하지 말았어야 했는지도 모르죠. 그건 데이고라는 말과 같은 말이니까요. 그러나 나는 화가 나고 약이 오른 상태였어요. 보어인. 그녀의 작은 사무실에서 그 말은 폭탄 같았죠. 말 폭탄이었어요. 그러나 미쳤다처럼 나쁜 말은 아니었죠. 만약 내가 이해할 수 없는 시들을 쓰고 학생들이 더 강렬한 빛으로 불타오르길 바란다고 얘기하는, 마리아 헤지나의 선생이 미쳤다고 했으면 그 방은 진짜 폭발해버렸을 거예요.

* 포르투갈 사람을 비하적으로 부르는 속어.

여자의 얼굴이 굳어지더라고요. "나시멘투 여사님, 이 학교에서 누가 가르칠 자격이 있고 누가 가르칠 자격이 없는지 결정하는 건 전적으로 나와 학교위원회의 권한입니다." 그녀가 말했어요. "내가 판단하기로는, 그리고 위원회가 판단하기로는, 영문학사 학위를 갖고 있는 쿳시 선생은 그가 하고 있는 일에 대한 자격을 충분히 갖췄습니다. 당신이 그렇게 원한다면, 따님이 그의 수업을 안 들어도 좋습니다. 그리고 따님을 이 학교에 안 보내도 좋습니다. 그건 당신 권한이니까요. 그러나 결국 고통을 당하는 건 따님이라는 걸 명심하십시오."

"저는 그 남자의 반에 딸을 보내지 않을 겁니다. 그러나 학교에 안 보내지는 않을 겁니다." 내가 대답했죠. "저는 그 아이가 좋은 교육을 받기를 바랍니다. 제가 그 아이를 위해 영어 선생을 찾아낼 겁니다. 만나주셔서 감사합니다. 당신은 제가 아무것도 이해하지 못하는 불쌍한 난민 여자라고 생각하는 것 같은데, 틀렸습니다. 내가 우리 가족에게 있었던 얘기를 전부 하면, 당신이 얼마나 틀렸는지 알게 될 겁니다. 안녕히 계세요."

난민. 그들은 그들의 나라에서 나를 계속 난민이라고 불렀어요. 그걸로부터 벗어나는 게 내가 원하는 전부였을 때 말이죠.

다음날 마리아 헤지나가 학교에서 돌아왔을 때, 진짜 폭풍이 머리 위로 몰아쳤어요. "망이*, 어떻게 이럴 수 있어요?" 아이가 나를 향해 소리를 질렀어요. "내 등뒤에서 어떻게 이럴 수 있어요? 어째서 늘 내 인생에 끼어들어야 하는 거죠?"

쿳시 선생이 나타난 이후 몇 주 동안, 아니 몇 달 동안 마리아 헤지나와 나의 관계는 긴장의 연속이었어요. 그러나 전에는 내 딸이 나한테 그런 말을 한 적이 없었어요. 나는 그 아이를 진정시키려고 했어요. 나는 아이에게 이렇게 말했어요. 우리는 다른 가족들과 같지 않다. 다른 여자아이들은 아버지가 병원에 있지도 않고, 아이가 집에서 손가락 하나 까딱하지도 않고 고맙다는 말도 하지 않으며 이런저런 방과후 수업을 받을 수 있도록 해주려고 어머니가 돈 몇 푼에 창피를 무릅쓰지도 않는다.

물론 그건 사실이 아니었어요. 내가 조아나나 마리아 헤지나보다 더 좋은 딸을 바랄 수는 없었을 거예요. 진중하고 부지런한 아이들이었으니까요. 하지만 때로는 약간 모질 필요도 있는 거잖아요. 사랑하는 사람들한테도 말이죠.

마리아 헤지나는 내가 말하는 건 아무것도 듣지 않았어요. 격분해 있었으니까요. "나는 엄마가 싫어요!" 아이가 소리쳤어요. "엄마가 왜 이렇게 하는지 내가 모를 줄 알아요! 질투심 때문에 그러는 거죠. 내가 쿳시 선생님을 못 보게 하려는 거잖아요, 엄

* 포르투갈어로 '어머니'.

마가 쿳시 선생님을 독차지하려고요!"

"내가 너를 질투한다고? 이게 무슨 헛소리니! 내가 왜 그 남자를 원하겠어? 진짜 남자도 아닌 남자를 말이야. 그래, 그는 진짜 남자도 아니야! 네가, 어린애인 네가 남자들에 관해 뭘 알지? 너는 그 남자가 왜 젊은 여학생들 사이에 있고 싶어한다고 생각하니? 네 생각에는 그게 정상인 것 같아? 그가 너의 몽상과 너의 환상을 부추기는 이유가 뭐라고 생각하니? 그런 남자들은 학교 근처에 있게 해서는 안 돼. 그리고 너, 너는 내가 너를 구해주고 있다는 걸 감사하게 생각해야 해. 그럼에도 너는 험한 말로 네 엄마인 나를 비난하고 있어!"

그 아이가 입술을 소리 없이 달싹거리더군요. 속마음을 표현할 수 있을 정도로 독한 말을 찾아낼 수 없다는 듯 말이죠. 그러더니 몸을 돌려 방에서 뛰쳐나갔어요. 잠시 후, 아이가 돌아와 이 남자, 이 선생이라는 작자가 나한테 보낸 편지들을 흔들더라고요. 나는 그 편지들을 특별한 이유 없이 책상 서랍 속에 넣어두고 있었거든요. 그것들을 소중히 했던 건 결코 아니었어요. "선생님이 엄마한테 연애편지를 썼어요!" 아이가 소리를 질렀어요. "엄마는 답장을 했고요! 역겹네요! 선생님이 정상이 아니라면서 왜 그에게 연애편지를 쓰죠?"

물론 그 아이가 말하는 것은 사실이 아니었어요. 나는 그에게 연애편지를 쓰지 않았어요. 한 번도 안 썼어요. 그런데 내가 어떻게 그 가엾은 아이한테 그걸 믿게 할 수 있었겠어요? "감히 네가!" 내가 말했죠. "감히 내 편지를 엿보다니!"

그 순간, 나는 그의 편지들을, 내가 한 번도 바란 적 없던 편지들을 불에 태워버렸더라면 싶었어요!

마리아 헤지나는 이제 울고 있었어요. "엄마 말을 듣지 말았어야 했어요." 그 아이가 흐느꼈어요. "선생님을 이곳에 초대하지 못하게 했어야 했는데. 엄마가 모든 걸 망쳐놓았어요."

"가엾은 우리 아기!" 나는 아이를 안아줬어요. "나는 쿳시 선생님한테 편지를 쓴 적이 없단다. 너는 나를 믿어야 해. 그래, 그가 나한테 편지를 쓴 건 맞아. 이유는 모르겠어. 하지만 나는 답장한 적이 없어. 나는 그에게 그런 식의 관심은 없단다. 눈곱만큼도 없어. 얘야, 그가 우리 사이에 끼어들게 하지 말자. 나는 단지 너를 보호하려고 할 뿐이야. 그는 너한테 맞지 않아. 그는 성인이고 너는 아직 어린애야. 너에게 다른 선생을 구해줄게. 이곳 아파트로 와서 너를 도와줄 개인 교사를 구해줄게. 그렇게 할 수 있어. 개인지도가 비싼 것도 아니야. 제대로 자격을 갖추고 너의 시험 준비를 어떻게 도와줘야 하는지 아는 선생을 찾아볼게. 그러면 우리는 이 불행한 일을 잊을 수 있을 거야."

이게 그의 편지들과 그의 편지들이 나한테 야기한 문제들에 관한 이야기예요. 이게 전부예요.

더이상의 편지는 없었나요?

하나 더 있었어요. 하지만 나는 열어보지 않았어요. 나는 봉투에 **반송**이라고 써서, 집배원이 가져가도록 현관에 놓아뒀어요. "알겠니?" 나는 마리아 헤지나에게 말했어요. "내가 그의 편지를 어떻게 생각하는지 알겠니?"

춤 수업은 어떻게 됐나요?

그는 더이상 오지 않았어요. 앤더슨 씨가 그에게 얘기를 했고, 그는 더이상 오지 않았어요. 잘 모르겠지만, 어쩌면 환불까지 해줬는지도 몰라요.

마리아 헤지나를 위해 다른 선생을 구해줬나요?

네, 다른 선생을 구했죠. 은퇴한 여자 선생이었어요. 돈이 좀 들긴 했지만, 아이의 장래가 걸렸는데 돈이 문제겠어요?

그렇다면 그게 존 쿳시와의 마지막이었나요?

네. 그럼요.

다시는 그를 보지도, 그에게서 연락을 받지도 않았나요?

다시는 보지 않았어요. 나는 마리아 헤지나가 그를 보지 않도록 확실히 단속했죠. 그가 낭만적인 헛소리로 가득차 있었을지는 몰라도, 너무 네덜란드적인 사람이라 무모하진 못했어요. 그는 내가 심각하고, 그와 사랑놀이를 하고 있지 않다는 걸 깨닫고 더이상 따라다니지 않았어요. 그는 우리를 내버려뒀어요. 그러고 보면 그의 거창한 열정도 결국 그리 거창한 게 아니었던 거죠. 혹은 다른 사람과 사랑에 빠졌을지도 모르는 일이고요.

그럴 수도 있고 아닐 수도 있죠. 어쩌면 그는 당신을, 혹은 당신에 대한 생각을 마음속에 간직하고 있었는지도 모르죠.

왜 그런 말을 하죠?

〔침묵〕

뭐, 그랬을 수도 있죠. 그를 연구한 사람은 당신이니, 당신이 더 잘 알겠죠. 사랑을 하는 한, 누구와 사랑에 빠지느냐는 중요하지 않은 사람들이 있죠. 어쩌면 그도 그랬을지 몰라요.

〔침묵〕

되돌아보건대, 그 일을 어떻게 생각하세요? 아직도 그에게 화가 납니까?

화가 나느냐고요? 아뇨. 나는 쿳시처럼 옛 철학자들의 책을 읽고 시를 쓰면서 소일하는 외롭고 괴팍한 젊은 남자가 어떻게 진짜 미인에다 많은 이들의 가슴을 울릴 마리아 헤지나한테 빠지게 되는지 이해할 수 있어요. 그런데 마리아 헤지나가 그에게서 뭘 보았는지 아는 건 쉬운 일이 아니네요. 그애는 어리고 감수성이 예민한 아이였고, 그가 자기를 치켜세워주자 자기가 다른 학생들과 다르고 대단한 미래가 있는 사람인 양 생각했는지도 모르죠.

그런데 그 아이가 그를 집으로 데려왔을 때, 나를 보고 생각을 바꿔 나를 진짜 사랑의 대상으로 삼기로 했는지도 모르죠. 내가 대단한 미인이었다고 말하는 게 아니에요. 물론 나는 더이상 젊지도 않았어요. 그러나 마리아 헤지나와 나는 같은 유형이었어요. 똑같은 골격에 똑같은 머리, 똑같은 검은 눈이 그랬어요. 어린아이를 사랑하는 것보다 성인 여자를 사랑하는 게 더 현실적이잖아요. 안 그래요? 더 현실적이고, 덜 위험하죠.

그에게 아무 응수도 하지 않고 그를 부추기지도 않는 여자에게서 그가 원한 게 뭐였을까요? 나와 자고 싶었던 걸까요? 자신을 원하지 않는 여자와 잠을 자서 남자가 무슨 쾌감을 얻을 수 있겠어요? 나는 정말로 이 남자를 원하지 않았어요. 그에게 눈곱만큼의 감정도 없었어요. 그리고 내가 내 딸의 선생과 가까워지면 어떻게 됐겠어요? 내가 그걸 비밀에 부칠 수 있었겠어요? 마리아 헤지나한테는 결코 숨길 수 없었을 거예요. 아이들 앞에서 창피를 당했겠죠. 그와 단둘이 있을 때조차 나는 이렇게 생각했을 거예요. 그가 원하는 건 내가 아니라, 젊고 아름답지만 그가 접근할 수 없는 마리아 헤지나다.

하지만 그가 정말로 원했던 건 우리 두 사람, 즉 헤지나와 나, 어머니와 딸이었을지 몰라요. 내가 그의 마음속을 들여다볼 수 없어서 확실하게 말할 수는 없지만, 그것이 그의 환상이었는지도 모르죠.

내가 학생이었을 때 실존주의가 유행했던 게 기억나요. 모두가 실존주의자여야 했죠. 하지만 실존주의자로 인정받으려면 우선 자신이 자유사상가, 극단주의자라는 걸 증명해야 했어요. 어떤 구속에도 얽매이지 말라! 자유로워져라! 이것이 우리에게 요구되는 것이었어요. 하지만 나는 자문했죠. 자유로워지라는 누군가의 명령에 복종하면, 어떻게 자유로워질 수 있을까?

내 생각에 쿳시는 그랬던 것 같아요. 그는 실존주의자이자 낭만주의자이자 자유사상가가 되기로 작정했던 거죠. 문제는 그게 그의 내부에서 나온 것이 아니어서 그 방법을 몰랐다는 데 있었어요. 자유, 관능, 에로틱한 사랑 등 모든 것이 그의 몸에 근원을 둔 충동이 아니라 그의 머릿속에 있는 관념에 불과했던 거죠. 그는 그것에 대한 재능이 없었어요. 그는 관능적인 사람이 아니었어요. 여하튼 그는 차갑고 쌀쌀맞은 여자를 남몰래 좋아했던 것 같아요.

당신은 그의 마지막 편지를 읽지 않기로 했다고 말했어요. 그 결정을 후회한 적 있나요?

왜요? 내가 왜 그걸 후회해야 하죠?

쿳시는 말을 어떻게 사용할지 아는 작가였기 때문이죠. 당신이 읽지 않은 편지에 당신의 마음을 움직이거나 그에 관한 당신의 감정을 변하게 할 말들이 있었다면 어쩌죠?

빈센트 씨, 당신에게는 존 쿳시가 위대한 작가이며 영웅이죠. 그건 인정해요. 그렇지 않으면 당신이 왜 여기 있겠어요? 그렇지 않으면 당신이 왜 이 책을 쓰고 있겠어요? 반면 나한테는 말이죠, 이런 말을 해서 미안해요, 그가 죽어서 내가 그의 감정을 상하게 할 수 없으니 하는 말이에요. 여하튼 나한테는 말이죠, 그는 아무것도 아니에요. 그는 아무것도 아니고 아무것도 아니었고 그저 짜증나고 당황스러운 존재였어요. 그도 아무것도 아니었고 그의 말들도 아무것도 아니었어요. 내가 그를 바보처럼 보이게 만드니까 화가 나는 모양이군요. 그럼에도 불구하고 나한테는 정말로 그가 바보였어요.

그의 편지에 대해 말할 것 같으면, 편지를 쓰는 게 그 여자를 사랑한다는 사실을 증명해주지는 않죠. 이 남자는 나를 사랑했던 게 아니었어요. 그는 나에 대한 어떤 관념, 그가 마음속으로 만들어낸 라틴계 애인에 대한 어떤 환상을 사랑했던 것이죠. 나는 그가 나 대신 다른 작가, 다른 몽상가를 찾아 사랑에 빠졌더라면 어땠을까 싶어요. 그러면 두 사람은 서로에 대한 관념과 하루종일 사랑을 나누면서 행복했을 테니까요.

당신은 이런 얘기를 하는 내가 잔인하다고 생각하겠지만, 나는 그렇게 생각 안 해요. 나는 현실적인 사람일 뿐이에요. 내 딸의 언어 선생인 낯선 사람이 나한테 이런저런 것들에 관한 관념들, 음악과 화학과 천사와 신 같은 것들에 관한 관념들로 가득한 편지 여러 장을, 때로는 시까지 넣어서 보낸다고 해서 내가 그 모든 걸 읽고 후대를 위해 기억해두진 않는다고요. 내가 알고 싶은 건 간단하고 현실적인 문제예요. 이 남자와 어린아이에 지나지 않는 내 딸 사이에 무슨 일이 있었던 걸까? 바로 이거라고요. 왜냐하면, 이렇게 말하는 걸 용서해주세요, 그 모든 멋진 말들 이면에 있는, 남자가 여자한테 원하는 건 보통 아주 기본적이고 아주 간단한 거니까요.

편지에 시도 있었다고 하셨죠?

나는 그 시들을 이해하지 못했어요. 시를 좋아한 건 마리아 헤지나였죠.

시에 대해 기억나는 건 아무것도 없나요?

아주 근대적이고 아주 지적이고 아주 모호한 시들이었어요. 그래서 내가 모든 게 큰 실수였다고 한 거예요. 그는 나를 어둠 속에서 침대에 함께 누워 시를 논할 그런 여자라고 생각했던 거죠. 나는 전혀 그렇지 않았어요. 나는 아내였고 어머니였어요. 감옥이나 무덤이라고 해도 될 만한 병원에 갇혀 있는 남자의 아내였고, 도끼를 들고 돈을 훔치려고 하는 사람들이 있는 세계에서 어떻게든 안전하게 지켜야 하는 두 딸의 어머니였어요. 나의 발 앞에 자신을 내던지고 내 앞에서 창피를 당하는 이 무지한 젊은 남자를 동정할 시간은 내게 없었어요. 그리고 솔직히 말해, 내가 남자를 원했다 하더라도 그와 같은 남자는 아니었을 거예요.

왜냐하면 말이죠, 다시 말하지만—내가 당신을 늦게까지 잡고 있네요, 미안해요—다시 말하지만, 나는 감정이 없는 사람이 아니었으니까요. 그런 것과는 거리가 멀었죠. 당신이 나에 대해 잘못된 인상을 갖고 떠나게 할 순 없어요. 나는 아무것도 모르지 않았어요. 조아나는 일하러 가고 마리아 헤지나는 학교에 가고, 보통 아주 컴컴하고 어두운 우리의 작은 아파트 안으로 햇빛이 들어오는 아침이면, 나는 때때로 열린 창문 옆에 서서 햇빛을 받으며 새들의 노래에 귀를 기울이고 얼굴과 가슴에 온기를 느꼈어요. 그런 시간이면 나는 다시 여자가 되고 싶었어요. 나는 그리 늙지 않았었거든요. 나는 그저 기다리고 있었어요. 그래요. 이제 됐어요. 들어줘서 고마워요.

지난번에 저한테 질문할 게 있다고 하셨어요.

맞아요, 잊고 있었네요. 질문이 있어요. 이거예요. 나는 사람들에 관해 보통 틀리지 않는데, 내가 존 쿳시에 관해 틀렸는지 말해주세요. 나한테는, 솔직히 말해, 그가 아무도 아니었거든요. 실체가 있는 사람이 아니었어요. 글은 잘 썼는지도 모르죠, 말에 재능이 있었는지도 모르죠. 하지만 난 모르겠어요. 나는 그의 책을 읽은 적이 없으니까요. 읽고 싶지도 않았어요. 그가 나중에 아주 유명해졌다는 건 알아요. 그런데 그가 정말로 위대한 작가인가요? 왜냐하면, 내 생각에는 위대한 작가가 되려면 말에 대한 재능만으론 충분한 것 같지 않아서 그래요. 위대한 사람이 되어야죠. 그런데 그는 위대한 사람이 아니었어요. 그는 작은 사람이었어요. 중요하지 않고 작은 사람이었어요. 이렇게 말하는 이유를 당신한테 열거할 수는 없지만, 그게 처음부터, 그를 처음 본 순간부터 내가 받은 인상이었어요. 그후로 일어난 어떤 일도 그 인상을 바꿔주지 못했죠. 그래서 당신한테 묻는 거예요. 당신은 그를 깊이 연구했고 그에 관한 책을 쓰고 있잖아요. 말해줘요. 그에 대한 당신의 평가는 어떤가요? 내가 틀렸나요?

작가로서의 그에 대한 나의 평가 말인가요, 아니면 인간으로서의 그에 대한 나의 평가 말인가요?

인간으로서요.

말씀드릴 수가 없네요. 직접 만나지 않고 어떤 사람에 대한 평가를 내리는 것이 내키지 않아요. 그게 여자든 남자든 말이죠. 그러나 내 생각에, 당신을 만났을 당시 쿳시는 외로웠어요. 이상할 만큼 외로웠어요. 어쩌면 그게, 그러니까 뭐랄까요, 터무니없는 행동에 대한 설명이 될 수도 있죠.

당신이 그걸 어떻게 알아요?

그가 남긴 기록들을 통해서요. 그것들을 이리저리 조합해본 거죠. 그는 조금은 외로웠고 조금은 절망적이었어요.

그래요, 우리 모두가 조금은 절망적이죠, 그게 인생이에요. 만약 강한 사람이라면 그 절망을 극복하는 거고요. 그래서 묻는 거예요. 그저 평범하고 작은 사람인데 어떻게 위대한 작가가 될 수 있느냐는 말이에요. 거리에 있는 사람들과 그를 분리시키는 어떤 불길이 그의 내면에 있는 게 틀림없어요. 어쩌면 그의 책에 있을지도 모르죠. 그의 책을 읽으면 그 불길을 볼 수 있을지도 몰라요. 하지만 나는 그와 같이 있을 때 아무런 불길도 느끼지 못했어요. 오히려, 뭐라고 표현할까요, 미지근해 보였어요.

어느 정도는 나도 당신 의견에 동의해요. 불길이라는 말이 그의 글을 생각할 때 처음 떠오르는 말은 아니죠. 그러나 그에게는 다른 덕목, 다른 장점들이 있었어요. 예를 들어, 그는 흔들리지 않았어요. 그는 흔들리지 않는 눈을 갖고 있었어요. 겉모습에 쉽게 속지 않았죠.

그런데 겉모습에 속지 않는 남자치고는, 그가 다소 쉽게 사랑에 빠진 것 같지 않아요?

〔웃음〕

하지만 그가 사랑에 빠졌을 때, 속은 게 아니었을지도 모르죠. 어쩌면 다른 사람들이 보지 못하는 것들을 봤을지도 모르잖아요.

여자한테서 말인가요?

네, 여자한테서.

〔침묵〕

당신은 내가 그를 밀어낸 다음에도, 내가 그의 존재를 잊어버린 다음에도 그가 나를 사랑했다고 말했어요. 흔들리지 않는다고 말한 게 그런 의미인가요? 그게 나한테는 단지 어리석게만 보여서 그래요.

내 생각에 그는 집요했어요. 아주 영국적인 말이죠. 포르투갈어에도 같은 표현이 있는지 모르겠군요. 이빨로 사람을 물고 놓아주지 않는 불도그처럼 말이죠.

당신이 그렇게 얘기하면, 당신을 믿어야겠지요. 그런데 개 같다는 게 영어에서 칭찬인가요?

〔웃음〕

당신도 알다시피, 내 직업은 말에만 귀를 기울이는 것보다 사람들이 어떻게 움직이는지, 어떤 몸가짐을 하는지 바라보기를 선호하는 일이죠. 그게 우리가 진실에 도달하는 방식이에요. 나쁘지 않은 방식이죠. 당신의 쿳시 선생은 말에 재능이 있었을지 모르지만, 내가 앞서 얘기한 것처럼, 춤은 출 줄 몰랐어요. 그는 춤을 출 줄 몰랐어요. 이건 내가 남아프리카에서 배운 표현 중 하나예요, 마리아 헤지나한테서 배운 표현이죠, 그는 자신의 삶을 구하기 위한 춤을 출 줄 몰랐어요.

〔웃음〕

하지만 진지하게 따져보면, 세뇨라 나시멘투, 위대한 사람들 중에도 춤을 잘 못 춘 사람들이 많았잖아요. 위대한 사람이 되기 전에 춤을 잘 춰야 한다면, 간디도 위대한 사람이 아니었고 톨스토이도 위대한 사람이 아니었겠네요.

아니죠, 당신은 내가 하는 얘기를 잘 안 듣고 있군요. 나도 진지해요. 유체이탈이라는 말 아시죠? 이 남자의 경우가 유체이탈이었어요. 그는 자신의 몸에서 분리되어 있었어요. 그에게 몸은 줄로 움직이는 나무 꼭두각시 같았어요. 이 줄을 잡아당기면 왼쪽 팔이 움직이고, 저 줄을 잡아당기면 오른쪽 다리가 움직이는 꼭두각시 말이에요. 그의 진짜 자아는 보이지 않는 위쪽 어딘가에 앉아 있어요. 줄을 당기고 있는 꼭두각시 조종사처럼 말이죠.

이 남자가 나한테, 춤 선생인 나한테 와서 애원하죠. 나한테 춤 추는 법을 보여주세요! 그래서 나는 그에게 보여줘요, 춤을 출 때 어떻게 몸을 움직이는지 보여주는 거예요. 내가 그에게 말해요. 발을 이렇게 움직이세요. 그는 그 말을 듣고 속으로 생각하죠. 아하, 붉은 실 다음에 푸른 실을 잡아당기라는 말이구나! 내가 말하죠. 어깨를 이렇게 돌려요. 그는 속으로 이렇게 생각해요. 아하, 녹색 실을 잡아당기라는 말이구나!

하지만 춤은 그렇게 추는 게 아니에요! 그렇게 추는 게 아니라고요! 춤은 체현體現이에요. 춤은 머릿속에 있는 꼭두각시 조종사가 이끌면 몸이 따라가는 게 아니에요. 몸이 이끌어야 해요. 영혼을 가진 몸, 영혼-몸이요. 몸은 아니까요! 몸은 안다고요! 몸이 안에 있는 리듬을 느끼면, 생각할 필요가 없어지죠. 우리는 인간이니까요. 그래서 나무 꼭두각시가 춤을 출 수 없는 거예요. 나무에는 영혼이 없으니까요. 나무는 리듬을 느낄 수 없으니까요.

그래서 내가 물어보는 거예요. 당신이 말하는 이 남자는 인간적이지 않은데, 어떻게 위대한 사람이 될 수 있느냐는 거예요. 이건 진지한 질문이에요. 더이상 농담이 아니라고요. 여자인 내가 그에게 반응할 수 없었던 이유가 뭐라고 생각해요? 아직 어리고 아무런 경험도 없는 내 딸을 그에게서 떼어놓기 위해 내가 할 수 있는 모든 걸 다한 이유가 뭐라고 생각해요? 왜냐하면 그런 남자에게서는 좋은 건 아무것도 나올 수 없기 때문이에요. 사랑에 대해 아무것도 모르는데 어떻게 위대한 작가가 될 수 있죠? 당신은 남자가 어떤 연인이 될지, 여자인 내가 본능적으로 모를 거라고 생각하세요? 정말이지 그런 남자와 친밀해진다고 생각하면 소름이 돋고 몸이 으스스해져요. 그가 결혼했는지는 모르겠지만, 만약 했다면 그와 결혼했던 여자 생각에 몸이 으스스해지네요.

네. 이제 시간이 늦어지고 있네요. 긴 오후였습니다. 저의 동료와 저는 가야겠어요. 세뇨라 나시멘투, 우리를 위해 이렇게 너그러이 시간을 내어주셔서 고맙습니다. 그동안 너무 친절하셨습니다. 세뇨라 그로스가 우리의 대화를 옮겨 적고 매끄럽게 번역해줄 것입니다. 그런 다음, 바꾸거나 더하거나 빼고 싶은 부분이 있는지 확인하실 수 있게 보내드리겠습니다.

알겠어요. 물론 당신은 내가 기록을 바꾸거나 더하거나 뺄 수 있다고 하시는데, 내가 얼마나 많이 바꿀 수 있겠어요? 내가 쿳시의 여자들 중 하나였다는, 내 목에 걸린 꼬리표를 바꿀 수 있을까요? 당신이 내가 그 꼬리표를 떼도록 놔둘까요? 내가 그걸 찢어내도록 놔둘까요? 나는 그렇게 생각하지 않아요. 그러면 당신의 책을 망치게 될 테니까요. 당신은 그걸 허락하지 않을 거예요.

하지만 인내심을 발휘해보죠. 기다렸다가 당신이 나한테 보내주는 걸 살펴보도록 할게요. 어쩌면—누가 알겠어요?—당신이 내 얘기를 심각하게 받아들일지도 모르는 일이니까요. 그리고 여기서 고백하지만, 나는 이 남자의 삶 속에 있었던 다른 여자들이, 그러니까 목에 꼬리표를 단 다른 여자들이 당신한테 무슨 얘기를 했는지도 알고 싶어요. 그들도 자기들의 연인이 나무로 만들어졌다고 생각했는지 말이에요. 내 생각에 당신은 당신 책에 '나무 인간'이라고 제목을 붙여야 할 것 같군요.

〔웃음〕

다시 진지하게 물어볼게요, 여자들에 대해 아무것도 모르던 이 남자가 여자들에 관해 쓴 적이 있나요? 아니면 자기처럼 집요한 남자들에 대해서만 썼나요? 내가 이런 질문을 하는 건, 앞에서 얘기한 것처럼, 그의 책을 읽지 않았기 때문이에요.

남자들에 대해서도 썼고 여자들에 대해서도 썼어요. 예를 들어—이건 당신한테 흥미로울지도 모르겠네요—『포』라는 책이 있어요. 여자 주인공이 탄 배가 난파해 브라질 해변 부근의 어떤 섬에서 일 년을 보내게 되죠. 최종 원고에는 여자 주인공이 영국 여자로 나오지만 초고에는 **브라질레이라***였어요.

그 브라질레이라는 어떤 여자죠?

뭐라고 해야 할까요? 좋은 점이 많죠. 매력적이고 재치 있고 강철 같은 의지를 가진 사람이에요. 사라진 어린 딸을 찾으려고 온 세상을 뒤지고 다녀요. 그것이 소설의 요지예요. 딸을 찾으려는 여정이 다른 모든 관심사보다 우선하죠. 나는 그녀가 훌륭한 주인공이라고 생각해요. 만약 내가 그런 인물의 원형이라면, 자랑스러울 것 같아요.

내가 직접 읽어보고 판단해볼게요. 제목이 뭔지 다시 얘기해주시겠어요?

『포』예요. F-O-E. 포르투갈어 번역본도 있어요. 그런데 그 번역본이 아마 지금쯤 절판되었을 거예요. 원하시다면 영어판을 한

---

* 포르투갈어로 '브라질 여자'라는 의미.

권 보내드릴 수 있어요.

네, 보내주세요. 영어로 된 책을 읽은 지 오래되었지만, 이 나무 인간이 나를 어떻게 만들어놓았는지 보고 싶네요.

〔웃음〕

2007년 12월,
브라질 상파울루에서 진행된 인터뷰.

마틴

쿳시가 만년에 쓴 메모장에 당신과 처음 만났던 일이 기록되어 있더군요. 당신들 두 사람이 케이프타운대학에 면접을 보러 갔던 1972년 어느 날이라고 되어 있어요. 그 이야기는 몇 페이지에 불과해요. 당신이 원한다면 읽어줄게요. 내 생각에 그 이야기를 세번째 회고록에 넣으려고 했던 것 같아요. 결국 햇빛을 못 보고 말았지만요. 들어보면 알겠지만, 그는 『소년 시절』과 『청년 시절』에서처럼 주어를 '나'가 아니라 '그'로 쓰는 기법을 활용하고 있어요.

그는 이런 식으로 쓰고 있어요.

"그는 면접을 위해 머리를 깎았다. 수염을 다듬었다. 재킷을 입고 넥타이를 맸다. 아직 소버사이즈 씨*는 아닐지 모르지만, 적어도 보르네오의 야만인처럼 보이지는 않는다.

대기실에는 면접을 보러 온 다른 두 명의 지원자가 있다. 그들은 정원이 굽어보이는 창가에 나란히 서서 조용히 얘기를 나눈다. 그들은 서로를 아는 듯 보인다. 혹은 적어도 알아가기 시작한 듯 보인다."

다른 한 사람이 누구였는지 기억 안 나세요?

스텔렌보스대학교 출신이었는데, 이름은 기억이 안 나네요.

이야기는 이렇게 이어집니다. "이건 영국식 방식이다. 경쟁자들을 구덩이에 몰아넣고 무슨 일이 일어날지 보겠다는 심산이다. 그는 잔혹한 영국식 일처리 방식에 다시 익숙해져야 할 것이다. 뱃전까지 사람들로 가득찬 비좁은 배, 영국. 서로 먹고 먹히는 개들. 각자의 작은 영역을 지키려고 서로 으르렁거리고 물어뜯는 개들. 그것과 비교하면 미국식은 점잖고 부드럽기까지 하다. 그러나 또한 미국에는 여지가, 세련될 여지가 더 많다.

케이프는 영국이 아닐지 모른다. 날마다 영국으로부터 더 멀리 떠내려가고 있는지도 모른다. 그러나 케이프는 영국식 방식의 나머지를 가슴에 꼭 움켜쥔다. 그러한 구원의 손길이 없다면 케이프

* '근엄한 사람'이라는 의미.

는 뭐가 되겠는가? 어디로도 통하지 않는 작은 부두. 야만적인 게으름의 장소.

문에 붙어 있는 순서에 의하면, 그는 위원들 앞에 두번째로 가게 되어 있다. 첫번째 사람은 호출되자 침착하게 일어나서 파이프를 떨어 파이프 케이스임이 분명한 것에 넣고 문으로 들어간다. 그리고 이십 분 후 다시 나타난다. 그의 얼굴에는 이해할 수 없는 표정이 어려 있다.

이제 그의 차례다. 그는 들어가서 그들이 손짓하는 대로 기다란 탁자 끝에 있는 자리에 앉는다. 저쪽 끝에 심사관들이 있다. 다섯인데 모두 남자다. 창문이 열려 있는데다 차들이 계속 지나가는 길가에 사무실이 있어서, 그는 그들의 말을 유심히 듣고 그들에게 들리도록 소리 높여 말해야 한다.

처음에는 예의를 갖춘 견제, 다음에는 본격적인 공격. 채용이 되면 어떤 작가들을 가르치고 싶냐는 질문이다.

'저는 전반적인 모든 걸 가르칠 수 있습니다.' 그가 대답한다. '저는 스페셜리스트가 아닙니다. 저는 저 자신을 제너럴리스트라고 생각합니다.'

적어도 그것은 옹호 가능한 답변이다. 작은 대학의 작은 학과는 기꺼이 만물박사를 고용할지 모른다. 그러나 이어지는 침묵으로 보아, 그가 답변을 잘하지 못한 듯하다. 그는 그 질문을 너무 문자 그대로 받아들였다. 그게 늘 그의 결함이었다. 질문을 너무 문자 그대로 받아들이고, 너무 간단하게 답해버리는 것 말이다. 이 사람들은 간단한 답을 바라는 게 아니다. 그들은 더 광범위하고 포괄적인 답변을 원한다. 그들 앞에 있는 사람이 어떤 사람인지, 그가 들어오면 어떤 젊은 동료가 될지, 어려운 시대에 모범을 지키고 문명의 불길이 계속 타오르게 하려고 최선을 다하고 있는 지방 대학에 그가 맞는지 가늠해볼 수 있도록 말이다.

구직을 심각하게 받아들이는 미국에서는 그와 같은 사람들, 그러니까 질문 뒤의 요점을 제대로 파악하지 못하고, 완전한 문장을 구사하지 못하고, 상대방한테 깊은 인상을 심어주지 못하는 사람들, 간단히 말해 대인관계 기술이 부족한 사람들은 교육에 참가해 질문자의 눈을 쳐다보고 미소를 짓고 질문에 몹시 성실한 태도로 완전히 답변하는 걸 배운다. 미국에서는 그걸 전혀 비꼬는 기색 없이 자기 표현이라고 한다.

그는 어떤 작가를 가르치고 싶은가? 그는 현재 어떤 연구를 하고 있는가? 그는 중세영어를 개별지도할 정도의 능력을 갖고 있다고 생각하는가? 그의 답변은 점점 더 공허하게 들린다. 솔직히, 그가 그 일을 꼭 원하는 건 아니다. 그가 그걸 원하지 않는 건 자신이 선생에 맞지 않다는 걸 속으로 알고 있기 때문이다. 기질도 부족하고, 열정도 부족하다.

면접이 끝나자 그는 몹시 의기소침해진다. 그는 지체 없이, 바로 이곳을 벗어나고 싶다. 그러나 안 된다. 작성해야 하는 서류들이 있고 여비도 받아야 한다.

'어땠어요?'

첫번째로 면접에 들어갔다 나온, 파이프 담배를 피우는 사람이 묻는다." 제가 착각한 게 아니라면, 이 사람이 당신이죠.

맞아요. 하지만 이제 파이프 담배는 안 피워요.

"그가 어깨를 으쓱한다. '어떻게 알겠어요?' 그가 말한다. '잘하지는 못했어요.'

'차 한잔할까요?'

그는 깜짝 놀란다. 두 사람은 경쟁자여야 하지 않을까? 경쟁자들끼리 친해져도 되는 걸까?

늦은 오후다. 캠퍼스에는 인적이 드물다. 그들은 차를 마시려고 학생회관으로 향한다. 학생회관은 닫혀 있다. MJ—여기서 그는 당신을 MJ라고 일컫고 있어요—가 파이프를 꺼내며 묻는다. '그런데 담배 피우세요?'

그가 이 MJ를, 그의 편하고 직선적인 태도를 마음에 들어하기 시작하다니, 대단히 놀라운 일이다! 우울한 기분이 빠르게 걷힌다. 그는 MJ가 마음에 든다. 그리고 이 모든 게 자기 표현 연습이 아니라면, MJ도 그를 마음에 들어하는 것 같다. 순식간에 서로를 마음에 들어하게 되다니!

그런데 그가 놀라야 하나? 그들 두 사람에게(혹은 그림자 같은 세번째 사람이 포함된다면, 그들 세 사람에게) 영문과 교수 채용 면접을 보러 오라고 한 이유가 뭘까? 그들 두 사람이 그들 뒤에 똑같은 조직(그는 여기서 **조직**이라는 말이 관례적인 영어 단어가 아니라는 걸 기억해야 한다)을 가진 똑같은 유형의 사람이 아니라면 말이다. 두 사람이 결정적으로, 그리고 가장 명명백백하게, 남아프리카인, 남아프리카 백인이 아니라면 말이다."

여기에서 글은 끝납니다. 날짜는 적혀 있지 않지만, 나는 그가 이걸 1999년이나 2000년에 썼다고 확신해요. 그래서…… 이것과 관련된 질문 두 개를 드리고 싶습니다. 첫 질문은 이렇습니다. 당신은 면접에 합격해 교수가 되었고, 쿳시는 떨어졌습니다. 당신은 그가 왜 떨어졌다고 생각합니까? 그걸로 그가 조금이라도 화를 낸 적이 있었나요?"

전혀요. 나는 시스템 안에서 왔습니다. 당시의 식민 대학 시스템 말입니다. 그는 밖에서 왔고요. 그는 대학원 진학을 위해 미국에 갔었잖아요. 시스템의 본질상, 그러니까 자기를 재생산하는 본질상 나는 늘 그보다 조금씩 유리했죠. 그는 이론과 실제 모두에서 그걸 이해했습니다. 그는 나를 비난하지 않았어요.

아주 좋습니다. 두번째 질문입니다. 그는 당신을 보고 새로운 친구를 찾았음을 암시하며, 당신과 그가 공유하는 특징들을 열거합니다. 그러나 그는 당신이 남아프리카 백인이라는 사실만 나오면 쓰는 걸 중단하고 더이상 쓰지 않습니다. 당신은 그가 왜 바로 그 문제에서 중단했다고 생각하십니까?

그가 남아프리카 백인의 정체성에 관한 주제를 제기하고 바로 중단해버린 이유가 뭐냐 물으시는 건가요? 나는 두 가지로 설명할 수 있다고 생각합니다. 하나는 그것이 회고록이나 일기를 통해 탐색하기에는 너무 복잡한 주제였을지 모른다는 거죠. 너무 복잡하거나 너무 노골적이었거나요. 다른 하나는 더 간단하죠. 그 학문적 모험에 관한 이야기가 계속 이어가기에는 너무 지루해졌거나 서사적 재미가 부족해서였는지도 모르죠.

당신은 어떤 쪽으로 생각이 기웁니까?

아마 두번째가 약간 섞인 첫번째 이유요. 존은 1960년대에 남아프리카를 떠나 1970년대에 돌아왔습니다. 그리고 몇십 년 동안 남아프리카와 미국 사이를 헤매고 다녔어요. 그러다 결국 오스트레일리아로 도주했고 거기서 죽었죠. 나는 1970년대에 남아프리카를 떠난 이후로 돌아간 적이 없어요. 대체로 그와 나는 남아프리카를 향한 입장과 그곳에서의 우리 존재에 대한 입장을 공유하고 있었습니다. 우리의 존재가 불법적이라는 태도 말이죠. 우리는 남아프리카에 있을 추상적 권리, 생득권이 있었지만 그 권리의 기초는 부정한 거였습니다. 우리의 존재는 범죄, 즉 식민지 정복에 기초해 있었고 아파르트헤이트가 영속화시킨 것이었어요. 원주민이나 뿌리 내리다라는 말의 반대가 무엇이든, 우리는 우리 스스로가 그것이라고 생각했어요. 우리는 스스로를 일시 체류자, 임시 거주민이라고 생각했어요. 그런 점에서 집도 없고 조국도 없다고 생각했죠. 내가 존을 잘못 대변하고 있다고는 생각하지 않습니다. 그와 나는 이것에 대해서 상당히 많은 얘기를 했으니까요. 내가 나 자신을 잘못 대변하고 있지 않은 건 분명하고요.

당신과 그가 서로를 가엾이 여겼다고 말하는 건가요?

가엾이 여기다는 말은 잘못된 말입니다. 우리의 운명을 비참한 것으로 생각하기에는 너무 많은 것들이 우리에게 일어나고 있었죠. 우리는 젊었어요. 나는 아직 이십대였고, 그는 나보다 약간 더 많았죠. 우리는 그리 나쁘지 않은 교육을 받았고, 적당한 정도의 물질적인 자산도 갖고 있었어요. 우리를 휙 채가서 세계의 다른 곳에 데려다놓으면, 그러니까 문명화된 세계, 제1세계에 데려다놓으면 우리는 번창하고 번영했을 거예요. (제3세계권이라면 어땠을지 잘 모르겠군요. 우리 중 누구도 로빈슨 크루소가 아니었으니까요.)

따라서 아닙니다, 나는 우리의 운명이 비극적이라고 생각하지 않았어요. 그도 마찬가지였다고 확신합니다. 굳이 표현하자면, 희극적이었죠. 그의 조상들은 그들의 방식으로, 나의 조상들은 그들의 방식으로, 수세대에 걸쳐 노력했습니다. 후손들을 위해 미개한 아프리카의 일부를 개간하기 위해서 말이죠. 그런데 그들이 노력한 결과가 뭡니까? 그 땅에 권리가 있는지에 대한 후손들의 회의, 그리고 그것이 그들의 것이 아니라 절대적으로, 원래의 주인 것이라는 불안한 느낌이죠.

당신은 그가 회고록을 중단하지 않고 계속 썼더라면 그런 말을 했을 거라고 생각하시나요?

아마 그랬을 겁니다. 남아프리카에 대한 우리의 입장에 관해 조금 더 설명해드리죠. 우리는 남아프리카를 향한 우리의 감정을 일시적인 것이라고 생각했습니다. 어쩌면 그가 나보다 더 그랬죠. 우리는 그 나라에 너무 깊이 관여하지 않으려고 했어요. 조만간 그 나라에 대한 우리의 끈은 잘릴 것이고 그 나라에 대한 우리의 관여도 무효로 돌아갈 것이기 때문이었죠.

그래서요?

그게 전부입니다. 우리는 생각하는 방식이 비슷했어요. 나는 그게 우리의 식민지 태생, 남아프리카 태생과 관련이 있다고 생각했습니다. 그래서 그렇게 비슷했던 거죠.

그의 경우, 당신이 얘기하는 습관, 즉 감정을 일시적인 것이라 생각하고, 감정적으로 말려들지 않으려 하는 습관이 그가 태어난 땅과의 관계를 넘어 개인적인 관계로까지 확장되었다고 생각하십니까?

모르겠습니다. 당신은 전기작가잖아요. 그런 생각의 흐름을 따라가볼 가치가 있다고 생각하면, 따라가보세요.

이제 그의 강의로 화제를 돌려볼까요? 그는 자신이 가르치는 일에 맞지 않다고 썼어요. 동의하십니까?

우선, 사람은 자기가 가장 잘 알고 가장 강렬하게 느끼는 것에 대해 가장 잘 가르칩니다. 존은 많은 것들에 대해 꽤 많이 알고 있었어요. 그러나 특정한 하나에 대해 대단히 많이 알지는 못했어요. 흠을 잡자면 그게 흠이라고 할 수 있겠죠. 둘째, 그에게 아주 중요한 작가들—예를 들어 19세기 러시아 작가들—이 있었지만, 그가 진정으로 깊이 몰두하고 있다는 것이 그의 강의에서 명백하게 드러나지 않았어요. 뭔가 늘 억제되어 있었죠. 왜 그랬느냐고요? 나는 모르죠. 내가 말할 수 있는 건, 그가 타고난 듯 보이고 그의 본성의 일부인 듯 보이는 비밀주의가 강의에서도 드러났다는 겁니다.

그렇다면 당신은 그가 전혀 재능이 없는 직업에 자신의 사회생활, 혹은 그 대부분을 허비했다고 생각합니까?

그건 좀 너무 광범위한 질문이네요. 존은 충분히 능력 있는 학자였어요. 충분히 능력 있는 학자였지만 뛰어난 선생은 아니었어요. 만약 그가 산스크리트어를 가르쳤다면 달랐을 겁니다. 전통적으로 약간 건조하고 말을 많이 하지 않아도 되는 산스크리트어나 다른 주제를 가르쳤다면 말이죠.

언젠가 나한테 자신은 길을 잘못 들었다며 사서가 되었어야 했다고 말한 적이 있습니다. 무슨 말인지 알겠더라고요.

나는 1970년대의 강의 설명서를 입수하지 못했어요. 케이프타운대학은 그런 자료를 보관하지 않는 모양입니다. 그런데 쿳시의 서류 중에 당신과 그가 1976년에 공동으로 개설한 공개강의 공지문이 있더군요. 그 강의를 기억하십니까?

그럼요, 기억하죠. 시 강의였어요. 나는 당시에 휴 맥더미드*를 연구하고 있었습니다, 그래서 맥더미드의 시를 세밀하게 읽는 데 그 기회를 활용했죠. 존은 학생들에게 파블로 네루다를 번역으로 읽게 했어요. 나는 네루다를 읽은 적이 없어서 그의 수업을 청강했죠.

그와 같은 사람이 네루다를 택하다니 이상하다고 생각하지 않으세요?

* 스코틀랜드 시인(1892~1978).

아뇨, 전혀. 존은 네루다, 휘트먼, 스티븐스*의 시처럼 화려하고 장대한 시를 좋아했습니다. 당신은 그가 나름의 방식으로 1960년대의 아이였다는 걸 기억하셔야 해요.

나름의 방식이라니, 그게 무슨 말이죠?

어떤 정확성과 합리성의 테두리 안에 속한다는 말입니다. 그 스스로는 디오니소스주의자가 아니었지만, 디오니소스주의의 본질은 인정했어요. 방종의 본질을 인정했다는 거죠. 그러나 그가 방종한 적이 있는지는 기억나지 않는군요. 아마 어떻게 방종하는지를 몰랐을 거예요. 그는 무의식의 자원, 즉 무의식적 과정에서 나오는 창조적 힘을 믿을 필요가 있었어요. 그래서 더 예언자 같은 시인들한테 끌렸던 거죠.

그가 자신의 창작의 원천에 대해 거의 얘기하지 않았다는 건 당신도 알고 있겠지요. 부분적으로 그건 내가 앞서 언급한 타고난 비밀주의 때문이었어요. 그러나 부분적으로 그것은 지나친 자기의식이 자신을 불구로 만들기라도 할 것처럼, 영감의 원천이 무엇인지 알아보기를 머뭇거렸다는 암시도 되죠.

* 미국 시인 월트 휘트먼(1819~92)과 월리스 스티븐스(1879~1955).

강의는 성공적이었나요? 당신과 그가 공동으로 개설한 강의 말입니다.

내가 그 강의에서 배운 건 확실합니다. 예를 들어, 라틴아메리카 초현실주의의 역사에 대해 배웠습니다. 앞서 말한 것처럼, 존은 많은 것들에 대해 조금씩 알고 있었어요. 학생들이 뭘 배웠는지에 대해서는 내가 말할 수 없군요. 내 경험에 의하면, 학생들은 선생이 가르치고 있는 것이 선생한테 중요한지 아닌지 금방 알아차리죠. 만약 선생에게 중요하다면, 그들은 그것이 자기들한테도 중요하다고 받아들일 준비를 하죠. 그러나 그 판단이 옳든 그르든, 그렇지 않다고 생각하면, 끝난 거죠. 집에 가는 게 나을지도 몰라요.

그에게 네루다는 중요하지 않았나요?

아뇨, 그런 얘기를 하는 게 아닙니다. 네루다는 그에게 대단히 중요했을 거예요. 네루다는 시인이 불의와 억압에 어떻게 창조적으로 반응할 수 있느냐에 대한 모범—도달하기 어려운 모범—이었을지도 몰라요. 그런데 말입니다, 이게 제가 하고자 하는 말이에요, 당신이 시인과의 관계를 개인적인 극비 사항으로 취급한다면, 게다가 당신의 수업 태도가 다소 뻣뻣하고 딱딱하다면, 당신은 결코 인기가 없을 거예요.

쿳시가 전혀 인기가 없었다는 말인가요?

내가 알기론 없었어요. 어쩌면 그가 나중에는 자신의 스타일을 개선했는지도 모르죠. 모르겠어요.

1972년에 당신이 그를 만났을 때, 그의 자리는 다소 불안정했어요. 고등학교에서 가르치고 있었죠. 그가 대학에 자리잡게 된 건 어느 정도의 시간이 흐른 후였어요. 그는 이십대 중반에서 육십대 중반까지 사회생활의 거의 전부를 이런저런 걸 가르치며 살았어요. 앞에서 했던 질문으로 되돌아가죠. 선생으로서 재능이 없는 사람이 가르치는 일을 업으로 삼았다는 게 이상해 보이지 않나요?

그렇기도 하고 안 그렇기도 합니다. 선생이라는 직업은 당신도 잘 알겠지만 도피자와 부적격자로 가득하거든요.

도피자나 부적격자 중 그는 어느 쪽이었습니까?

그는 부적격자였죠. 신중한 사람이기도 했고요. 그는 매월 안정적으로 월급 받는 걸 좋아했어요.

비판하는 것처럼 들리네요.

나는 명백한 사실을 지적하고 있을 뿐이에요. 만약 그가 학생들의 문법을 고쳐주고 지루한 회의에 참석하며 인생의 많은 부분을 허비하지 않았더라면, 더 많이 쓰거나 더 잘 쓸 수도 있었을 테니까요. 그러나 그는 어린애가 아니었어요. 그는 자신이 무엇을 하고 있는지 알았죠. 사회와 타협하고 그 결과를 받아들인 겁니다.

반면, 선생이었기에 더 젊은 세대와 접촉할 수 있었죠. 그가 세상에서 물러나 온전히 글을 쓰는 데 전념했다면 그러지 못했을지 모르죠.

맞습니다.

당신이 알고 있는, 학생들과의 특별한 우정은 없었나요?

당신은 곡해를 하는 것 같군요. 특별한 우정이라니, 무슨 말이죠? 그가 정도를 벗어났다는 말인가요? 아는 바 없지만, 알고 있다고 해도 말하지 않겠습니다.

하지만 나이 많은 남자와 젊은 여자에 관한 주제가 그의 소설에 계속 나오잖아요.

그의 글에 그 주제가 나온다고 해서 그의 삶에 그런 일이 있었다고 생각하는 건 너무, 너무 순진한 거죠.

그렇다면 그의 내면에서요.

내면이라. 사람들의 내면에 무슨 일이 일어나는지 누가 알겠습니까?

그에 관해 얘기하고 싶은 게 또 있나요? 자세히 얘기할 만한 가치가 있는 이야기라든가요.

이야기라고요? 아니요. 존과 나는 동료였어요. 우리는 친구였어요. 우린 잘 지냈습니다. 그러나 내가 그를 깊이 알았다고 말할 수는 없습니다. 하고 싶은 이야기가 있는지는 왜 묻는 거죠?

전기에서는 서사와 견해 사이에 균형을 맞춰야 하니까요. 견해는 전혀 부족하지 않아요. 사람들은 자신들이 쿳시에 대해 어떻게 생각하고 생각했는지는 기꺼이 얘기해주려고 해요. 그러나 인생 이야기를 생생히 만들기 위해서는 그 이상의 것이 필요해요.

미안합니다. 나는 도와줄 수가 없네요. 어쩌면 당신의 다른 정보원들이 더 도움이 될 것 같군요. 또 누구와 얘기를 하려고 합니까?

내 명단에는 당신을 포함해 다섯 사람이 있습니다.

다섯뿐이라고요? 좀 위험하다고 생각하지 않으세요? 그 운이 좋은 다섯 명은 누굽니까? 어떻게 우리를 선택하게 된 거죠?

그 명단을 말씀드리죠. 이곳에서 남아프리카로 가서—이게 저의 두번째 여행이 되겠죠—쿳시와 가까웠던 사촌인 마르곳과 얘기를 나눌 겁니다. 거기서 다시 브라질로 가서, 1970년대에 몇 년 동안 케이프타운에 살았던 아드리아나 나시멘투라는 여자를 만날 겁니다. 그다음에는 날짜가 정해지지는 않았지만 캐나다로 가서, 1970년대에는 이름이 줄리아 스미스였지만 현재는 줄리아 프랭클인 사람을 만날 겁니다. 또한 파리에 사는 소피 드노엘도 만날 계획입니다.

소피는 알지만 다른 사람들은 모르겠네요. 어떻게 우리를 선택한 거죠?

기본적으로 나는 쿳시 자신이 선택하게 했습니다. 나는 그가 메모장에 적어놓은 실마리를 따랐을 따름이니까요. 1970년대 당시 그에게 누가 중요했느냐에 관한 실마리 말이죠.

실례되는 말씀이지만, 전기의 정보원들을 특이한 방식으로 선택한 것 같군요.

그럴지도 모르죠. 그를 잘 아는 사람 중에 만나고 싶은 사람이 더 있긴 했지만 아아, 그들은 이제 죽고 없습니다. 당신은 그렇게 전기 쓰기에 착수하는 걸 특이하다고 하시는 것 같아요. 아마도요. 그러나 나는 쿳시에 대한 최종적인 판단을 전달하는 것에는 관심이 없습니다. 저는 그런 책을 쓰는 게 아닙니다. 최종 판단은 역사에 맡길 겁니다. 내가 하고 있는 것은 그의 삶의 한 부분에 관한 이야기입니다. 하나의 이야기가 되지 않는다면, 다른 각도에서 본 여러 이야기가 되겠지요.

그렇다면 당신이 선택한 정보원들은 딴마음이 없고, 쿳시에 대한 최종적인 판단을 내릴 나름의 야심도 없나요?

〔침묵〕

하나 물어봅시다. 소피 말고, 그리고 사촌 말고, 당신이 언급한 두 여자 중 어느 쪽이 쿳시와 감정적으로 얽혔죠?

양쪽 다 그래요. 서로 다른 방식으로요. 아직 제대로 알아보지는 못했지만요.

그렇다면 진지하게 생각해봐야 하는 거 아닌가요? 당신의 정보원 명단이 너무 협소한 것에 대해 말입니다. 당신은 결국, 그 사람이 실제로 작가로서 성취한 것을 희생시켜가며, 개인적이고 사적인 쪽으로 치우친 하나의 이야기나 일련의 이야기들을 듣게 되는 게 아닐까요? 더 나쁘게는 당신의 책이, 이런 식으로 말해서 미안합니다만, 개인적인 앙갚음에 지나지 않게 되는 위험이 있는 건 아닐까요?

왜죠? 내 정보원들이 여자들이라서요?

연애라는 게 본질적으로 연인들이 서로를 온전히, 그리고 찬찬히 보는 걸 뜻하는 게 아니니까요.

〔침묵〕

다시 얘기하지만, 그 작가의 글이 무시되도록 전기를 조합한다는 게 나한테는 이상해 보입니다. 그러나 내가 틀릴 수도 있겠죠. 어쩌면 나는 구식인지 몰라요. 요즘엔 문학적 전기라는 게 그런 걸지도 모르고요. 이제 가야겠어요. 마지막으로 한 가지만 더 얘기할게요. 내 말을 인용할 계획이라면, 내가 원고를 먼저 볼 수 있도록 해주겠습니까?

물론입니다.

2007년 9월,
영국 셰필드에서 진행된 인터뷰.

소피

마담 드노엘, 존 쿳시를 어떻게 알게 되었는지 말씀해주세요.

그와 나는 케이프타운대학에서 몇 년간 동료로 지냈어요. 그는 영문과였고, 나는 불문과였죠. 우리는 함께 아프리카 문학에 관한 강의를 개설했어요. 그때가 1976년이었어요. 그는 영어로 쓰는 작가들을 가르쳤고, 나는 프랑스어로 쓰는 작가들을 가르쳤어요. 그렇게 서로 알기 시작한 거죠.

당신은 어떻게 케이프타운에 가시게 되었습니까?

남편이 그곳 프랑스어학원에 파견되었거든요. 그전에 우리는 마다가스카르에 살았고요. 케이프타운에 사는 동안 결혼관계가 깨졌어요. 남편은 프랑스로 돌아갔고, 나는 계속 그곳에 남아 있었어요. 나는 대학에 자리를 잡았어요. 프랑스어를 가르치는 계약직이었죠.

그리고 당신이 말한 아프리카 문학에 관한 강의를 공동으로 가르쳤고요.

맞아요. 아프리카 흑인문학을 백인 두 명이 가르쳤다는 게 이상해 보일지 모르지만, 당시에는 그랬어요. 우리가 하지 않으면 아무도 안 했을 거예요.

흑인들이 대학에서 배제되어 그랬나요?

아니, 아니에요. 그때쯤 시스템에 금이 가기 시작했어요. 많지는 않았지만 흑인 학생들이 있었어요. 흑인 교수들도 몇 있었죠. 하지만 아프리카, 아프리카 전반에 관한 전문가들은 거의 없었어요. 그것이 내가 남아프리카에 관해 발견한 놀라운 점들 중 하나였어요. 그러니까 남아프리카가 얼마나 편협한지 말이에요. 작년에 갔을 때도 그대로더군요. 아프리카의 다른 지역에 관해서는 관심이 적거나 아예 없더라고요. 아프리카 북쪽으로는 관심을 갖지 않고 그냥 놔두는 게 상책인 검은 대륙이었어요.

당신은 어떤가요? 아프리카에 대한 당신의 관심은 어디서 생긴 건가요?

교육에서 생긴 거죠. 프랑스에서 말이죠. 잘 알겠지만, 프랑스는 거대한 식민권력이었어요. 식민지 시대가 공식적으로 끝난 후에도 프랑스는 마음대로 영향력을 유지할 다른 수단을 갖고 있었어요. 경제적 수단, 문화적 수단 등등 말이죠. 라 프랑코포니*라는 건 우리가 옛 제국을 위해 만들어낸 새로운 이름이었어요. 프랑스에서는 프랑코포니 출신 작가들을 장려하고 환대하고 연구했어요. 나는 아그레가시옹**을 위해 에메 세제르***를 연구했죠.

당신이 쿳시와 함께 가르친 강의는 성공적이었나요?

네, 그런 것 같아요. 입문 강의에 불과했지만, 학생들에게는 당

* 프랑스어로 '프랑스어권'.

** 프랑스어로 '교사자격증'.

*** 프랑스 시인(1913~2008).

신들의 영어식 표현으로 하면 아이 오프너eye opener였죠.

학생들은 백인들이었나요?

백인 학생들 사이에 소수의 흑인 학생들이 있었어요. 우리는 더 급진적인 흑인 학생들을 끌어들이지는 못했어요. 그들에게는 우리의 접근 방식이 너무 학문적이고 충분히 앙가제*이지 못했을 거예요. 우리는 학생들에게 다른 아프리카 나라들의 풍요로움을 맛보게 해주는 것으로 충분하다고 생각했어요.

당신과 쿳시는 이러한 접근 방식에 견해가 일치했나요?

내 생각에는 그래요. 맞아요.

당신은 아프리카 문학 전문가였고 그는 아니었어요. 그는 식민지 본국 문학을 전공했으니까요. 어떻게 그가 아프리카 문학을 가르치게 된 거죠?

* 프랑스어로 '참여적'.

그건 사실이에요. 그는 그 분야를 공식적으로 공부하지는 않았어요. 그러나 그는 아프리카에 관한 일반적인 지식이 상당히 풍부했어요. 그도 인정했듯이 실제적인 지식이 아니라 책을 통한 지식이었죠. 그는 아프리카를 여행한 적이 없으니까요. 그러나 책을 통한 지식도 쓸모가 없는 건 아니잖아요? 그는 프랑스어권 자료들을 포함해 인류학적인 저술들을 나보다 더 잘 알았어요. 그는 역사와 정치를 이해하고 있었어요. 영어와 프랑스어권의 중요한 작가들을 읽은 사람이었어요(물론 그 당시 아프리카 문학의 규모는 크지 않았어요. 지금은 달라졌지만 말이죠). 그런데 그의 지식에는 틈이 있었어요. 마그레브*, 이집트 등이 그 틈이었죠. 그리고 내가 잘 아는 디아스포라, 특히 카리브해 지역에 대해서는 알지 못했어요.

선생으로서의 그에 대해서는 어떻게 생각하셨나요?

좋았어요. 대단하진 않았지만 유능했어요. 늘 준비가 잘되어 있었어요.

* 아프리카 북서부 지역을 이르는 말.

그는 학생들하고 잘 지냈나요?

그건 모르겠네요. 그가 옛날에 가르친 학생들을 추적해보면 그들이 얘기해줄 수 있을지도 모르죠.

당신은 어땠나요? 그와 비교해서, 당신은 학생들과 잘 지내는 편이었나요?

〔웃음〕 나한테서 어떤 답변을 원하세요? 그래요, 내 생각에 내가 더 인기가 있었고 더 열정적이었어요. 나는 젊었잖아요. 게다가 언어 수업만 하다가 책 얘기를 하니 좋더라고요. 우리는 좋은 짝을 이뤘죠. 내 생각에는 그래요. 그는 더 진지하고 더 과묵했고, 나는 더 개방적이고 더 대담했죠.

그가 당신보다 나이가 상당히 많았죠.

열 살 차이가 났어요. 그는 나보다 열 살 많았어요.

〔침묵〕

덧붙이고 싶은 얘기가 있나요? 그의 다른 일면에 대해서 하고 싶은 얘기가 있나요?

우리는 불륜을 저질렀죠. 당신은 이미 알고 있을 것 같군요. 오래가지는 않았어요.

왜요?

계속될 수가 없었어요.

더 얘기하고 싶으세요?

당신의 책을 위해 더 얘기하고 싶냐고요? 당신이 나한테 어떤 종류의 책인지 말해주기 전에는 안 할 거예요. 뒷공론에 관한 책인가요, 아니면 진지한 책인가요? 위임을 받았나요? 나 말고 또 누구와 얘기를 하고 있죠?

책을 쓰는 데 위임이 필요한가요? 위임을 받으려면 어디로 가야 하죠? 쿳시의 유언집행인에게 가야 하나요? 나는 그렇게 생각하지 않아요. 그러나 확실히 말씀드릴 수 있는 건 내가 쓰고 있는 책이 진지한 책이라는 겁니다. 진지한 의도의 전기예요. 나는 쿳시가 남아프리카에 돌아온 1971/1972년부터 처음 대중에게 인정을 받은 해인 1977년까지의 기간에 집중하고 있어요. 내 생각에 그때가 그의 삶에서 중요한 시기인 것 같아서요. 중요하지만 소홀히 취급되는 시기죠. 그가 여전히 작가로서 자기 자리를 찾으려고 하던 시기였어요.

내가 누구를 인터뷰하기로 했느냐에 관해서는 솔직히 말씀드리죠. 나는 남아프리카를 두 번 다녀왔어요. 한 번은 지난해에 갔고 또 한번은 지지난해에 갔었죠. 여행은 대체적으로 내 바람만큼 소득이 많지 못했어요. 쿳시를 가장 잘 아는 사람들 중 많은 이들이 세상을 떠났더군요. 사실 그가 속해 있던 세대 전체가 죽어가고 있죠. 그리고 살아 있는 사람들의 기억을 항상 신뢰할 수 있는 것도 아니고요. 한두 경우에는 사람들이 그를 안다고 말했지만, 조금만 파고들어도 다른 쿳시를 말하는 게 드러났어요(그곳에서는 쿳시가 드문 이름이 아니거든요). 결론은 이거예요. 전기는 몇 안 되는 그의 친구들과 동료들의 인터뷰에 달려 있어요. 당신도 거기에 포함되기를 바라요. 이 정도면 당신을 안심시키기에 충분합니까?

아뇨. 그의 일기는 어떻고요? 그의 편지들은 어떻고요? 그의 메모장들은 어떻고요? 왜 그렇게 인터뷰에 의존하는 거죠?

마담 드노엘, 읽어볼 수 있는 편지와 일기는 다 읽어봤습니다. 쿳시가 거기에 쓴 것은 믿을 수가 없습니다. 사실적인 기록으로서는 믿을 수가 없어요. 그가 거짓말쟁이여서가 아니라 픽셔니어*였기 때문이에요. 그의 편지를 보면 그는 그걸 받는 사람을 위해 자신에 대한 소설을 만들어내고 있어요. 일기에서도 자신의 눈을 위해, 어쩌면 후세를 위해 똑같은 짓을 하고 있죠. 물론 그것들은 자료로서 가치가 있지요. 그러나 진실을 알고 싶다면, 완전한 진실을 알고 싶다면 거기에 있는 소설을 넘어 그를 알았던 사람들의 증언을 들어봐야 해요.

그래요, 하지만 당신이 말하는 쿳시처럼, 우리도 모두 픽셔니어라면 어쩔 건가요? 우리가 계속 우리 자신의 삶에 대한 이야기들을 만들어내고 있다면요? 어째서 내가 당신한테 쿳시에 관해 얘기하는 것이 쿳시가 직접 쓴 것보다 더 신뢰할 가치가 있다고 생각하는 거죠?

물론 우리 모두는 대체로 픽셔니어입니다. 나는 그 사실을 부정하진 않습니다. 그러나 당신은 다음 중 어느 것을 택하겠습니까?

---

* fictioneer. 질을 고려하지 않고 작품을 써내는 다작 소설가.

독립적인 시각에서 나온 독립적인 보고의 합으로 전체를 종합하는 건가요, 아니면 그의 모든 작품으로 구성된 거대하고 단일적인 자기투사인가요? 이중에 내가 어떤 걸 선호하는지는 분명합니다.

네, 알겠어요. 그런데 다른 문제도 있어요. 사려분별의 문제요. 나는 사람이 죽어도 모든 구속력이 없어진다고 믿지 않아요. 나는 존 쿳시와 나 사이에 있었던 일을 세상과 반드시 공유해야 하는지 잘 모르겠어요.

알겠습니다. 신중함은 당신의 특권이자 권리죠. 그러나 나는 잘 생각해보시라고 권유하는 겁니다. 위대한 작가는 우리 모두의 자산입니다. 당신은 존 쿳시를 잘 알았습니다. 조만간 당신도 더이상 우리와 함께 있지 않겠죠. 당신은 당신의 기억들이 당신과 함께 없어지는 게 좋다고 생각하시나요?

위대한 작가라고요? 존이 들으면 웃을 거예요! 그는 위대한 작가의 시대는 오래전에 끝났다고 얘기할 거예요.

예언자로서 작가의 시대가 끝났다는 건 나도 인정합니다. 그러나 당신은 유명한 작가—그를 이렇게 부르기로 하지요—가, 우리가 공유하는 문화적 삶에서 유명한 인물이, 어느 정도는 공공의 자산이라는 걸 받아들이지 않으십니까?

그 문제에 대해 내가 어떻게 생각하는가는 의미가 없어요. 쿳시 자신이 뭘 믿었느냐가 의미가 있죠. 그리고 답은 분명하게 나와 있어요. 그는 우리의 인생-이야기들은 현실세계가 강요하는 구속력에 따르거나 반하면서, 우리가 원하는 대로 만들어진다고 믿었어요. 당신도 조금 전에 인정했잖아요. 그래서 내가 위임이라는 표현을 쓴 거예요. 내가 말한 건 그의 가족이나 유언집행자의 위임이 아니라 그의 위임이에요. 당신이 그로부터 그의 삶의 사적인 면을 밝혀도 좋다는 위임을 받지 않았다면, 나는 당신을 돕지 않겠어요.

쿳시는 나한테 위임을 해줄 수가 없었습니다. 간단한 이유예요. 그와 나는 접촉한 적이 없었으니까요. 그러니 그 점에 대해서는 견해차를 인정하고 넘어갑시다. 당신이 얘기했던, 당신과 그가 공동으로 가르쳤던 아프리카 문학 강의에 대한 얘기로 돌아갑시다. 당신이 했던 말이 흥미로워서 그래요. 당신은 그와 당신이 더 급진적인 흑인 학생들을 끌어들이지 못했다고 말했어요. 왜 그랬다고 생각하시나요?

그들의 기준에 우리는 급진주의자들이 아니었기 때문이죠. 우리 두 사람 다 분명히 1968년의 영향을 받았어요. 1968년에 나는 아직 소르본대학의 학생이었고, 5월 시위에 참여했죠. 존은 당시 미국에 있었는데 미국 정부와 문제가 있었어요. 세세한 걸 전부 기억할 수는 없지만, 내가 알기로 그것이 그의 인생에서 전환점이 되었어요. 그러나 여기서 강조하지만, 우리 둘 다 마르크스주의자는 아니었어요. 마오주의자는 더더욱 아니었고요. 어쩌면 내가 그보다 더 좌로 치우쳐 있었어요. 그러나 내가 그럴 수 있었던 건 프랑스 외교관 거주지에 살아서 보호를 받았기 때문이었어요. 만약 내가 남아프리카 경찰하고 문제가 생겼다면, 그들은 나를 조심스럽게 비행기에 태워 파리로 보냈을 거예요. 그리고 그것으로 그 문제는 끝이었을 거고요. 내가 감옥에 가는 일은 없었을 거예요.

그에 반해 쿳시는……

쿳시도 감옥에 가지 않았을 거예요. 투사가 아니었으니까요. 그러기에 그의 정치관은 너무 이상주의적이고 너무 유토피아적이었어요. 사실, 그는 전혀 정치적이지 않았어요. 그는 정치를 무시했죠. 정치적인 작가들도 좋아하지 않았고요. 정치적인 강령에 경도된 작가들 말이죠.

그러나 쿳시는 1970년대에 상당히 좌파적인 비평을 발표했습니다. 예를 들어 알렉스 라 구마*에 관한 에세이들이 그래요. 그는 라 구마에 대해 동정적이었어요. 그런데 라 구마는 공산주의자였죠.

라 구마는 특별한 경우였어요. 그가 라 구마에게 동정적이었던 이유는 라 구마가 공산주의자여서가 아니라 케이프타운 출신이었기 때문이에요.

당신은 그가 정치적이지 않았다고 말하는데, 그가 비정치적이었다는 의미인가요? 어떤 사람들은 비정치적인 것이 정치적인 것의 한 종류일 뿐이라고 말하니까요.

아뇨, 비정치적이지도 않았어요. 나라면 반정치적이라고 하겠어요. 그는 정치가 사람들에게서 최악의 것을 끌어낸다고 생각했어요. 사람들에게서 최악의 것을 끌어내고 또 사회에 최악의 것들이 드러나게 한다는 거였죠. 그는 정치와 아무런 관계도 갖

* 남아프리카공화국 소설가(1925~85).

고 싫어하지 않았어요.

그가 자신의 반정치적인 정치 개념을 수업시간에 설파했나요?

물론 아니죠. 설파하지 않으려고 아주 신중했죠. 그의 정치적 견해는 그를 더 잘 알고 나서야 알 수 있었어요.

당신은 그의 정치적 견해가 유토피아적이라고 말하는데, 그것이 비현실적이라는 의미도 되나요?

그는 정치와 국가가 사라질 날을 기다리고 있었어요. 나는 그걸 유토피아적이라고 부르죠. 반면, 그는 그런 유토피아적 갈망에 많은 걸 투자하지는 않았어요. 그러기에는 너무 칼뱅주의자였거든요.

조금 더 설명해주세요.

쿳시의 정치관 이면에 뭐가 있었는지 얘기해달라는 건가요? 그건 그의 책을 보면 가장 잘 알 수 있어요. 하지만 어쨌거나 내가 설명해보죠.

쿳시는 우리 인간들이 정치를 결코 버리지 않을 거라고 생각했어요. 정치가 우리의 더 저열한 감정에 맞춰 연기를 하는 극장으로서 너무 편리하고 너무 매력적이라는 이유에서요. 여기서 더 저열한 감정이라는 말은 증오, 원한, 악의, 질투, 잔혹성 등과 같은 걸 의미해요. 달리 말해, 우리가 아는 정치란 우리의 타락한 상태에 대한 징후이고 그 타락한 상태를 표현한다는 거죠.

해방의 정치도요?

남아프리카 해방운동의 정치를 두고 하는 말이라면, 대답은 그렇다예요. 해방이라는 것이 민족해방, 그러니까 남아프리카의 흑인 민족의 해방을 의미한다면, 존은 거기에 아무 관심도 없었어요.

그렇다면 그는 해방운동에 적대적이었나요?

그가 적대적이었냐고요? 아뇨, 그는 적대적이지 않았어요. 전기작가로서 당신은 적대적이다, 동정적이다 같은 꼬리표가 붙은 말끔한 작은 상자들 속에 사람들을 집어넣는 걸 특히 경계해야 해요.

내가 쿳시를 상자에 넣는 게 아니기를 바랍니다.

뭐, 나한테는 그렇게 들려요. 아뇨, 그는 해방운동에 적대적이지 않았어요. 쿳시는 운명론자에 가까웠어요. 그가 운명론자라면, 아무리 유감스럽더라도, 역사의 행로에 적대적인 건 소용없는 짓이죠. 운명론자에게 역사는 운명이에요.

좋아요, 그렇다면 그는 해방운동을 유감스럽게 생각했나요? 해방운동이 취하는 형식을 유감스럽게 생각했나요?

그는 해방운동이 정당하다는 건 인정했어요. 그 투쟁은 정당했어요. 하지만 그것이 지향하는 새로운 남아프리카는 그에게 충분히 유토피아적이지 않았어요.

그에게는 어떤 것이 충분히 유토피아적인 것이었을까요?

광산을 폐쇄하고. 포도원을 갈아엎고. 군대를 해산하고. 자동차를 없애고. 채식주의를 보편화하고. 길거리에 시가 넘치고. 이런 것들이죠.

달리 말해, 말이 끄는 수레와 시와 채식주의는 싸울 가치가 있지만 아파르트헤이트로부터의 해방은 그렇지 않다는 말인가요?

어떤 것도 싸울 가치가 없는 거죠. 당신은 내게 그의 입장, 내가 공유하지 않는 그의 입장을 방어하는 역할을 강요하고 있어요. 어떤 것도 싸울 가치가 없다고 한 이유는 싸움이 공격과 보복의 순환을 연장시킬 따름이기 때문이에요. 나는 쿳시가 그의 글에서 큰 소리로 분명하게 말한 것을 그저 반복할 뿐이에요. 당신도 읽었다고 했잖아요.

그는 흑인 학생들과 편하게 지냈나요? 흑인들과 전반적으로 편하게 지냈나요?

그가 사람들과 편하게 지냈느냐고요? 그는 편하게 지내는 사람이 아니었어요(이걸 영어로 표현할 수 있나요?). 그는 절대 긴장을 풀지 않았어요. 그걸 내 눈으로 목격했어요. 그러니 그가 흑인들과 편하게 지냈느냐에 대한 내 답은 아니요예요. 그는 편한 사람들 속에서 편하지 않았어요. 다른 사람들이 편한 것은 그를 편하지 않게 만들었어요. 내 생각에 그게 그를 잘못된 방향으로 나아가게 한 것 같아요.

무슨 뜻이죠?

그는 아프리카를 낭만적인 눈으로 바라봤어요. 그는 아프리카인들이 체화되었다고 생각했어요. 유럽에서는 오래전에 잃어버린 방식이죠. 무슨 말이냐고요? 설명해볼게요. 그는 아프리카에서는 몸과 영혼을 구별할 수 없으며 몸이 곧 영혼이라고 말하곤 했어요. 그는 몸과 음악과 춤에 대한 자기만의 철학을 갖고 있었어요. 정확히 기억은 안 나지만 당시에도, 뭐라고 해야 할까요, 당시에도 나는 그게 도움이 안 된다고 생각했어요. 정치적으로 도움이 안 된다고요.

계속하세요.

그의 철학은 아프리카인들에게 더 진실하고, 더 깊고, 더 원시적인 인간존재를 수호하는 역할을 맡겼어요. 그와 나는 이 점에 관해 상당히 격렬한 논쟁을 했죠. 나는 그의 입장이 결국 케케묵은 낭만적 원시주의라고 말했죠. 1970년대의 맥락에서, 그리고 해방운동과 아파르트헤이트 국가의 맥락에서, 아프리카인들을 그와 같은 방식으로 바라보는 건 도움이 안 됐어요. 여하튼, 그것은 그들이 더이상 이행하려고 하지 않는 역할이었어요.

그게 흑인 학생들이 그가 가르친 강의, 그러니까 당신들이 개설한 아프리카 문학 강의를 기피한 이유였나요?

그는 그런 생각을 공개적으로 전파하지 않았어요. 그 점에서 그는 늘 아주 신중했고 아주 정확했어요. 하지만 조심스럽게 귀를 기울인 사람에게는 틀림없이 그 생각이 전해졌을 거예요.

한 가지 얘기를 더 해야겠네요. 그가 가진 편견에 대해 말이죠. 많은 백인들처럼 그는 케이프, 웨스턴 케이프 그리고 어쩌면 노던 케이프까지도 남아프리카의 다른 지역과 분명히 다른 곳이라고 생각했어요. 케이프를 고유의 지형과 고유의 역사와 고유의 언어와 문화를 가진 고유의 국가로 생각했던 거죠. 이 신화적인 케이프, 우리가 호텐토트족이라고 부르는 유령들이 떠도는 케이프에 유색인들이 정착해 있고, 그보다는 적지만 아프리카너들도 정착해 있는데, 아프리카 흑인들은 영국인들과 마찬가지로 이방인들이자 외부인이며 늦게 나타난 존재라는 생각이었죠.

이 얘기를 왜 하냐고요? 그것이 남아프리카 흑인에 대한 그의 다소 추상적이면서 다소 인류학적인 태도를 정당화할 수 있는 방법이었기 때문이죠. 그는 남아프리카 흑인들에 대해서는 아무 감정도 없었어요. 그게 내가 개인적으로 내린 결론이었어요. 그들이 그에게 동료 시민들이었을지는 몰라도 그의 동포는 아니었어요. 역사—혹은 운명, 그에게는 그 둘이 같은 것이었어요—가 그들에게 땅의 상속자 역할을 주었을지라도, 그의 마음 한구석에서 그들은 계속 우리와 대립적인 그들이었어요.

아프리카 흑인들이 그들이라면, 우리는 누구죠? 아프리카너들인가요?

아뇨. 우리는 주로 유색인들을 말하죠. 나는 이 용어를 어쩔 수 없을 때만 약칭으로 사용해요. 그는, 그러니까 쿳시는 최대한 이 용어를 피했어요. 내가 그의 유토피아주의에 대해 얘기했는데, 그 회피가 그의 유토피아주의의 또다른 면이에요. 그는 남아프리카에 있는 모든 사람들에게서 호칭이 없어질 날을 바랐어요. 모두가 아프리카인도 아니고 유럽인도 아니고 백인도 아니고 흑인도 아니고 그 무엇도 아니게 되길 바랐죠. 가족의 역사들이 서로 너무 엉키고 섞여 모두가 인종적으로 구별할 수 없는 상태가 되어—여기서 다시 한번 오염된 말을 사용해야겠네요—유색인이 되기를 바란 거죠. 그는 그것을 브라질 같은 미래라고 칭했어요. 그는 브라질과 브라질인들의 방식을 좋아했어요. 그런데 브라질에는 물론 가본 적이 없었죠.

그러나 그에게는 브라질 친구들이 있었죠.

남아프리카에서 몇몇 브라질 난민들을 만났죠.

〔침묵〕

서로 뒤섞인 미래에 대해 얘기하셨는데요. 생물학적으로 섞이는 걸 말씀하시는 건가요? 그러니까 인종 간의 결혼을 말씀하시는 건가요?

나한테 묻지 마세요. 나는 그저 전하기만 할 뿐이니까요.

그렇다면 그는 왜—합법적이든 비합법적이든—유색인 아이를 낳아 미래에 기여하지 않고, 프랑스 출신의 젊은 백인 동료와 불륜을 저질렀던 거죠?

〔웃음〕 나한테 묻지 마세요.

당신과 그는 어떤 얘기를 나눴습니까?

우리의 강의에 대해서, 그리고 동료들과 학생들에 대해서 얘기했죠. 달리 말해, 우리는 일 얘기만 했어요. 우리 스스로에 관해서도 얘기했고요.

계속하시죠.

우리가 그의 글에 대해 얘기를 나눴는지 말해줬으면 하는 건가요? 답은 아니요예요. 그는 자기가 쓰고 있는 것에 대해 얘기한 적이 없고, 나도 그를 다그치지 않았어요.

그때가 『나라의 심장부에서』를 쓰고 있던 무렵이었어요.

『나라의 심장부에서』를 막 마무리하고 있었죠.

당신은 『나라의 심장부에서』가 광기, 존속살인 등에 관한 것이라는 걸 알았나요?

전혀 몰랐어요.

그것이 출간되기 전에 읽었나요?

네.

어떻게 생각하셨나요?

〔웃음〕 내가 조심해야겠네요. 내 생각에 당신은 나의 신중한 비평적 판단을 묻는 게 아니라 내가 어떻게 반응했는지를 묻고 있는 것 같군요. 솔직히 처음에는 불안했죠. 내가 책 속에 당황스러운 모습으로 나올까봐 불안했어요.

왜 그럴 거라고 생각했나요?

왜냐하면, 당시에는 그럴 것 같았어요. 지금 생각하면 너무 순진했어요. 여하튼, 당시에는 어떤 사람이 다른 사람과 밀접한 관계를 맺으면 그 사람을 자기 상상 속 세계로부터 제외시킬 수 없다고 생각했거든요.

당신이 책에 나오던가요?

아뇨.

화가 나던가요?

무슨 말이에요? 내가 그의 책에 안 나와서 화가 났느냐는 말인가요?

당신이 그의 상상 속 세계에서 배제된 걸 보고 화가 나던가요?

아뇨. 그걸로 배운 게 있었어요. 좋은 경험이었죠. 거기까지만 할까요? 내 생각에 당신에게 충분히 많은 얘기를 한 것 같아요.

네, 정말 고맙습니다. 그런데 마담 드노엘, 한 가지만 더 부탁드릴게요. 쿳시는 결코 대중적인 작가가 아니었습니다. 그의 책들이 널리 팔리지 않았다는 의미만은 아니에요. 대중들의 마음을 완전히 얻지 못했다는 의미이기도 하죠. 사람들의 마음속에는 그가 쌀쌀맞고 거만한 지식인이라는 이미지가 있어요. 그도 그 이미지를 불식시키려고 하지 않았고요. 실은 그가 그걸 부추겼다고 할 수 있을지도 모르죠.

나는 그 이미지가 그에게 정당하다고는 생각하지 않습니다. 그를 잘 알던 사람들과 얘기해보니, 그는 아주 다른 사람이더라고요. 더 따뜻한 성격이라는 건 아니지만 자신에 대해 더 확신하지 못하고 더 혼란스럽고, 이런 표현을 써도 된다면, 더 인간적인 사람이더라고요.

당신이 그의 인간적인 면에 대해 얘기해주시면 어떨까 싶어요. 당신이 그의 정치관에 대해 말씀하신 것을 소중히 생각하고 있지만, 그를 더 괜찮게 보이게 해줄 개인적인 이야기들이 더 있으면 얘기해주시겠습니까?

그를 더 매력적이고 사랑스럽게 보이게 해줄 이야기 말인가요? 동물들에게, 동물들과 여자들에게 친절했다는 이야기 말인가요? 아뇨, 그런 이야기들은 나 자신의 회고록을 위해 남겨놓으려고요.

〔웃음〕

좋아요, 한 가지만 얘기해줄게요. 그런데 이번에도 개인적인 이야기라기보다는 정치적인 이야기로 들릴지 몰라요. 하지만 당신은 기억해야 해요. 당시에는 정치가 어디나 비집고 들어왔다는 걸 말이죠.

〈리베라시옹〉이라는 프랑스 신문의 기자가 남아프리카로 와서 나한테 존과의 인터뷰를 주선해줄 수 있는지 물었어요. 나는 존한테 가서 인터뷰에 응해달라고 했어요. 〈리베라시옹〉은 좋은 신문이라고 말해줬죠. 프랑스 기자들은 남아프리카 기자들과 다르다고도 했고요. 그들은 아무 준비도 없이 인터뷰를 하러 오지 않는다고 했어요.

인터뷰는 캠퍼스에 있는 내 연구실에서 진행됐어요. 나는 존이 프랑스어를 그다지 잘하지 못하니까 언어 문제가 있을 경우 도와줄 생각이었어요.

그런데 기자가 존한테 관심이 있는 게 아니라, 당시 남아프리카 정부와 문제가 있었던 브레이텐 브레이텐바흐에 관한 존의 입장에 관심이 있다는 게 곧 드러났어요. 당시 프랑스에서는 브레이텐바흐에 대한 관심이 높았거든요. 그는 낭만적인 인물이었죠. 오랫동안 프랑스에서 살았었고, 프랑스의 지식인 세계와 인연이 있었어요.

존은 그 일에 대해선 자기가 도와줄 수 없다고 했어요. 브레이텐바흐를 읽긴 했지만 그게 전부라고요. 그리고 그를 개인적으로 알지도 못하고 만난 적도 없다고 했어요. 모든 게 사실이었죠.

그러나 모든 것이 훨씬 더 밀접하게 돌아가는 프랑스 문학계에 익숙해 있던 그 기자는 그의 말을 믿지 않으려 했어요. 두 사람 사이에 개인적인 원한이나 정치적인 적대감이 있지 않다면, 작가라는 사람이 어째서 같은 부족, 그러니까 같은 아프리카너

부족의 작가에 대해 얘기하지 않겠다는 것인지 의아해했죠.

그래서 그는 존을 계속 압박했어요. 그러자 존은 브레이텐바흐의 시가 폭스몬트, 즉 대중의 언어에 아주 깊숙이 뿌리를 두고 있어서 외국인, 즉 외부인으로서는 브레이텐바흐가 시인으로서 어떤 업적을 이뤘는지 이해하는 것이 얼마나 어려운 일인지 거듭 설명하려고 했어요.

"그의 지방어 시들을 말하는 건가요?" 기자가 물었어요. 그는 존이 이해하지 못하자 깔보듯 말했어요. "지방어로 위대한 시를 쓸 수 없다는 건 당신도 인정하겠죠."

그 말을 듣고 존은 몹시 격노했어요. 그러나 그는 화가 나면 목소리를 높이고 소란을 피우기보다는 냉랭해지고 말을 하지 않는 습관이 있었어요. 그러자 〈리베라시옹〉 기자는 어쩔 줄 몰라했어요. 자기가 어떤 도발을 했는지 전혀 이해하지 못하고 있었죠.

나중에 존이 나갔을 때, 나는 아프리카너들이 그들의 언어에 대한 모욕을 들으면 아주 감정적으로 반응하며, 어쩌면 브레이텐바흐도 똑같이 반응했을 거라고 말해줬어요. 그러자 그 기자는 그저 어깨만 으쓱하더군요. 그는 세계어를 자유자재로 쓸 수 있는데 지방어로 글을 쓰는 건 말이 안 된다고 했어요(사실은 지방어가 아니라 모호한 지방어라는 표현을 썼어요. 그리고 세계어가 아니라 윈 브레 랑그, 즉 제대로 된 언어라는 표현을 썼죠).

그때, 나는 그가 브레이텐바흐와 존을 같은 범주에 넣고, 방언이나 지방어 작가들로 간주하고 있다는 걸 문득 깨달았어요.

당연히 존은 아프리칸스어로 글을 쓰지 않았어요. 그는 영어로 썼어요, 그것도 아주 훌륭한 영어로 말이죠. 그는 평생 영어로 썼어요. 그럼에도 불구하고 그는 아프리칸스어의 존엄을 모욕하는 소리를 들으면 조금 전에 내가 얘기한 것처럼 아주 예민하게 반응했죠.

그가 아프리칸스어를 번역하지 않았던가요? 아프리칸스어 작가들 작품을 말이죠.

네. 그는 아프리칸스어를 잘 알았죠. 그러나 그것은 프랑스어를 아는 것과 비슷했어요. 그러니까 말하는 것보다 쓰는 걸 더 잘했죠. 물론 나는 그의 아프리칸스어 구사를 판단할 능력은 없어요. 하지만 그게 내가 받은 인상이에요.

그러니까 그는 아프리칸스어를 완벽하게 할 줄 몰랐고, 민족종교나 국가종교도 믿지 않았고, 시야도 세계주의적이고, 정치적 견해도, 뭐랄까, 반체제적이었지만, 아프리카너로서의 정체성은 받아들이려고 했던 사람이었다는 말이군요. 그 이유가 뭐라고 생각하세요?

내 생각에 그는 역사의 눈 밑에서는 자존심을 지키면서 아프리카너들로부터 자신을 분리할 수 있는 방법이 없다고 느꼈던 것 같아요. 비록 그것이 아프리카너들한테 정치적으로 책임이 있는 모든 것들과 자신이 연루되는 것을 의미했더라도 말이죠.

그가 아프리카너로서의 정체성을 받아들이도록 유인한 긍정적인 요인은 없었나요? 예를 들어, 개인적인 차원에서는 아무것도 없었나요?

나는 잘 모르겠지만, 아마 있었을 거예요. 나는 그의 가족을 만난 적이 없어요. 어쩌면 그들이라면 실마리를 줬을지도 모르죠. 하지만 그는 천성이 아주 신중한 사람이었어요. 거북이 같다고 할까요. 위험을 느끼면 껍질 속으로 들어가버렸죠. 그는 아프리카너들한테 너무 자주 거절당했어요. 거절당하고 모욕당했죠. 유년 시절에 관한 그의 책을 읽으면 쉽게 알 수 있어요. 그는 다시 거부당하는 위험을 감수하지 않으려 했어요.

그래서 아웃사이더로 있고자 했다는 말이군요.

내 생각에 그는 아웃사이더일 때 가장 행복했어요. 그는 여기저기 얼굴을 내미는 사람이 아니었어요. 다른 사람들과 잘 협력하는 사람도 아니었고요.

그가 당신을 그의 가족한테 소개한 적이 없다고 하셨잖아요. 좀 이상하다고 생각하지 않았나요?

아뇨, 전혀. 우리가 만났을 때 그의 어머니는 돌아가셨고, 그의 아버지는 건강하지 않았고, 그의 동생은 해외에 있었어요. 그리고 그는 다른 친척들하고는 불편한 사이였어요. 그리고 나는 유부녀였어요. 그러니 우리가 관계를 지속하는 한 서로를 비밀에 부쳐야 했죠.

그와 나는 당연히 가족과 태생에 관해서도 얘기를 했어요. 그의 가족은 정치적인 아프리카너들이 아니라 문화적인 아프리카너들이었다는 점에서 특이했죠. 그게 무슨 말이냐고요? 19세기 유럽을 생각해보세요. 대륙 전체에서 인종적 혹은 문화적 정체성이 정치적 정체성으로 바뀌는 걸 볼 수 있어요. 그 과정은 그리스에서 시작되어 발칸반도와 중앙유럽으로 빠르게 확산되었어요. 곧 그 파도가 케이프 식민지에도 몰려왔죠. 네덜란드어를 구사하는 크리올*들이 자신들을 아프리카너 민족으로 재탄생시키며 독립을 요구하기 시작했어요.

그런데 무슨 이유에선지, 낭만적인 민족주의 열광의 물결은 존의 가족을 비켜갔어요. 혹은 그들이 그것에 휩쓸리지 않기로 작정했는지도 모르죠.

그들이 민족주의 열광과 관련된 정치에, 그러니까 반제국주의적, 반영국적 정치에 거리를 뒀다는 말인가요?

맞아요. 그들은 처음에는 영국적인 모든 것에 대한 광적인 적대감, 블루트 운트 보덴**의 신비주의적 분위기에 혼란스러워했죠. 그리고 나중에는 민족주의자들이 유럽의 극우들한테서 차용한 이데올로기적 신조, 즉 과학적 인종주의와 이에 따르는 정책들, 예를 들어 문화의 감시, 젊은이들의 군사화, 국가종교 등을 보고 뒷걸음질을 쳤고요.

그래서 쿳시를 대체로 보수적이고 반급진적이라고 생각하는 거군요.

---

* 초기 유럽 정착민과 원주민 사이에서 태어난 유색인.

** 독일어로 '피와 흙', 나치의 슬로건 중 하나.

맞아요, 문화적 보수주의자죠. 상당수의 모더니스트들이 문화적 보수주의자들이었던 것처럼 말이에요. 나는 그가 본보기로 삼았던 유럽의 모더니스트 작가들을 일컫는 거예요. 그는 자신이 어렸을 때의 남아프리카에 깊은 애착을 갖고 있었어요. 그때의 남아프리카는 1976년이 되면서 꿈의 나라로 보이기 시작했죠. 증거를 찾고 싶으면, 내가 언급했던 『소년 시절』을 읽어보면 돼요. 백인과 유색인 사이의 그 옛날 봉건적 관계에 대한 명백한 향수가 거기 나와 있으니까요. 그와 같은 사람들에게, 아파르트헤이트 정책을 내세운 민족당은 촌스러운 보수주의를 대변하는 게 아니라 정반대로 최신 사회공학이었어요. 그는 옛날의 복잡하고 봉건적인 사회 구조를 선호했어요. 그것은 아파르트헤이트의 디리지스트*라는 정연한 사고와는 너무 배치되는 것이었고요.

정치 문제 때문에 그와 다툰 적이 있습니까?

어려운 질문이군요. 결국 어디에서 개인적 특성이 끝나고 정치가 시작되는 걸까요? 개인적 특성에 대해 말하자면 나는 그가 너무 운명론적이고 따라서 너무 수동적이라고 생각했어요. 정치

---

* 프랑스어로 '국가통제주의'라는 의미.

적 행동주의에 대한 그의 불신이 그의 행동에서 수동적인 것으로 나타난 걸까요, 아니면 내적인 운명론이 정치적 행동을 불신하는 것으로 나타난 걸까요? 나는 잘 모르겠어요. 그러나 개인적 차원에서 우리 사이에는 모종의 긴장이 있었죠. 나는 우리 관계가 성장하고 발전하기를 바랐지만, 그는 아무런 변화 없이 그대로 있기를 바랐어요. 결국 그게 우리를 갈라서게 만들었죠. 남자와 여자 사이에는 정지해 있는 건 없으니까요. 내 생각엔 그래요. 올라가든지 아니면 내려가든지 하는 거죠.

언제 헤어졌나요?

1980년에요. 나는 케이프타운을 떠나 프랑스로 돌아왔어요.

그후로 당신과 그는 연락이 없었나요?

한동안 그가 편지를 보냈어요. 자기 책이 출판되면 보내주기도 했고요. 그러다가 편지가 더이상 오지 않았어요. 나는 그가 누군가 다른 사람을 찾았다고 생각했어요.

그 관계를 돌아볼 때 어떤 생각이 드세요?

내가 우리의 관계에 대해 어떻게 생각하느냐고요? 존은 그 자신에게 롱사르드*의 시를 암송해주고 클라브생**으로 쿠프랭***의 음악을 연주해주면서, 동시에 그를 프랑스식 연애의 신비 속으로 안내하는 프랑스 연인을 얻을 수 있다면 더할 나위 없이 행복할 거라고 믿는 명백한 친불파였어요. 물론 과장이에요.

내가 그의 환상 속 프랑스 연인이었을까요? 그런 것 같지는 않아요. 돌아보니 우리 관계는 본질적으로 희극적이었던 것 같아요. 희극적이고 감상적이었던 것 같아요. 희극적인 걸 전제로요. 하지만 다른 일면을 과소평가하면 안 돼요. 무슨 말이냐면, 그는 내가 잘못된 결혼에서 빠져나오는 걸 도와줬어요. 나는 지금까지 그 점에 대해 고맙게 생각하고 있어요.

희극적이고 감상적이라…… 다소 가볍게 들리네요. 쿳시는 당신한테, 그리고 당신은 그한테, 더 깊은 인상을 남기지는 않았나요?

내가 그에게 남긴 인상에 대해서는 판단할 수 없어요. 그러나 일반적으로 존재감이 강하지 않은 사람은 깊은 인상을 남기지

---

* 프랑스 시인 피에르 드 롱사르드(1524~85).

** 건반악기 하프시코드.

*** 프랑스 궁중 음악가 프랑수아 쿠프랭(1668~1733).

않는 법이에요. 그리고 존은 존재감이 강하지 않았죠. 건방지게 한 말은 아니에요. 그를 존경하는 사람들이 많았다는 걸 알아요. 그에게 노벨상이 거저 주어진 게 아니죠. 물론 당신도 그가 작가로서 중요하다고 생각하지 않았다면, 오늘 여기 와서 자료 조사를 하고 있지 않겠죠. 하지만 잠시 진지해져보자면, 나는 그와 같이 있는 내내 특별한 사람, 정말로 특별한 인간과 같이 있다는 느낌을 받은 적이 없어요. 이런 말을 하는 게 잔인하다는 건 알아요. 하지만 유감스럽게도 사실이에요. 나는 그에게서 갑자기 세상을 훤히 비추는 번갯불을 경험한 적이 없어요. 혹은 번갯불이 번쩍였는데 내가 그걸 못 본 것일 수도 있고요.

존은 영리했어요. 지식도 많았죠. 나는 많은 면에서 그를 존경했어요. 작가로서 그는 자신이 뭘 하고 있는지 알고 있었어요. 일정한 스타일을 갖고 있었고요. 스타일이란 개성의 시발점이잖아요. 그러나 그에게는 내가 감지할 수 있는 특별한 감성은 없었어요. 인간 조건에 대한 독창적인 통찰력도 없었고요. 그는 그저 한 남자였어요. 자기 시대를 살아가는 남자. 재능이 있었고 어쩌면 천부적 재능이 있었을지 모르지만, 솔직히 말해 거인은 아니었어요. 내 말이 실망스럽다면, 미안해요. 확언컨대 당신은 그를 아는 다른 사람들한테서는 다른 이야기를 듣게 될 거예요.

그의 글로 돌아가죠. 비평가로서 객관적으로 봤을 때 그의 책들을 어떻게 평가하나요?

초기 작품들이 가장 좋았어요. 『나라의 심장부에서』 같은 작품에는 내가 지금도 좋아하는 어떤 대담함, 어떤 무모함이 있죠. 초기작은 아니지만 『포』도 그렇죠. 하지만 그후로는 점잖아졌어요. 내가 보기엔 좀더 길들여진 느낌이에요. 나는 『추락』 이후에는 흥미를 잃었어요. 나중 것은 읽지 않았어요.

전반적으로 그의 작품에는 야심이 부족한 것 같아요. 소설의 기본 요소에 대한 통제가 너무 엄격해요. 전에 말해지지 않은 것을 말하기 위해 자신의 수단을 변형시키는 작가의 존재를 어디에서도 찾을 수 없어요. 나에게는 그게 위대한 글의 특징인데 말이죠. 내 생각엔 너무 냉정하고 너무 단정해요. 또 너무 쉽고요. 그리고 열정이 너무 부족해요. 창조적인 열정 말이에요. 이게 다예요.

2008년 1월,
파리에서 진행된 인터뷰.

메모장

—날짜가 적히지 않은 부분들

날짜가 적히지 않은 부분

어느 겨울의 토요일 오후, 럭비 경기를 위한 의식儀式의 시간. 그는 아버지와 함께 두시 십오분 개막전에 맞춰 뉴랜즈로 가는 기차를 탄다. 개막전이 끝나고 네시에는 주경기가 있을 것이다. 주경기가 끝나면 그들은 다시 집으로 오는 기차를 탈 것이다.

그가 아버지와 함께 뉴랜즈로 가는 이유는 스포츠—겨울에는 럭비, 여름에는 크리켓—가 그들을 가장 단단하게 묶어주기 때문이고, 그가 고국으로 돌아온 뒤 첫번째로 맞는 토요일, 그의 아버지가 외투를 걸치고 아무 말도 없이, 외로운 아이처럼 뉴랜즈로 가는 걸 보고 가슴에 칼을 맞은 듯한 느낌을 받았기 때문이다.

그의 아버지는 친구가 없다. 다른 이유이긴 하지만, 그도 마찬가지다. 더 젊었을 때는 그도 친구들이 있었다. 그러나 그 친구들은 이제 세계 도처로 흩어져버렸다. 그는 새 친구들을 사귈 요령도, 어쩌면 의지도 잃어버린 듯하다. 그래서 그는 아버지한테, 아버지는 그한테 귀착해 있다. 그들은 같이 살면서 토요일에는 함께 기쁨을 나눈다. 이것이 가족의 법이다.

그는 돌아와서 그의 아버지가 누구와도 알고 지내지 못하는 걸 보고 깜짝 놀랐다. 그는 늘 아버지를 쾌활한 사람이라고 생각했다. 그러나 그가 틀렸든지 아니면 그의 아버지가 변했다. 아니면 그것은 나이들어가는 남자들에게 일어나는 일 중 하나일지 모른다. 자기 안으로 침잠하는 것 말이다. 토요일 뉴랜즈의 관람석은 그런 남자들로 가득하다. 회색 개버딘 레인코트를 입은, 인생의 황혼기에 접어든 외로운 남자들. 외로움이 수치스러운 병이라도 되는 것처럼 남과 어울리지 않는 남자들.

그와 그의 아버지는 북쪽 관람석에 나란히 앉아 개막전을 관람한다. 그런데 그날의 경기에는 우울한 분위기가 감돈다. 이번 시즌이 이 경기장에서 클럽 대항전을 하는 마지막 시즌이다. 이 나라에 뒤늦게 텔레비전이 들어오면서, 클럽 대항전에 대한 관심이 시들해졌다. 토요일 오후를 뉴랜즈에서 보내던 남자들은 이제 집에서 그 주의 경기를 보는 걸 선호한다. 북쪽 관람석에 있는 수천 개의 좌석 중 몇십 개에만 관중이 앉아 있다. 측면 관람석은 텅 비어 있다. 그래도 남쪽 관람석에는 UCT와 빌리저스를 응원하고 스텔렌보스와 판데스텔을 야유하기 위해 온 한 무리의 골수 유색인 관중들이 있다. 특별 관람석에만 적당한 수의, 어쩌면 천 명쯤 되는 관중이 있다.

그가 어린아이였던 이십오 년 전에는 상황이 달랐다. 거창한 클럽 대항전이 있는 날—예를 들어, 해밀턴스와 빌리저스가 맞붙고, UCT* 가 스텔렌보스와 맞붙는 날—이면 입석을 구하는 데도 애를 먹었다. 마지막 호각소리가 나고 한 시간도 안 되어, 〈아르거스〉를 실은 밴들이 거리를 달리면서 길모퉁이마다 있는 노점상들에 스포츠 판을 배달했다. 거기에는 1부 리그 경기들에 대한 현장 기사가 실려 있었다. 심지어 멀리 떨어진 스텔렌보스와 서머싯웨스트에서 열린 게임들에 대한 기사도 있었고, 하위 리그인 2A, 2B, 3A, 3B의 경기 결과도 나와 있었다.

그런 시절은 가버렸다. 클럽 럭비는 죽어가고 있다. 오늘은 관람석만이 아니라 경기장에서도 그걸 느낄 수 있다. 쿵쿵 울리는 텅 빈 경기장에 울적해진 선수들은 그냥 몸을 움직이기만 하고 있는 듯 하다. 의식이 그들의 눈앞에서 죽어가고 있다. 남아프리카의 진정한 소시민적 의식이 죽어가고 있다. 그것의 마지막 신

---

* 케이프타운대학.

봉자들이 오늘 여기에 모였다. 그의 아버지처럼 서글픈 노인들, 그처럼 활기 없고 순종적인 아들들.

가랑비가 내리기 시작한다. 그는 우산을 펼친다. 경기장에서는 젊은 남자 서른 명이 젖은 공을 잡으려 열의 없이 허둥대고 있다.

개막전은 하늘색 옷을 입은 유니언과 갈색과 흑색이 들어간 옷을 입은 가든스의 대결이다. 유니언과 가든스는 1부 리그의 하위 팀이고 강등당할 위기에 처해 있다. 전에는 그렇지 않았다. 옛날에는 가든스가 서부 지역의 강팀이었다. 집에는 1938년에 찍은 가든스 3부 팀의 사진이 액자에 넣어져 있다. 사진 속에서 그의 아버지는 가든스 문장이 달린 줄무늬 저지 셔츠를 입은 채 앞줄에 앉아 있다. 셔츠는 유행에 따라 목깃을 귀 주변으로 세우고 깨끗하게 세탁된 모습이다. 예기치 않은 사건들이 없었다면, 특히 제2차세계대전이 없었다면 그의 아버지가 2부 팀으로 올라갔을지도 모르는 일이다.

옛날의 충성심을 생각하면, 그의 아버지는 유니언보다 가든스를 응원할 것이다. 하지만 사실 그의 아버지는 누가 이기든 신경쓰지 않는다. 가든스가 이기든, 유니언이 이기든, 달에 있는 사람이 이기든 신경쓰지 않는다. 사실 그는 아버지가 뭘 신경쓰는지 거의 알 수 없다. 럭비든 다른 것이든 마찬가지다. 아버지가 도대체 뭘 원하는지 그 신비를 풀 수 있다면, 그는 어쩌면 더 좋은 아들이 될지도 모른다.

그의 아버지의 가족은 전부 그런 식이다. 그가 정확하게 집어낼 수 있는 열정이 없다. 돈에 대해서조차 신경을 쓰지 않는 것 같다. 그들이 원하는 것은 모두와 잘 지내고 그 과정에서 조금씩 웃는 게 전부인 것 같다.

웃음에 관한 한 그의 아버지는 그를 절대 필요로 하지 않을 것이다. 웃는 문제에서 그는 밑바닥이다. 우울한 친구. 세상은 그를 그렇게 볼 게 틀림없다. 그를 보아주기라도 한다면 말이다. 우울한 친구, 흥을 깨는 사람, 고루한 사람.

그리고 음악에 관해 얘기하자면 그의 아버지는 음악을 좋아한다. 1944년에 무솔리니가 항복을 하고 독일군이 북쪽으로 밀려나자, 이탈리아를 점령하고 있던 남아프리카인들을 포함한 연합군은 잠시 긴장을 풀고 즐길 여유가 생겼다. 그들을 위해 준비된 레크리에이션 중에는 거대한 오페라 극장에서 열리는 무료 공연이 있었다. 미국과 영국, 바다 건너 머나먼 영국 자치령에서 온 젊은 남자들은 이탈리아 오페라에 대해 아무것도 모르는 상태에서 〈토스카〉나 〈세비야의 이발사〉, 〈람메르무어의 루치아〉 등과 같은 오페라 공연을 보러 가곤 했다. 그중 몇 명만이 그걸 좋아하게 되었는데, 그의 아버지는 그중 하나였다. 감상적인 아일랜드와 영국 민요를 부르며 성장한 그는 새로운 화려한 음악에 매료되고 호화로운 장관에 압도당했다. 그는 날마다 오페라를 보러 갔다.

그래서 전쟁이 끝나고 쿳시 상병이 남아프리카로 돌아왔을 때, 그는 오페라에 대한 새로운 정열에 불탔다. "라 돈나 에 모빌레," 그는 목욕을 하며 노래를 불렀다. "피가로 헤레, 피가로 데레, 피가로 피가로, 피이이이가로!"* 그는 나가서 축음기를 사 왔다. 그들 가족의 첫번째 축음기였다. 그는 rpm이 78인 카루소**의 〈당신의 작은 손이 얼어붙었네〉 레코드를 여러 번 되풀이해서 들었다. 오래 틀 수 있는 레코드가 발명되자 그는 성능이 더 좋은 새 축음기를 구입했다. 레나타 테발디***의 인기 아리아 앨범도 같이 구입했다.

그렇게 해서 그의 청년기에 두 학파의 성악이 집에서 서로 전쟁을 벌였다. 목청껏 부르는 테발디와 티토 고비****로 대변되는, 아버지가 좋아하는 이탈리아 학파, 그리고 바흐에 기초를 둔, 그가 좋아하는 독일 학파. 일요일 오후면 집안에는 B단조 미사곡이

---

* 오페라 〈리골레토〉의 아리아 〈여자의 마음〉의 노랫말.

** 이탈리아 테너 엔리코 카루소(1873~1921).

*** 이탈리아 소프라노 가수(1922~2004).

**** 이탈리아 바리톤 가수(1913~84).

울려퍼졌다. 그리고 저녁이 되면 마침내 바흐의 음악이 잠잠해지고, 브랜디 한 잔을 들이킨 그의 아버지가 레나타 테발디의 음반을 올려놓고 진짜 선율, 진짜 노래에 귀를 기울였다.

관능성과 퇴폐성, 이것이 그가 영원히 이탈리아 오페라를 싫어하고 경멸하기로 마음먹은 이유였다. 여하튼 열여섯 살 때는 그렇게 생각했다. 아버지가 좋아한다는 이유만으로 그것을 경멸했을 가능성, 아버지가 좋아하는 것은 어떤 것이라도 싫어하고 경멸했을 가능성을 그는 인정하고 싶지 않았다.

어느 날 아무도 없을 때, 그는 테발디 음반을 재킷에서 꺼내 표면을 면도날로 깊게 긁어버렸다.

일요일 저녁, 그의 아버지가 음반을 올려놓았다. 한 번 회전할 때마다 바늘이 튀었다. "누가 이런 거지?" 아버지가 물었다. 그러나 아무도 그렇게 한 사람이 없는 것 같았다. 그저 우연히 그렇게 된 것 같았다.

그렇게 테발디가 끝났다. 이제 바흐는 독보적으로 군림할 수 있었다.

지난 이십여 년 동안 그는 자신의 비열하고 옹졸한 행동에 쓰라린 양심의 가책을 느꼈다. 세월이 흐르면서 양심의 가책은 희미해지는 게 아니라 오히려 더 짙어졌다. 그가 고국으로 돌아와 처음으로 했던 일 중 하나가 음반가게에 가서 테발디 음반을 찾아본 것이었다. 그 음반은 찾지 못했지만, 그 가수가 부른 그 음반의 아리아들이 편집된 음반을 찾아냈다. 그는 그걸 집으로 갖고 가서 처음부터 끝까지 들었다. 사냥꾼이 피리로 새를 유인해내듯, 아버지를 방밖으로 유인해낼 수 있기를 바라면서 말이다. 그러나 아버지는 아무 관심도 보이지 않았다.

"저 목소리 모르시겠어요?" 그가 물었다.

그의 아버지는 고개를 저었다.

"레나타 테발디예요. 아버지가 옛날에 테발디를 얼마나 좋아하셨는지 기억 안 나세요?"

그는 패배를 인정하려 들지 않았다. 어느 날 그가 집밖에 있을 때, 아버지가 흠이 없는 새로운 음반을 축음기에 올려놓고 브랜디 한 잔을 마시며 팔걸이의자에 앉아, 젊었을 때 처음으로 인간 목소리의 감각적인 아름다움에 귀가 열렸던 로마나 밀라노나 다른 곳으로 날아가기를 계속 바랐다. 아버지의 가슴이 옛날에 느꼈던 기쁨으로 부풀어올랐으면 싶었다. 한 시간만이라도 아버지가 잃어버린 청춘을 다시 살고, 현재의 으스러지고 모욕적인 삶을 잊었으면 싶었다. 무엇보다도 아버지가 자신을 용서해줬으면 싶었다. 저를 용서해주세요! 그는 아버지에게 이렇게 말하고 싶었다. 용서하라고? 원 세상에, 용서할 게 뭐가 있단 말이니? 아버지가 이렇게 대답하는 걸 듣고 싶었다. 그러면 그도 용기를 내어 마침내 모든 걸 고백할 수 있을 것 같았다. 제가 일부러 악의를 갖고 아버지의 테발디 음반을 긁어버렸던 걸 용서해주세요. 그것만이 아니에요, 더 있어요. 너무 많아서 하루종일 열거해야 할 거예요. 셀 수 없이 많은 비열한 행위들을 용서해주세요. 그런 행동들의 근원인 저의 비열한 마음을 용서해주세요. 요컨대, 제가 태어난 후로 제가 했던 모든 일들을, 아버지의 삶을 비참하게 만들었던 모든 일들을 용서해주세요.

그러나 아니었다. 그가 집에 없을 때, 테발디 음반을 듣고 노래를 불렀다는 흔적은 조금도 없었다. 테발디는 매력을 잃어버린 것 같았다. 그게 아니라면 그의 아버지가 그를 데리고 끔찍한 장난을 치는 건지도 몰랐다. 내 인생이 비참했다고? 어째서 내 인생이 비참했다고 생각하는 거냐? 어째서 네가 내 인생을 비참하게 만들 힘을 갖고 있었다고 생각하는 거냐?

이따금 그는 직접 테발디 음반을 들어본다. 그걸 듣고 있으면 그의 안에서 어떤 변화가 일어나기 시작하는 것 같다. 1944년에 그의 아버지가 그랬을 것처럼, 그의 마음도 미미*의 목소리에 맞춰 고동치기 시작한다. 높이 올라가는 그녀의 목소리가 아버지의 영혼을 불러냈던 것처럼, 이제 그의 영혼을 부르면서 그녀를 따라 정열적으로 높이 날아오르라 하고 있다.

---

* 오페라 〈라 보엠〉의 여자 주인공 이름.

오랜 세월 동안 그는 뭐가 잘못되었던 걸까? 어째서 베르디, 푸치니를 듣지 않았던 걸까? 귀가 먹었던 걸까? 혹은 진실은 그보다 더 나쁜 걸까? 그는 어렸을 때에도 테발디가 부르는 소리를 듣고 너무나 잘 감지했지만, 입을 꾹 다물고 그것에 주의를 기울이기를 거부(나 안 들을 거야!)했던 걸까? 타도하라 테발디, 타도하라 이탈리아, 타도하라 육체! 그리고 그의 아버지도 그러한 잔해 속으로 사라져야 한다면, 될 대로 되라지!

그는 아버지의 내면에 무슨 일이 일어나고 있는지 전혀 알 수 없다. 아버지는 자신에 관한 얘기를 하지 않는다, 일기를 쓰거나 편지를 쓰지도 않는다. 딱 한 번, 그것도 우연히 틈이 보인 적이 있었다. 〈아르거스〉 주말판의 '라이프스타일'이라는 부록에 "당신의 개인적인 만족 지수"라는 제목의 퀴즈가 있었는데, 그의 아버지가 거기에 예-아니요로 답을 달아놓은 걸 그가 보게 된 것이었다. 세번째 질문—"당신은 이성을 많이 알고 지냈습니까?"—옆에 있는 상자에 그의 아버지는 '아니요'라고 체크를 해놓았다. 그리고 네번째 질문—"이성과의 관계가 만족감의 원천이었습니까?"—에도 답은 다시 '아니요'였다.

이십 점 만점 중 육 점이다. 그 지수는 자기계발 지침서인 베스트셀러 『삶과 사랑에서 성공하는 방법』의 저자인 의학박사이자 철학박사 레이 슈워츠가 고안한 것이다. 그에 따르면, 십오

점 이상이면 만족스러운 삶을 살았다는 의미다. 반면 십 점 이하면 보다 긍정적인 관점을 가질 필요가 있다는 의미이고, 사교클럽에 가입하거나 사교춤을 시작해보는 것이 그 목적을 향한 첫 단계일 수 있다고 한다.

더 확장해야 할 주제: 그의 아버지, 그리고 아버지가 그와 함께 사는 이유. 그의 삶에서 겪었던 여자들의 반응(곤혹스러움).

날짜가 적히지 않은 부분

방송에서 공산주의자 테러리스트들을 비난하는 얘기가 나온다. 세계교회협의회에서 그들의 앞잡이들, 추종자들과 함께 벌인 일 때문이다. 비난의 표현은 그날그날 달라질 수 있지만, 위협적인 어조는 변하지 않는다. 우스터에서 학교를 다니던 시절부터 익숙했던 어조다. 그때는 가장 어린아이부터 가장 나이가 많은 아이까지, 모든 아이들을 일주일에 한 번씩 학교 강당에 몰아넣고 세뇌시켰다. 너무나 익숙해 첫 마디를 듣는 순간 속에서 메스꺼움이 올라온다. 그는 후다닥 방송을 꺼버린다.

그는 손상된 유년 시절의 산물이다. 그는 그 사실을 오래전에 이해했다. 그런데 놀라운 것은 최악의 손상이 격리된 공간인 집에서가 아니라 공개적인 공간, 학교에서 일어났다는 사실이다.

그는 교육 이론에 관한 글을 이것저것 읽어보고 있다. 네덜란드 칼뱅파의 글에 그가 받은 학교교육의 형식적 기초가 있음을 이해하기 시작한다. 아브라함 카위퍼르*와 그의 제자들에 따르면, 교육의 목적은 아이를 집회의 회중으로, 시민으로, 그리고 미래의 부모로 빚어내는 것이다. 빚다는 말이 그를 멈칫하게 한다. 우스터에서 학교에 다닐 때, 카위퍼르의 추종자들에 의해 빚어진 그의 선생들은 자신들이 맡은 아이들과 그를 정해진 목적에 맞게 빚어내려 내내 애썼다. 도공이 도자기를 빚듯이 말이다. 그는 자신이 갖고 있는 보잘것없고 무기력하며 모호한 수단을 이용해 그들에게 저항하려 했다. 그때는 저항하려고 했고 지금은 저항하고 있다.

그러나 그는 왜 그렇게 완강하게 저항했을까? 그의 저항은, 교육의 최종적인 목적이 그를 미리 정해진 이미지로 만드는 것이고, 그걸 받아들이지 않으면 구원받지 못하는 야만적인 자연 상태에 빠져 있을 거라는 것에 대한 그의 저항은 어디에서 연유했을까? 하나의 답변만이 있을 수 있다. 저항의 핵은, 그들의 카위퍼르주의에 대한 그의 반대-이론은 그의 어머니에게서 물려받

* 네덜란드 칼뱅파 학자(1837~1920).

은 게 틀림없다. 복음파 선교사의 딸의 딸로서 받은 가정교육을 통해 혹은 더 가능성 있게는 일 년간의 대학생활, 초등학교 교사 자격증 외에는 아무것도 받아 나오지 못한 일 년간의 대학생활로부터, 그녀는 교육의 이상과 교육자의 과업이 무엇인지 깨닫고 그 이상을 자식들에게 인식시켰던 게 틀림없다. 그의 어머니에 따르면, 교육자가 할 일은 아이의 자연스러운 재능, 즉 아이가 갖고 태어나고 그 아이를 독특하게 만들어주는 재능을 찾아내 장려하는 것이어야 한다. 아이가 식물이라면, 교육자는 식물의 뿌리에 양분을 주어 그것이 자라는 것을 지켜보아야 한다. 카위퍼르주의자들이 역설했던 것처럼, 가지를 치고 형태를 빚는 것이 교육이 아니란 말이다.

그러나 그의 어머니가 그를 기르면서, 그와 그의 동생을 키우면서 어떤 이론을 따랐다고 생각하는 근거는 무엇일까? 그의 어머니가 자기도 다른 형제들과 함께, 그들이 태어난 이스턴 케이프의 농장에서 야만적으로 컸기 때문에, 그와 동생을 야만성에 묻혀 크도록 놔뒀다고 할 수는 없는 걸까? 답은 그가 기억의 후미진 곳을 들춰서 찾아낸 이름들에 있다. 몬테소리*, 루돌프 슈타이너**. 어렸을 적 들었을 때는 그 이름들이 아무 의미도 없었다.

---

* 이탈리아 교육자 마리아 몬테소리(1870~1952).

그러나 지금 교육에 관한 글을 읽어보니, 그 이름들이 다시 나온다. 몬테소리, 몬테소리 방식. 그래서 그에게 나무 블록을 주며 놀라고 했던 것이다. 그는 처음에는 원래 그렇게 하는 것인 줄 알고 그것들을 이리저리 방안에 던지다가, 나중에는 하나씩 쌓아서 탑을 만들고(늘 탑이었다!), 그 탑이 무너지면 좌절감에 소리를 지르곤 했다.

블록으로 성을 쌓고, 점토로 동물을 만들고(그는 처음에는 점토를 씹으려고 했다), 그리고 그다음에는 그가 준비되기도 전에 메카노 세트가 주어졌다. 금속판과 막대와 볼트와 도르래와 크랭크가 든 메카노 세트.

우리 건축가 아가, 우리 기술자 아가. 어머니는 그가 그중 어느 것도 되지 못할 것이고, 따라서 블록과 메카노 세트는 마법을 행사하지 못했으며, 그리고 어쩌면 점토(우리 조각가 아가)도 마찬가지라는 것이 명명백백해지기 전에 세상을 떠났다. 그의 어머니는 이렇게 생각했을지 모른다. 모든 게, 몬테소리 방식이라는 게, 큰 실수였을까? 더 우울한 순간에는 이렇게 생각했을지도 모른다. 그 칼뱅주의자들이 그를 빚어내도록 놔뒀어야 했어, 저항하는 아이를 지지해주지 말았어야 했어.

** 독일 사상가(1861~1925), 인지학의 창시자.

그들이, 그러니까 우스터의 학교 선생들이 그를 빚는 데 성공했다면, 그는 그들 무리의 일원이 되었을 가능성이 농후하다. 손에 자를 들고, 조용히 줄지어 앉아 있는 아이들을 순찰하고, 아이들의 책상을 두드리며 지나감으로써 누가 우두머리인지 상기시키면서 말이다. 그리고 하루가 끝나면, 자신의 카위퍼르식 가족이 있는 집으로 돌아갈 것이다. 매력적이고 잘 빚어진 아내, 매력적이고 잘 빚어진 자식들—고국 안의 공동체에 속한 집과 가족. 그것 대신, 그가 가진 것은 무엇일까? 돌봐야 하는 아버지, 담배를 조금씩 몰래 피우고, 술을 조금씩 몰래 마시고, 자기 몸 간수도 제대로 못하는 아버지. 그런데 그의 아버지는 그들이 같이 사는 상황을 그와는 틀림없이 다르게 볼 것이다. 예를 들어, 그를 돌보는 일이, 그러니까 다 큰 아들을 돌보는 일이 자기에게, 그러니까 불행한 아버지인 자기에게 맡겨졌다고 생각할 것이다. 최근의 행적으로 보아 너무나 명백하듯이 그가, 그러니까 아들이 자기 몸 간수도 제대로 못해서 말이다.

발전시킬 것: (a) 플라톤과 (b) 프로이트에 기반을 둔 그만의 교육이론, 그것의 요소 (a) 제자 신분(선생처럼 되려고 하는 학생) (b) 윤리적 이상주의(학생의 존경을 받으려고 하는 선생), 그것의 위험 (a) 허영(학생의 존경에 안주하는 선생) (b) 섹스(지식에 대한 지름길로서의

섹스).

마음의 문제에서 입증된 그의 무능력, 교실에서의 전이(프로이트식)와 그것을 감당해내지 못한 그의 거듭된 무능력.

날짜가 적히지 않은 부분

그의 아버지는 일본 자동차의 부품들을 수입해서 파는 회사에서 부기원으로 일한다. 대부분의 부품들이 일본이 아니라 대만, 한국, 심지어 태국에서 생산되기 때문에 정품이라고는 할 수 없다. 반면, 그것들이 제조업자들이 만든 위조 포장으로 오는 게 아니고 어느 나라에서 만들어졌는지 (작은 글씨로) 밝히고 있으므로 불법 복제품도 아니다.

그 회사의 사장은 영어를 동유럽 억양으로 발음하는 중년 후반의 두 형제다. 그들은 아프리칸스어를 모르는 척하지만 사실은 포트엘리자베스에서 태어났기 때문에 일상적인 아프리칸스어를 아주 잘 알아듣는다. 그들은 계산대 직원 세 명, 부기원 한 명, 부기원 보조 한 명, 이렇게 다섯을 고용하고 있다. 부기원과 그의 보조는 나무와 유리로 된 작은 칸막이방에서 일한다. 주변에서 일어나는 일들로부터 격리되기 위해서다. 계산대 직원들은 계산대와 가게의 어둑어둑한 구석으로 뻗은 자동차 부품 선반들 사이를 부지런히 오가며 시간을 보낸다. 계산대 직원 중 상관인 세드릭은 회사가 문을 열 때부터 함께했다. 1968년산 스즈키 삼륜차에 들어가는 팬, 5톤짜리 임팩트 트럭에 쓰는 중앙 부시*처럼 제아무리 애매모호한 부품이라도 세드릭은 틀림없이 찾아낸다.

일 년에 한 번씩 재고조사가 실시된다. 사거나 판 모든 부품을 너트와 볼트 하나하나까지 조사한다. 중요한 일이다. 대부분의 판매상들은 그 기간에 문을 닫는다. 그러나 애크미 자동차 부품 상사가 현재의 위치에 이르게 된 것은, 형제들에 따르면, 크리스마스와 새해 첫날을 제외하고, 일 년에 오십이 주 내내 무슨 일이 있더라도 주중 오 일을 오전 여덟시부터 오후 다섯시까지 문을 열고, 거기다가 토요일에는 오전 여덟시에서 오후 한시까지 열어놓은 결과였다. 따라서 재고조사는 일과가 끝난 후에 해야 했다.

부기원인 그의 아버지는 그 일의 중심에 있다. 재고조사가 진행되는 동안, 그는 점심시간도 없이 저녁에도 늦게까지 일한다. 그는 도움도 없이 혼자서 일한다. 아버지의 보조인 노르딘 여사나 계산대 직원들은 초과근무를 하고 기차를 타고 늦게 귀가하는 일을 하려고 하지 않는다. 그들은 어두워진 다음에 기차를 타

* 마찰 방지용 금속통.

는 게 너무 위험해졌다고 말한다. 너무나 많은 통근자들이 공격을 받고 강도를 당하고 있다는 것이다. 그래서 일과가 끝나면, 두 형제와 그의 아버지만 남는다. 형제는 그들의 사무실에 있고, 아버지는 칸막이 방에서 서류와 원장을 들여다보고 있다.

그의 아버지가 말한다. "노르딘 여사가 하루에 한 시간만 더 있어주면 금방 끝낼 수 있을 텐데. 내가 숫자를 불러주고 여사께서 점검하면 좋을 텐데 나 혼자서 하니 절망적이야."

그의 아버지는 자격증이 있는 부기원이 아니다. 그러나 자신의 법률사무소를 운영하면서 적어도 기초적인 원리들은 파악했다. 변호사를 그만둔 이래, 그는 지난 십이 년 동안 두 형제의 부기원이었다. 두 형제는 변호사업과 관련된 그의 파란만장한 과거를 알고 있을 게 틀림없다. 케이프타운이 큰 도시는 아니니까 말이다. 그것에 대해 알고 있으니, 그를 잘 주시하고 있을 게 틀림없다. 그가 퇴직할 나이가 그렇게 가까워졌음에도 그들을 속일 경우를 대비해서 말이다.

그가 아버지에게 제안한다. "원장을 집으로 가져올 수 있으면, 제가 확인하는 걸 도와드릴 수 있어요."

그의 아버지가 고개를 젓는다. 그는 그 이유를 짐작할 수 있다. 그의 아버지는 원장에 대해 얘기할 때면, 그게 신성한 책이라도 되듯이, 그것들을 간수하는 것이 사제의 역할이라도 되듯이 목소리를 낮춘다. 그의 태도만 보면, 회계장부를 관리하는 데 숫자열에 초보적인 셈법 적용 이상의 뭔가가 있을 것만 같다.

"원장을 집으로 가져올 수는 없을 것 같다." 그의 아버지가 말한다. "기차로는 안 되지. 그들 형제가 그걸 허락하지 않을 게다."

그는 그건 이해할 수 있다. 그의 아버지가 강도를 당해 신성한 원장들이 도난당하면 애크미는 어떻게 될 것인가?

"그럼 제가 저녁에 문을 닫을 즈음 시내로 가서 노르딘 여사가 하던 일을 받아서 할게요. 그러니까 아버지와 제가 다섯시부터 여덟시까지 같이 일하면 되잖아요."

그의 아버지는 말이 없다.

"그냥 확인하는 것만 도와드릴게요." 그가 말한다. "기밀이 나와도 보지 않을게요."

그가 처음 갔을 때, 노르딘 여사와 계산대 직원들은 퇴근하고 없다. 그의 아버지가 그 형제에게 소개한다. "내 아들 존입니다." 아버지가 말한다. "확인하는 걸 도와주겠다네요."

그는 그들과 악수를 한다. 로드니 실버먼 씨, 배럿 실버먼 씨.

"우리가 당신에게 급여를 지급할 수 있을 것 같진 않네요." 로드니 씨가 말한다. 그가 자기 동생을 향해 말한다. "배럿, 뭐가 더 비쌀 것 같아? 박사학위야, 아니면 회계 자격증이야? 대출을 받아야 할지도 모르겠네."

모두가 그 농담에 웃는다. 그리고 그들은 그에게 금액을 제시한다. 십육 년 전 그가 학생이었을 때, 시의 인구조사를 위해 가구의 자료를 카드에 옮겨 적으며 받았던 것과 정확하게 똑같은 액수다.

그는 그의 아버지와 함께 부기원의 유리 칸막이방에 앉는다. 그들이 당면한 업무는 간단하다. 송장을 일일이 점검해서 장부와 은행 원장에 숫자가 올바르게 기록되었는지 확인하고, 그것들에 일일이 빨간 색연필로 체크 표시를 한 뒤 각 장 밑에 있는 합계를 확인해야 한다.

그들은 일을 시작하고 일정한 속도로 진행해나간다. 항목 천 개당 오류 하나가 발견된다. 사소한 5센트짜리 오류다. 나머지 장부들은 훌륭하게 정리되어 있다. 성직을 박탈당한 성직자들이 최고의 교정자가 되듯, 쫓겨난 변호사들은 좋은 부기원이 되는 듯하다. 쫓겨난 변호사들은 도움이 필요하면, 과잉 학력의 무직 아들들한테 도움을 받고 말이다.

다음날 그는 애크미로 가다가 소나기를 만난다. 그는 비에 흠뻑 젖어 도착한다. 칸막이 유리가 뿌옇다. 그는 노크를 하지 않고 들어간다. 그의 아버지가 책상 위에 웅크리고 있다. 방에는 또다른 사람이 있다. 레인코트 차림에 젊고 눈이 가젤을 닮고 몸매가 나긋나긋한 여자다.

그는 못박힌 듯 멈춰 선다.

그의 아버지가 자리에서 일어난다. "노르딘 여사, 내 아들 존이에요."

노르딘 여사는 눈길을 피하며 악수도 청하지 않는다. "저는 이제 갈게요." 그녀는 그가 아니라 그의 아버지를 향해 낮은 소리로 말한다.

한 시간 후, 형제도 떠난다. 그의 아버지는 주전자에 물을 끓여 커피를 탄다. 그들은 아버지가 기진맥진해서 눈을 깜빡거리는 열시가 될 때까지, 매 페이지 매 열을 하나하나 점검한다.

비가 그쳐 있다. 그들은 인적이 없는 리비어크 스트리트를 따라 역으로 간다. 남자 혼자보다는 밤에 더 안전하고, 여자 혼자보다는 몇 배 더 안전한, 어느 정도 건강한 두 남자.

"노르딘 여사가 아버지와 일한 지 얼마나 됐죠?" 그가 묻는다.

"지난 2월에 들어왔지."

그는 다음 말을 기다린다. 더는 말이 없다. 그는 물어볼 게 많다. 이를테면 머리 스카프를 두른 것으로 보아 무슬림인 듯한 노르딘 여사가 어떻게 유대인 회사에서, 그녀를 지켜봐줄 남자 친척이 없는 회사에서 일하게 되었는지 물을 수도 있을 것이다.

"일은 잘하나요? 능률적인가요?"

"아주 잘하지. 아주 꼼꼼하고."

이번에도 그는 다음 말을 기다린다. 이번에도 역시 그걸로 끝이다.

그가 직접 물을 수 없는 질문은 이것이다. 아버지처럼 외로운 남자가 노르딘 여사처럼 일 잘하고 꼼꼼할 뿐만 아니라 여성적이기도 한 여자와 감옥 독방보다 크지 않은 칸막이방에서 날마다, 나란히 앉아 있는 기분은 어떤가요?

왜냐하면 그것이 그가 노르딘 여사와 가볍게 스치면서 받은 주된 인상이기 때문이다. 그가 그녀를 여성적이라고 하는 것은 그것보다 더 좋은 말이 없기 때문이다. 여성이 더 높은 차원으로 희미해지다가 영혼 상태가 되는 것. 그런 여자와 결혼한 남자는 어떻게 매일 여성성의 고귀한 높이에서 여성의 세속적인 육신으로 건너가는 것일까? 그런 존재와 잠자리를 같이하는 것이, 그녀를 껴안고 냄새 맡고 맛본다는 것이 남자의 영혼에 어떤 영향을 미칠까? 그녀의 작은 움직임 하나하나를 의식하며 하루종일 그녀 옆에 있는 아버지. 그러고 보면 슈워츠 박사의 라이프스타일 질문에 대한 아버지의 슬픈 반응—"이성과의 관계가 당신에게 만족감의 원천이었습니까?"라는 질문에 대한 "아니요"라는 답변—은 그가 알았던 적도 없고 소유하기를 결코 바랄 수도 없는 그런 미인을 인생의 황혼기에 마주하게 된 것과 모종의 관련이 있는 걸까?

의문점: 어째서 그는 자신이 그렇게 명백하게 노르딘 여사와 사랑에 빠졌음에도 아버지가 그녀를 사랑하고 있다고 말하는 걸까?

날짜가 적히지 않은 부분

이야기를 위한 아이디어.

한 남자, 한 작가가 일기를 쓴다. 그 안에 그는 생각, 아이디어, 중요한 사건들을 적어놓는다.

인생이 점점 더 꼬여간다. '안 좋은 날.' 그는 고심하지 않고 일기장에 이렇게 적는다. '안 좋은 날.' 그는 매일매일 이렇게 쓴다.

날마다 안 좋은 날이라고 쓰는 데 지친 그는 안 좋은 날들을 그냥 별표로만 표시한다. 어떤 사람들(여자들)이 생리를 할 날짜에 붉은 십자가를 그려놓듯이, 혹은 다른 사람들(남자들, 바람둥이들)이 한 건을 성공하면 X로 표시를 해놓듯이.

안 좋은 날들이 쌓여간다. 별표가 파리떼처럼 불어난다.

그가 시를 쓸 수 있다면, 시가 그를 불안의 근원으로 데려다줄지 모른다. 별표의 형태로 꽃피는 불안의 근원으로 말이다. 그러나 그의 안에 있는 시의 샘은 말라버린 것 같다.

의지할 건 산문이다. 이론적으로 산문도 시와 똑같이 정화의 기능을 할 수 있다. 그러나 그는 그것이 의심스럽다. 그의 경험으로 보아, 산문은 시보다 훨씬 더 많은 단어를 필요로 한다. 자기가 다음날에도 살아서 그 일을 계속해나갈 것이라는 자신이 없다면, 산문을 쓰는 모험을 할 이유가 없다.

그는 글을 쓰지 않는 방법으로 이런 생각들—시에 대한 생각, 산문에 대한 생각—을 한다.

그는 일기의 뒤쪽에 목록을 적는다. 그중 하나는 자기를 없애는 방법이라는 항목이다. 그는 왼쪽에 그 방법들을 적고, 오른쪽에는 그것의 단점들을 적는다.

그가 열거해놓은 자기를 없애는 방법들 중, 그가 숙고 끝에 좋아하게 된 것은 물에 빠지는 것이다. 즉, 밤에 차를 몰고 피시 후크로 가서 호젓한 해변에 차를 세우고, 차 안에서 옷을 벗고, 수영복을 입고서(하지만 왜?) 모래사장을 가로질러(달빛이 밝은 밤이어야 할 것이다), 파도를 헤치며 어둠을 향해, 체력이 고갈될 때까지 헤엄을 치다가 운명에 맡겨버리는 것 말이다.

그와 세상 사이의 모든 관계는 전부 얇은 막을 사이에 두고 이뤄지는 것 같다. 막이 있기 때문에 세상에 의한, 그 자신의 수정受精은 이뤄지지 않을 것이다. 이것은 가능성이 많은 흥미로운 은유지만, 그렇다고 그가 볼 수 있는 어딘가로 그를 데려다주지는 않는다.

날짜가 적히지 않은 부분

그의 아버지는 카루에 있는 농장에서 불소 함량이 높은 지하수를 마시며 자랐다. 불소는 그의 치아의 에나멜질을 갈색으로 만들고 돌처럼 단단하게 만들었다. 그는 한 번도 치과의사에게 간 적이 없다고 뻐기곤 했다. 그런데 중년이 되자 그의 이가 잇달아 썩기 시작했다. 그래서 이를 전부 뽑아야 했다.

그런데 이제 육십대 중반이 되자 잇몸이 말썽을 부린다. 농양이 생겨 잘 낫지 않는다. 그리고 목에도 염증이 생긴다. 뭘 삼키기도, 말하기도 어렵다.

그는 처음에는 치과의사한테 갔다가 다음에는 귀, 코, 목 전문의한테 간다. 의사는 아버지에게 엑스레이를 찍게 한다. 엑스레이를 찍어보니 후두부에 악성 종양이 발견된다. 긴급 수술이 필요하다고 한다.

그는 흐루터 쉬르 병원의 남자 병실에 입원한 아버지를 찾아간다. 환자복을 입은 아버지의 눈에 두려움이 어려 있다. 너무 큰 환자복을 입은 그는 뼈와 가죽만 남은 새 같다.

"평범한 수술이래요." 그는 아버지를 안심시킨다. "며칠 내로 퇴원하실 거예요."

"네가 회사에 무슨 일인지 알려주겠니?" 그의 아버지가 고통스럽게 천천히 속삭인다.

"전화로 알릴게요."

"노르딘 여사는 아주 유능하다."

"노르딘 여사가 아주 유능하다는 건 저도 알아요. 아버지가 돌아갈 때까지 잘하실 거예요."

더이상 할 말이 없다. 그는 손을 뻗어 아버지의 손을 잡고 위로해주고, 아버지는 혼자가 아니며, 자신이 아버지를 사랑하고 소중히 여긴다는 걸 알려줄 수도 있을 것이다. 그러나 그는 그렇게 하지 않는다. 그들의 가족은 어린아이들을 제외하고, 그러니까 골격이 충분히 형성될 정도로 나이가 들지 않은 어린아이들을 제외하고, 손을 뻗어 상대를 만지지 않는다. 그게 최악은 아니다. 만약 그가 이처럼 극단적인 상황에 가족의 습관을 무시하고 아버지의 손을 잡는다면, 그 몸짓이 암시하는 것이 사실일까? 그의 아버지는 정말로 사랑받고 소중한 존재일까? 정말로 혼자가 아닌 걸까?

그는 병원에서 메인 로드까지 먼길을 걸어가, 다시 메인 로드를 따라 뉴랜즈까지 간다. 남동풍이 불어 하수도에서 쓰레기를 날린다. 그는 팔다리의 힘과 고른 심장박동을 느끼며 빠르게 걷는다. 병원 공기가 아직도 그의 폐 속에 남아 있다. 그는 그걸 빼내야 한다, 제거해야 한다.

다음날 병원에 가자, 아버지는 반듯이 누워 있다. 붕대로 감아놓은 가슴과 목에서 튜브가 빠져나와 있다. 시체 같다. 노인의 시체.

그는 그 광경에 대한 마음의 준비를 하고 있었다. 의사는 종양이 있는 후두를 잘라내야 했다며 어쩔 수 없었다고 말한다. 그의 아버지는 더이상 보통의 방식으로는 말을 할 수 없게 되었다. 그러나 상처가 낫고 때가 되면 음성으로 일종의 소통이 가능하도록 인공기관을 삽입할 것이라고 한다. 더 시급한 일은 암이 퍼지지 않는 걸 확인하는 것인데, 그러려면 검사를 더 한 뒤에 방사선 치료도 해야 한다고 한다.

"아버지가 그걸 아시나요?" 그가 의사에게 묻는다. "자신이 어떤 상태인지 알고 계시나요?"

"자세히 설명드리려고는 했습니다." 의사가 말한다. "하지만 어느 정도까지 알아들으셨는지는 모르겠습니다. 충격을 받으신 상태니까요. 당연히 그러시겠죠."

그는 침대에 있는 형체를 굽어보며 서 있다. "애크미에 전화했어요." 그가 말한다. "사장님들한테 상황을 설명해줬어요."

그의 아버지가 눈을 뜬다. 일반적으로 그는 안구의 복잡한 감정을 표현하는 능력에 대해 회의적인 편이다. 그런데 이번에는 깜짝 놀란다. 그의 아버지가 그를 쳐다보는 눈길은 완전한 무관심이다. 그에 대한 무관심, 애크미 자동차 부품 회사에 대한 무관심, 다가올 영원 속에서 자신의 영혼이 맞게 될 운명을 제외한 모든 것에 대한 무관심.

"사장님들이 안부를 전하셨어요." 그가 말을 잇는다. "쾌유를 빈다고요. 아버지가 돌아오실 때까지 노르딘 여사가 잘해낼 테니 걱정하지 마시라고 했어요."

그건 사실이다. 그가 형제 중 누구와 얘기했든, 그들은 더 걱정할 수 있을까 싶을 정도로 걱정을 많이 했다. 그들의 부기원은 신뢰의 대상이 아닐지 몰라도, 그들은 냉혹한 사람들이 아니다. 그와 얘기한 형제 중 하나는 그의 아버지가 "소중한 분"이라고 했다. "당신 아버지는 소중한 분입니다. 자리는 늘 비워놓고 있을게요."

물론 그것은, 그 모든 건 허구다. 그의 아버지는 결코 그 자리로 돌아가지 않을 것이다. 일 주나 이 주 혹은 삼 주가 지나 회복한, 혹은 반쯤 회복한 그는 집으로 보내질 것이다. 인생의 다음 단계이자 마지막 단계를 시작하도록 말이다. 그 단계 동안 그는 자동차산업 연금기금, 남아프리카 연금공단, 그리고 살아 있는 가족의 자선에 생계를 의존하게 될 것이다.

"제가 가져다드릴 게 있나요?" 그가 묻는다.

그의 아버지는 왼손으로 작게 뭔가를 쓰는 동작을 취한다. 손톱을 보니 깨끗하지 못하다. "쓰시겠어요?" 그가 말한다. 그는 수첩을 꺼내 전화번호라는 제목이 붙은 페이지를 펼쳐 펜과 함께 건넨다.

손가락은 움직이지 않고 눈은 초점을 잃는다.

"무슨 뜻인지 모르겠어요." 그가 말한다. "다시 한번 말씀해보세요."

그의 아버지가 고개를 왼쪽에서 오른쪽으로 천천히 젓는다.

병실의 다른 침대들 옆에 있는 탁자들에는 꽃병과 잡지가 놓여 있다. 어떤 데는 액자에 든 사진들도 있다. 그의 아버지 침대 옆 탁자에는 물 한 잔 말고는 아무것도 없다.

"저, 이제 가야 해요." 그가 말한다. "수업이 있어서요."

그는 병원 정문 근처의 매점에서 사탕을 한 봉지 사서 아버지 침대 옆으로 돌아온다. "이걸 샀어요." 그가 말한다. "입이 마르면 입에 넣고 계세요."

이 주 후, 그의 아버지는 구급차로 집에 온다. 지팡이를 짚고 발을 끌면 혼자 걸을 수 있다. 아버지는 현관문에서 방까지 그렇게 걸어가더니 문을 닫는다.

구급대원 중 하나가 그에게 등사지에 인쇄한 '후두절제술 환자 간호법'이라는 제목의 지시사항과 병원 진료일이 적힌 카드를 준다. 그는 지시사항을 넘겨본다. 목 아래쪽에 검은 원이 표시된 사람 머리의 윤곽이 그려져 있다. 거기에는 이렇게 적혀 있

다. '상처 관리법.'

그는 주춤거린다. "저는 못해요." 그가 말한다. 구급대원들이 눈길을 교환하며 어깨를 으쓱한다. 상처를 관리하고 환자를 돌보는 건 그들의 임무가 아니다. 그들의 임무는 환자를 집까지 데려다주는 것이다. 그후의 일은 환자의 일이거나 환자 가족의 일이거나 아니면 누구의 일도 아니다.

그는, 즉 존은 전에는 일자리가 너무 없었다. 그런데 이제 상황이 변하려고 한다. 이제 그가 다룰 수 있을 만큼 많은, 아니 그 이상으로 많은 일들이 있을 것이다. 그는 개인적인 계획들 중 일부를 포기하고 간호를 하려 한다. 혹은 간호를 하지 않을 거라면, 아버지한테 이렇게 선언해야 한다. 제가 밤낮으로 아버지를 보살필 수는 없어요. 그래서 아버지를 버리려고요. 안녕히 계세요. 이 길 아니면 저 길이다. 다른 길은 없다.

예술은 개성의 표현이 아니라 개성으로부터의 탈출이다

J. M. 쿳시는 "영어로 쓰는 현존 작가 중 가장 위대한 작가"라는 평가를 받는다. 지금까지 발표한 작품들에서 그가 보여준 예술적 독창성, 윤리적 통찰력, 심리적 깊이를 감안하면 그러한 평가는 놀라운 일이 아니다. 세계의 연구자들은 그에 관한 논문을 끊임없이 쏟아내고 있다. '쿳시 산업'이라고 해도 될 정도다.

그런데 그는 예술적 성취로 유명하기도 하지만, 자신의 사적인 삶을 좀처럼 드러내지 않기로도 유명하다. 특히 언론과는 담을 쌓고 살았다. 스웨덴 한림원이 2003년에 그를 노벨문학상 수상자로 선정했을 때도 그는 언론과 인터뷰를 하지 않았다. 수상연설도 남달랐다. 그는 준비해온 소설을 읽는 것으로 소감을 대신했다. 그가 읽은 것은 '그와 그의 남자He and His Man'라는 제목의 알레고리 소설이었다. 대니얼 디포의 『로빈슨 크루소』를 기본으로 작가와 창작물의 관계를 형상화한 소설이었다. 작가의 육성을 기대했던 사람들에게는 실망이었겠지만, 그것은 오랫동안 그가 고수해온 방식이었다. 전에도 그랬다. 프린스턴대학으로부터 동물의 윤리에 관한 강연 요청을 받았을 때도, 그는 자신의 생각을 직접 얘기하는 대신 엘리자베스 코스텔로라는 인물이 등장하는 두 편의 소설을 읽었다. 그것만이 아니다. 그는 『마이클 K』와 『추락』으로 부커상을 세계 최초로 2회에 걸쳐 수상했음에도 시상식장에 나타나지 않았다. 그 상과 관련한 상업적 호들갑이 부담스러워서였다. 대중성과는 거리가 있는 자신의 소설을 수상작으로 뽑아준 것은 고맙게 생각했지만 상업적인 호들갑은 싫었던 것이다. 그는 소설로, 오직 소설로만 말하고 싶었다.

쿳시의 자전소설 삼부작의 마지막에 해당하는 『서머타임』에 대한 옮긴이의 말을 그에 관한 일화들로 시작하는 이유는 그것들이 이 소설을 이해하는 좋은 출발점이 될 수 있다는 생각에서다. 앞에 열거한 일화들에 나타나는 특성과 기질을 생각하면 그가 자신의 삶을 기반으로 하는 자전소설 삼부작 즉 『소년 시절』(1997), 『청년 시절』(2002), 『서머타임』(2009)을 썼다는 것은 모순으로 보인다. 자신의 삶을 드러내기를 싫어하는 작가가 스스로의 삶을 질료로 삼아 세 권씩이나 책을 출간하고, 급기야

2012년에는 셋을 하나로 묶어 각 권의 부제목이었던 '시골생활의 풍경들Scenes from Provincial Life'이라는 제목으로 출간하다니 모순도 보통 모순이 아닌 듯하다. 삼부작에 대한 이해는 이처럼 모순으로 보이는 것에서 출발해야 한다. 이 모순의 문제는 『소년 시절』과 『청년 시절』을 거쳐 『서머타임』에 가서야 비로소 해결된다. 『서머타임』에 이르면, 모순으로 보였던 것들이 모순이 아니라 개인과 예술의 관계성에 주목하기 위한 메타픽션 전략이자 패러디였음이 드러난다.

『서머타임』에서 가장 눈에 띄는 특징은 쿳시가 더이상 살아 있는 작가가 아니라는 것을 전제로 한다는 점이다. 소설에서 쿳시는 이미 죽고 없다. 소설은 두 개의 부분으로 구성되어 있는데 하나는 쿳시의 메모들이고, 다른 하나는 빈센트라는 전기작가가 전기를 쓰기 위해 쿳시를 알았던 사람들을 찾아가 행한 인터뷰들이다. 소설의 시작과 끝에 메모가 배치되어 있으니 형식적으로 보면, 영어판을 기준으로 열네 쪽에 달하는 전반부 메모와 스물두 쪽에 달하는 후반부 메모가 앞뒤로 스토리를 둘러싸고 있다. 주목할 것은 빈센트의 인터뷰들이 그 메모들을 근거로 한 것들이며, 그것들이 1970년대 초반에서 중반까지 쓰인 것들이라는 사실이다. 쿳시가 첫 소설인 『어둠의 땅』을 출간한 게 1977년이었으니, 메모들은 1972년부터 그가 작가로서 발을 내딛던 1977년 사이에 쓰인 것들이다. 그런데 열 살 때부터 열세 살 때까지(1950~1963)를 다룬 『소년 시절』, 열아홉 살 때(1959)부터 1960년대 초반까지를 다룬 『청년 시절』, 그리고 그가 미국에서 귀국한 1972년부터 첫 소설을 발표한 1977년까지를 다룬 『서머타임』에는 공통점이 있는데, 그것은 소년 시절부터 청년 시절을 거쳐 작가가 되기까지를 순차적인 시간적 배경으로 하고 있다는 사실이다. '서머타임'이라는 제목은 그러한 시간적 배경과 관련이 있다. 작가가 내게 설명한 바에 따르면 서머타임, 즉 여름은 "식물들이 성숙기에 도달하는 계절"이다. 그래서 여름이라는 제목은 일반적인 계절을 지칭하는 것일 수도 있고, 예술가의 삶에 빗대어 은유적으로 해석하자면 작품을 쓰기 시작한 시기를 지칭하는 것일 수도 있다. 롤랑 바르트가 그랬던 것처럼, 쿳시의 삶이 자전적 글쓰기의 대상이라면 작가가 되기 이전의 삶, 즉 여름이 될 때까지를 대상으로 해야 했다. 적어도 그의 입장은 그랬다. 이것은 조금만 돌려 말하면 이후의 삶에 대해서는 소설로만, 오직 소설로만 말하겠다는 의미였다.

그렇다면 『서머타임』에서 작가와 관련해서 소개되는 것들은 어느 정도까지 사실에 부합될까. 이것은 『소년 시절』이나 『청년 시절』에도 똑같이 적용되는 질문이다. 결론부터 얘기하면, 소설과 현실은 많은 경우 서로 충돌하고 배치되고 모순된다. 『서머타임』의 첫 장부터 그렇다. 1972년 8월 22일자로 작성된 일기 속에서 쿳시는 결혼하지 않고 아버지와 더불어 궁상맞은 삶을 살아가는 것으로 묘사된다. 그러나 이것은 사실이 아니다. 1972년은 그가 뉴욕주립대학(버팔로) 교수로 있다가 베트남전쟁과 관련된 시위에 연루됨으로써 비자 연장을 받지 못하게 되어 어쩔 수 없이 귀국하여 모교인 케이프타운대학 영문과 교수가 된 시점이다. 그는 독신이 아니라 결혼해서 아이를 둘이나 둔 아버지였다. 그러니 그가 스토리에서와 같이 독신이라거나 다른 여자와 사랑에 빠지고 어쩌고 하는 것은 사실이 아니라 스토리를 위한 허구적 설정이었다. 그가 쓴 일기나 메모도 당연히 허구였다. 이것만이 아니다. 소설에서는 그의 어머니가 죽은 것으로 되어 있지만, 그의 어머니는 그 시점에서 십여 년이 흐른 1985년에 세상을 떠났다. 기본적인 사실부터가 허구라는 얘기다. 하기야 소설의 형식 자체부터 허구다. 살아 있는 쿳시가 자신이 죽었다고 가정하고 스토리를 전개하는 형식으로 되어 있으니 그렇다. 삼부작 내에서도 사실관계의 혼란은 계속된다. 쿳시가 사랑의 감정을 품은 것으로 나오는 사촌의 이름이 『소년 시절』에는 아그너스로, 『서머타임』에서는 마르곳으로 나온다. 허구이기 때문이다.

그렇다면 쿳시는 왜 이렇게 허구를 사실로 착각하게 만드는 서사전략을 구사했을까. 전기/자서전이라는 장르가 만들어지는 과정을 패러디하고 싶었는지 모른다. 그러면서 "모든 자서전은 스토리텔링"이라는 생각을 코믹하게 제시하고 싶었는지 모른다. 일반적으로 쿳시를 생각하면 진지한 작가로만 생각하기 쉬운데, 자전소설 삼부작에서 볼 수 있는 것처럼 조금만 유심히 보면 코믹한 요소들은 차고 넘친다. 많은 독자들이 그가 소설에서 제시하는 어둡고 무거운 주제에 압도당한 나머지, 코믹한 면을 간과하는 것처럼 보인다. 어쩌면 그는 데이비드 애트웰의 말처럼, 스스로를 "어둡고 아이러니한 코미디 작가"로 생각할지 모르겠다. 그의 소설 곳곳에서 찾아볼 수 있는 유희적인 속성들은 그래서일지 모른다.

그렇다고 모든 것을 허구로 생각해야 한다는 말은 결코 아니다. 쿳시가 남아프리카 및 동족인 아프리카너와 관련하여 느끼는 복잡한 감정들, 남아프리카 고원지대인 카루에 대한 집착, 예술에 대한 생각이나 취향 등에 관한 많은 묘사들이 크게 보면 허구로만 볼 수는 없는 여지가 많다. 이것은 사실과 허구가 이리저리 뒤섞여 있다는 말이고, 사실 여부를 따지는 것은 부질없는 일이라는 얘기다. 결국 예술가는 자신의 예술로, 오직 예술로만 말한다. 적어도 이것이 쿳시의 일관된 입장이다. 그가 존경했던 T. S. 엘리엇이 그러했던 것처럼, 그에게도 예술은 개성의 분출이 아니라 "계속적인 자기희생이요, 개성의 계속적인 소멸"이었고,

"예술작품의 창조는 자신을 작품에 희생하는 것"이었고 그래서 "일종의 죽음"이었다. 그렇다면 세간의 관심은 그의 사적인 삶이 아니라 그가 "일종의 죽음"을 통해 만들어낸 작품을 향한 것이어야 했다. 그의 소설에 젊은 여자와 노인의 주제가 반복하여 등장한다고 그의 삶에서 그것을 찾아내려고 할 게 아니라 그 주제가 소설에서 어떤 의미망을 형성하는지 주목해야 했다. 그것이 독서의 윤리였다. 그래서 소설에 등장하는 인물(소피)이 전기작가 빈센트에게 하는 말은 쿳시 자신의 생각으로부터 그리 멀지 않다. "그의 글에 그 주제가 나온다고 해서 그의 삶에 그런 일이 있었다고 생각하는 건 너무 순진한 거죠." 그렇다. 엘리엇의 말대로 예술이 "감정을 풀어놓는 게 아니라 감정으로부터의 탈출"이며 "개성의 표현이 아니라 개성으로부터의 탈출"이라면, 관심의 대상은 예술가가 아니라 "개성의 소멸"을 통해 만들어진 예술작품이어야 했다. 하기야 엘리엇이 말했듯이, 개성을 가진 사람만이 개성의 소멸이 무엇인지 알 수 있을 터이다. 묘한 이율배반이다.

그럼에도 불구하고 쿳시의 자전소설 삼부작은 "모든 글은 자서전이다"라는 그의 말을 확인하기라도 하듯 그에 관한 하나의 이미지를 우리에게 각인시킨다. 『서머타임』은 특히 그러하다. 이 자전소설을 통해 드러나는 그의 이미지는 극도의 자의식을 갖고 있는 소설가의 모습이다. 이것은 자신이 써온 소설들에 대한 자의식이기도 하고, 세간의 평가에 대한 자의식이기도 하고, 언어와 스토리텔링에 대한 자의식이기도 하다. 그런 자의식을 갖고 있다보니, 그는 자신에게 무자비할 정도로 가혹하다. 루소의 『고백록』을 비롯한 많은 자전적 글쓰기에서 찾아볼 수 있는 자기변명이나 자기기만의 가능성이 그의 글에 들어설 여지가 없는 것은 그 가혹함 때문이다. 그래서 『서머타임』의 끝에서 누군가가 쿳시에 대해 내리는 평가는 어쩌면 쿳시가 스스로에게 내리는 평가라 해도 과언이 아니다. "나는 『추락』 이후에는 흥미를 잃었어요. 나중 것은 읽지 않았어요. 전반적으로 그의 작품에는 야심이 부족한 것 같아요. 소설의 기본 요소에 대한 통제가 너무 엄격해요…… 내 생각엔 너무 냉정하고 너무 단정해요. (…) 그리고 열정이 너무 부족해요. 창조적인 열정 말이에요." 실제로 사람들은 쿳시에 대해 이러한 평가를 내리기도 한다. 그가 『추락』 이후에 예술가로서 내리막길을 걷고 있다고 하기도 하고, 그의 소설들에 열정이 부족하다고 말하기도 한다. 그는 그 말들을 부정하지 않고 등장인물로 하여금 그렇게 말하게 놔둔다. 스스로도 거기에 일말의 진실이 있다고 생각하는 것처럼 보인다. 이 점에서 이 소설은 허구가 아니라 고백에 가까워 보인다. 그는 스스로를 위대한 작가라고 생각한 적이 결코 없다. 그러기에는 결격

사유가 너무 많다고 생각한다. 지독한 자의식이다. 그의 위치에 있는 작가 중 누가 그런 자의식을 이렇게 투영할 수 있을까. 그래서 가혹하다는 것이다. 이것이 그의 장점이다. 진실을 향해 가기 위해서라면 자신에게마저 가혹할 수 있는 치열함과 성실성, 그리고 윤리성이 그를 독보적인 작가로 만든다. 그런 의미에서 그는 진실과 진리의 구도자다. 정말이지 흔치 않은 작가다.

나는 쿳시의 다른 작품들을 번역할 때 그러했던 것처럼 이 소설을 번역하면서도 그의 도움을 많이 받았다. 그러면서 나는 학자로서도 그에게서 많이 배운다. 그를 알고 있다는 게 감사하고 영광일 따름이다. 나는 그와 연락을 주고받는 과정에서 삼부작 합본에서 발견되는 오류 하나를 지적하였고, 그도 그 오류로 인해 적잖이 당황하였다. 그의 요청으로 그 부분을 바로잡아 번역하였다.*

---

* 합본으로 나온 'Scenes from Provincial Life'의 357페이지를 보면 다음 대목이 나온다. "Maybe not a locust, but the locust will understand." 여기에서 정확한 문장은 "Maybe not a locust" 없이 다음과 같아야 한다. "But the locust will understand." 판이 바뀌지 않는 한 당분간은 바로잡히지 않을 부분이어서 작가와 상의하고 여기에 기록으로 남겨둔다.

독자들이 느낄지 모르는 혼란을 방지하기 위해 판본에 대해서 잠시 짚고 넘어가야 할 것 같다. 영어본으로는 네 권의 책이 존재한다. 『소년 시절』, 『청년 시절』, 『서머타임』, 그리고 삼부작을 묶은 『시골생활의 풍경들』이 그 네 권이다. 작가의 말을 들어보니, 그의 원래 의도는 세 권의 출판권 계약이 만료되면 그 책들을 없애고 『시골생활의 풍경들』만을 남겨두는 것이었다. 그런데 문제는 계약이 끝나는 시점이 나라마다 다르고, 출판사들이 합본보다 단행본을 선호한다는 것이었다. 그는 애초의 계획을 포기하고 출판사들이 원하는 대로 하게 했다. 불만족스럽지만 어쩔 수 없었다고 했다. 우리나라에서 발간되는 삼부작은 단행본으로 세 권이 출간되고, 그것이 하나의 세트로 묶이는 형태가 되었다. 그런데 문제는 작가가 삼부작을 합본으로 출간하는 과정에서 원고를 대폭 손질했다는 데 있다. 그래서 단행본과 합본 사이에는 많은 차이가 있다. 나는 작가의 요청으로 합본에 맞춰 번역을 했다. 더 정확히 말하면, 『소년 시절』은 오래전에 내가 번역했던 것을 합본에 맞게 수정하고 보완했고, 『청년 시절』과 『서머타임』은 합본에 입각한 초역이다.

늘 느끼는 바지만, 나는 쿳시의 소설 중 우열을 가리지 못한다. 번역할 때는 특히 그렇다. 번역하고 있는 것이 내게는 늘 최고의 작품이다. 이게 나의 솔직한 마음이다. 그러니까 내 손을 거친 모든 작품이 내게는 늘 최고였던 셈이다. 『서머타임』을 번역하면서도 그랬다. 이것은 쿳시가 세상에 내어놓는 작품 하나하나가 이전의 것과는 다른 것이기에 생기는 현상일지 모른다. 최고의 소설에 최선을 다하는 것은 번역자의 의무다. 그러나 나름대로 최선을 다했지만, 내 손을 거친 소설들이 쌓여가면서 부끄러움도 쌓여간다. 번역은 부끄러움이 쌓이는 일이다. 그래도 쿳시의 산문이 가진 힘과 깊이가 나의 번역문을 통해서 혹은 나의 번역문에도 불구하고, 독자에게 전달될 수 있게 되기를 바란다. 번역자로서 내가 바라는 것은 늘 이것이다.

번역을 하면서 매번 깨닫게 되는 것은 편집자들로부터 정말로 많은 도움을 받는다는 사실이다. 그들의 헌신적인 노력과 수고에 감사와 경의의 마음을 전한다.

왕은철

J. M. 쿳시 연보

1940년 남아프리카공화국 케이프타운에서 변호사인 아버지와 교사인 어머니 사이에서 태어나다. 아버지는 네덜란드 이민자의 후손이었고, 어머니는 폴란드계 독일 이민자의 후손이었다.

1942년 아버지가 남아프리카공화국 군인으로 제2차세계대전에 참전해 중동과 이탈리아에서 복무하다.

1943년 남동생 데이비드 쿳시가 태어나다.

1945년 아버지가 전쟁에서 돌아오다. 가족이 케이프타운 폴스무어에 정착하고, 쿳시는 폴스무어초등학교에 입학하다.

1946년 아버지가 케이프 지방행정청에서 직장을 구하다. 가족이 로즈뱅크로 이사가게 되어 쿳시는 로즈뱅크초등학교로 전학을 가다.

1948년 아버지가 케이프 지방행정청에서 실직하고 우스터에 있는 스탠더드 캐너스사로 자리를 옮기다. 가족이 리유니언 파크로 이사하고 쿳시는 1949년 4월에 우스터초등학교로 전학을 가다.

1952년 아버지가 케이프타운 굿우드에 변호사 사무실을 개업하다. 가족이 플럼스테드로 이사하고 쿳시는 세인트조지프

	가톨릭 학교로 전학을 가다.
1956년	세인트조지프 가톨릭 학교를 졸업.
1957~	케이프타운대학교에 입학해 영문학과 수학을 전공하다. 하워스 교수의 배려로 문예창작 과목을 수강하고 교내 잡지에 시를 발표하다. 1961년 11월, 사우샘프턴을 향해 배로 떠나다. 영국에서 케이프타운대학교 문학사학위를 받다.
1962년	런던 IBM에서 컴퓨터 프로그래머로 일을 시작하다. 장학금을 받고 케이프타운대학교 문학석사과정에 등록해 대영박물관 열람실에서 포드 매독스 포드 연구에 매진하다. 하이퍼텍스트 시를 실험하다.
1963년	케이프타운으로 돌아와 학창시절 알고 지내던 필리파 주버와 재회해 6월에 결혼식을 올리다. 포드 매독스 포드에 관한 논문을 완성하여 제출하다. 처음에는 영국의 교사직을, 다음에는 프로그래머로 일자리를 지원하다. 미국의 박사과정에 대해 알아보다.
1964년	필리파와 영국으로 떠나다. ICT사(International Computers and Tabulators, Ltd)에서 일을 시작하다.
1965년	케이프타운대학교와 미국에 있는 대학교의 박사과정에 동시에 지원하다. 케이프타운대학교에서 모더니즘에 관한 박사과정을 제안받지만 거절하다. 풀브라이트 장학금을 받고, 미국 내 여러 대학에서 제안을 받으나 최종적으로 텍사스대학교를 선택하다. 필리파와 함께 미국으로 건

너가 텍사스대학교에서 언어학과 문학 박사과정에 들어가다.

1966년 아들 니콜라스가 태어나다.

1968~ 사뮈엘 베케트에 관한 논문을 완성하던 중에 뉴욕주립대학교 조교수로 임용되었으나 비자 문제 때문에 계약기간이 제한되다. 캐나다와 홍콩에 임용 지원을 하고, 브리티시컬럼비아대학교에서 제안을 받지만 거절하다. 비자 연장을 받기 위해 노력하나 베트남전쟁 반대 시위에 참여한 전력 때문에 계속 무산되다. 딸 기셀라가 태어나다.

1970년 『어둠의 땅*Dusklands*』 집필을 시작하다. 뉴욕주립대학교 교수 45명이 대학의 경영방식과 캠퍼스 내 경찰 배치에 반대하는 시위로 헤이스 홀을 점령한 '헤이스 홀 사건'에 가담해 불법침입과 법정모독으로 유죄판결을 받다. 그해 12월 필리파와 자녀들은 남아프리카로 돌아가다.

1971년 끝내 비자를 연장하지 못해 남아프리카로 돌아가다. 가족과 함께 쿳시 가문의 농장과 가까운 곳에 정착하다. '헤이스 홀 사건' 유죄판결이 번복되지만 미국 재입국비자를 받을 가능성이 거의 없어지다.

1972년 케이프타운대학교 영문과 교수가 되다.

1973년 『어둠의 땅』 집필을 마치지만 몇몇 출판사로부터 출간을 거절당하다.

1974년 요하네스버그에 있는 출판사 레이번 프레스에서 『어둠의 땅』을 출간하다. '책 태우기'라는 제목의 소설을 집필하기 시작하나, 일 년 후 중단하다.

1975년 네덜란드 소설 『사후의 고백*Een Nagelaten Bekentenis*』을 영어로 번역 출간하다.

1976년 『나라의 심장부에서*In the Heart of the Country*』 집필을 시작하다.

1977~ 『나라의 심장부에서』를 출간하고 남아프리카 최고의 문학상인 CNA상을 수상하다. 『야만인을 기다리며*Waiting for the Barbarians*』 집필을 시작해 텍사스대학교, 버클리대학교, 캘리포니아대학교에 안식년을 보내는 동안 완성하다. 『마이클 K*Life & Times of Michael K*』 집필을 시작하다.

1980년 필리파와 이혼. 『야만인을 기다리며』를 출간하다. 후에 평생 반려자가 된 영문과 교수 도러시 드라이버와 만나기 시작하다. 『야만인을 기다리며』로 두번째 CNA상 수상.

1982년 『포*Foe*』 집필을 시작하다.

1983년 『마이클 K』를 출간하고 부커상을 수상하다. 아프리칸스어 소설 『바오밥나무로의 탐험*Die Kremetartekspedisie*』을 영어로 번역 출간하다.

1984년 케이프타운대학교 영문과 정교수로 임명되다. '자서전 속의 진실'이라는 제목으로 정교수 취임 기념 강연을 하다. 『마이클 K』로 세번째 CNA상 수상.

1985년 『포』 집필을 마치다. 어머니가 세상을 떠나다. 『마이클 K』로 에트랑제 페미나 상 수상.

1986년 『포』 출간. 남아프리카 소설가 안드레 브링크와 함께 남아프리카공화국 시 모음집 『부서진 땅*A Land Apart*』을 출간하다. 존스홉킨스대학에서 방문교수로 지내다. 『철의 시대*Age of Iron*』 집필을 시작하다.

1987년 예루살렘상 수상. 회고록 『소년 시절*Boyhood*』 집필을 시작했다가 중단하다.

1988년 아버지가 세상을 떠나다. 당시 케이프타운대학교 영문과 교수로 재직하던 데이비드 애트웰과 함께 『이중 시점: 에세이와 인터뷰*Doubling the Point: Essays and Interviews*』 집필을 시작하다.

1989년 아들 니콜라스가 세상을 떠나다. 『철의 시대』 집필을 마치다. 1980년부터 쓰기 시작한 남아프리카 백인의 글쓰기에 관한 에세이를 모은 『백인의 글쓰기*White Writing: On the Culture of Letters in South Africa*』를 출간하다. 존스홉킨스대학교에서 또 한번 방문교수를 지내다.

1990년 『철의 시대』를 출간하고 선데이 익스프레스 소설상을 수상하다. 필리파가 세상을 떠나다.

1991년 『페테르부르크의 대가*The Master of Petersburg*』 집필을 시작하다. 하버드대학교에서 방문교수로 지내다. 도러시 드라이버와 오스트레일리아에 장기간 체류하다.

1992년 『이중 시점: 에세이와 인터뷰』를 출간하다.

1994년 『페테르부르크의 대가』를 출간하다.

1995년 『추락*Disgrace*』 집필을 시작하다. 『페테르부르크의 대가』로 아이리스 타임스 국제소설상 수상. 텍사스대학교, 시카

고대학교 등 여러 대학교에서 정기적으로 방문교수로 지내기 시작하다. 이즈음 오스트레일리아 이민을 알아보기 시작하다.

1996년 『모욕 주기: 검열에 관한 에세이*Giving Offense: Essays on Censorship*』를 출간하다. 〈뉴욕 리뷰 오브 북스〉 등 여러 잡지에 정기적으로 서평을 기고하기 시작하다.

1997년 『엘리자베스 코스텔로*Elizabeth Costello*』에 대한 구상을 시작하다. 『소년 시절』을 출간하다.

1999년 『추락』을 출간하고 두번째 부커상을 수상하다. 프린스턴대학교에서 했던 태너 강연을 토대로 『동물들의 삶*The Live's of Animals*』을 출간하다.

2000년 『추락』으로 커먼웰스상 수상.

2001년 오스트레일리아 대사관으로부터 이민 비자를 받다. 케이프타운대학교 교수직에서 퇴임하다.

2002년 오스트레일리아로 이민. 도러시 드라이버와 함께 애들레이드에 정착하다. 애들레이드대학교 영문학부 명예연구원이 되다. 『청년 시절*Youth*』을 출간하다.

2003년 노벨문학상 수상. 『엘리자베스 코스텔로』 출간. 시카고대학교 교환교수를 겸임하다.

2004년 『슬로우 맨*Slow Man*』을 집필하다. 네덜란드 시집 『뱃사공과 풍경: 네덜란드의 시*Landscape with Powers: Poetry from the Netherlands*』를 번역하고 출간하다. 도러시 드라이버와 함께 스탠퍼드대학교 방문교수로 초대받다. 『서머타임

Summertime』 집필을 시작하다.

2005년 『슬로우 맨』 출간. 남아프리카공화국 국가 훈장을 수여받다. 『어느 운 나쁜 해의 일기*Diary of a Bad Year*』 집필을 시작하다.

2006년 오스트레일리아에 귀화하다.

2007년 『어느 운 나쁜 해의 일기』 출간. 2002년과 2005년 사이에 쓴 서평들을 모아 『내면 활동*Inner Workings*』을 출간하다.

2008년 폴 오스터와 교류하기 시작하다.

2009년 『서머타임』을 출간하다.

2010년 동생 데이비드가 워싱턴에서 세상을 떠나다. 네덜란드 국가 훈장을 받다.

2011년 세 권의 허구화된 회고록 『소년 시절』 『청년 시절』 『서머타임』을 모은 『시골생활의 풍경*Scenes from Provincial Life*』 출간.

2012년 『예수의 어린 시절*The Childhood of Jesus*』 집필을 시작하다.

2013년 폴 오스터와의 서신을 담은 『바로 여기*Here and Now: Letters 2008-2011*』 출간. 『예수의 어린 시절』 출간.

2016년 『예수의 학창시절*The Schooldays of Jesus*』 출간. 아라벨라 커츠와의 서신을 담은 『좋은 이야기*The Good Story: Exchanges on Truth, Fiction and Psychotherapy*』 출간.

2017년 『최근의 에세이*Late Essays: 2006-2017*』를 출간하다.

지은이 **J. M. 쿳시**
1940년 남아프리카공화국 케이프타운에서 태어났다. 1974년『어둠의 땅』으로 데뷔했고, 1977년『나라의 심장부에서』로 남아프리카 최고 문학상인 CNA상을 받았으며, 1980년『야만인을 기다리며』로 세계적 명성을 얻었다.『마이클 K』와『추락』으로 부커상을 두 차례 수상했고, 에트랑제 페미나 상, 예루살렘상 등 많은 상을 받았다. 2003년 노벨문학상을 수상했다. 그 밖의 주요 작품으로『철의 시대』『슬로우 맨』등이 있다.

옮긴이 **왕은철**
『현대문학』을 통해 문학평론가로 등단했으며 유영번역상, 전숙희문학상, 한국영어영문학회학술상, 생명의신비상 등을 수상했다. 현재 전북대학교 영문과 교수로 재직중이다.『피의 꽃잎들』『페테르부르크의 대가』『연을 쫓는 아이』등 40여 권의 역서가 있으며,『문학의 거장들』『J. M. 쿳시의 대화적 소설』『애도 예찬』『타자의 정치학과 문학』『트라우마와 문학, 그 침묵의 소리들』등의 저서가 있다.

문학동네 세계문학
서머타임

초판 인쇄 2018년 12월 27일 | 초판 발행 2019년 1월 15일

지은이 J. M. 쿳시 | 옮긴이 왕은철 | 펴낸이 염현숙

책임편집 정혜림 | 편집 황현주 오동규 이현정
디자인 김현우 이원경 | 저작권 한문숙 김지영
마케팅 정민호 정진아 함유지 김혜연 박지영 김수현 | 홍보 김희숙 김상만 이천희
제작 강신은 김동욱 임현식 | 제작처 영신사

펴낸곳 (주)문학동네
출판등록 1993년 10월 22일 제406-2003-000045호
주소 10881 경기도 파주시 회동길 210
전자우편 editor@munhak.com | 대표전화 031) 955-8888 | 팩스 031) 955-8855
문의전화 031) 955-3576(마케팅) 031) 955-8861(편집)
문학동네카페 http://cafe.naver.com/mhdn | 트위터 @munhakdongne
북클럽문학동네 http://bookclubmunhak.com

ISBN 978-89-546-5447-0 04840
978-89-546-5446-3 (세트)

www.munhak.com